Gallmeister

FIN DE MISSION

Phil Klay

FIN DE MISSION

Nouvelles

Traduit de l'américain
par François Happe

Gallmeister

Collection AMERICANA
dirigée par Philippe Beyvin

Titre original :
Redeployment

ISBN 978-2-35178-083-1
ISSN 1956-0982

Pour ma mère et mon père, qui ont vu leurs trois fils
s'engager dans l'armée en temps de guerre

Fin de mission

ON a tiré sur des chiens. Pas par accident. De façon délibérée. On avait appelé ça Opération Scooby. Moi, je fais partie des gens qui aiment les chiens, alors, forcément, ça m'a fait gamberger.

La première fois, c'était juste une réaction instinctive. J'entends O'Leary crier “Nom de Dieu”, et là, je vois ce chien marron, squelettique, en train de laper du sang comme il boirait de l'eau dans un bol. C'était pas du sang américain, mais quand même, ce chien, il est là, en train de le laper. Je crois bien que c'est la goutte d'eau qui a fait déborder le vase, après ça, la chasse aux chiens était ouverte.

Sur le moment, vous n'y pensez pas. Tout ce que vous pensez, c'est : qui est dans cette maison, qu'est-ce qu'il a comme arme, comment il va vous tuer, vous ou vos copains. Vous progressez, un pâté de maisons après l'autre, vous vous battez avec des fusils qui sont efficaces jusqu'à cinq cent cinquante mètres, et vous tuez des gens pratiquement à bout portant dans un cube de béton.

C'est après que vous réfléchissez, quand ils vous en laissent le temps. Vous savez, on ne passe pas comme ça, d'un seul coup, de la guerre au centre commercial de Jacksonville. Quand notre mission a touché à sa fin, ils nous ont expédiés à TQ, cette base logistique au milieu du désert, pour nous laisser décompresser un peu. Je ne sais pas trop ce qu'ils entendaient par là. Décompresser. On a supposé que ça voulait dire passer son temps à s'astiquer le manche dans les douches. À fumer cigarette sur cigarette et à jouer aux cartes. Ensuite, ils nous ont envoyés au Koweït et là, ils nous ont mis dans un avion de ligne pour rentrer au pays.

Et vous vous retrouvez là. Vous étiez dans une putain de zone de guerre où ça plaisantait pas, et maintenant, vous êtes assis dans un fauteuil de luxe, le regard fixé sur une petite buse qui vous envoie de l'air climatisé, et vous vous dites, C'est quoi ce bordel ? Vous avez votre fusil entre les genoux, comme tous les autres. Il y a des marines avec des pistolets M9, mais ils vous enlèvent votre baïonnette parce qu'on n'a pas le droit d'avoir un couteau dans un avion. Vous avez pris votre douche, mais vous avez quand même l'air crasseux et amaigri. Tout le monde a les yeux caves, et les treillis sont dans un état lamentable. Vous êtes assis là, et vous fermez les yeux et vous vous mettez à penser.

Le problème, c'est que vos pensées ne vous viennent pas dans le bon ordre. Vous ne vous dites pas, Bon, j'ai fait A, et puis B, et puis C et après D. Vous essayez de penser à chez vous, et puis vous êtes dans la salle de torture. Vous revoyez les morceaux de corps humain dans le placard et le débile mental dans la cage. Il criaillait comme un poulet. Sa tête était rétrécie, elle n'était pas plus grosse qu'une noix de coco. Il vous faut un petit moment pour vous rappeler que vous avez entendu le docteur dire qu'ils lui avaient injecté du mercure dans le crâne, mais même après ça, ça n'a toujours pas de sens.

Vous revoyez les choses que vous avez vues les fois où vous avez failli mourir. Le poste de télévision cassé, le cadavre du hajji. Eicholtz couvert de sang. Le lieutenant à la radio.

Vous revoyez la petite fille, les photos que Curtis avait trouvées dans le tiroir d'un bureau. Sur la première, une belle petite Irakienne, âgée de sept ou huit ans, peut-être, les pieds nus ; elle porte une jolie robe blanche comme pour sa première communion. Deuxième cliché, elle est en robe rouge et talons hauts, et outrageusement maquillée. Photo suivante, même robe, mais son visage est tout barbouillé et elle tient un pistolet pointé sur sa tête.

J'essayais de penser à d'autres choses, à ma femme, Cheryl, par exemple. Elle a la peau pâle et des petits poils noirs et fins sur les bras. Elle en a honte, mais ils sont doux. Délicats.

Mais penser à Cheryl me donnait un sentiment de culpabilité, alors je pensais au caporal Hernandez, au caporal-chef Smith, et à Eicholtz. On était comme des frères, Eicholtz et moi. Tous les deux, un jour, on a sauvé la vie de ce marine. Quelques semaines plus tard, Eicholtz grimpe par-dessus un mur. Un insurgé apparaît soudain à une fenêtre et lui tire dans le dos juste avant qu'il soit passé de l'autre côté.

Alors je pense à tout ça. Et je revois le débile mental, et la petite fille, et le mur où est mort Eicholtz. Seulement voilà, je pense aussi beaucoup, et je veux dire vraiment beaucoup, à ces putains de chiens.

Et je pense à mon chien. Vicar. Au refuge où on est allés le chercher, et où Cheryl a dit qu'il fallait prendre un chien assez âgé parce que personne ne vole les vieux chiens. Et qu'on ne pourrait jamais lui apprendre quoi que ce soit. Et qu'il lui arriverait de vomir de la merde qu'il n'aurait jamais dû manger pour commencer. Qu'il essaierait de s'éclipser, tout honteux, la queue et la tête basses, en fléchissant les jambes arrière. Je pense à sa fourrure, qui s'est mise à grisonner deux ans après, et à tous ces poils blancs sur son museau, qui donnaient l'impression que c'était une moustache.

Voilà, c'était ça. Vicar et l'Opération Scooby, pendant tout le trajet du retour. Vous êtes préparé à tuer des gens, peut-être – je ne suis pas sûr. Vous vous entraînez sur des cibles qui représentent une silhouette humaine, alors vous êtes prêt. C'est vrai, on a aussi des cibles qu'ils appellent "cibles-chiens". Des cibles en forme de delta. Mais elles ne ressemblent pas à ces putains de chiens.

Mais ce n'est pas facile non plus de tuer des gens. Une fois sortis du camp d'entraînement, les marines font comme s'ils allaient jouer aux Rambo, mais c'est pas un putain de jeu, c'est pour des pros. En général. Un jour, on trouve un insurgé agonisant. De l'écume aux coins des lèvres, tout tremblant, foutu, quoi, vous voyez ? Touché par du 7.62, dans la poitrine et la ceinture pelvienne ; dans un instant, il sera mort, mais l'officier en second de la compagnie s'approche, sort son couteau KA-BAR et il lui tranche la gorge en disant :

— Tuer un homme avec un couteau, ça fait du bien.

Tous les marines se regardent, l'air de se dire : C'est quoi, ce bordel ? Ils ne s'attendaient pas à ça de la part d'un officier en second. Ça, c'est des conneries de soldat de première classe.

Pendant le vol, je pensais à ça aussi.

C'est vraiment marrant. Vous êtes là, assis avec votre fusil dans les mains mais sans munitions en vue. Et puis vous vous posez en Irlande pour faire le plein. Et il y a tellement de brouillard que vous voyez que dalle, mais bon, c'est l'Irlande, non ? il doit bien y avoir de la bière. Et le commandant de bord, un enfoiré de civil, débite son foutu message comme quoi les ordres courants restent valables jusqu'à votre retour aux États-Unis, et vous êtes toujours considéré comme en service. Alors, pas d'alcool.

Bon, notre officier commandant se lève d'un bond et il dit :

— C'est aussi absurde qu'une batte pour jouer au football, merde. C'est bon, les marines, vous avez trois heures. Il me semble qu'ils ont de la Guinness, ici.

Oo-rah*, bordel.

Le caporal-chef Weissert a commandé cinq bières d'un coup et a demandé qu'on les aligne devant lui. Pendant un bon moment, il a pas bu une goutte, il est juste resté assis là, à les regarder toutes les cinq, l'air heureux. O'Leary s'est exclamé :

— Regardez-le, en train de sourire comme un pédé dans un arbre à bites.

C'est une expression de sergent instructeur que Curtis adore.

Alors Curtis se met à rire et dit :

— C'est moche, un arbre plein de nœuds.

* Oo-rah : cri de guerre et de ralliement du corps des marines. (Toutes les notes sont du traducteur.)

Et on est tous pliés en deux, heureux rien que de savoir qu'on peut prendre une bonne cuite, qu'on peut baisser sa garde.

On s'est retrouvés complètement pétés assez rapidement. On avait presque tous perdu une dizaine de kilos, et ça faisait sept mois qu'on n'avait pas bu une goutte d'alcool. MacManigan, soldat de première classe, titubait autour du bar, les roupettes à l'air, sorties de son treillis, disant aux marines :

— Arrête de mater mes couilles, espèce de pédé.

Le caporal Slaughter a passé au moins une demi-heure dans les toilettes avant d'arriver à dégueuler, en compagnie du caporal-chef Craig, le mormon resté sobre qui lui donnait un coup de main, et le caporal Greeley, le mormon ivre, occupé à dégueuler dans la cabine voisine. Même les gradés de la compagnie étaient bourrés.

C'était chouette. On a repris place dans l'avion, et rideau. Quand on s'est réveillés, on était en Amérique.

Sauf que quand on a atterri à Cherry Point, il n'y avait personne à nous attendre. Il faisait nuit noire, ça caillait, et la moitié d'entre nous se payait leur première gueule de bois depuis des mois, mais putain, étant donné les circonstances, c'était vachement bon de se sentir patraque. On est descendus de l'avion, et on a vu cette grande piste d'atterrissage vide, avec seulement une demi-douzaine de soldats portant l'insigne rouge du bataillon de transport des marines et un groupe de camions alignés. Pas de familles.

Les gradés de la compagnie nous ont dit qu'elles nous attendaient à la base de Camp Lejeune. Plus vite on chargeait notre équipement dans les camions, plus vite on les reverrait.

Message reçu. On a formé des équipes, et on a balancé nos sacs à dos et nos sacs de marin dans les MTVR. Un boulot épuisant, et par ce froid, ça a fait circuler le sang. Et à transpirer comme ça, on a éliminé une partie de l'alcool aussi.

Ensuite, ils ont fait venir un groupe de bus et on est tous montés dedans, en se tassant un peu, les M-16 coincés dans tous les sens, on n'en avait rien à foutre d'avoir un canon braqué sous le nez, ça n'avait plus d'importance.

De Cherry Point à Camp Lejeune, c'est une heure de route. Premier coup d'œil à travers les arbres. Vous ne voyez pas grand-chose dans l'obscurité. Guère plus quand vous vous retrouvez sur la 24. Des magasins pas encore ouverts. Des néons éteints dans les stations-service et devant les bars. En regardant dehors, je reconnaissais l'endroit où j'étais, d'une certaine manière, mais je ne me sentais pas chez moi. J'imaginais que je me sentirais chez moi une fois que j'aurais embrassé ma femme et caressé mon chien.

On est passés par l'entrée latérale de Camp Lejeune, située à environ dix minutes des quartiers de notre bataillon. Quinze, plutôt, je me suis dit, à voir la manière de conduire de cet enfoiré. Quand on a pris le boulevard McHugh, tout le monde a commencé à s'exciter. Ensuite, le chauffeur a tourné dans A Street. C'est là que se trouve notre bataillon, et j'ai vu les baraquements et là, j'ai pensé, On y est. Et puis ils se sont arrêtés quatre cents mètres avant. Juste devant l'armurerie. J'aurais pu courir jusqu'à l'endroit où étaient les familles. Je voyais la zone où ils avaient installé des projecteurs, derrière l'un des baraquements. Il y avait des voitures garées un peu partout. J'entendais la foule, là-bas, un peu plus loin. À l'endroit où les familles attendaient. Mais on s'est tous mis en rang, pensant à elles, juste là, un peu plus loin. Moi, je pensais à Cheryl et à Vicar. Et on a attendu.

Mais quand je me suis présenté au guichet et que j'ai rendu mon fusil, ça m'a coupé dans mon élan. C'était la première fois que je me séparais de mon arme depuis des mois. Je ne savais plus où mettre les mains. D'abord, je les ai mises dans mes poches, puis je les ai ressorties et j'ai croisé les bras, et finalement, je les ai laissées retomber, inutiles, le long du corps.

Une fois tous les fusils rendus, le sergent-chef nous a fait mettre en véritable formation de défilé. Un putain d'étendard flottait en tête de notre compagnie et on s'est mis à descendre A Street au pas. Quand on est arrivés au niveau du premier baraquement, les familles ont commencé à pousser des acclamations. Je n'ai pu les voir qu'après avoir tourné au coin : elles étaient là, un mur compact de gens qui brandissaient des pancartes sous les projecteurs, et les lumières étaient aveuglantes, dirigées droit sur nous, si bien que c'était difficile de regarder dans la foule et de voir qui était qui. Sur le côté, il y avait des tables de pique-nique et un marine en tenue de camouflage Woodland faisait griller des hot-dogs. Et un château gonflable. Il y avait un putain de château gonflable.

On a continué à avancer au pas. Quelques autres marines en tenue de camouflage Woodland contenaient la foule, et on a marché jusqu'au moment où on s'est trouvés juste à côté des gens, et alors le sergent-chef nous a donné l'ordre de nous arrêter.

J'ai aperçu des caméras de télévision. Il y avait des tas de drapeaux américains. Tout le clan MacManigan était au premier rang, juste au milieu, brandissant une bannière portant l'inscription : OO-RAH PREMIÈRE CLASSE BRADLEY MACMANIGAN. NOUS SOMMES FIERS DE TOI.

J'ai scruté la foule dans tous les sens. J'avais eu Cheryl au téléphone, au Koweït, pas très longtemps, juste "Je vais bien" et "Oui, dans les quarante-huit heures. Vois ça avec le responsable du bureau d'information aux familles, il te dira quand être là." Et elle avait dit qu'elle serait là, mais c'était bizarre, au téléphone. Ça faisait un moment que je n'avais pas entendu sa voix.

Et puis j'ai vu le père d'Eicholtz. Lui aussi avait une pancarte, qui disait : BIENVENUE AU PAYS AUX HÉROS DE LA COMPAGNIE BRAVO. Je l'ai bien regardé et je me suis souvenu de lui, je l'avais vu le jour de notre départ, et je me suis dit, C'est le père d'Eicholtz. Et c'est à ce moment-là qu'ils nous ont libérés. Et ils ont libéré la foule aussi.

J'étais immobile, et les marines autour de moi, Curtis, O'Leary, MacManigan, Craig et Weissert, se précipitaient vers la foule. Et la foule s'avançait vers nous. Le père d'Eicholtz s'avançait.

Il serrait la main de tous les marines qu'il croisait. Je ne pense pas que beaucoup de types le reconnaissaient, et je savais que je devrais aller lui dire quelque chose, mais je n'y suis pas allé. J'ai fait marche arrière. J'ai cherché ma femme du regard. Et puis j'ai vu mon nom sur une pancarte : SERGENT PRICE. Mais le reste était masqué par la foule, et je ne voyais pas qui la tenait. Alors, je me suis avancé dans sa direction, m'éloignant du père d'Eicholtz, en train de serrer Curtis dans ses bras, et j'ai pu lire le reste de la pancarte : SERGENT PRICE. MAINTENANT QUE TU ES RENTRÉ, AU BOULOT. CHOSES À FAIRE EN PRIORITÉ : 1) T'OCCUPER DE MOI. 2) VOIR 1.

Et là, devant moi, tenant la pancarte, j'ai vu Cheryl.

Elle portait un short façon treillis et un débardeur, malgré le froid. Elle avait dû mettre ça pour moi. Elle était plus maigre que dans mes souvenirs. Plus maquillée, aussi. Je me sentais tendu et fatigué et elle semblait un peu différente. Mais c'était elle.

Nous étions entourés de familles souriantes et de marines épuisés. Je me suis avancé vers elle, elle m'a vu et son visage s'est éclairé. Ça faisait bien longtemps qu'une femme ne m'avait pas souri comme ça. Je me suis approché et je l'ai embrassée. Je supposais que c'était ce que j'étais censé faire. Mais cela faisait trop longtemps, on était trop tendus, tous les deux, et j'ai eu l'impression que c'était juste du lèvres contre lèvres. Je ne sais pas. Elle s'est écartée, m'a regardé, puis elle a mis les mains sur mes épaules et elle s'est mise à pleurer. Elle s'est frotté les yeux, puis elle a passé les bras autour de mon cou et elle m'a attiré contre elle.

Son corps était doux et il épousait parfaitement le mien. Tout le temps de ma mission, j'avais dormi par terre ou sur des lits de camp en toile. J'avais porté un gilet pare-balles et j'avais eu un fusil accroché dans le dos en permanence. Pendant ces sept mois, je n'avais rien senti qui ressemblât à son contact. C'était presque comme si j'avais oublié cette sensation, ou comme si je ne l'avais jamais vraiment connue, et maintenant, je me retrouvais face à ce sentiment nouveau, à côté duquel tout le reste n'était plus que du noir et blanc, incapable de rivaliser avec la couleur. Puis elle m'a lâché, je lui ai pris la main et, après avoir récupéré mon bagage, on est partis de là.

Elle m'a demandé si j'avais envie de conduire, et, bon sang, bien sûr que j'en avais envie, alors je me suis mis au volant. Ça aussi, ça faisait longtemps que je ne l'avais plus fait. J'ai passé la marche arrière, j'ai reculé et j'ai pris la direction de la maison. Je pensais que je me serais bien garé dans un coin noir pour me pelotonner contre elle sur le siège arrière, comme à l'époque du lycée. Mais j'ai sorti la voiture du parking et on a descendu le boulevard McHugh. En roulant sur le boulevard, je ne ressentais pas la même chose que dans le bus. Je me disais, C'est le Camp Lejeune. C'est le chemin que je prenais pour venir au travail. Et tout était si sombre. Et silencieux.

Cheryl m'a demandé :

— Comment tu vas ?

Ce qui voulait dire, Comment c'était ? Est-ce que ça t'a rendu dingue ?

J'ai répondu :

— Bien. Je me sens bien.

Et on est redevenus silencieux, et puis j'ai tourné dans le boulevard Holcomb. J'étais content d'être au volant. Ça me donnait une activité sur laquelle me concentrer. Prendre cette rue, tourner le volant, prendre cette autre rue. Une chose à la fois. On peut venir à bout de presque tout en faisant une chose à la fois.

Elle m'a dit :

— Je suis si heureuse que tu sois rentré.

Puis elle a dit :

— Je t'aime tant.

Puis elle a ajouté :

— Je suis fière de toi.

J'ai dit :

— Moi aussi, je t'aime.

Quand on est arrivés à la maison, elle m'a ouvert la porte. Je ne savais même pas où étaient mes clés. Vicar n'était pas derrière la porte pour me faire la fête. Je suis entré, j'ai regardé partout, et il était là, sur le canapé. Quand il m'a vu, il s'est levé, lentement.

Son poil était devenu plus gris et ses pattes étaient pleines de boules de graisse, ces petites tumeurs fréquentes chez les labradors, mais Vicar en avait maintenant vraiment beaucoup. Il a agité la queue. Il est descendu du canapé très délicatement, comme s'il avait mal. Et Cheryl a dit :

— Il ne t'a pas oublié.

— Pourquoi il est si maigre ? ai-je dit, et je me suis penché pour le gratter derrière les oreilles.

— Le vétérinaire a dit qu'il fallait surveiller son poids. Et ces derniers temps, il ne garde pas beaucoup de nourriture.

Cheryl me tirait par le bras. Elle m'éloignait de Vicar. Et je l'ai laissée faire.

Elle a dit :

— C'est pas bon, de rentrer à la maison ?

Elle avait la voix qui tremblait un peu, comme si elle n'était pas certaine de la réponse. Et j'ai dit :

— Si, si, bien sûr.

Et elle m'a embrassé passionnément. Je l'ai prise dans mes bras, je l'ai soulevée et je l'ai portée dans notre chambre. J'ai accroché un large sourire sur mon visage, mais ça n'a pas servi à grand-chose. On aurait dit que je lui faisais un peu peur, à cet instant-là. J'imagine que toutes les femmes de soldats avaient un peu peur.

Voilà, c'est comme ça que s'est passé mon retour à la maison. C'était chouette, je dirais. Rentrer, c'est comme respirer pour la première fois après avoir failli se noyer. Même si ça fait mal, c'est bon.

Je ne peux pas me plaindre. Cheryl s'en est très bien sortie. J'ai vu la femme du caporal Curtis, là-bas, à Jacksonville. Elle avait dépensé toute sa prime de combat avant même qu'il soit revenu, et elle était enceinte de cinq mois, ce qui est un peu court, pour un marine qui revient après une mission de sept mois.

La femme du caporal-chef Weissert n'était pas là à notre arrivée. Il s'est mis à rire, en disant qu'elle avait dû se tromper d'heure, et O'Leary l'a pris en voiture et l'a ramené chez lui. Ils arrivent et ils trouvent la maison vide. Non seulement il n'y a personne, mais tout a disparu : les meubles, les tableaux aux murs, tout. Devant cette dégueulasserie, Weissert secoue la tête et éclate de rire. Ils sont allés acheter du whiskey et ils se sont bourrés sur place, dans la maison vide.

Weissert a fini par s'endormir, ivre mort, et quand il s'est réveillé, MacManigan était tout près de lui, assis par terre. Et c'est MacManigan, aussi surprenant que cela puisse paraître, qui l'a lavé et qui l'a conduit à la base à temps pour les cours qu'ils nous obligent à suivre sur des sujets du genre : Ne vous suicidez pas. Ne battez pas votre femme. Et Weissert se disait, Comment je pourrais battre ma femme ? Putain, je ne sais même pas où elle s'est barrée.

Ce week-end-là, on a eu droit à une perm de quatre jours, et j'ai pris Weissert en charge le vendredi. Il était au milieu d'une cuite de trois jours, et lui tenir compagnie a été une expérience un peu surréaliste, pleine de whiskey et de danseuses nues. Il était 4 heures du matin, quand je suis arrivé à la maison, après l'avoir déposé à la piaule de Slaughter, à la base, et j'ai réveillé Cheryl en rentrant. Elle n'a pas dit un mot. Je pensais qu'elle allait être furieuse, et c'était bien l'impression qu'elle donnait, mais quand je me suis couché, elle s'est tournée vers moi et elle m'a serré contre elle un petit instant, malgré le fait que j'empestais la gnôle.

Slaughter a repassé Weissert à Addis, qui l'a repassé à Greeley, et ainsi de suite. On s'est arrangés pour qu'il ait quelqu'un avec lui tout le week-end, jusqu'à ce qu'on soit sûrs qu'il allait bien.

Quand je n'étais pas en compagnie de Weissert et du reste de la section, j'étais assis sur le canapé avec Vicar, à regarder les matchs de base-ball que Cheryl avait enregistrés pour moi. Parfois, Cheryl et moi, on parlait de ses sept mois, des femmes dont les maris étaient partis en mission, de sa famille, de son boulot, de son patron. Parfois, elle me posait de petites questions. Parfois, je lui répondais. Et même si j'étais content d'être rentré au pays, même si j'avais détesté les sept derniers mois, même si la seule chose qui m'avait permis de tenir le coup avait été les marines de ma section et la pensée du retour, peu à peu, j'ai eu comme l'impression d'avoir envie d'y retourner. Parce que merde, fait chier, tout ça.

La semaine qui a suivi, à la base, ça n'a été que demi-journées et conneries. Rendez-vous avec les médecins pour soigner les blessures que les gars avaient dissimulées, ou supportées. Rendez-vous avec les dentistes. Paperasses. Et tous les soirs, Vicar et moi, on regardait la télé sur le canapé en attendant que Cheryl rentre de son boulot au Texas Roadhouse.

Vicar dormait la tête sur mes genoux, se réveillant chaque fois que je tendais la main pour lui donner de petits morceaux de salami. Le vétérinaire avait dit à Cheryl que c'était mauvais pour lui, mais il avait bien droit à quelque chose de bon. Souvent, quand je le caressais, je touchais une de ses tumeurs et ça devait lui faire mal. On avait l'impression que tout lui faisait mal, remuer la queue, manger sa pâtée. Marcher. Rester assis. Et quand il vomissait, ce qui arrivait un jour sur deux, il avait des haut-le-cœur comme s'il était en train de s'étrangler, accélérant pendant une bonne vingtaine de secondes avant que quelque chose ne sorte. Ce qui m'inquiétait, c'était le bruit. Ça ne me faisait rien de nettoyer le tapis.

Et puis Cheryl rentrait, nous regardait en secouant la tête, puis dans un sourire, elle disait :

— Eh ben, vous faites une belle équipe, tous les deux.

Je voulais avoir Vicar près de moi, mais je ne supportais pas de le regarder. Je pense que c'est pour ça que j'ai laissé Cheryl me traîner hors de la maison, ce week-end-là. On a pris ma prime de combat et on a acheté des tas de choses. C'est comme ça que l'Amérique riposte aux terroristes.

Voilà une expérience. Votre femme vous emmène faire des achats à Wilmington. La dernière fois que vous avez marché dans une rue, votre gars en pointe avançait sur un côté de la route, observant devant lui et scrutant les toits de l'autre côté. Le marine derrière lui observe les fenêtres des étages supérieurs des bâtiments, le marine derrière lui s'occupe des fenêtres situées un peu plus bas et ainsi de suite, jusqu'à ce que vos hommes couvrent complètement le niveau de la chaussée, et puis le marine qui ferme la marche surveille vos arrières. Dans une ville, il y a un million d'endroits d'où on peut vous tuer. Au début, ça vous fait flipper. Mais vous faites comme on vous l'a appris à l'entraînement, et ça marche.

À Wilmington, vous n'avez pas de section avec vous, vous n'avez pas d'équipier, vous n'avez même pas d'arme. Dix fois, vous sursautez, vous cherchez votre arme et elle n'est pas là. Vous êtes en sécurité, alors votre niveau de vigilance devrait être au vert, mais il ne l'est pas.

Au lieu de ça, vous êtes coincé dans un magasin American Eagle Outfitters. Votre femme vous tend des vêtements à essayer et vous entrez dans la minuscule cabine. Vous fermez la porte, et vous n'avez plus envie de l'ouvrir.

À l'extérieur, il y a des gens qui passent devant les vitrines sans s'en faire. Des gens qui n'ont aucune idée de l'endroit où se trouve Falloujah, où trois gars de votre peloton ont été tués. Des gens qui ont vécu toute leur vie avec un niveau de vigilance au vert.

Ceux-là ne s'approcheront même jamais de l'orange. Vous ne pouvez pas connaître ça, jusqu'au jour où pour la première fois, vous êtes pris dans une fusillade, ou un EEI, que vous n'avez pas remarqué, explose, et vous vous rendez compte que la vie des autres, de tous les autres, dépend de votre capacité à ne pas merder. Et que vous dépendez des autres.

Il y a des types qui grimpent directement au rouge. Ils y restent pendant un moment, et puis ils s'écrasent, ils retombent en dessous du vert, plus bas que le niveau "J'en ai rien à foutre de mourir." La plupart des autres restent à l'orange, en permanence.

Vous voulez savoir ce qu'est l'orange ? Vous ne voyez plus et vous n'entendez plus comme avant. La chimie de votre cerveau change. Vous saisissez tous les détails de votre environnement, absolument tous. Je pouvais repérer une pièce de dix cents à vingt mètres de distance dans la rue. J'avais des antennes qui se déployaient sur tout le pâté de maisons. J'ai du mal à me rappeler exactement la sensation que j'éprouvais. Je pense que vous saisissez trop d'informations à stocker, alors vous oubliez, vous libérez de l'espace dans votre cerveau pour pouvoir saisir tout ce qui, dans l'instant d'après, pourrait vous garder en vie. Et vous oubliez ce moment-là aussi, pour vous concentrer sur le suivant. Puis le suivant. Puis le suivant. Pendant sept mois.

C'est ça, l'orange. Et puis vous allez faire des courses à Wilmington, sans arme, et vous vous imaginez que vous pouvez redescendre au vert ? Putain, ça va prendre un sacré bout de temps avant que vous puissiez retrouver le vert. À la fin, j'étais dans un état de tension extrême. Cheryl ne m'a pas laissé prendre le volant pour rentrer. J'aurais roulé à cent soixante. Et quand on est arrivés, on a vu que Vicar avait encore vomi, juste à côté de la porte. Je l'ai cherché, et il était là, sur le canapé, essayant de se mettre debout sur ses pattes tremblotantes. Et j'ai dit :

— Bordel, Cheryl. Il est temps, nom de Dieu.

Et elle a dit :

— Tu crois que je ne le sais pas ?

J'ai regardé Vicar.

Elle a dit :

— Je l'emmènerai chez le vétérinaire demain.

J'ai dit :

— Non.

Elle a secoué la tête, et elle a insisté :

— Je vais m'en occuper.

Je lui ai dit :

— Tu as l'intention de donner une centaine de dollars à un enfoiré pour qu'il tue mon chien ?

Elle n'a pas répondu.

J'ai dit :

— C'est pas comme ça que ça se passe. C'est à moi de le faire.

Elle me dévisageait avec cet air qui me désarmait. Plein de douceur. J'ai tourné la tête vers la fenêtre, regardant dans le vide.

Elle a dit :

— Tu veux que j'aille avec toi ?

J'ai dit :

— Non. Non.

— Comme tu veux. Mais ça serait mieux.

Elle s'est approchée de Vicar, s'est penchée vers lui et l'a serré contre elle. Ses cheveux sont retombés sur son visage et je ne pouvais pas voir si elle pleurait. Elle s'est redressée, puis elle est allée dans notre chambre et a refermé la porte doucement.

Je me suis assis sur le canapé et j'ai gratté Vicar derrière les oreilles et j'ai imaginé un plan. Pas un bon plan, mais un plan tout de même. Parfois, c'est suffisant.

Pas loin de chez moi, il y a un chemin de terre, avec un ruisseau un peu à l'écart, et quand le soleil se couche, l'endroit est éclairé d'une lumière tamisée. C'est joli. Avant, j'allais y courir de temps en temps. Je me suis dit que ce serait un bon endroit pour faire ça.

C'est tout près en voiture. On y est arrivés juste au coucher du soleil. Je me suis garé à proximité de la route et je suis sorti, j'ai pris mon fusil dans le coffre et j'ai passé la bandoulière sur mon épaule avant d'aller côté passager. J'ai ouvert la portière, j'ai soulevé Vicar dans mes bras et je l'ai porté jusqu'au bord du ruisseau. Il était lourd et tout chaud, et il me léchait le visage tandis que j'avançais, me donnant les coups de langue nonchalants et paresseux d'un chien qui a été heureux toute sa vie. Quand j'ai fait un pas en arrière, après l'avoir posé par terre, il a levé les yeux vers moi. Il a remué la queue. Et moi, je suis resté figé sur place.

Une seule fois, j'avais hésité de cette façon-là. Vers le milieu de la bataille de Falloujah, un jour, un insurgé a réussi à s'introduire dans notre périmètre. Quand on a donné l'alerte, il a disparu. On a commencé à flipper et on a fouillé dans tous les coins, jusqu'au moment où Curtis a regardé dans cette citerne qui avait été utilisée comme fosse d'aisances, en fait, c'était une grosse cuve ronde, remplie de merde liquide jusqu'au quart de sa hauteur.

L'insurgé était plongé dedans, se dissimulant et ne remontant à la surface que pour respirer. Comme un poisson qui vient gober une mouche posée sur l'eau. Sa bouche affleurait, s'ouvrait pour prendre de l'air, puis se refermait vivement et il s'enfonçait à nouveau. J'avais du mal à imaginer ça. Rien que l'odeur était déjà assez horrible. Quatre ou cinq marines ont braqué leur fusil et ils ont tiré dans la merde. Pas moi.

Quand j'ai regardé Vicar, j'ai ressenti la même chose. Ce sentiment, du genre si je fais ça, quelque chose en moi va se briser. Et puis j'ai pensé à Cheryl amenant Vicar chez le vétérinaire, à un étranger en train de poser les mains sur mon chien, alors je me suis dit, Il faut que je le fasse.

C'était pas un fusil de chasse que j'avais, mais un AR-15. Identique, en fait, au M-16, avec lequel j'avais été formé, et on m'avait appris à faire les choses correctement. Viser, contrôler la détente, contrôler sa respiration. Fixer le cran de mire en acier, pas la cible. La cible doit être floue.

J'ai fixé Vicar, puis le cran de mire. Vicar a disparu dans un flou grisâtre. J'ai enlevé la sécurité. Il fallait tirer trois fois. Ce n'est pas simplement, j'appuie sur la détente et c'est terminé. Il faut faire les choses correctement. Deux balles dans le corps. Une dernière dans la tête, précisément.

Il faut tirer les deux premières rapidement, c'est très important. Votre corps est constitué d'eau, pour l'essentiel, et quand une balle le traverse, c'est comme une pierre lancée dans un étang. Ça fait des ondulations. Lancez une deuxième pierre tout de suite après la première, vous verrez comment l'eau est agitée entre les deux endroits où elles ont frappé la surface. La même chose se produit dans votre corps, surtout quand il s'agit de deux balles de 5.56 qui vous percutent à des vitesses supérieures à celle du son. Ces ondes de choc sont capables de déchiqueter certains organes.

Si je devais tirer deux balles sur vous, une de chaque côté du cœur, une première balle…, puis une autre, vous auriez les deux poumons perforés, deux blessures aspirantes à la poitrine. Bon, évidemment, vous êtes foutu. Mais vous allez rester en vie assez longtemps pour sentir vos poumons se remplir de sang.

Si je tire deux balles au même endroit mais très rapidement, pas de problème. Les ondes de choc vont vous déchiqueter le cœur et les poumons, vous n'agonisez pas, vous mourez, tout simplement. Il y a un choc violent, mais aucune douleur.

J'ai pressé la détente, j'ai senti le recul, et j'ai fixé la mire, pas Vicar, à trois reprises. Deux balles lui ont perforé la poitrine et une autre s'est logée dans son crâne, et elles l'ont frappé rapidement, trop rapidement pour qu'il sente quelque chose. C'est ainsi que ça doit être fait, chaque balle venant immédiatement après la précédente, pour que vous ne puissiez même pas essayer de récupérer, parce que c'est là que ça fait mal.

Je suis resté là un moment, fixant toujours la mire. Vicar n'était qu'une masse floue grise et noire. La lumière déclinait. Je n'arrivais pas à me souvenir de ce que j'allais faire du corps.

Ordres simplifiés

Le lieutenant dit, Nettoyez-moi cette putain de maison. Bien reçu. On va nettoyer cette putain de maison.

Je rassemble mes gars, je fais un schéma dans le sable. J'ai une chique dans la bouche pendant que je fais mon topo, et quand je crache, la salive s'évapore dès qu'elle touche le sol.

D'après les informations recueillies sur le terrain, cet endroit est une fabrique d'EEI, remplie d'enculés d'hajji, dont un figurerait dans le haut de la liste des personnes recherchées. Le rapport d'observation dit qu'il y a là une force ennemie de la taille d'un groupe de combat, armée d'AK-47, de RPK, de RPG, peut-être d'un SVD.

Je désigne le 2e groupe de combat comme élément principal de l'intervention. C'est l'équipe du caporal-chef Sweet, et Sweet est un putain de crack. Un sous-off de première. Le mitrailleur de Sweet, c'est le première classe Dyer, et Dyer est tout excité parce qu'il va enfin avoir une chance de se dépuceler et d'abattre un ennemi. Il a dix-neuf ans, un de nos tueurs classe biberon, et tout ce qu'il a tué jusqu'à présent chez les marines, c'est des silhouettes en papier.

Je mets le 1er groupe de combat en soutien. L'équipe du caporal-chef Moore. Moore est un peu tête brûlée, il pense que son groupe devrait toujours être l'élément principal, comme si c'était une putain de récompense. Ça serait bien s'il était un peu moins du genre oo-rah, mais en mission, il assure.

Je mets le 3e groupe en réserve, comme d'habitude. Le groupe de Malrosio. Lui, il est plus con qu'un Fabio qui aurait avalé deux flacons de NyQuil. Le 3e a eu la belle vie jusqu'à maintenant, parce que je ne lui donne jamais de choses trop compliquées à faire. Ça peut servir, parfois, d'avoir un idiot à sa tête.

Quand on arrive à la maison, les autres sections établissent un cordon de sécurité, nous on se précipite dans la rue et on enfonce la porte de derrière. Fusil à pompe M870, avec cartouches explosives pour la serrure. Boum, et on y va.

La porte de derrière mène à la cuisine. À droite, OK. À gauche, OK. En haut, OK. À l'arrière, OK. Cuisine, OK. On avance, on ne se regroupe pas, on continue à avancer. Lentement, question de fluidité. La fluidité, c'est la rapidité. Le groupe du caporal-chef Sweet vous nettoie une maison comme l'eau qui coule dans un ruisseau.

Dès qu'on passe le seuil de la pièce suivante, on est arrosés par des AK, mais on tire mieux qu'eux. Résultat, deux hajji au tapis, blessures mortelles, pas de victimes de notre côté. Encore une journée de rêve. Sauf que Sweet mène le 2e groupe à la chambre, et là, un hajji surgit, tire au jugé, de la hanche, et il atteint le caporal-chef Sweet. Deux projectiles sont bloqués par son gilet pare-balles, mais un troisième traverse la protection de ses bijoux de famille et va se loger dans sa cuisse. Le première classe Dyer colle au train de Sweet, il est le deuxième à passer la porte, il envoie une rafale de 5.56 dans le visage du hajji. On nettoie la chambre, on appelle, Infirmier !, et Dyer s'agenouille pour panser la blessure de Sweet. Le sang est rouge vif, l'artère fémorale, peut-être.

On continue à avancer. Le 1er groupe s'approche et maintenant Doc P est auprès de Sweet avec Dyer et, ah, le hajji respire encore, alors l'infirmier dit à Dyer, Va t'occuper de sa blessure au visage, procède aux quatre interventions vitales, rétablir la respiration, arrêter l'hémorragie, protéger la blessure, traiter le traumatisme. J'appelle le lieutenant sur notre système radio intégré et demande une évacuation sanitaire d'urgence.

On continue à avancer. Chambre, OK. Toilettes, OK. Cellier, OK. Une putain de pièce, quelle que soit son utilité, OK. Rez-de-chaussée, OK.

Appel du lieutenant, un CH-46 a décollé et vient au secours de Sweet. Il veut connaître l'état du blessé, alors je me tourne vers Doc P et lui jette un coup d'œil qui veut dire WIA ou KIA, blessé ou mort au combat ? Doc dit, Urgence, c'est sérieux, et je transmets au lieutenant tandis qu'on se regroupe devant la porte du sous-sol.

On balance une grenade aveuglante et, quand elle explose, on se précipite dans l'escalier. Ils sont trois, là, en bas. Un d'al-Qaida, mais il est sonné par la grenade et il n'a pas d'arme à la main. Il a l'air d'avoir dix-sept ans et paraît effrayé, et quand on lui passe les menottes souples et qu'on commence toutes les conneries habituelles concernant les prisonniers de guerre, il se pisse dessus. Ça arrive, parfois.

Rien à craindre des deux autres dans le sous-sol, un policier et un jundi de la 1re division de l'armée irakienne. Ils sont ficelés sur une chaise, face à un caméscope installé sur un trépied. Ils ont été horriblement battus, et il y a une belle mare de sang qui s'étale sur le sol.

Le caporal Moore voit la caméra et les deux types qui ont été torturés. Tranquillement, il dit, C'est quoi, ce bordel. Mais on sait bien, tous, de quoi il s'agit.

Le caporal McKeown regarde la caméra et dit, al-Qaida fait des pornos de merde.

Moore jette un coup d'œil au prisonnier, qu'on a mis à plat ventre, face contre terre, menotté, un bandeau sur les yeux, et dit, Fils de pute, espèce de salopard d'enculé. Il fait un pas en avant, mais je l'arrête.

Le 1er groupe détache les deux Irakiens et leur donne les premiers soins. Al-Qaida en Irak a utilisé du fil de fer pour les attacher aux chaises et le fil leur a cisaillé la peau, si bien que c'est difficile de les libérer sans arracher davantage de chair. Et puis, il y a un problème avec leurs pieds. Je dis, Conduisez-les au point de rassemblement des blessés que Doc a installé au rez-de-chaussée. La maison est nettoyée, maintenant, le tout a duré moins de deux minutes, du bon boulot, sauf pour Sweet, et ça, c'est vraiment chiant. Une blessure dans la région du bas-ventre, c'est toujours le cauchemar.

Au sous-sol, il y a une cache d'armes, le bordel habituel, AK et RPK, explosif artisanal, RPG et quelques obus d'artillerie rouillés, du 122 mm. Je laisse ça à Moore et je vais voir comment va Sweet.

Au rez-de-chaussée, je vois que Doc a déjà sorti le pansement antihémorragique QuickClot et l'a posé sur la blessure. Pas bon signe, ça, et cette saloperie de QuickClot, ça brûle, mais Sweet s'efforce de sourire. Il lève le pouce dans ma direction, baisse les yeux vers Doc, en train de s'occuper de sa cuisse, et dit, Hé, Doc, tu voudrais pas me faire une petite gâterie, pendant que tu es au bon endroit ? Doc ne lève pas le regard.

Le première classe Dyer est penché au-dessus du hajji qu'il a blessé au visage. Je vois qu'il a ouvert son propre kit de premiers secours pour mettre des compresses sur le hajji. Vous n'êtes pas censé faire ça. Le kit, c'est pour votre usage personnel.

Le hajji est mal en point. On dirait que la moitié de sa mâchoire a été emportée. Il y a des morceaux de barbe encore attachés à la peau par terre, à l'autre bout de la pièce. Dyer appuie sur la compresse de toutes ses forces pour stopper le saignement, et je vois qu'il a le masque. Alors, j'attrape le caporal Weber et je lui dis de prendre la place de Dyer, pour qu'il puisse souffler un peu.

Le CH-46 se pose moins de dix minutes après l'appel. Ça laisse suffisamment de temps à Sweet pour arrêter de plaisanter et commencer à sortir les conneries habituelles que disent les types qui sont gravement touchés. Je lui dis qu'on ne le laissera pas mourir. Je ne sais pas si c'est un mensonge ou non.

On sort Sweet, avec le hajji, le policier irakien et le jundi, on les embarque et l'hélico décolle pour TQ. Je dis à la section que Sweet a une bonne chance de s'en tirer. Si votre cœur bat toujours quand vous arrivez au bloc, il est probable qu'il battra encore quand vous en sortirez.

Une fois que l'EVASAN est terminée, le reste, c'est surtout de l'attente. Je fais mon rapport sur la situation au lieutenant. Il transmet au PC, et ils répondent que l'officier commandant a dit, Bravo Zoulou, quelle que soit la signification de cette foutue expression.

Je m'assure que la sécurité est en place et que personne ne souffre d'abattement à la suite de l'engagement. En ce qui me concerne, ce n'est vraiment pas le cas. Généralement, après une attaque, l'adrénaline est épuisée et je n'ai envie que d'une chose, me rouler en boule et faire un petit somme. Mais là, avec Sweet dans l'hélico, pas question.

Les gars sont bien postés là où il faut. L'équipe de Malrosio, que Dieu nous vienne en aide, reste en couverture. L'équipe de Sweet n'est pas au mieux.

Dyer est à l'une des fenêtres de la pièce principale, mais en fait il n'est pas là. Pas opérationnel. D'abord, il est trop près. Ensuite, il ne surveille pas vraiment. Un insurgé pourrait s'amener et lui empoigner les couilles avant qu'il s'en aperçoive. En plus, il est couvert de sang. Celui de Sweet et du hajji, certainement. Panser une blessure, c'est pas joli. Les manches de sa combinaison sont trempées.

Je lui dis, Viens ici. Et puisqu'il y a deux cadavres dans la pièce principale, je dis à Moore de surveiller un instant, puis j'emmène Dyer dans la cuisine et je lui dis, Déshabille-toi.

Il me regarde.

Tu peux pas garder ces vêtements-là sur toi, lui dis-je.

Il se déshabille et j'en fais autant. Je vois l'énorme *S* de Superman qu'il s'est fait tatouer sur la poitrine avant son départ en mission. Tout le monde le charrie à cause de ça, mais là, je ne dis rien. J'enlève ma combinaison et je la lui donne. Je remets mon équipement personnel de protection, je roule la combinaison de Dyer sous le bras et je retourne dans la pièce principale ne portant que mes chaussures, mon gilet pare-balles, mon caleçon et mon casque en Kevlar. Ça fait un moment que mes jambes et mes bras n'ont pas vu le soleil, et ils sont pâles comme de la merde de pigeon. Quand Moore me voit, il commence à sourire. McKeown voit Moore sourire et il se tord de rire. Je leur fais, Je vous emmerde, moi au moins j'ai l'air sexy.

Le lieutenant est avec Doc. Il aperçoit mes jambes nues sous mon gilet pare-balles, il ne sourit pas, il dit simplement, Heureusement que vous avez mis un caleçon aujourd'hui.

Je dis, Hé, Doc, comment ça se présente ce bordel ? Et je fais un signe de tête en direction de la porte du sous-sol.

Doc secoue la tête. Salement battus, dit-il. Avec des morceaux de tuyaux, je pense. Des tas de lacérations sur tout le corps et en particulier sur la plante des pieds. Et ils leur ont fait des trous dans les chevilles avec une perceuse électrique, juste au niveau de l'articulation, ils resteront infirmes à vie. Mais pas de blessure mortelle.

Le lieutenant dit, Ils étaient sur le point de faire une vidéo.

Doc poursuit, Ils les ont mis devant la caméra, et ils leur ont dit, Préparez-vous à mourir, *kâfir*, et ils se sont aperçus qu'ils n'avaient plus de cassette.

Le lieutenant dit, Il y en a encore deux quelque part, là dehors. Ceux qu'ils ont envoyés chercher une cassette. Probable qu'on ne les reverra jamais, mais ouvrez l'œil quand même. L'un d'eux pourrait avoir une drôle d'idée et tenter quelque chose.

Eh ben, je l'espère, mon lieutenant.

Je vais en informer les marines, mais le lieutenant pose une main sur mon épaule. Calmement, il demande, Sergent, vous avez déjà vu quelque chose comme ça, avant ?

Par moments, j'oublie que c'est sa première mission en Irak. Je hausse les épaules. L'adrénaline s'est dissipée, maintenant et je me sens complètement vidé. Pas ça exactement, dis-je, mais il n'y a plus grand-chose qui peut me surprendre. Là, au moins, ce ne sont pas des gosses.

Le lieutenant hoche la tête.

Mon lieutenant, dis-je, évitez d'y penser tant qu'on n'est pas rentrés au pays.

Vous avez raison, dit-il. Il regarde vers la route et ajoute, Bon, les démineurs sont en route, pour la cache d'armes. Ils ont dit surtout touchez à rien.

Je dis, C'est pas moi qui vais jouer avec les bombes, mon lieutenant.

Il répond, Dès qu'ils en auront terminé, nous irons voir comment va Sweet. Ils l'ont emmené à TQ.

Il est OK ?

Ça ira, dit-il. Je vais voir mes hommes. Les démineurs arrivent rapidement, je vois que c'est l'équipe du sergent-chef Cody. Cody est un gars de la campagne, du Tennessee, il pointe du doigt mes jambes nues et me fait un grand sourire de péquenaud.

Il me dit, Quand t'as fini de baiser ces hajji, faut remettre ton futal.

Pendant que son équipe s'occupe des munitions non explosées, je m'occupe de la combinaison de Dyer. Moore m'apporte un peu d'essence du sous-sol, on la verse sur le vêtement et on y met le feu. Ces trucs-là sont censés être ignifugés, c'est pour ça qu'on les porte, mais ça brûle bien quand même.

En regardant les flammes, je demande à Moore, T'allais cogner sur ce hajji, là, en bas ?

Il me répond, L'aurait bien mérité.

C'est pas la question, dis-je. Si tes marines te voient faire quelque chose de tordu, alors ils vont se mettre à penser que tout ce qu'on fait ici est tordu. Et on n'a pas le temps de s'occuper de ce genre de chose. On repart en patrouille demain.

Le lieutenant me rejoint avec une autre combinaison. Changez-vous, dit-il. Nous partons tout de suite pour TQ. Sweet est stabilisé, mais ils vont l'expédier en Allemagne assez rapidement. Le policier irakien et le jundi sont stabilisés également. Le hajji n'a pas survécu.

Je prends la combinaison et je dis à Moore, Passe le mot à toute la section, Sweet est OK, mais ne mentionne pas que le hajji est mort.

Je retourne dans la cuisine pour me changer, et quand j'ai fini, les démineurs en ont terminé et on remonte tous dans les véhicules.

Pendant qu'on roule vers TQ, McKeown dit, Hé, au moins, on a sauvé la vie de ces types.

Je dis, Ouais, un putain de sauvetage par la 2e section.

Sauf que je ne peux pas oublier leurs yeux. Je ne crois pas qu'ils voulaient être sauvés. Une fois qu'al-Qaida vous a mis devant la caméra ? Que vous avez été roué de coups, torturé, qu'on vous a fait des trous dans le corps avec une perceuse et que vous vous dites, Enfin. Allez, qu'on me coupe la tête d'un seul coup. C'est ce que je me dirais. Et puis, devinez quoi ? Ah-ah, l'enculé. Plus de cassette pour filmer. Alors vous restez là à souffrir, attendant la mort, Dieu sait pendant combien de temps. Il n'y a pas nécessairement un supermarché au coin de la rue.

Quand on a fait irruption, nos M4 prêts à faire feu, je n'ai pas vu de larmes de joie. Ces hommes étaient déjà morts. Puis on les a bourrés de drogue, on les a évacués, et ils ont dû recommencer à vivre.

L'espace d'un instant, je pense qu'on devrait peut-être prendre le temps de souffler tous ensemble, ce soir. Se soûler à la Listerine et parler de toutes ces conneries. Mais je ne veux pas brûler cette dernière cartouche tant que ce n'est pas absolument nécessaire, et puis, Sweet est en vie. C'est une bonne journée. Mieux vaut garder cette connerie pour un mauvais jour.

On entre dans TQ, une immense base opérationnelle avancée, réservée aux forces américaines et de la coalition. En passant la barrière, on vide tous nos armes et on les met en condition 4, chambre vide, chargeur éjecté. Généralement, les bases opérationnelles sont sûres. Et grouillent d'agents de sécurité de sociétés privées.

Les panneaux indiquant la direction de l'hôpital sont exactement les mêmes qu'aux États-Unis, un carré bleu avec un H blanc au centre. Et il y a aussi des marines en treillis au volant de véhicules de type civil, sans gilet pare-balles, exactement comme dans n'importe quelle base aux États-Unis. Le service de chirurgie est situé au milieu de la base, tout près de la Tour Noire, c'est le nom que donnent les types de la logistique à leur poste de commandement. La route tourne autour de ce bâtiment, s'en rapprochant progressivement. Je suis déjà venu ici.

Tout le monde est silencieux tandis qu'on s'approche, et puis McKeown dit, Sergent, c'était vraiment un sacré bordel.

Mais c'est pas le moment d'avoir ce genre de conversation, alors je dis, Ouais, j'avais jamais vu autant de sang depuis que j'ai baisé ta mère pendant ses règles. Et les gars éclatent de rire et déconnent un peu, ça change l'ambiance qui était en train de s'installer. On sort des Humvee et on marche vers le service de chirurgie dans la disposition d'esprit qui convient.

À l'intérieur, on trouve Sweet réveillé mais branché à une perfusion pleine de bonnes choses.

Je me sens bien, dit-il, j'ai toujours ma jambe.

Un autre marine était arrivé pendant que Sweet était au bloc, et ça n'allait pas aussi bien pour lui. Tout de même, pour nous, c'était une bonne journée.

Sauf que pendant qu'on plaisante avec Sweet, Dyer attrape un toubib au passage et lui demande comment va le hajji dont il a mitraillé le visage. J'essaie de capter le regard du toubib pour lui faire comprendre, Ne lui dites pas que le type est mort, mais ce n'est pas la peine. Le toubib lui dit, Je n'ai aucune idée de sur qui vous avez tiré. De toute façon, les membres d'al-Qaida sont expédiés dans un hôpital haute sécurité une fois qu'ils ont été stabilisés ici. Là, maintenant, vous n'en trouverez pas un seul ici.

Et Dyer reste là, un peu déboussolé. Il a toujours ma combinaison sur le dos, et il nage dedans. Je pose une main sur son épaule et dis, Bon boulot aujourd'hui, première classe. Tu as eu le type qui a blessé Sweet.

Dans la chambre suivante, en face de celle de Sweet, ils ont mis le policier irakien et le jundi que nous avons sauvés. Je sors dans le couloir, je jette un coup d'œil à l'intérieur, et ils sont là, bousillés, drogués, assommés. C'est chouette, dans l'hôpital, pas de sang ni de poussière partout comme dans le sous-sol de la maison, mais ces deux-là, même nettoyés, leurs corps ne ressemblent pas à ce à quoi un corps devrait ressembler. À les voir ainsi, je reste figé une seconde. Je ne fais pas venir mes gars, ils n'ont pas besoin de voir ça.

Après cela, il n'y a plus grand-chose à faire, à part filer à la cantine. On est sur une base opérationnelle, autant profiter de cette bonne bouffe tant qu'on peut. Mes gars l'ont bien mérité. Peut-être qu'ils en ont besoin. En plus, tout le monde dit que TQ sert les meilleurs repas de toute la province d'Al-Anbar, et dans pas longtemps, on aura regagné notre poste avancé sur le terrain.

La cantine est à environ un kilomètre de là. C'est un bâtiment blanc, comme une sorte d'immense grange, de deux cents mètres de long, au moins, et cent de large, entouré d'une clôture de trois mètres de haut surmontée de barbelés. Nous montrons nos plaques d'identité aux gardes ougandais et on passe la barrière. À l'intérieur, il y a des lavabos où vous commencez par vous laver les mains, on ne mange pas avec des doigts sales, et puis il y a un long comptoir de cafétéria derrière lequel des employés de la société KBR servent toute sorte de bouffe. Je n'ai pas faim, mais je prends de l'entrecôte avec de la sauce au raifort.

On va s'asseoir à une grande table. La cantine est presque pleine, il y a peut-être un millier de personnes en train de manger ici, et on est assis entre des Ougandais, des marines et des marins des services techniques de la base de TQ.

Je suis en face du première classe Dyer, et il ne mange pas beaucoup. À côté de moi, il y a un capitaine de corvette des services techniques, et il bouffe comme quatre. Quand il voit que nous ne sommes pas des planqués de la base, il engage la conversation. Je ne lui dis pas pourquoi on est là. Je lui parle un tout petit peu de notre poste avancé et je lui dis que c'est bon de manger autre chose qu'une ration militaire ou que le riz des Irakiens, servi avec cette saloperie de couleur rouge. Il dit, Vous avez de la chance. Vous êtes venus le jour qu'il fallait. C'est dimanche. Le dimanche, c'est le jour du cobbler. Et il pointe le doigt vers une longue table dans le fond de la salle où on sert le gâteau aux fruits avec de la glace.

Alors, merde, quand on a fini, on se lève tous pour aller chercher un morceau de cobbler, sauf Dyer. Il dit qu'il n'a pas faim, mais je lui dis :

— Eric. Lève ton cul et va te chercher un peu de ce putain de cobbler.

Et on y va.

Les employés de KBR en ont disposé différentes sortes. Du cobbler aux cerises. Du cobbler aux pommes. À la pêche.

Le capitaine de corvette dit que le meilleur, c'est celui aux cerises. Bien reçu. Je prends la cerise. Dyer prend la cerise. On prend tous cette putain de cerise.

On va se rasseoir, je suis en face de Dyer, et il regarde sa glace fondre sur sa part de cobbler. C'est pas bon, ça. Je lui mets une cuiller dans la main. Parfois, vous devez en revenir aux choses élémentaires.

Compte rendu de fin de mission

DANS un autre véhicule, on serait morts. Le MRAP* a décollé du sol, quinze tonnes d'acier soulevées et sautant en l'air, bondissant sous mes pieds comme si la pesanteur n'avait plus les mêmes effets. Le monde a pivoté et s'est écrasé tandis que l'explosion me bouchait les oreilles et faisait vibrer mon squelette tout entier.

La pesanteur a repris ses droits. Il y avait des bâtiments, là, avant. Maintenant, on ne voyait plus que les phares dans la poussière. Quelque part, plus loin, des civils irakiens réveillés en sursaut. Le type qui avait déclenché l'explosion, si toutefois il y en avait un, s'était discrètement éclipsé. J'avais les oreilles qui bourdonnaient et ma vision était réduite à un tout petit point lumineux. Lentement, mon regard a parcouru le canon de notre mitrailleuse de calibre 50. L'extrémité était tordue et déchiquetée.

Le commandant du véhicule, le caporal-chef Garza, était en train de me crier quelque chose.

— La mitrailleuse est foutue, ai-je hurlé.

Je n'entendais pas ce qu'il me disait.

Je suis descendu de la tourelle pour passer à l'intérieur du MRAP. J'ai marché à quatre pattes sur les sièges pour aller ouvrir le hayon arrière. Puis je suis sorti.

Timhead et Garza étaient déjà dehors, Timhead posté sur le côté droit du véhicule tandis que Garza inspectait les dégâts.

---

* *Mine Resistant Ambush Protected:* véhicule blindé conçu pour résister aux mines et engins explosifs improvisés.

Le véhicule Trois est arrivé en soutien, avec Harvey dans la tourelle. C'était une rue étroite, juste à l'entrée de Falloujah, et ils se sont garés un peu plus loin, sur la gauche de notre MRAP, affaissé à l'avant, comme un animal blessé.

Les rouleaux de déminage avaient été arrachés du blindé. Leurs roues étaient éparpillées dans tous les coins, au milieu de fragments de métal et d'autres débris. Un des pneus du véhicule avait atterri à quelques pas de là, couvert d'une couche de poussière, on aurait dit que c'était l'énorme grand-père de tous les bébés roues du rouleau de déminage qui l'entouraient.

Je ne me sentais pas très solide sur les jambes, mais ce que j'avais appris à l'entraînement reprit le dessus. J'ai épaulé mon fusil, scrutant l'obscurité, essayant de suivre la règle des cinq et vingt-cinq mètres, mais il fallait attendre que la poussière soit retombée pour voir devant moi à plus de cinq pas.

Dans une maison, une lumière brillait à travers le brouillard. Elle clignotait, faiblissant puis s'éclaircissant rapidement. Ça résonnait dans ma tête et mon dos me faisait mal. J'avais dû être projeté contre la paroi de la tourelle.

Timhead et moi, on se tenait sur la droite du MRAP, tournés vers le côté extérieur. Quand la poussière est retombée, j'ai vu des visages irakiens qui nous regardaient dans quelques-unes des maisons merdiques sans étage. Probable que l'un d'entre eux était celui du poseur de bombe, en train d'attendre pour savoir s'il allait y avoir une EVASAN. Ils touchent une prime supplémentaire pour ça.

Probable également que les civils surveillaient pour voir ce qui allait se passer. On ne peut pas poser une bombe de cette importance sans que le quartier soit au courant.

J'avais le cœur qui battait à toute vitesse, et les élancements me traversaient le dos à un rythme super rapide.

Le caporal Garza a fait le tour du MRAP pour évaluer les dégâts de l'autre côté. On est restés où on était.

— Putain, ai-je dit.

— Putain, a dit Timhead.

— Ça va ? lui ai-je demandé.

— Ouais.
— Moi aussi.
— Putain, je me sens…
— Ouais ?
— Je sais pas.
— Ouais. Moi pareil.

Une rafale a crépité, comme quelqu'un qui fait claquer un fouet en l'air. Tirs d'AK, tout près, et on était à découvert. Pas de tourelle où me baisser, et je n'avais que mon fusil, pas la mitrailleuse de 50. Je ne pouvais pas voir d'où venaient les coups de feu, mais je me suis accroupi derrière le flanc du MRAP, pour me mettre à l'abri. À nouveau, mon entraînement a pris le dessus, mais j'ai eu beau scruter la zone au bout de mon fusil, il n'y avait rien à voir.

Timhead a tiré de là où il était, devant le MRAP. Je me suis mis à tirer dans la même direction que lui, vers le flanc de la maison à la lumière clignotante, et j'ai vu mes balles s'écraser sur le mur. Timhead a arrêté de tirer. Moi aussi. Il était toujours debout, j'en ai déduit qu'il était OK.

Une femme a poussé un hurlement. Peut-être qu'elle avait hurlé pendant tout ce temps-là. J'ai quitté mon abri derrière le MRAP et j'ai senti mes couilles se contracter et remonter.

À mesure que je m'approchais de Timhead, mon angle de vue sur le flanc de la maison s'agrandissait. Timhead tenait toujours son fusil en position de tir, et j'en faisais autant. De l'autre côté du bâtiment, il y avait une femme en noir, sans voile, et un gosse de treize ou quatorze ans, peut-être, étendu par terre, en train de se vider de son sang.

— Putain de merde ! ai-je dit.

J'ai aperçu la Kalachnikov près de lui, dans la poussière.

Timhead restait silencieux.

— Tu l'as eu, ai-je dit.

— Non. Non, mec, non, a dit Timhead.

Mais c'était bien lui.

On a supposé que le gosse avait pris l'AK de son père quand il nous a vus là, dehors, et il s'est dit qu'il allait jouer au héros en tirant à l'aveuglette sur les Américains. S'il avait réussi, j'imagine qu'il serait devenu la star du quartier. Mais apparemment, il ne savait pas viser, sinon Timhead et moi, on était foutus. Il était à moins de cinquante mètres, il nous a arrosés au petit bonheur, presque toutes ses balles sont parties dans les nuages.

Comme nous tous, Timhead avait vraiment appris à se servir d'un fusil, et il s'était entraîné sur des cibles en forme de silhouettes humaines. La seule différence entre elles et le gosse, c'était que sa silhouette à lui était plus petite. L'instinct a prévalu. Il a touché le gamin trois fois avant que celui-ci ne tombe à terre. À cette distance, impossible de rater. La mère du garçon s'était précipitée pour essayer de tirer son enfant à l'intérieur de la maison. Elle est arrivée juste à temps pour voir son épaule voler en éclats.

Il n'en a pas fallu plus pour que Timhead prenne ses distances avec la réalité. Il a dit à Garza que ce n'était pas lui, alors Garza a supposé que c'était moi qui avais tué le gosse, que tout le monde appelait "l'insurgé", ou le "hajji", ou "le connard de hajji", disant par exemple :

— T'es vraiment un veinard d'enculé, te faire tirer dessus par le plus con des connards de hajji de ce putain de pays.

Quand on a fini d'escorter notre convoi, Timhead m'a aidé à me débarrasser de la combinaison de mitrailleur. Tandis qu'on l'enlevait, l'odeur de transpiration enfermée à l'intérieur nous a frappés, lourde et aigre. Habituellement, il faisait des plaisanteries à ce sujet, ou il s'en plaignait, mais j'imagine que là, il n'était pas d'humeur. Il n'a pratiquement pas prononcé un mot jusqu'à ce que j'en sois complètement sorti, alors, il a dit :

— J'ai abattu ce gosse.

— Ouais, ai-je répondu. Tu l'as eu.

— Ozzie, tu crois que les gars vont me poser des questions là-dessus ?

— C'est probable. Tu es le premier type de la section de MP qui…

Je me suis mis à bredouiller. J'allais dire “qui tue quelqu'un”, mais vu la façon dont Timhead parlait, j'ai compris que ce n'était pas la chose à dire. Alors j'ai poursuivi :

— Qui fait ça. Ils vont avoir envie de savoir quel effet ça fait.

Il hocha la tête. Moi aussi, j'avais envie de savoir quel effet ça faisait. J'ai repensé au sergent-chef Black. C'était un sergent instructeur que j'avais eu au camp d'entraînement, et selon une rumeur, il avait tué un soldat irakien en le frappant avec une radio. À un coin de rue, il s'était trouvé nez à nez avec un hajji, si près qu'il n'avait pas pu enlever son fusil de l'épaule, et il avait tellement flippé qu'il avait empoigné sa Motorola et il avait cogné sur la tête du type jusqu'à la réduire en bouillie. On pensait tous que c'était énorme. Le sergent-chef Black nous engueulait tout le temps, et il disait des trucs dingues, du genre : “Vous allez faire quoi quand vous allez être sous le feu de l'ennemi, que vous allez appeler l'artillerie et qu'ils vont vous réduire le putain de bâtiment en poussière, et qu'en inspectant les décombres vous allez y trouver des enfants déchiquetés, des petits bras, des petites jambes et des têtes dans tous les coins ?” Ou alors, il nous demandait : “Qu'est-ce que vous allez raconter à une petite fille de neuf ans qui ne sait pas que son papa est mort parce que sa jambe tremble encore, mais que vous, vous le savez parce que sa cervelle coule de son crâne ?” Nous, on répondait : “Cette recrue ne sait pas, sergent.” Ou bien : “Cette recrue ne parle pas irakien, sergent.”

Des conneries complètement dingues. Dingues, mais géniales aussi, si vous vous préparez à affronter ce qui, pour vous, va être la guerre pour de bon, dans la vraie vie. J'avais toujours eu envie de retrouver le sergent-chef Black après le camp d'entraînement pour lui demander quelle était la part de foutaises et ce qui était vraiment dans sa mémoire, mais je n'en ai jamais eu l'occasion.

Timhead a dit :

— Je n'ai pas envie d'en parler.
— Alors n'en parle pas.
— Garza croit que c'est toi qui l'as fait.
— Ouais.
— On pourrait pas en rester à cette version ?

Timhead avait l'air sérieux. Je ne savais pas quoi dire. Alors j'ai dit :

— Bien sûr. Je dirai à tout le monde que c'est moi.

Qui pourrait dire que ce n'était pas moi ?

Et ça a fait de moi le seul tueur véritable de la section de MP. Avant la réunion de compte rendu, deux ou trois types sont passés. Jobrani, le seul musulman de la section, m'a dit :

— Du bon boulot, mec.

Harvey m'a dit :

— Je l'aurais eu, cet enculé, si ces enfoirés de Garza et Timhead n'avaient pas été dans ma ligne de mire.

Mac m'a dit :

— T'es OK, mec ?

Le sergent-major est venu dans la zone des MP pendant qu'on faisait notre débriefing. J'imagine qu'elle avait entendu dire que nous avions eu un accrochage. C'est le genre de sergent-major qui appelle toujours tout le monde "tueur". Elle fait : "Comment ça va, tueur ?" "Oo-rah, tueur." "Encore une journée de rêve, hein, tueur ?" Ce jour-là, quand elle s'est amenée, elle m'a dit :

— Comment ça va, caporal Suba ?

Je lui ai dit que j'étais en pleine forme.

— Du bon travail, aujourd'hui, caporal. Du bon travail, vous tous. Oo-rah ?

Oo-rah.

Une fois notre débriefing terminé, le sergent-chef nous a pris à part, Timhead, le caporal-chef Garza et moi. Il a dit :

— Remarquable. Vous avez fait votre boulot. Exactement ce que vous aviez à faire. Vous vous sentez bien ?

Le caporal-chef Garza a répondu :

— Oui, sergent, on se sent bien.

Et j'ai pensé : Va te faire foutre, Garza, t'étais de l'autre côté de ce putain de MRAP.

Le lieutenant m'a dit :

— Si vous avez besoin d'en parler, faites-le-moi savoir.

Le sergent-chef m'a dit :

— Oo-rah. Soyez prêt à recommencer demain. On a un autre convoi à escorter. D'accord ?

D'accord.

Timhead et moi, on est rentrés à la piaule qu'on partageait. On n'avait envie de parler à personne d'autre. Je me suis mis devant ma PSP et j'ai joué à Grand Theft Auto, et Timhead a sorti sa Nintendo DS et il a joué à Pokémon Diamant.

Le lendemain, il a fallu que je raconte l'histoire.

— Alors ça fait pan, pan, pan (ce qui était vrai) et des balles ricochent sur ces putains de rouleaux de déminage arrachés par cette putain d'explosion, et Timhead et moi, on voit ce hajji avec un AK, et voilà. Comme au stand de tir. Comme à l'entraînement.

Je n'ai pas arrêté de raconter l'histoire. Tout le monde voulait savoir. Et puis il y avait des questions, aussi.

— Ouais, j'étais, disons, ici, et Timhead était là… attends, je vais le dessiner dans le sable. Tu vois, ça c'est le MRAP. Et le hajji, lui, il est là. Ouais, je pouvais juste le voir passer la tête au coin du bâtiment. L'abruti.

Et tout le temps, Timhead acquiesçait. C'était des foutaises, mais à mesure que je racontais l'histoire, je la sentais de mieux en mieux. Comme si je me l'appropriais un peu plus chaque fois. Quand je la racontais, tout était clair. Je faisais des schémas. J'expliquais les angles des trajectoires des balles. Et même, le simple fait d'évoquer l'obscurité, la poussière et cette putain de trouille, semblait atténuer l'obscurité, la poussière et cette putain de trouille. Si bien que lorsque j'y repensais, il y avait les souvenirs que j'en gardais et les histoires que je racontais, et le tout était juxtaposé, en quelque sorte, dans mon esprit, et les histoires devenaient plus vivantes chaque fois que je les racontais, elles me donnaient l'impression d'être de plus en plus vraies.

À la longue, le sergent-chef se pointait et disait :

— Putain, la ferme, Suba. Un hajji nous a tiré dessus. Le caporal Suba a riposté. Ce foutu hajji est mort. C'est la fin la plus heureuse qu'on puisse imaginer, à part une séance dans un salon de massage thaïlandais. Maintenant, c'est fini. Mitrailleurs, soyez sur le qui-vive, identifiez un ennemi formellement et vous aurez votre chance.

UNE semaine plus tard, Mac est mort. MacClelland.

Le poseur de bombe a attendu que le MRAP soit passé. Il a fait sauter son engin au milieu du convoi.

Big Man et Jobrani ont été blessés. Big Man assez sérieusement pour qu'on l'envoie à TQ, et puis qu'on le transfère hors d'Irak. Ils disent qu'il est "stabilisé", bien qu'il ait plusieurs fractures faciales et qu'il soit "temporairement" aveugle. Jobrani n'a reçu qu'un petit éclat. Mais Mac ne s'en est pas tiré. Rosen, le toubib, n'a rien voulu dire à personne à ce sujet. Un vrai bordel, toute cette histoire. Le lendemain, on a eu une cérémonie à sa mémoire.

Juste avant le départ du convoi, j'avais plaisanté avec Mac. Il avait reçu un colis contenant les friandises les plus dégueulasses qui puissent exister, des vieux Peeps et des PEZ au chocolat, et Mac a dit qu'ils avaient le même goût que le trou du cul de Satan. Harvey lui a demandé comment il savait quel goût il avait, le trou du cul de Satan, alors Mac a répondu :

— Dis-moi, fiston. Tu as bien signé ton contrat d'engagement. Fais pas comme si tu n'en avais pas eu un petit goût dans la bouche.

Et puis il a tiré la langue et il l'a fait frétiller.

La commémoration a eu lieu dans la chapelle située sur la base de Falloujah. L'adjudant-chef de la Compagnie de commandement et des services a fait l'appel devant la photo de MacClelland prise lors de la cérémonie de fin des classes – ils avaient demandé au service photographique des armées de l'imprimer en grand format et de la coller sur un cadre en bois. Il y avait aussi ses chaussures, sa plaque d'identité, accrochée à son fusil planté à l'envers et son casque posé sur la crosse. Ou peut-être que ce n'était pas son équipement. Peut-être que c'étaient des chaussures, un fusil et un casque qu'ils gardent dans la réserve de la chapelle pour ce genre d'occasion.

L'adjudant-chef s'est levé devant nous et il a appelé :

— Caporal-chef Landers.

— Présent, mon adjudant.

— Caporal Suba.

— Présent, mon adjudant, ai-je dit, bien fort.

— Caporal Jobrani.

— Présent, mon adjudant.

— Caporal MacClelland.

Tout le monde est resté silencieux.

— Caporal MacClelland.

Il m'a semblé que la voix de l'adjudant se brisait légèrement.

Et puis, comme s'il était fâché de cette absence de réponse, il a crié :

— Caporal James MacClelland.

Ils ont laissé le silence peser sur nous un instant, puis ils ont fait retentir la sonnerie aux morts. Je n'avais pas été très proche de Mac, mais j'ai dû tenir mes deux avant-bras dans les mains pour les empêcher de trembler.

Après, Jobrani est venu vers moi. Il avait un pansement sur le côté de la tête, là où il avait été criblé de petits éclats. Jobrani a un visage de bébé, mais il serrait les dents et il avait le regard tendu, et il m'a dit :

— Au moins, tu en as eu un. Un de ces enculés.

J'ai dit :

— Ouais.

Il a dit :

— C'était pour Mac.

— Ouais.

Sauf que j'avais tué le hajji d'abord. Et donc, c'était plutôt Mac pour le hajji. En plus, je n'avais même pas tué ce hajji.

DANS notre piaule, Timhead et moi, on ne parlait pas beaucoup. Quand on rentrait, je jouais à GTA et lui à Pokémon, jusqu'à ce qu'on soit trop fatigués pour rester debout. Y avait pas grand-chose à discuter. On n'avait pas de copine et on en cherchait une, tous les deux, mais ni lui ni moi n'étions assez bêtes pour épouser une femme d'une quarantaine d'années avec deux gosses à Jacksonville, comme l'avait fait le sergent Kurtz quinze jours avant notre départ pour l'Irak. Alors, il n'y avait personne qui nous attendait à la maison, à part notre mère.

Le père de Timhead était mort. C'était tout ce que je savais à son sujet. Quand on parlait, la plupart du temps c'était pour discuter de jeux vidéo. Sauf que maintenant, il y avait beaucoup plus matière à discussion. C'était comme ça que je voyais les choses. Timhead les voyait autrement.

Par moments, je le regardais, concentré sur sa Nintendo, et j'avais envie de hurler :

— Mais qu'est-ce qui se passe dans ta tête ?

Il ne semblait pas différent, mais il l'était certainement. Il avait tué quelqu'un. Il ressentait certainement quelque chose. Moi, ça me faisait flipper, et ce n'était même pas moi qui avais tué le gosse.

Le plus que je pouvais récolter, c'étaient des petits signes. Une fois, à la cantine, on était assis avec le caporal-chef Garza, Jobrani et Harvey quand le sergent-major s'est pointée. Elle m'a appelé “tueur”, et quand elle a eu le dos tourné, Timhead a dit :

— Ouais, tueur. Notre putain de super-héros.

Jobrani a dit :

— Alors, mec ? Jaloux ?

Harvey a dit :

— Ça va, Timhead. C'est juste que tu n'es pas assez rapide pour dégainer. Boum. (Il a fait un pistolet avec son pouce et son index, et il a fait semblant de tirer sur nous.) Bon sang, moi j'aurais été tellement rapide, pan, pan, que j'aurais tué sa putain de mère hajji aussi.

— Ah oui ? ai-je dit.

— Ouais, mon gars. Comme ça, cette salope, elle pourrait plus pondre de bébés terroristes.

Timhead agrippait la table.

— Va te faire foutre, Harvey.

— Hé, mec, dit Harvey, le sourire s'effaçant de son visage. C'était seulement pour plaisanter. Je plaisante, c'est tout.

JE ne dormais pas bien. Timhead non plus.

On avait beau avoir une mission quatre heures plus tard, on était dans notre lit, en train de jouer avec notre console. Je me disais, j'en ai besoin pour décompresser. Passer du temps sur ma PSP, sans penser à rien.

Sauf que c'était comme ça tous les jours, du temps que j'aurais pu passer à dormir, je le passais à décompresser. Quand on est aussi fatigué en permanence, on voit tout dans un brouillard.

On a arrêté un convoi pendant deux heures pour un EEI qui en fait n'était qu'un débris abandonné là, avec des fils qui n'étaient reliés à rien, mais qui avaient l'air terriblement suspects. Je descendais canette sur canette de boisson énergisante Rip It, tellement défoncé à la caféine que mes mains en tremblaient, mais j'avais les paupières qui tombaient sans arrêt, comme si c'était du plomb. C'est dingue ce que vous ressentez quand vous avez le cœur qui va à deux cents à l'heure et que votre cerveau glisse tout doucement dans le sommeil, alors que vous savez parfaitement, quand le convoi s'élance, que si quelque chose échappe à votre attention, ça peut vous tuer. Vous et vos copains.

Quand je suis rentré, j'ai ramassé une pierre et j'ai écrabouillé ma PSP.

J'AI dit à Timhead :

— Même avant toutes ces conneries, j'ai jamais aimé qu'on m'appelle "tueur".

— C'est bon, a-t-il répliqué, tu vas pas chialer comme une gonzesse.

J'ai essayé une autre tactique.

— Tu sais quoi ? Tu m'es redevable.

— Comment ça ?

Je n'ai pas répondu. Je lui ai fait baisser les yeux et il a regardé ailleurs.

— Tu m'es redevable, ai-je répété.

Il a ri, sans conviction.

— Eh ben, c'est pas pour ça que je vais te laisser me sucer la bite.

— Mais qu'est-ce qui t'arrive ? ai-je demandé. Tu te sens bien ?

— Je vais très bien. Qu'est-ce qu'il y a ?

— Tu le sais.

Il a regardé ses pieds.

— Je me suis engagé pour tuer des hajji.

— Non, c'est faux, bordel de merde.

Timhead s'est engagé parce que son frère aîné était dans les MP et qu'il a sauté sur une mine en 2005. Brûlures sur tout le corps. Timhead s'est engagé pour prendre sa place.

Timhead a détourné le regard. J'ai attendu qu'il réagisse.

— Ouais, a-t-il dit. OK.

— T'es en train de disjoncter, mec ?

— Non, c'est juste que c'est flippant.

— Qu'est-ce que tu veux dire ?

— Mon petit frère est dans un centre pour mineurs délinquants.

— Je ne savais pas.

Il y eut une énorme explosion, quelque part à l'extérieur de notre piaule. Probablement un tir d'artillerie.

— Il a seize ans. Il a allumé deux ou trois incendies.

— OK.

— C'est une sacrée connerie. Mais c'est un gosse, non ?

— Seize ans, c'est seulement trois de moins que moi.

— Trois ans, ça fait une grosse différence.

— Certainement.

— À seize ans, j'étais dingue. En plus, quand il a fait ça, il avait quinze ans.

On n'a plus rien dit pendant un moment.

— Ce gosse que j'ai tué, tu penses qu'il avait quel âge ?

— Un âge suffisant, ai-je répondu.

— Suffisant pour quoi ?

— Suffisant pour savoir que c'est une putain de mauvaise idée de tirer sur des marines américains.

Timhead a haussé les épaules.

— Il essayait de te tuer. De nous tuer. Il essayait de tuer tout le monde.

— Voilà ce que je vois. De la poussière partout. Et les éclairs venant de l'AK, qui font des cercles dans tous les sens.

Je hoche la tête.

— Et puis je vois le visage du gosse. Et puis la mère.

— Ouais, ai-je dit. C'est ça qui fait chier, exactement ça. Je vois ça, moi aussi.

Timhead a haussé les épaules. Je ne savais plus quoi dire. Au bout d'une minute, il a repris son jeu.

DEUX jours plus tard, Jobrani et moi, on a ouvert le feu sur une maison après avoir essuyé des tirs d'armes légères, à Falloujah. Je ne crois pas avoir touché quelque chose. Et je ne crois pas que Jobrani ait touché quelque chose non plus. Quand le convoi fut terminé, Harvey a tapé dans la main de Jobrani en disant :

— Ouais, Jobrani. Le jihad pour l'Amérique.

Timhead a éclaté de rire et a dit :

— Je suis sûr que tu es toujours une cellule en sommeil, Jobrani.

PAR la suite, je suis allé parler au sergent-chef. Je lui ai dit tout ce que Timhead avait dit sur le gosse, mais en faisant comme si ça venait de moi.

Il a dit :

— Écoutez, ce putain de truc, ça craint. Les fusillades, c'est la putain de chose la plus effrayante que vous aurez à affronter, mais vous vous en êtes bien sorti, bordel, pas vrai ?

— Oui, sergent.

— Alors, vous êtes un homme. Ne vous faites pas de soucis pour ça. Maintenant, toutes ces autres conneries – il haussa les épaules – ça va pas rendre les choses plus faciles. Le fait que vous pouvez en parler, c'est déjà une bonne chose.

— Merci, sergent.

— Vous voulez aller en parler au psy ?

— Non.

Pas question d'être vu en train d'aller consulter la cellule de soutien psychologique pour les foutaises de Timhead.

— Non, je vais bien. Je vous assure, sergent.

— OK. Vous n'êtes pas obligé. C'est pas une mauvaise chose, mais vous n'êtes pas obligé. (Puis il me fit un sourire.) Mais peut-être que vous êtes croyant, allez voir l'aumônier.

— Je ne suis pas croyant, sergent.

— Je veux pas dire vraiment croyant. C'est juste que l'aumônier est un type intelligent. Il est de bon conseil. Et puis, vous allez voir l'aumônier, tout le monde est juste…, peut-être que vous allez trouver Jésus ou ce genre de foutaise.

UNE semaine plus tard, un autre EEI a sauté. J'ai entendu l'explosion et je me suis retourné. Garza écoutait le lieutenant en train de hurler quelque chose à la radio. Je ne pouvais pas voir où c'était. Ça pouvait être un camion du convoi, ça pouvait être un ami. Garza a dit camion blindé 3, celui de Harvey.

J'ai fait pivoter la mitrailleuse de 50, à la recherche de cibles, mais rien en vue.

Garza a ajouté :

— Tout va bien, ils n'ont rien.

Je ne me suis pas senti mieux pour autant. Ça signifiait seulement que je n'avais pas à me sentir plus mal.

QUELQU'UN a dit la guerre, c'est 99 % d'ennui absolu et 1 % de pure terreur. Il n'a pas été MP en Irak. Sur la route, j'étais effrayé en permanence. Ce n'était peut-être pas de la terreur pure. Ça, c'est quand l'EEI explose. Mais une sorte de terreur secondaire qui se mêle à l'ennui. C'est donc plutôt 50 % d'ennui et 49 % de terreur ordinaire, qui n'est autre que le sentiment général que vous pourriez mourir à tout instant et que tout le monde dans ce pays veut vous tuer. Et puis, bien sûr, il y a ce 1 % de pure terreur, quand le rythme de votre cœur s'emballe, que votre vision se resserre, que vos mains deviennent blanches et que votre corps tout entier se met à bourdonner. Vous êtes incapable de penser. Vous n'êtes plus qu'un animal, exécutant les gestes que l'on vous a appris à faire. Ensuite, vous retournez à votre terreur ordinaire, vous redevenez humain, vous vous remettez à penser.

JE ne suis pas allé voir l'aumônier. Mais quelques jours après l'attentat contre le véhicule d'Harvey, c'est lui qui est venu me voir. Ce jour-là, on avait attendu trois heures à l'extérieur de Falloujah tandis que la brigade des démineurs neutralisait une bombe que j'avais repérée. Pendant tout ce temps, j'étais resté assis là, à penser. Bombes reliées entre elles, bombes connectées, embuscade, alors qu'on était au milieu de nulle part dans ce putain de désert, sans le moindre endroit où tendre une embuscade, et si l'EEI avait été relié à un autre, il aurait déjà explosé. Et pourtant, j'ai fini par être complètement stressé. Plus que d'habitude. Quand le caporal-chef Garza a levé le bras pour m'attraper les couilles, ce qu'il fait parfois pour déconner, je l'ai menacé de lui tirer dessus.

Puis on est rentrés, et l'aumônier est passé à la piaule comme par hasard, et je me suis dit, je vais tuer le sergent-chef aussi. On est allés discuter au fumoir, un petit espace délimité par des filets de camouflage. Quelqu'un y avait mis un banc en bois, mais on ne s'est pas assis, ni lui ni moi.

Vega, l'aumônier, est un grand type d'origine mexicaine avec une moustache qui donne l'impression d'être prête à bondir de son visage et niquer le premier rongeur qu'elle trouve. Le genre de moustache que seul un aumônier peut se permettre d'avoir à l'armée. Comme c'est un aumônier catholique et qu'il est lieutenant dans l'US Navy, je ne savais pas trop comment l'appeler, "mon lieutenant", "aumônier", ou "mon père".

Après avoir essayé un moment de m'amener à me confier un peu, il m'a dit :

— Vous n'êtes pas très communicatif.

— C'est possible, ai-je répondu.

— J'essaie simplement d'engager la conversation.

— Pour parler de quoi ? De ce gosse que j'ai tué ? C'est le sergent-chef qui vous a dit de m'en parler ?

Il a baissé les yeux vers le sol.

— Vous avez envie d'en parler ?

Non, je n'en avais pas envie. J'ai pensé le lui dire. Mais je devais bien ça à Timhead.

— Ce gosse avait seize ans, mon père. Peut-être même pas.

— Je n'en sais rien. Mais je sais que vous avez fait votre boulot.

— Je sais. C'est bien ce qui ne va pas dans ce putain de pays.

Je me suis rendu compte une seconde trop tard que j'avais dit une grossièreté en présence d'un prêtre.

— Qu'est-ce qui ne va pas dans ce putain de pays ?

J'ai donné un coup de pied dans un caillou.

— Je ne crois même pas que ce gosse était dingue, ai-je dit. Pas d'après les critères des hajji. Ils sont sûrement en train de le présenter comme un martyr.

— Caporal, quel est votre prénom ?

— Pardon ?

— Quel est votre prénom ?

— Vous ne le savez pas ? (Sans savoir vraiment pourquoi, ça me mettait en colère.) Vous n'êtes pas, je ne sais pas moi, allé jeter un coup d'œil à mon dossier, avant de venir me voir ici ?

Il ne s'est pas démonté.

— Bien sûr que j'y suis allé. Je connais même votre surnom, Ozzie. Et je sais dans quelles circonstances on vous l'a donné.

Ça m'a soufflé. "Ozzie" venait d'un pari que Harvey a fait quand le lézard de Mac est mort après un combat avec le scorpion de Jobrani. Cinquante dollars que je ne serais pas capable de lui arracher la tête d'un coup de dents. Vraiment stupide. Harvey ne m'avait toujours pas payé.

— Paul, ai-je dit.

— Comme l'apôtre.

— Oui, bien sûr.

— OK, Paul. Comment vous sentez-vous ?

— Je ne sais pas. (Comment Timhead se sentait-il ? C'était ça la question, en fait, même s'il ne le savait pas.) Généralement, je n'ai pas envie d'en parler à qui que ce soit.

— Oui, a dit l'aumônier, c'est assez normal.

— Ah bon ?

— Bien sûr. Vous êtes catholique, c'est bien ça ?

C'est ce qui figure sur ma plaque d'identification. Je me suis demandé ce qu'était Timhead. Protestant apathique ? Je ne pouvais pas lui dire ça.

— Oui, mon père. Je suis catholique.

— Vous n'êtes pas obligé de me parler de ça à moi, mais vous pouvez en parler à Dieu.

— Bien sûr, ai-je répondu, par politesse. D'accord, mon père.

— Je suis sérieux. La prière peut faire beaucoup de choses.

Je n'ai pas su quoi dire à cela. Ça avait l'air d'une plaisanterie.

— Écoutez, mon père, je ne suis pas trop du genre à prier.

— Peut-être que vous devriez l'être.

— Mon père, je ne sais même pas si c'est ce gosse qui me tracasse.

— Qu'y a-t-il d'autre ?

J'ai regardé en direction de la rangée de piaules, les petits bâtiments préfabriqués qu'ils nous donnent pour dormir. Qu'y avait-il d'autre ? Moi, je savais comment je me sentais. Mais en ce qui concernait Timhead, je n'étais pas sûr. J'ai décidé de parler pour moi.

— Chaque fois que j'entends une explosion, je me dis, Ça pourrait être un de mes copains. Et quand je suis dans un convoi, chaque fois que je vois un tas de détritus, de pierres ou de terre, je me dis, Ça pourrait être moi. Je ne veux plus sortir Mais c'est tout, il n'y a rien d'autre. Et je suis censé prier ?

— Oui.

Il semblait si sûr de lui.

— MacClelland portait un chapelet glissé dans son gilet pare-balles, mon père. Il priait plus que vous.

— OK. Et qu'est-ce que ça a à voir avec tout ça ?

Il m'a dévisagé. Je me suis mis à rire.

— Pourquoi pas ? ai-je dit. Bien sûr, mon père, je vais prier. Vous avez raison. Qu'y a-t-il d'autre ? Croiser les doigts ? Garder une patte de lapin sur soi, comme Garza ? Je ne crois pas à ces foutaises, mais je fais des trucs dingues.

— Comment ça ?

J'ai arrêté de sourire.

— Du genre, j'étais dans un convoi, j'ai étendu les bras et une minute plus tard, une bombe a éclaté. Pas dans le convoi. Quelque part, en ville. N'empêche, je n'étends plus les bras comme ça. Et puis un jour, j'ai tapoté la mitrailleuse, comme si c'était un chien. Et ce jour-là, il n'est rien arrivé. Eh bien, maintenant je le fais tous les jours. Alors, oui, pourquoi pas ?

— Ce n'est pas à ça que ça sert, la prière.

— Comment ?

— Elle ne vous protégera pas.

Je n'ai pas su quoi dire à cela.

— Oh, ai-je fait.

— La prière concerne votre relation avec Dieu.

J'ai baissé les yeux vers le sol.

— Oh, ai-je fait à nouveau.

— Elle ne vous protégera pas. Elle soulagera votre âme. Elle est utile pendant que vous êtes en vie. (Il a marqué un temps d'arrêt.) Elle est aussi utile pour quand vous serez mort, j'imagine.

On prenait toujours des itinéraires différents. Ne soyez pas prévisibles. C'est le commandant du convoi qui décide, et c'est toujours un lieutenant, mais la plupart sont plutôt bons. Il y en a un, il est pas foutu de donner un ordre d'opération correctement, mais il se démerde pas trop mal sur la route. Et puis, on a une femme lieutenant, elle est toute petite et vachement mignonne, mais elle a pas froid aux yeux et elle connaît son boulot, alors ça compense. Mais bon, le nombre d'itinéraires possibles n'est pas illimité, et il faut bien en prendre un.

C'était la nuit, et j'étais dans le véhicule de tête, et j'ai repéré deux hajji, ils avaient l'air de creuser un trou dans la route. J'ai lancé à Garza :

— Hajji en train de creuser.

Ils nous ont vus et ils ont détalé.

Ça se passait juste à l'entrée de Falloujah. Il y avait des bâtiments sur le côté gauche de la route, mais la trouille a dû les rendre idiots parce qu'ils se sont enfuis de l'autre côté, à travers champs.

Garza était à la radio, attendant une confirmation. J'aurais dû leur tirer dessus, tout simplement. Mais j'ai attendu d'en recevoir l'ordre.

— Ils courent, disait Garza, oui…

Il s'est tourné et a levé les yeux vers moi :

— Allume-les.

J'ai ouvert le feu. Ils avaient atteint la bordure du champ, maintenant, et il faisait nuit. Avec les éclairs de la mitrailleuse, j'ai perdu ma vision nocturne. Je ne voyais rien et on a continué notre route. Peut-être que je les avais tués. Peut-être qu'il y avait des fragments de corps humains au bord du champ. La mitrailleuse de 50, ça vous fait des trous dans un homme, vous pouvez y enfoncer le poing. Peut-être qu'ils se sont sauvés.

Il y a une blague que les marines se racontent.

Une mauviette de journaliste de gauche essaie de saisir le côté émotionnel de la guerre et il demande à un tireur d'élite des marines : "Quel effet ça fait de tuer un homme ? Qu'est-ce que vous ressentez quand vous pressez la détente ?"

Le marine le regarde et répond d'un mot : "Le recul".

Ce n'est pas exactement ce que j'ai ressenti en tirant. J'ai ressenti une sorte d'intense excitation. Est-ce que je tire ? Ils sont en train de s'enfuir.

La détente était là, ne demandant qu'à être pressée. Les moments qui se résument à : Est-ce que j'appuie sur ce bouton ? ne sont pas légion dans la vie.

C'est comme quand vous êtes avec une fille, et que vous vous apercevez que vous n'avez pas de préservatif, ni l'un ni l'autre. Alors, pas de relations sexuelles. Sauf que vous commencez à vous tripoter et elle se met au-dessus de vous et elle vous excite. Et vous vous déshabillez mutuellement et vous vous dites, On va seulement se tripoter un peu. Mais votre sexe est dur et elle remue, elle se frotte contre vous, et vos hanches commencent à se soulever, et vous sentez votre esprit glisser, vous vous dites, C'est dangereux, vous ne pouvez pas faire ça.

Et donc c'est arrivé. Mais ce n'était pas terrible. Pas comme le gosse. Peut-être parce qu'il faisait nuit, qu'ils étaient loin, et parce qu'ils n'étaient que des ombres.

Ce soir-là, j'ai réussi à faire parler Timhead un peu. J'ai commencé à lui raconter que j'avais peut-être tué quelqu'un.

— Ça me tracasse un peu, ai-je dit. C'est comme ça que ça fait ?

Il est resté silencieux un moment et je l'ai laissé réfléchir.

— Pour moi, a-t-il dit, ce n'est pas que j'ai tué un gars.

— Ah ouais ?

— C'est plutôt que sa famille était là. Juste là.

— Je sais, mec.

— Ses frères et sœurs à la fenêtre.

Je ne me souvenais pas d'eux. J'avais vu toutes sortes de gens dans les environs, des paires d'yeux aux fenêtres. Mais je n'avais pas fixé le regard dessus.

— Ils m'ont vu, a-t-il poursuivi. Il y avait une petite fille, d'environ neuf ans. Moi aussi, j'ai une petite sœur.

Je ne me souvenais vraiment pas de ça. Je me suis dit que Timhead l'avait peut-être imaginé. J'ai dit :

— Y a pas, ce pays est un foutu bordel, mec.

— Ouais, a-t-il répondu.

J'ai failli aller voir l'aumônier, mais à la place, je suis allé voir le sergent-chef.

— C'est pas que j'ai tué un gars, lui ai-je dit. C'est que sa famille était là.

Le sergent-chef a hoché la tête.

— Il y avait cette petite fille de neuf ans, ai-je poursuivi. Juste comme ma sœur.

Le sergent-chef a dit :

— Ouais, c'est une drôle de saloperie.

Puis il s'est interrompu et a ajouté :

— Mais… quelle sœur ?

Mes deux sœurs étaient présentes lors de mon départ pour cette mission. L'une a dix-sept ans, l'autre vingt-deux.

— Je veux dire… (J'ai marqué un temps d'arrêt et j'ai regardé ailleurs.) Elle m'a fait penser à ma sœur quand elle était petite.

Il avait cet air qui voulait dire “Je ne sais pas quoi répondre à cela”, alors j'ai insisté.

— Ça me tracasse vraiment.

— Vous savez, moi, je suis allé voir le psy après ma première mission en Irak. Ça m'a fait du bien.

— Ouais, bon, peut-être que j'irai le voir après ma première mission aussi.

Ça l'a fait rire.

— Écoutez, c'est pas comme si c'était votre sœur. C'est pas la même chose.

— Qu'est-ce que vous voulez dire ?

— Cette gosse, elle est irakienne, non ?

— Bien sûr.

— Alors, peut-être bien qu'elle a déjà vu des choses encore plus tordues que ça.

— Possible.

— Ça fait combien de temps qu'on est là ?

— Deux mois et demi.

— Exact. Et combien de putains de choses tordues on a vu ? Et elle, ça fait des années qu'elle est là.

Je me suis dit que c'était sûrement vrai. Mais quand vous voyez votre frère se faire abattre sous vos yeux, vous ne pouvez pas faire comme si c'était de la routine.

— Écoutez, Falloujah a connu des périodes bien pires que celle-là. Al-Qaida abandonnait les cadavres dans la rue, ils coupaient les doigts des gens parce qu'ils fumaient. Dans tous les quartiers, ils avaient un local à torture, toutes sortes de saloperies complètement dingues, et vous pensez que les enfants ne voient rien de tout ça ? Quand j'étais gosse, j'étais au courant de toutes les saloperies qui se passaient dans mon quartier. Quand j'avais dix ans, il y a un type qui a violé une fille et le frère de cette fille faisait partie d'une bande, ils ont étendu ce type sur le capot d'une voiture et ils lui ont coupé les couilles. En tout cas, c'est ce que mon frère m'a raconté. Cet été-là, on a parlé que de ça. Et Falloujah est foutrement plus dingue que Newark.

— J'en doute pas, sergent.

— Putain. Il se passe pas une journée sans qu'il y ait des explosions dans cette ville. Pas une journée sans fusillades, bordel de merde. C'est là qu'elle habite. C'est dans ces rues-là qu'elle joue. La vie de cette petite fille est sûrement bousillée de façons qu'on ne peut même pas imaginer. Ce n'est pas votre petite sœur. Absolument pas. Des choses comme ça, elle en a déjà vu.

— N'empêche, c'est son frère. Et puis, la moindre blessure compte.

Il a haussé les épaules.

— Jusqu'à ce qu'on ne sente plus rien.

DANS notre piaule, la nuit qui a suivi, après avoir scruté le plafond pendant une demi-heure tandis que Timhead jouait à Pokémon, j'ai essayé de remettre le sujet sur la table. Je voulais parler de ce que le sergent-chef m'avait dit, mais Timhead m'a arrêté.

— Écoute, m'a-t-il dit. C'est fini, je n'y pense plus.

— Ouais ?

Il a levé les deux mains en l'air, comme s'il se rendait.

— Ouais, a-t-il répété. Je n'y pense plus.

UNE semaine plus tard, un tireur embusqué a touché Harvey dans le cou. C'était dingue, parce que sa blessure n'était même pas grave. La balle l'a tout juste égratigné. Un demi-centimètre plus à droite et il était mort.

Personne n'a pu procéder à une identification formelle. On a continué à rouler, prêts à tirer et à tuer, mais pas de cibles en vue.

Tandis que nous avancions dans la rue, j'avais les mains tremblantes d'adrénaline et j'avais envie de hurler *Putain !* le plus fort possible et continuer à hurler toute la durée du convoi, jusqu'à ce que j'aie l'occasion de tirer sur quelqu'un. J'ai commencé à serrer les poignées de la mitrailleuse. Je ne les lâchais que lorsque j'avais les mains toutes blanches. J'ai fait ça pendant une demi-heure, puis la rage m'a quitté et je me suis senti épuisé.

La route tournait sans cesse sous nos roues, et sans cesse, mes yeux scrutaient automatiquement les environs, essayant de repérer de la terre remuée ou des tas de détritus suspects. Et ça n'a pas de fin. Le jour suivant, on referait la même chose. Peut-être qu'on sauterait sur un engin explosif, qu'on serait blessés, ou tués, peut-être qu'on tuerait quelqu'un. Comment savoir ?

À la cantine, plus tard, ce jour-là, Harvey a enlevé son pansement et il a montré sa blessure à tout le monde.

Il a dit :

— La putain de Purple Heart, bande d'enfoirés ! Vous savez combien de petits culs ça va me rapporter à la maison ?

La tête me tournait, je me suis calmé.

— Ça va faire une cicatrice géniale, a-t-il dit. Les filles me demanderont ce que c'est et moi, je leur dirai, Oh, pas grand-chose, juste une balle que j'ai reçue en Irak, c'est rien.

QUAND on est rentrés dans notre piaule, ce soir-là, Timhead n'a même pas sorti sa Nintendo DS.

— Qu'est-ce qu'il peut dire comme conneries, cet Harvey, a-t-il dit. Monsieur Dur-à-Cuire.

Je l'ai ignoré et j'ai commencé à enlever mon treillis.

— J'ai cru qu'il était mort, a dit Timhead. Connerie. Lui-même, il a dû croire qu'il était mort.

J'ai dit :

— Timhead, on a un convoi dans cinq heures.

Il a jeté un regard hargneux vers son lit.

— Ouais. Et alors ?

— Alors, laisse tomber.

— Il dit que des conneries, a-t-il insisté.

Je me suis mis sous les couvertures et j'ai fermé les yeux. Timhead avait raison, mais à quoi ça pourrait nous servir, à lui comme à moi, d'y penser ?

— C'est bon, ai-je dit.

Je l'ai entendu bouger dans la pièce, puis il a éteint la lumière.

— Hé, a-t-il dit, tout bas. Tu crois que…

J'en ai eu marre. Je me suis relevé dans mon lit.

— Et qu'est-ce que tu veux qu'il dise ? lui ai-je demandé. Il a été blessé par une balle dans le cou et il repart sur la route demain, tout comme nous. Laisse-le dire ce qu'il a envie de dire.

J'entendais Timhead respirer dans l'obscurité.

— Ouais, a-t-il dit. Ça ou autre chose. Ça n'a aucune importance.

— Non. Vraiment aucune.

Corps

PENDANT longtemps, j'ai ressenti de la colère. Je n'avais pas envie de parler de l'Irak, alors je ne disais à personne que j'y étais allé. Et si les gens le savaient, et s'ils insistaient, je racontais des mensonges.

Je disais :

— Il y avait ce cadavre de hajji, étendu au soleil. Ça faisait des jours qu'il était là. Gonflé de gaz. À la place des yeux, il n'y avait plus que les orbites. Et on a dû l'enlever de la rue.

Alors, je regardais mon public et je scrutais les visages, pour voir s'ils voulaient en entendre davantage. Vous seriez surpris par le nombre de ceux qui en ont envie.

— C'est ce que je faisais, leur disais-je. Je ramassais les restes humains. Des soldats américains, principalement, mais aussi parfois des Irakiens, et même des insurgés.

Il y a deux façons de raconter l'histoire. La drôle et la triste. Les mecs aiment bien la drôle, avec beaucoup de sang partout, et un sourire sur votre visage quand vous arrivez à la fin. Les filles aiment bien la triste, avec un regard qui se perd dans le lointain tandis que vous contemplez les horreurs de la guerre qu'elles ne peuvent pas vraiment voir. Mais quelle que soit la façon, l'histoire est la même. Il y a ce lieutenant-colonel, en visite au centre gouvernemental, qui s'amène, il voit deux marines en train de s'activer autour d'une housse mortuaire et il décide d'aller leur donner un coup de main, histoire de leur montrer que c'est un type sympa.

Tel que je le raconte, dans cette histoire, le lieutenant-colonel est un grand costaud, arrogant, qui porte un treillis impeccablement repassé et une petite moustache stricte.

— Il a des mains énormes, disais-je. Et il s'approche de nous et dit, Attendez, marine, laissez-moi vous aider. Et sans nous donner la possibilité de répondre ou de le prévenir, il tend les mains et empoigne la housse mortuaire.

Là, je décrivais la façon dont il soulève la housse, comme s'il faisait un épaulé-jeté.

— Il était fort, ça faut le reconnaître, disais-je. Mais la housse accroche le bord de la porte arrière du camion et s'ouvre, et la peau du hajji se déchire en même temps, une grande déchirure irrégulière dans le ventre. Du sang, du liquide et des organes en décomposition se déversent comme des articles d'épicerie tombant du fond d'un sac en papier humide. Cette soupe humaine gicle directement sur le visage de l'officier, dégoulinant de sa moustache.

Si je raconte l'histoire manière triste, je peux m'arrêter là. Mais si je la raconte manière drôle, il y a un petit truc essentiel en plus, que le caporal-chef G avait fait quand il m'avait raconté l'histoire pour la première fois, en 2004, avant même que lui et moi ayons commencé à ramasser des cadavres, ou que nous ayons la moindre idée de ce dont nous parlions. J'ignore d'où G tenait cette histoire.

— Le colonel s'est mis à hurler comme une chienne, avait dit G.

Et puis, du fond de sa gorge, il avait fait monter une drôle de lamentation aiguë, comme un chien qui a une respiration sifflante. C'était pour nous montrer précisément comment hurlent les chiennes qui se retrouvent couvertes de fluides humains en décomposition. Si vous arrivez à faire ce bruit correctement, vous faites rire tout le monde.

Ce que j'aimais dans cette histoire, c'était que même si ça s'était vraiment passé, plus ou moins, c'était quand même de sacrées foutaises. Après notre mission là-bas, plus personne, pas même le caporal-chef G, ne parlait des cadavres de cette façon.

Certains marines du service des Affaires mortuaires croyaient que les esprits des morts restaient auprès des corps. Ça leur donnait la chair de poule. On les sentait, disaient-ils, surtout quand on regardait les visages. Mais ça ne s'est pas arrêté là. Vers le milieu de notre mission là-bas, des gars ont commencé à jurer qu'ils sentaient des esprits partout. Pas seulement autour des corps, et pas seulement les esprits des marines morts. Des sunnites morts, des chiites morts, des Kurdes morts, des chrétiens morts. Tous les morts de tout l'Irak, et même tous les morts de l'histoire irakienne, de l'empire d'Akkad, des Mongols et de l'invasion américaine.

Moi, je n'ai jamais senti de fantômes. Laissez un corps au soleil, et la couche superficielle de la peau se détache de la couche inférieure et vous la sentez glisser entre vos mains. Laissez un corps dans l'eau, et tout se met à gonfler, et la peau devient cireuse et épaisse au toucher, mais reste visiblement humaine. C'est tout. Pourtant, à part le caporal-chef G et moi, tout le monde, dans le service des Affaires mortuaires, parlait de fantômes. On n'a jamais dit le contraire.

À cette époque-là, je me disais, Peut-être que je m'en tirerais mieux si Rachel ne m'avait pas quitté. Je ne me suis jamais intégré dans le service, et les autres n'avaient pas envie de me parler. J'appartenais à l'unité qui s'occupait des morts. On avait tous des taches sur nos treillis. L'odeur s'imprègne dans votre peau. Avaler de la nourriture n'est pas facile quand vous venez de préparer un corps, si bien que vers la fin de notre mission on était décharnés à cause d'une mauvaise alimentation, on manquait de sommeil à cause des cauchemars, et on se traînait dans toute la base comme des zombies, notre présence rappelant aux marines des choses qu'ils savent pertinemment, mais dont ils ne parlent jamais.

Et Rachel était partie. Je l'avais vu venir. Au lycée, elle était pacifiste, et à partir du moment où j'ai signé mon engagement, ce qu'il y avait entre nous est passé sous assistance respiratoire.

Elle aurait été parfaite. Elle était mélancolique. Elle était mince. Elle pensait toujours à la mort, mais ce n'était pas quelque chose qui lui faisait prendre son pied, comme les jeunes gothiques. Et je l'aimais, parce qu'elle était attentionnée et gentille. Même aujourd'hui, je ne vous dirai pas qu'elle était particulièrement jolie, mais elle écoutait, et il y a là une forme de beauté qu'on ne rencontre pas si souvent.

Il y a des gens qui aiment les petites villes. Tout le monde connaît tout le monde, les gens forment une vraie communauté, et vous ne trouvez pas ça partout. Mais si vous êtes comme moi et que vous ne vous intégrez pas, ça devient une prison. Et donc notre relation était du genre moitié petit ami/petite amie, moitié compagnons de cellule. Le jour de mon seizième anniversaire, elle m'a mis un bandeau sur les yeux et m'a conduit à une trentaine de kilomètres en dehors de la ville, sur une hauteur, à l'écart de l'autoroute, d'où on pouvait regarder les rubans d'asphalte s'étendre à perte de vue à travers la plaine, en direction de tous les endroits où on aurait préféré être. Elle m'a dit que son cadeau, c'était la promesse de revenir là un jour et de poursuivre notre route. On a été très proches pendant deux ans, et puis je me suis engagé.

Ça a été une décision qu'elle n'a pas comprise plus que moi. Je n'étais pas sportif. Je n'étais pas agressif. Je n'étais même pas plus patriotique que ça.

— Si encore tu t'étais engagé dans l'Air Force, avait-elle dit.

Mais j'en avais assez de toujours opter pour les demi-mesures. Et je savais que les paroles qu'elle prononçait sur l'avenir, ça n'était que ça : des paroles. Elle ne partirait jamais. Je n'avais pas envie de rester là avec elle, travailler dans un cabinet de vétérinaire, et vivre avec des regrets. Mon ticket de sortie de Callaway, c'était ce qui passait pour être la première classe dans notre petite ville. Le corps des marines.

Je lui ai dit :

— Ce qui est fait est fait.

Ça me donnait l'impression d'être un dur, comme dans les films.

On est tout de même restés ensemble tout le temps de ma formation. Elle m'a écrit des lettres pendant que j'étais au camp d'entraînement, elle m'a même envoyé des photos d'elle toute nue. Quelques semaines plus tôt, une autre recrue avait reçu un paquet du même genre et les sergents instructeurs avaient mis les photos dans les douches. La petite amie de ce gars portait un uniforme de pom-pom girl qu'elle avait enlevé progressivement, photo après photo. Je me souviens m'être dit que j'étais bien content que Rachel ne soit pas le type de fille à m'envoyer un truc comme ça.

Au camp d'entraînement, le courrier est distribué de la façon suivante : un des sergents instructeurs se tient au début de la travée avec le courrier de toute la section tandis que les gars restent au garde-à-vous devant leur pieu. Le sergent instructeur appelle les noms l'un après l'autre et les recrues se précipitent pour aller chercher leur courrier. Si c'est un paquet ou une enveloppe suspecte au toucher, le sergent vous fait l'ouvrir tout de suite devant lui. Et donc, quand j'ai ouvert la lettre de Rachel, c'était devant toute la section et le sergent Kuba, notre instructeur, en train de me regarder d'un air hargneux.

Ce n'était pas la première fois que j'ouvrais une lettre devant lui. Mes parents m'avaient envoyé des photos de leurs vacances à Lakeside. Il n'y avait rien d'extraordinaire et ça ne m'avait pas inquiété. Je ne craignais pas que mes parents m'envoient des photos de nus. Mais le nom de Rachel sur l'enveloppe m'avait rempli de terreur. J'ai ouvert l'enveloppe lentement, essayant de trouver un plan au cas où il s'agirait de photos interdites.

Il y avait trois clichés brillants en 10x15 que Rachel avait développés elle-même au labo du lycée. Quand je les ai sorties et que j'ai vu son corps mince, pâle et très nu, je n'ai même pas levé les yeux pour voir la réaction du sergent Kuba. Je me suis fourré les clichés dans la bouche, j'ai fermé les paupières en espérant que tout aille le mieux possible.

Il est impossible d'avaler trois photos d'un coup, surtout si vous ne disposez que de deux secondes avant que votre instructeur ne vous agrippe le visage d'une main et la gorge de l'autre tout en hurlant et vous arrosant de postillons.

L'instructeur principal, le sergent-chef Kerwin, est arrivé en courant et nous a séparés. Quand le sergent Kuba m'a lâché le cou, j'ai recraché les photos sur le sol. Le sergent-chef Kerwin m'a regardé et il a dit :

— Vous devez être complètement taré, et moi il faut que je sois sur la liste noire du corps des marines pour qu'on m'ait collé un pauvre enfoiré comme vous pour en faire un marine.

Puis il s'est penché tout près de moi et a ajouté :

— Mais peut-être que je vous tuerai à la place.

Il m'a dit de ramasser les photos. Ça n'a pas été facile parce que je tremblais et que tous les autres instructeurs me hurlaient dessus. J'ai essayé de tenir les clichés de telle sorte que mes mains couvrent le corps de Rachel. Seule sa tête dépassait, et sur la photo, son visage semblait effrayé. Elle avait souvent cet air sur les photos, parce qu'elle n'aimait pas la façon dont elle souriait. Et elle n'avait évidemment jamais pris des photos comme celles-là avant.

— Déchirez-les, a-t-il dit.

Je ne me suis pas fait prier.

Je les ai déchirées, lentement, faisant des morceaux de plus en plus petits, les tordant et les déchiquetant, pour m'assurer que personne ne pourrait les reconstituer. Quand il n'y a plus eu que des confettis, il a fait demi-tour et il est parti, me laissant entre les mains des autres instructeurs.

J'ai dû manger tous les morceaux pendant que le sergent Kuba faisait un discours à tout le monde, disant qu'un vrai marine non seulement partagerait des photos de sa petite amie toute nue avec les gars de sa section, mais qu'en plus, il les laisserait faire une tournante avec elle. Puis il leur a dit qu'ils étaient tous des cons s'ils toléraient dans leur section un individu comme moi, quelqu'un qui se croit supérieur, et il les a emmenés dehors et il les a engueulés pendant une bonne vingtaine de minutes pendant que je les regardais en restant au garde-à-vous. Cette semaine-là, tous les soirs il m'a obligé à me mettre en face du miroir et à hurler devant mon reflet "Moi je ne suis pas dingue, c'est toi !" pendant une demi-heure, et à partir de ce jour-là, il m'a détesté et il a commencé à m'engueuler sans arrêt, tout le temps que je suis resté au camp.

J'ai revu Rachel pour la première fois à la fin de mes classes au camp d'entraînement. Je me suis amené chez ses parents en uniforme. La tenue de parade est censée faire se pâmer les filles, mais elle s'est mise à pleurer. Elle m'a dit qu'elle ne pensait pas pouvoir rester avec moi si je partais en mission, et je lui ai demandé de m'accorder un sursis au moins jusqu'à mon départ pour l'Irak. Elle a accepté. Dix mois plus tard, je pliais bagage. On m'avait donné la possibilité de partir si j'acceptais de le faire au sein du service des Affaires mortuaires, et j'ai dit oui.

Rachel est venue me dire au revoir. La veille au soir, elle m'avait fait une fellation plutôt cafardeuse avant de me dire que nous deux, c'était fini. Chez les militaires, ce que les femmes sont censées faire, si elles vous aiment, c'est rester avec vous au moins le temps de votre mission. Éventuellement divorcer quelques mois après votre retour, mais pas avant. Ce qui signifiait, pour mon petit cerveau tout simple, qu'elle ne m'aimait pas. Qu'elle ne m'avait jamais aimé et que tout ce que j'avais ressenti avec tant de force à l'époque du lycée n'avait été que puérilité de ma part. Ce n'était pas grave, puisque je partais dans un endroit qui allait sans aucun doute faire de moi un homme.

Sauf que ce qui s'est passé en Irak n'était rien de plus que ce qui s'est passé. Je ne pense pas que cela m'ait rendu meilleur que quiconque. Ça n'a été que des mois et des mois d'horreur. Et le premier week-end après notre retour, on a eu une permission de quatre jours, et le caporal-chef G m'a convaincu d'aller avec lui à Las Vegas.

— Il faut qu'on se débarrasse de l'Irak, a-t-il dit. Et il n'y a pas grand-chose qui soit plus américain que Vegas.

On ne s'est pas arrêtés à Vegas même. On a continué à rouler pendant encore une demi-heure pour aller dans un bar du coin où, à en croire G, les boissons seraient moins chères.

Si on faisait chou blanc, on pourrait toujours partir et trouver des touristes cherchant à faire la fête.

Je n'ai jamais beaucoup aimé le caporal-chef G, mais c'est la personne idéale avec qui aller en boîte, si vous avez envie de baiser. Il a mis au point toute une technique. Il passe le bar en revue et tout de suite, il engage la conversation avec un tas de filles.

— La quantité est préférable à la qualité, dit-il. Le tout est de semer des petites graines.

Au cours de la première heure, il n'essaie pas de conclure l'affaire, ni même de rester avec un groupe de filles plus de cinq minutes.

— Faut leur faire croire que tu as d'autres possibilités plus intéressantes, dit-il. Comme ça, elles voudront te prouver que tu as tort.

Il sait quelles filles draguer à quels moments de la soirée, à quelles filles dire un petit bonjour et passer son chemin pour les laisser dans l'expectative, et quelles filles draguer avec insistance. Quand la soirée est avancée, quand tout le monde est un peu plus détendu et qu'il ne faut plus grand-chose pour les faire craquer, il se met à offrir tournée sur tournée de verres d'alcool. Lui, par contre, il n'en boit pas.

Le caporal-chef G plaît aux filles. Il est grand et c'est un fondu de muscu avec un torse en forme de trapèze, il possède un tas de chemises de soirée luisantes, et sur la piste, il bouge comme dans les vidéos de danse. Il évite les glucides, se bourre de viande rouge et se pique aux stéroïdes tout de suite après les dépistages dans notre unité. Il peut être charmant, à l'occasion, et quand il est lancé, il y va carrément. Si une fille lui plaît, il le lui fait savoir immédiatement. En plein milieu d'une conversation, il va s'arrêter et demander :

— C'est quoi ton nom, déjà ? Faut que je le sache, parce que dans deux heures, je lirai en toi comme dans un livre ouvert.

Ça ne marche pas à tous les coups, mais ce n'est pas nécessaire. Une fois par soirée suffit.

Dans ce bar, il n'a pas ménagé ses efforts pour m'arranger le coup avec une fille. Elle avait trente-huit ans. Je m'en souviens parfaitement parce qu'elle le répétait sans cesse, comme si elle se sentait coupable d'être en compagnie d'une bande de jeunes d'une vingtaine d'années tout juste assez âgés pour avoir le droit de boire de l'alcool. Et elle avait une fille de quinze ans qui, à cet instant précis, faisait la baby-sitter et gardait le fils de cette brune rondelette que G avait en vue pour la fin de la nuit.

— Les grosses baisent mieux parce qu'elles ont intérêt, m'avait-il dit, comme s'il me confiait un précepte d'une profonde sagesse. Et elles sont plus faciles aussi, alors c'est vraiment du gagnant gagnant.

Je voyais que la brune le trouvait à son goût parce qu'elle essayait de convaincre son amie de me trouver à son goût aussi. Elles se parlaient en aparté, la brune me désignant du doigt de temps en temps. Et quand j'invitais Trente-huit-ans à danser, la brune lui faisait un signe approbateur de la tête. Mais tout ça ne fonctionnait pas très bien. Même sur les slows, on restait tellement loin l'un de l'autre que j'imaginais que sa fille de quinze ans occupait l'espace libre entre nous. Puis le caporal G lui a payé suffisamment de verres d'alcool pour assommer un grizzly et ça a marché.

Tard dans la soirée, la brune nous a dit que nous étions bien trop jeunes, et elle nous a demandé si on faisait beaucoup d'exercice et elle a tâté nos muscles. Elle a glissé la main sous ma chemise, elle a empoigné mes pectoraux et elle a appuyé dessus, sans cesser de me sourire d'un air complètement ivre.

Ça m'a fait un effet dingue. Je n'avais pas touché une femme depuis Rachel et à plus forte raison, aucune femme n'avait posé la main sur moi. Rien qu'être assis assez près d'une fille pour sentir son parfum était suffisant. Puis elle m'a touché, comme ça. Et ensuite elle a touché G, également. Si elle nous avait demandé de nous battre pour elle, je suis sûr qu'on l'aurait fait.

Quand on a quitté le bar, Trente-huit-ans avait passé le bras autour de moi, mais l'air frais l'a un peu dessoûlée et elle s'est écartée pour s'approcher de son amie qui parlait avec G. Il m'a fait signe.

— Tu montes dans leur voiture, a-t-il dit.

— Quoi ?

Il m'a lancé un regard irrité, est venu vers moi, m'a agrippé l'épaule pour me dire à l'oreille :

— Tu montes dans leur voiture, c'est dans la poche.

Il y avait là une sorte de logique d'ébriété, et j'ai suivi les deux femmes jusqu'à une berline couleur citron vert et je suis monté à l'arrière sans leur demander si elles étaient d'accord. La brune s'est installée au volant. Elle n'avait pas les idées suffisamment claires pour conduire, mais assez pour se rendre compte que ma présence sur le siège arrière était bizarre. Trente-huit-ans s'est assise côté passager et on est partis, tandis que G nous suivait dans sa voiture.

— Alors, vous habitez dans quel coin ? ai-je demandé depuis ma position d'otage à l'arrière.

La brune a donné un nom de rue qui n'évoquait rien pour moi.

— Un endroit chouette ?

Aucune des deux ne s'est donné la peine de me répondre. Trente-huit-ans s'est endormie, la joue écrasée sur la vitre de la voiture, jusqu'au moment où, ayant trop glissé, sa tête est tombée en avant et elle s'est réveillée en sursaut.

Au bout d'une dizaine de minutes, on est arrivés devant une maison de plain-pied dans une jolie rue remplie d'habitations identiques, de longues maisons basses entourées de grandes pelouses, avec allées bordées de cactus. J'étais un peu interloqué. Je n'aurais jamais pensé qu'une femme qui baise avec un marine juste pour une nuit aurait les moyens de se payer une maison comme ça.

G s'est garé dans la rue, est descendu de voiture et nous a rejoints. La brune a souri quand il a passé le bras autour de ses épaules, puis elle a ouvert la porte et nous a tous fait entrer dans une grande pièce avec un immense canapé en L devant la télévision. Elle a dit que je pouvais dormir dans la chambre sur la droite, un peu plus loin, et pendant qu'elle passait dans la salle de bains, G nous a poussés, Trente-huit-ans et moi, à l'intérieur de cette chambre.

Il y avait un lit bas, avec des draps décorés des robots de Transformers, des jouets sur la commode, ainsi que des petits pantalons et de petites chemises par terre. Trente-huit-ans paraissait ivre, fatiguée et perplexe, et elle semblait prête à prendre ses jambes à son cou. Maintenant qu'on n'était plus dans la boîte, je sentais son parfum. Elle avait un corps élancé, un corps de danseuse, et j'ai cru me rappeler l'avoir entendu dire qu'elle enseignait la danse classique, mais c'était peut-être une autre femme. Elle avait de longs cheveux bruns et une petite poitrine, et son amie m'avait touché le torse un peu plus tôt et j'avais envie qu'elle me touche elle aussi.

J'ai fermé la porte. Elle a levé les yeux vers moi comme si elle avait peur, et moi aussi j'avais peur, mais je savais ce que j'étais censé faire.

Après Rachel, c'était la deuxième femme avec qui je couchais. Le lendemain matin, on s'est réveillés avec la gueule de bois sur ces draps aux robots de Transformers et elle a pris un air dégoûté. Comme si j'étais sale. Étant dans le service des Affaires mortuaires, c'était un air que je connaissais bien.

On n'est pas restés longtemps. La brune devait aller chercher son fils, alors G et moi, on est allés prendre notre petit déjeuner au Waffle House. Le copain de G, Haiti, est arrivé en ville un peu plus tard dans la matinée, et je suis parti de mon côté pour les laisser faire ce qu'ils avaient à faire. Finalement, ils se sont embarqués dans un plan à trois avec une touriste, en tout cas, c'est ce qu'ils ont prétendu. Vrai ou pas, j'étais bien content de ne pas être là.

Il s'est encore écoulé trois semaines avant que je rentre chez moi, et tout le monde m'a remercié pour ce que j'avais fait au cours de ma mission. Personne ne semblait savoir exactement pour quelles activités ils me remerciaient.

J'ai appelé Rachel et je lui ai demandé si on pouvait se voir. Ensuite, je suis allé à la maison de ses parents. C'est dans un lotissement, aux limites de la ville, plein de ces maisons merdiques toutes semblables posées là, dans des rues sinueuses et des impasses. Rachel vivait dans leur sous-sol, qui avait été aménagé en appartement indépendant. J'ai fait le tour et j'ai pris l'escalier de derrière. J'ai frappé et, dans la seconde, elle a ouvert la porte.

— Salut, lui ai-je dit.

— Salut.

Elle semblait différente de celle que j'avais en mémoire. Elle avait pris du poids, ce qui lui allait bien. Ses épaules s'étaient remplies. Elle avait des formes. Elle paraissait en meilleure santé, plus forte, plus agréable à voir. Moi, j'étais maigre comme un lévrier, et elle ne m'avait jamais vu comme ça.

— Ça fait plaisir de te revoir, a-t-elle dit, et puis elle a souri comme si elle venait de se dire que c'était ce qu'il convenait de faire. Tu veux entrer ?

— Ouais. Bien sûr.

J'ai lâché ces mots rapidement, avec nervosité. J'ai eu un sourire forcé et elle s'est reculée tandis que je franchissais le seuil, mais elle s'est ravisée et a fait un pas en avant pour me serrer dans ses bras.

J'ai attendu et elle s'est raidie, au bout d'un moment. Elle s'est éloignée de moi et a écarté les mains, comme pour dire, C'est chez moi.

Il n'y avait qu'une pièce, un lit avec des draps bleu ciel, un bureau poussé dans un coin, des tuyaux non masqués descendaient du plafond et des coulées d'eau striaient les murs, mais elle avait une cuisine, une salle de bains et, j'imagine, pas de loyer à payer. Mieux que les baraquements de l'armée, de toute façon. Ça ne ressemblait plus du tout à la pièce que c'était quand ses parents s'en servaient comme salle de loisirs et que nous l'avions utilisée pour nous tripoter.

Par terre, près du frigo, j'ai remarqué un petit bol à eau et à nourriture.

— Ça, c'est à Gizmo, a-t-elle dit avant d'appeler : Gizmo !

Elle m'a tourné le dos. J'ai aussi tourné la tête. On ne l'a pas vu, alors je me suis mis à quatre pattes et j'ai jeté un coup d'œil sous le lit où j'ai aperçu des yeux briller. Un chat gris très mince s'est rapproché doucement. J'ai tendu la main pour qu'il la renifle et j'ai attendu.

— Allez, viens, petit chat. Je suis allé défendre ta liberté. Laisse-moi au moins te caresser.

— Allez, viens, Gizmo, a dit Rachel.

— C'est aussi un pacifiste ? ai-je demandé.

— Non. Il tue les cafards. Je n'arrive pas à l'en empêcher.

Gizmo s'est un peu rapproché de ma main et l'a reniflée.

— Tu me plais, petit chat, ai-je dit.

Je l'ai gratté derrière les oreilles et puis je me suis relevé en souriant à Rachel.

— Bien, a-t-elle dit.

— Bon.

J'ai regardé où m'asseoir. Il n'y avait qu'une chaise dans ce sous-sol. Optimiste, je me suis assis sur le lit. Elle a tiré la chaise et s'est installée face à moi.

— Alors, a-t-elle dit. Comment tu te sens ? Ça va ?

J'ai haussé les épaules.

— Ça va.

— C'était comment ?

— Je suis content que tu m'aies écrit. Les lettres des proches, c'est important.

Elle a hoché la tête. Je voulais lui en dire plus. Mais je venais d'arriver, et elle me paraissait tellement plus belle que dans mes souvenirs, et je ne savais pas ce qui se passerait si je me mettais à lui parler vraiment.

— Alors, ai-je dit, un nouveau copain ou autre chose ?

Je lui ai souri pour lui faire comprendre que ça serait OK si c'était le cas.

Elle a froncé les sourcils.

— Je ne crois pas que ce soit une question à poser.

— Vraiment ?

— Oui.

Elle a lissé sa jupe avec ses deux mains, qu'elle a laissées posées sur ses genoux.

— Tu es superbe, ai-je dit.

Je me suis penché en avant et j'ai mis une main sur les siennes. Elle les a retirées.

— Je ne me suis pas rasé les jambes, aujourd'hui.

— Moi non plus, ai-je répondu.

Et puis, parce que j'en avais envie, parce que j'étais allé en Irak et parce que pourquoi pas, j'ai posé une main sur sa cuisse, tout près de son genou. Elle a mis la sienne sur mon poignet et elle l'a serré. Je pensais qu'elle allait enlever ma main, mais elle n'a rien fait.

— C'est juste que, a-t-elle dit, alors je ne voudrais pas que, tu sais…

— Oui, oui, oui, l'ai-je interrompue. Tout à fait. Moi aussi.

Je n'ai pas la moindre idée de ce que je voulais dire par là, mais j'avais l'impression qu'être d'accord avec elle était ce qui s'imposait. Au moins, elle a lâché mon poignet.

La chaleur de sa cuisse sous ma main me chamboulait. Cette mission en Irak, j'avais passé pas mal de temps à avoir froid. La plupart des gens ne s'imaginent pas qu'on puisse avoir froid en Irak, mais il n'y a rien dans le désert pour conserver la chaleur, et l'été ne dure pas toute l'année. J'avais le sentiment qu'il y avait une chose importante que je devais lui dire, ou une chose qu'elle devait me dire. Peut-être lui parler des pierres.

— Ça fait plaisir de te revoir, dit-elle.

— Tu l'as déjà dit.

— Oui.

Elle a baissé les yeux sur ma main, mais je n'étais pas près de l'enlever de sa cuisse. Quand on était au lycée, elle m'avait dit qu'elle m'aimait. Je méritais bien encore ça. De plus, j'étais épuisé. Lui parler ne m'avait jamais paru aussi difficile, mais la toucher était toujours aussi agréable.

— Dis, tu ne voudrais pas t'allonger ?

J'ai fait un signe de tête pour désigner le lit et elle a eu un mouvement de recul, alors j'ai ajouté :

— Pas pour faire quelque chose. Juste…

Je ne savais pas quoi.

Je l'ai regardée et je me suis dit, Elle va dire non. J'en sentais le goût, flottant dans l'air.

— Écoute, ai-je repris…

Et je me suis retrouvé à court de mots.

La pièce est devenue de plus en plus étroite, de plus en plus exiguë, comme le monde autour de vous quand vous avez une décharge d'adrénaline.

— Écoute, ai-je répété, j'en ai besoin.

Quand j'ai dit cela, je ne l'ai pas regardée. Je n'ai pas levé les yeux de ma main sur sa cuisse. J'ignorais ce que je ferais si elle disait non.

Elle s'est levée de sa chaise. J'ai poussé un long soupir. Elle s'est approchée du bord du lit, est restée debout un instant, puis elle s'est allongée en me tournant le dos. Elle avait accepté.

Le truc dingue, c'était que maintenant je n'en avais plus envie. Je veux dire, me pelotonner contre elle, cette fille qui m'avait fait la supplier ? J'étais un soldat, j'étais allé à la guerre. Et elle, qui était-elle ?

Je suis resté assis sans bouger un instant. Mais il n'y avait rien d'autre à faire dans cette pièce, que m'étendre sur le lit.

Je me suis couché sur le côté, près d'elle et je me suis lové contre son corps, collant les hanches contre les siennes et posant mon bras droit sur sa taille. Il y avait une chaleur qui émanait d'elle et se répandait en moi, et si elle était tendue au début, comme elle l'avait été plus tôt, elle s'est décontractée au bout d'un moment, et je n'ai plus eu cette impression de l'empoigner et c'était plus comme si chacun de nous épousait la forme de l'autre. Je me suis décontracté, moi aussi, et toutes les parties anguleuses de mon corps se sont perdues dans la sensation que suscitait son contact. Ses hanches, ses jambes, ses cheveux, sa nuque. Ses cheveux dégageaient une odeur d'agrume, et son cou, de doux effluves de transpiration. J'avais envie de l'embrasser à cet endroit, parce que je savais que j'y trouverais un goût de sel.

Certains jours, après m'être occupé des corps, j'empoignais un morceau de ma propre chair et je tirais dessus pour la voir s'étirer, et je me disais, C'est moi, c'est tout ce que je suis. Mais ce n'est pas toujours aussi terrible.

On est restés sur le lit cinq minutes, peut-être, sans que je parle, me contentant de respirer, enfoui dans ses cheveux. Le chat a sauté sur le lit et nous a rejoints, allant et venant, tout d'abord, puis s'installant près de la tête de Rachel pour nous observer. Elle a commencé à me parler de lui d'une voix tranquille – depuis combien de temps elle l'avait, comment elle l'avait eu, les choses amusantes qu'il faisait. Elle parlait de quelque chose qu'elle aimait, alors les mots lui venaient facilement, et c'était agréable d'entendre des sons aussi naturels. J'écoutais sa voix et je la sentais respirer. Quand elle s'est retrouvée à court de choses à raconter, on n'a pas bougé et j'ai pensé, Combien de temps pouvons-nous rester comme ça ?

Si près d'elle, j'avais peur d'avoir une érection. Il n'y avait qu'elle et moi dans cette pièce, et je savais qu'elle n'avait pas envie de moi. Dans ce petit système qu'on formait, elle et moi, j'étais le rien du tout. J'avais la sensation de me regarder d'en haut, comme si tout mon désir d'elle était là dans mon corps et moi j'étais sorti de moi-même, en train d'observer. Je savais que si je réintégrais mon crâne, je me mettrais à la supplier.

J'ai roulé sur le dos et j'ai regardé au plafond. Le chat s'est levé aussi et a marché jusqu'à la tête de lit et s'est frotté dessus. Rachel s'est tournée vers moi.

— Il faut que je m'en aille, ai-je dit, alors que je n'étais pas obligé de partir et que je n'avais même aucune envie d'être ailleurs.

Elle m'a demandé :

— Tu restes combien de temps ?

— Pas longtemps. Je rends surtout visite à la famille.

Je voulais lui faire mal, d'une certaine façon. Peut-être lui parler de la femme de Vegas. Mais j'ai dit :

— C'était génial de te revoir.

Et elle a répondu :

— Ouais, c'était génial.

Je me suis relevé et j'ai balancé les pieds par-dessus le bord du lit, lui tournant le dos. J'ai attendu, espérant qu'elle dise quelque chose d'autre. Le chat a sauté du lit, s'est dirigé vers son bol de nourriture, l'a reniflé, puis s'est détourné.

Ensuite je me suis levé et j'ai passé la porte sans me retourner. Tandis que je montais les marches et que je traversais son jardin, je me suis efforcé de ne penser à rien. Et comme ça ne marchait pas, je me suis efforcé de me souvenir du nom de la femme de Vegas, comme si, au cas où j'y parviendrais, ça pouvait me protéger.

Cette femme, Trente-huit-ans, m'avait semblé si réticente. J'étais presque certain que ce qui s'était passé avec elle ne pouvait pas être qualifié de viol. Elle ne s'était pas plainte, elle n'avait jamais dit non et n'avait jamais résisté. Elle n'avait jamais rien dit. Au bout de quelques minutes, elle s'était même mise à donner des coups de bassin vers moi d'une manière un peu mécanique. Elle était tellement ivre. J'imagine qu'il serait difficile de dire si elle voulait ou pas, mais si elle avait vraiment été contre, je pense qu'elle aurait dit quelque chose pour essayer de m'empêcher d'aller plus loin.

Dans quelle mesure la fille était ivre, est-ce qu'elle avait réellement envie de vous ou est-ce qu'elle vous a simplement laissé faire, ou est-ce qu'elle avait peur de vous, tout ça, ce n'est pas le genre de chose qui inquiète beaucoup la plupart des marines quand ils baisent, le vendredi soir. Pas à ma connaissance, en tout cas. Je doute que ça inquiète les étudiants qui font partie d'une fraternité non plus. Mais tandis que je rentrais à pied de chez Rachel, ça a commencé à m'inquiéter vraiment.

Je n'étais pas très causant quand je suis rentré chez moi, et je ne l'étais guère plus ce soir-là, quand je suis sorti prendre un verre avec quelques amis du lycée. Ce n'étaient pas des amis proches. Je n'avais pas eu d'amis proches au lycée. J'avais passé tout mon temps avec Rachel. Mais c'étaient des types sympas pour boire une bière.

À mesure que la soirée s'avançait, le bar s'est rempli de plus en plus, et ça a fini par devenir un véritable pot de retrouvailles d'élèves du lycée. Je n'arrêtais pas de me demander si Rachel allait s'amener, mais évidemment, elle n'est pas venue. J'ai bu plus que d'habitude. Ça m'a donné envie de raconter quelques histoires.

Un des gars qui étaient là, qui avait quelques années de plus que les autres, m'a dit qu'il avait un cousin qui était mort en Irak. Tout de suite, j'ai pensé, Peut-être que je me suis occupé de son corps. Mais ce cousin avait été tué avant que j'arrive en Irak.

Le type était mécanicien, et il avait l'air d'être du genre plutôt sympathique. Il ne s'est pas mis à parler de tuer des hajji, ni à faire comme si c'était vraiment horrible que je sois allé là-bas. Il a simplement dit :

— Ça a dû être dur.

Sans faire d'autres commentaires.

Je ne me souviens pas de son nom. Une fois que j'ai été suffisamment ivre, je lui ai raconté ce que j'avais eu envie de dire à Rachel.

C'était une histoire sur le cas de brûlures le plus terrible que nous avions eu. Pas le plus terrible au sens de carbonisé ou en termes de perte de membres ou d'organes, mais le plus terrible, tout simplement.

Ce marine avait réussi à sortir de son véhicule pour finalement mourir dans les flammes juste à côté. Les autres MP de son unité avaient récupéré ses restes sur le tas de détritus et de gravier où il était mort, et ils nous les avaient apportés. On a procédé à une description détaillée de ses blessures, des signes distinctifs et des parties du corps manquantes. La plupart des objets qui avaient survécu aux flammes étaient des choses ordinaires. Il avait les *Règles d'engagement* dans sa poche de poitrine. Le gilet pare-balles avait protégé le document plastifié, mais il avait fondu et les mots étaient illisibles. Il avait des chaussures et une plaque d'identification et des morceaux d'uniforme, tout carbonisés. Un magma de matière plastique dans un sac à dos, que l'on n'a pas pu identifier. Un portefeuille où les cartes bancaires et ses papiers d'identité avaient fondu également, pour former un bloc unique. Il n'y avait pas le casque en Kevlar qu'il avait dû avoir sur la tête, mais qui n'était pas parvenu jusqu'à nous.

Certains des corps que nous prenions en charge avaient des objets très personnels, tels qu'une échographie ou une lettre annonçant l'intention de se suicider. Celui-ci n'avait rien.

Toutefois, ses mains étaient crispées autour de deux objets. Il a fallu prendre énormément de précautions pour les ouvrir. Le caporal-chef G avait la main gauche. J'avais la droite.

— Doucement, disait-il. Doucement. Doucement. Doucement.

Il se parlait à lui-même.

Tandis que je travaillais, j'essayais d'éviter de regarder le visage. On faisait tous ça. Je me concentrais sur les mains et ce qu'il pouvait y avoir à l'intérieur. Les objets personnels sont importants pour les familles.

On a travaillé, lentement, redressant soigneusement les doigts. Le caporal-chef G a fini en premier. Il a montré un petit caillou, provenant vraisemblablement du tas de graviers. Une minute plus tard, j'ai trouvé la même chose dans la main droite. Une petite pierre grise, plutôt ronde, mais avec quelques aspérités. Elle était incrustée dans sa paume. J'ai déchiré la peau en l'enlevant.

Quelques jours plus tard, le caporal-chef G m'en a parlé. D'autres restes étaient passés entre nos mains depuis, et normalement, le caporal-chef G ne disait jamais rien sur les dépouilles, une fois que nous en avions terminé avec elles. On était en train de fumer, devant la cantine, regardant en direction d'Habbaniyya, et il a dit :

— Ce gars aurait pu se raccrocher à n'importe quoi.

J'ai essayé de raconter cette histoire au mécanicien. J'étais complètement ivre et le type faisait de son mieux pour m'écouter.

— Ouais, a-t-il dit doucement, ouais. C'est dingue.

J'ai bien vu qu'il s'efforçait de trouver la remarque adéquate.

— Écoute, je vais te dire quelque chose.

— OK.

— J'ai du respect pour ce que tu as traversé.

J'ai bu une gorgée de bière.

— Je ne veux pas que tu aies du respect pour ce que j'ai traversé.

Ça l'a interloqué.

— Qu'est-ce que tu veux, alors ?

Je ne savais pas. On est restés là, à boire notre bière en silence pendant un moment.

— Je veux que tu sois écœuré, ai-je fini par dire.

— OK.

— Et puis, tu ne connaissais pas ce gosse. Alors, fais pas comme si tu te souciais de ça. Les gens, ils veulent tous se donner l'impression qu'ils se soucient des autres.

Il n'a rien ajouté, ce qui était futé. J'ai attendu qu'il dise quelque chose qu'il ne fallait pas, qu'il m'interroge sur la guerre, ou sur le marine qui était mort, ou les pierres que G et moi avions gardées sur nous, que j'avais encore dans la poche, ce soir-là, au bar. Mais il n'a plus dit un mot, et moi non plus. Et depuis, je n'ai plus jamais raconté d'histoires aux gens.

Je suis resté chez mes parents une semaine de plus, et puis je suis retourné à Twentynine Palms et au corps des marines. Je n'ai jamais revu Rachel, mais on est amis sur Facebook. Elle s'est mariée pendant que j'en étais à ma troisième mission. Elle a eu son premier enfant pendant ma quatrième.

OLI

Les EOD désamorçaient les EEI. Les UMO traitaient les blessures. Le PRP prenait en charge les corps. Les 08 tiraient des BASM. Les appareils du MAW fournissaient un AAR. Les 03 patrouillaient sur les RPR. Le soldat de 1re classe et moi, on s'occupait de l'argent.

Si un cheikh soutenait les FSI, on distribuait des fonds du CERP. Si le génie détruisait un bâtiment, on versait un dédommagement équitable. Si les 03 tuaient un civil, on indemnisait les familles. Pour ça, il fallait sortir de la BOA, où on est bien à l'abri, et emprunter les RPR.

Je n'avais jamais envie de sortir de la BOA. Je n'avais jamais envie d'emprunter les RPR, ni de rouler en compagnie des 03. Le 1re classe, il aimait ça. Mais moi, quand j'ai été affecté au 3400, au cours de la période d'entraînement, je me suis dit, Génial. Je vais travailler dans un bureau, je serai un POG*. Je serai le POG des POG, et ensuite, j'irai à l'université pour avoir un bon job. Les nanas et la baise, c'était pas ça que je recherchais, moi, ce que je voulais, c'était le programme “G.I. Bill” pour reprendre mes études aux frais de l'État. Mais alors que je m'entraînais à “Planqué vivant, c'est mieux que héros mort”, ils m'ont dit, Autant que tu le saches, les 3400 sortent aussi des barbelés. Quelques mois plus tard, je me suis retrouvé sanglé, M4 en condition 1 à la main, entouré de 03, le sac à dos bourré de cash – le gars le plus nerveux de tout le territoire irakien.

---

* *Person Other than Grunt:* Soldat autre que fantassin, terme péjoratif désignant en fait ceux qui ne quittent pas la base.

J'ai accompli vingt-quatre sorties, certaines avec des 03 du corps des marines, d'autres avec des soldats du 2/136 de la garde nationale. Ma dernière mission hors de la base, c'était à AZD. Deux Irakiens avaient foncé sur un PCR. Ils avaient ignoré la RG, les éclairs aveuglants, puis les tirs d'avertissement, et ils y avaient laissé la vie. J'avais été promu à l'échelon E4, si bien que c'était maintenant le 1re classe qui prenait en charge les indemnisations de soutien, mais j'allais avec lui pour le familiariser avec le travail à l'extérieur de la BOA. Le 1re classe, fallait toujours lui tenir la main. Dans le HMMWV, il y avait moi, le 1re classe, le 2e classe Herrera, et le sergent Green. En haut, dans la tourelle, avec la M-240 G, se trouvait le spécialiste Jaegermeir-Schmidt, alias J-15.

Au sud de HB, il n'y avait pas grand-chose à regarder sur la RPR. On essayait de repérer tous les différents types d'EEI qu'AQI mettait sur notre chemin. Des EEI fabriqués avec de vieux obus de 122, ou du C4, ou des explosifs artisanaux. Des bombes au chlore mélangé à des explosifs brisants. Des EEI placés dans des carcasses de voiture. Des EEI à bord de voitures-suicides conduites par des fous. Des EEI dans les fossés, ou enterrés au milieu de la route. Certains dissimulés dans le ventre d'un chameau mort. D'autres reliés ensemble – l'un bien en évidence, pour vous obliger à vous arrêter, l'autre pour vous tuer une fois que vous êtes sorti de votre véhicule. Des EEI partout, mais lors de la plupart des sorties, rien. Bien que connaissant le danger encouru sur les RPR, et bien que sachant qu'on pouvait mourir, on finissait par s'ennuyer.

Le 1re classe a dit :

— Ça serait chouette si un EEI explosait, à condition que personne ne soit blessé.

J-15 a répliqué sèchement :

— Ça va nous attirer le mauvais œil, c'est pire que manger les bonbons porte-bonheur d'une RCIR.

Le mercure montait à 49 °C, et je me souviens que je rouspétais au sujet de la clim. C'est à ce moment-là que l'EEI a explosé.

Le 2e classe a donné un coup de volant et le HMMWV s'est retourné. Ça ne s'est pas passé comme à l'entraînement sur le simulateur HEAT de Camp Lejeune. Le JP-8 s'est mis à fuir du réservoir et a pris feu, brûlant mon MARPAT. Le sergent Green et moi, on a réussi à s'extirper de là, puis on a tiré le 2e classe par les sangles de son GPB. Mais le 2e classe était inconscient, je me suis précipité pour aller chercher le 1re classe, mais il était du côté touché par l'EEI, et il était trop tard.

La chaleur fendillait et déformait les lunettes de protection du 1re classe. Les attaches en plastique de son GPB avaient déjà fondu. Quant à J-15, bien qu'il y ait laissé ses jambes, il a tout de même fait l'objet d'une EVASAN jusqu'à l'UMO, mais il est mort au bloc.

Le PRP a dû laver le corps du 1re classe avec du nettoyant ménager Simple Green et de l'eau oxygénée.

Le MLG m'a décerné la NAM avec l'agrafe V. Vous ne verrez pas beaucoup de 3400 décorés d'une NAM avec V. Elle est là, sur ma poitrine, à côté de mon ruban CAR et de ma Purple Heart, de ma GWOTEM, de mon ruban Sea Service, de ma médaille Good Conduct et de la NDS. Même les 03 me témoignent du respect quand ils la voient. Mais NAM avec V ou pas, médaille d'honneur ou pas, cela ne change rien au fait que je suis toujours en vie. Et quand les gens me demandent pourquoi j'ai eu la NAM, je leur réponds, C'est pour atténuer les reproches que je me fais de ne pas avoir été assez rapide pour sauver le 1re classe.

Au camp d'entraînement, les SI vous racontent des histoires sur la médaille d'honneur. La plupart de ceux qui la reçoivent sont des KIA. Pas de cérémonie de retour pour les familles, on leur a envoyé un CACO* qui est venu frapper à leur porte. On leur a octroyé une SGLI**. On leur a payé le

* *Casualty Assistance Calls Officer:* Membre du service chargé des relations avec les familles de victimes.

** *Servicemen Grouped Life Insurance:* Assurance-vie réservée aux militaires.

voyage jusqu'à Dover, dans le Delaware, pour voir des marines sortir la dépouille d'un C-130. Elles ont eu un cercueil fermé, parce que les EEI et les armes légères ne font pas de jolis cadavres. Les SI vous rabâchent ces histoires, et même un POG comme moi sait ce qu'elles signifient.

Alors, je dis à ma famille :

— Je rempile – le "G.I. Bill" attendra.

Et je dis à mon OR :

— Mon capitaine, je veux rejoindre l'OLI en Afghanistan. C'est là qu'on se bat, maintenant.

Et je dis à ma petite amie :

— OK, quitte-moi.

Et je dis au 1re classe :

— J'aurais préféré que ça soit moi.

Même si je ne le pense pas vraiment.

Je rejoins l'OLI. En tant que 3400. En tant que POG, mais un POG avec de l'expérience. Je vais à nouveau distribuer des fonds du CERP. Je vais à nouveau rouler en HMMWV avec des 03. Et peut-être que j'aurai à nouveau droit à l'explosion d'un EEI. Mais cette fois, quand j'emprunterai les RPR, je serai terrorisé.

Je me souviendrai des bruits qu'a faits le 1re classe. Je me souviendrai que j'étais son sous-off, qu'il était donc sous ma responsabilité. Et je me souviendrai du 1re classe lui-même comme si je l'avais aimé. En d'autres termes, je ne me souviendrai pas de lui du tout – je ne me souviendrai pas pourquoi je lui attribuais des notes médiocres dans mes évaluations, ni pourquoi je lui ai dit qu'il ne serait jamais promu E4.

Au lieu de cela, je me souviendrai qu'on était cinq dans notre HMMWV. Que le compte rendu de situation a fait état de deux KIA et trois WIA. Que KIA signifie qu'ils ont tout donné. Que WIA signifie que je n'ai pas fait le même sacrifice.

Le dollar, une autre arme

Le succès était une question de point de vue. En Irak, il ne pouvait en être autrement. Il n'y avait pas d'Omaha Beach, pas de campagne de Vicksburg, ni même un Fort Alamo pour marquer une défaite manifeste. Ce que nous avions connu de plus approchant, c'étaient ces statues de Saddam renversées, mais c'était des années plus tôt. Je me souviens de Condoleezza Rice déclarant que l'administration civile et les fonctions de police n'avaient pas leur place dans une campagne militaire.

— Nous n'allons tout de même pas demander à la 82e aéroportée d'escorter des enfants à l'école maternelle, avait-elle dit.

En 2008, au moment où je suis arrivé là-bas, la 82e aéroportée construisait des serres dans les environs de Tikrit. C'était un monde nouveau et meilleur qui était en marche et, en tant qu'agent des Services diplomatiques responsable d'une PRT – une équipe de reconstruction provinciale intégrée –, j'étais au cœur de cette entreprise.

En atterrissant à Camp Taji, j'étais nerveux, et pas seulement à cause du danger. Je n'étais pas sûr d'être à ma place. Je n'avais pas cru en l'utilité de la guerre quand elle avait éclaté, même si je croyais profondément au service de l'État. Je savais aussi qu'un séjour en Irak ne pourrait être que bénéfique pour l'avancement de ma carrière. L'équipe que j'allais diriger était déjà dans le pays depuis un moment. J'étais le seul agent des Services diplomatiques du groupe, mais mon expérience dans le domaine de la reconstruction se limitait à quelques étés passés en Alabama, à travailler pour l'organisation "Habitat pour l'humanité" quand j'étais étudiant. Je ne pensais pas que cela me serait d'un grand secours.

Mes collaborateurs avaient été engagés, en principe, pour des compétences concrètes. Alors que je sortais de l'hélicoptère et que je me dirigeais vers un homme bien charpenté brandissant une feuille de papier sur laquelle était gribouillé mon nom, j'avais le sentiment désagréable et tenace qu'il allait me percer à jour et me voir tel que je craignais être – un imposteur et un touriste de guerre.

Je fus donc tout surpris quand cet homme qui tenait la feuille – Bob, le seul ancien militaire de notre PRT intégrée – m'informa cavalièrement qu'il avait signé un contrat temporaire 3161 pour blaguer. Il se mit à rire comme si son manque d'engagement était drôle, tandis qu'il m'accompagnait jusqu'au pick-up Nissan que l'équipe utilisait pour se déplacer sur la base.

— Je n'ai jamais fait ce genre de boulot avant, dit-il. Je n'imaginais même pas que je pourrais être accepté à la visite médicale. J'ai un souffle au cœur. Mais il n'y a pas eu de visite médicale. Il n'y a même pas eu d'entretien. Ils m'ont appelé pour me dire que j'étais engagé, directement après examen de mon CV.

Bob, je m'en aperçus très tôt, avait une vision existentielle de la guerre d'Irak. Nous combattions en Irak parce que nous combattions en Irak. Il ne lui appartenait pas de se demander pourquoi, il lui appartenait simplement de percevoir un salaire de deux cent cinquante mille dollars avec trois séjours de vacances payés et peu d'attentes en matière de réalisations concrètes.

— Cindy a la foi, dit Bob tandis qu'il nous conduisait au bureau de la PRT. Son combat, c'est celui du bien contre le mal. La démocratie contre l'islam. Toute cette connerie de catéchisme. Attention à ce qu'on dit avec elle.

— Sur quoi travaille-t-elle ?

— C'est notre conseillère pour les projets féminins, dit Bob. Avant, elle faisait partie d'un conseil d'établissement scolaire, là-bas, dans le bled d'où elle vient. Au Kansas ou dans l'Idaho, quelque chose comme ça. Elle dirige notre association commerciale pour les femmes et elle est en train de lancer un projet agricole pour les veuves.

— Elle s'y connaît en agriculture ? demandai-je plein d'espoir.

— Nan, mais je lui ai appris à se servir de Google.

Il se gara devant une cabane de contreplaqué plutôt branlante, m'informant que c'était nos bureaux. À l'intérieur, il y avait deux pièces, quatre bureaux, toute une série de blocs multiprises, et une petite femme maigrichonne, d'une bonne cinquantaine d'années, qui scrutait attentivement l'écran de son ordinateur.

— Il y a deux cent cinquante giclées dans un gallon de lait ! dit-elle.

Bob articula silencieusement le mot *Google*. Puis il lança :

— Cindy. Notre chef intrépide est là.

— Mon Dieu, dit-elle, bondissant de son siège et s'avançant vers moi pour me serrer la main. Très heureuse de faire votre connaissance !

— J'ai entendu dire que vous travailliez sur un projet agricole.

— Et un centre médico-social. Ça va pas être commode, mais les femmes m'ont dit que c'était ce dont elles avaient besoin.

Je parcourus la pièce du regard.

— Vous pouvez prendre l'un ou l'autre des deux bureaux vides, dit Bob. Steve n'utilisera pas le sien.

— Qui est Steve ? demandai-je.

— L'autre employé sous contrat qu'on était censés avoir avec nous, dit Cindy en prenant une mine triste. Il s'est blessé assez gravement le jour de son arrivée.

— Le jour de son arrivée ? dis-je.

Je jetai un coup d'œil au bureau lugubrement vide dans la pièce du fond. Nous étions, me dis-je alors, dans une zone de guerre. La mort, la défiguration étaient des éventualités qui nous concernaient tous.

— Quand il a atterri à Taji, dit Bob avec un petit sourire suffisant, il a sauté du Black Hawk comme dans les films d'action, comme s'il allait devoir courir à toute vitesse sous le feu des mitrailleuses pour se mettre à l'abri. Il s'est bousillé la cheville à son premier contact avec le sol.

Après que je me fus installé, Bob me fit un topo sur notre Zone d'Opérations, me conduisant devant une grande carte accrochée au mur dans notre bureau, et détaillant la région.

— Nous, on est là, dit-il en désignant le Camp Taji. À l'est, vous avez le Tigre. Il y a quelques vieux palais sur la rive occidentale et de l'autre côté, ce sont des terres cultivées. Des vergers. Oranges. Citrons. Ce fruit bizarre. Comment il s'appelle, déjà ?

— Grenade ?

— Non. J'aime bien les grenades. Ce truc… (Il fit un geste de la main en grimaçant, puis il revint à la carte, pointant le doigt sur le côté oriental du Tigre.) Cette partie-là, c'est que des sunnites, alors sous Saddam, ils se débrouillaient pas trop mal. C'est moins misérable.

— Moins misérable ?

— Jusqu'à la grande route. La Route Dover (Bob désigna un ruban qui allait du nord au sud), c'est la ligne de démarcation. À l'ouest de Dover, les sunnites. À l'est de Dover, des bidonvilles, des terrains merdiques, un peu d'agriculture irriguée par le canal. (Il pointa le doigt sur une fine ligne bleue qui partait du Tigre et formait la limite sud de la carte.) Au-dessus de ça, il n'y a pas vraiment de cultures dignes de ce nom. Il y a une station de traitement de l'eau ici (il montra sur la carte un point noir qui n'était relié à aucune des routes représentées) ; il y a une raffinerie de pétrole plus loin, à l'est, et là, c'est le poste des forces de sécurité mixtes d'Istalquaal.

— Forces de sécurité mixtes, dis-je. Cela signifie qu'il y a des unités irakiennes ici.

— Police nationale. Et deux compagnies de notre brigade de combat. La police sunnite reste du côté sunnite, la chiite reste du côté chiite, mais la Police nationale va partout.

— Elle est comment, cette Police nationale ?

— Ce sont des escadrons de la mort chiites, répondit-il avec un petit sourire suffisant.

— Ah.

— Au sud du canal, c'est Sadr City. Personne ne va là-bas, à part les forces spéciales dans le but de tuer quelqu'un. Istalquaal est le poste de forces de sécurité mixtes le plus proche de Sadr City dans notre Zone d'Opérations.

Je levai les yeux sur la carte.

— L'USAID affirme que l'agriculture devrait employer 30 % de la population, dis-je.

— Exact, dit Bob, mais tout le système s'est écroulé quand on a bousillé les industries gérées par l'État.

— Génial.

— L'idée n'était pas de moi. On a remis en place un ministère de l'Agriculture fondé sur des principes de marché libre, mais la main invisible du marché a commencé à poser des EEI.

— OK, mais cette région (je pointai le doigt vers les zones chiites) a besoin d'eau pour l'irrigation.

— À l'ouest de Dover aussi, dit-il. Les systèmes d'irrigation ont besoin d'être entretenus, et personne ne s'est beaucoup occupé de ça.

Je tapotai sur le point noir qu'il avait désigné comme une station de traitement de l'eau.

— Et ça, c'est opérationnel ?

Bob se mit à rire.

— Il y a deux ans, on y a englouti environ un million et demi de dollars par le biais des fonds de reconstruction de l'Irak.

— Et qu'est-ce que ça nous a rapporté ?

— Aucune idée, dit Bob. Mais l'ingénieur en chef a demandé qu'on organise une réunion.

— Super. Faisons ça.

Bob secoua la tête en levant les yeux au ciel.

— Écoutez, dis-je, je sais qu'il y a une limite à ce que je peux faire. Mais si je peux faire une seule petite chose…

— Petite ? dit Bob. Une station de traitement de l'eau ?

— C'est probablement la meilleure chose qu'on pourrait…

— Je suis ici depuis plus longtemps que vous.

— OK.

— Si vous voulez réussir, ne vous lancez pas dans de grands projets ambitieux. On est en Irak, ici. Enseignez aux femmes veuves à élever des abeilles.

— Élever des abeilles ? dis-je.

— L'apiculture ? Peu importe le mot. Faire du miel. Fournissez des ruches à cinq veuves…

— Mais de quoi parlez-vous ?

— Je connais un Irakien qui peut nous vendre les ruches, et un conseil local qui dit qu'ils soutiendront le projet…

— Bob, dis-je.

— Oui ?

— De quoi diable parlez-vous ?

— L'ambassade aime les projets menés à bien qui concrétisent les Grands Axes de l'Action.

— Quel rapport avec le fait de former cinq veuves à l'apiculture ?

Bob croisa les bras et me toisa du regard. Il pointa le doigt vers le mur opposé où une affiche résumait les Grands Axes de notre Action.

— Donner du travail à quelqu'un. C'est améliorer sa vie économiquement. Donner du travail à des femmes, c'est leur offrir l'émancipation. Donner du travail à une veuve, c'est aider des populations privées de droits civiques. Trois des Grands Axes dans un seul projet. Les projets concernant les veuves, c'est le top. Avec le conseil qui apporte son soutien, on peut dire que c'est un projet mené par les Irakiens eux-mêmes. Et ça coûtera moins de vingt-cinq mille dollars, donc aucun problème pour obtenir le financement.

— Des abeilles pour cinq veuves.

— Je crois qu'on appelle ça un rucher, dit-il.

— L'apiculture, ce n'est pas ça qui va aider, répondis-je.

— Aider à quoi ? Ce pays est foutu, quoi que vous fassiez.

— Je vais concentrer mes efforts sur l'eau. Faisons fonctionner cette station.

— OK.

Il secoua la tête, puis leva les yeux et sourit aimablement. Apparemment, il avait décidé que je pouvais aller au diable comme bon me semblait.

— Alors, reprit-il, il faudrait qu'on vous emmène jusqu'à une des compagnies à Istalquaal.

— Istalquaal, répétai-je, pour voir comment sonnait ce mot, désireux de le prononcer correctement.

— Je pense que c'est comme ça qu'on dit. Ça veut dire liberté. Ou libération. Quelque chose de ce genre.

— C'est chouette.

— C'est pas eux qui ont trouvé ce nom, dit Bob. C'est nous.

CELA me prit six semaines pour me rendre à la station de traitement de l'eau. Trois semaines rien qu'à essayer d'avoir Kazemi, l'ingénieur en chef, au téléphone. Et trois autres pour parvenir à régler les détails. Kazemi avait l'horripilante habitude de répondre aux questions sur les dates et les heures de la même manière qu'un maître zen répond aux questions sur l'illumination. "Il n'y a que les montagnes qui ne se rencontrent pas", disait-il volontiers, ou bien, "Les provisions pour demain appartiennent à demain."

Pendant ce temps, le centre médico-social pour femmes de Cindy décolla. Elle l'avait installé du côté sunnite de la grande route et le nombre de patientes se mit à augmenter régulièrement de semaine en semaine. Comme je n'avais pas grand-chose à faire sur le front de l'eau et que, rester assis là, à attendre que Kazemi me rappelle, me rendait fou, je décidai de m'impliquer personnellement dans le dispensaire. Je ne faisais pas totalement confiance à Cindy. Je pensais qu'elle était trop zélée pour diriger quelque chose d'important, et plus elle m'en parlait, plus je me disais que ce projet valait réellement la peine.

En Irak, il est difficile pour une femme d'aller voir un médecin. Elle doit avoir la permission d'un homme, et même dans ce cas, beaucoup d'hôpitaux et de petites cliniques refusent de les prendre en charge. Vous voyez des pancartes où il est écrit : SERVICES RÉSERVÉS AUX HOMMES, un peu comme chez nous, ces anciennes pancartes TOUTE CANDIDATURE D'IRLANDAIS SERA REJETÉE auxquelles mon arrière-arrière-grand-père avait dû faire face.

Les soins médicaux étaient l'appât qui attirait les gens, mais les éléments essentiels au fonctionnement général du centre étaient Najdah, une assistante sociale obstinée, et sa sœur, la juriste qui faisait partie du personnel. Toutes les femmes qui se présentaient étaient d'abord interrogées, apparemment pour que le centre médico-social puisse déterminer de quels soins elles avaient besoin, mais en réalité pour nous permettre de découvrir quels services plus larges nous pouvions leur fournir. Les problèmes des femmes dans notre secteur dépassaient de beaucoup les infections des voies urinaires non traitées – même si celles-ci présentaient souvent un aspect de gravité évident –, les problèmes des femmes ne constituaient généralement pas un prétexte suffisant pour qu'un homme permette à sa femme, sa fille ou sa sœur d'aller voir le docteur, et des affections que nous considérons comme mineures aux États-Unis avaient tendance à empirer rapidement. Une femme qui souffrait d'une infection des voies urinaires avait eu les reins si endommagés qu'elle risquait une insuffisance rénale irréversible.

Le centre médico-social aidait aussi les femmes qui voulaient divorcer, les femmes qui étaient victimes de violences conjugales, les femmes qui ne recevaient pas l'aide publique à laquelle elles avaient droit, et les femmes qui voulaient porter plainte contre les forces de la Coalition pour obtenir des indemnités quand des proches avaient été tués accidentellement. Une jeune fille de quatorze ans, victime d'un viol collectif, était venue parce que sa famille projetait de la vendre à un bordel du coin. Ce n'était pas rare pour les filles dont le viol anéantissait tout espoir de trouver un mari. En fait, c'était la version "clémente" des crimes d'honneur qui étaient encore commis çà et là.

Najdah et la juriste faisaient de leur mieux pour aider ces femmes à s'en sortir, soulevant parfois les problèmes auprès des conseils locaux et des personnages puissants. Elles n'essayaient pas de "libérer" les femmes irakiennes, quelle que soit la signification de ce terme, ni de les transformer en chefs d'entreprise. Najdah et son personnel leur prêtaient une oreille attentive et les aidaient à résoudre leurs problèmes concrets. Dans le cas de la jeune fille de quatorze ans, Najdah demanda à un ami qui était dans la police de faire une descente chez les parents, de même qu'au bordel. La jeune fille fut envoyée en prison. Pour elle, toute autre solution aurait été pire.

Je me rendis quelques fois au dispensaire et j'avais commencé à penser à étendre cette idée à d'autres communautés quand Kazemi finit par me rappeler et me faire des propositions de rendez-vous concrètes. Je me mis d'accord avec lui, puis j'essayai d'organiser un convoi avec une des unités basées à Istalquaal.

— Personne n'est allé dans ce coin depuis un bon moment, me répondit au téléphone le commandant d'une compagnie. Il doit encore y avoir des EEI de 2004. Impossible de savoir sur quoi on pourrait rouler.

Ce n'est pas le genre de choses que vous avez envie d'entendre dans la bouche d'un soldat endurci. J'avais déjà eu l'occasion de faire deux ou trois convois avant d'arriver à Istalquaal, mais le souvenir de ce commentaire, ajouté à la nervosité méfiante des soldats sur place, me colla ce que certains militaires appellent "le trouillomètre à zéro". Le groupe qui m'escorta finalement avait visiblement tiré la mauvaise paille. Ils le savaient tous.

— Allons sauter sur une mine, entendis-je un soldat dire à un autre.

Quand nous arrivâmes sur la route, ma seule consolation fut l'ennui manifeste de mon interprète, un musulman sunnite plutôt petit et grassouillet que tout le monde appelait "le Professeur".

— Pourquoi vous appellent-ils le Professeur ? lui demandai-je.

— Parce que j'étais professeur avant que vous n'arriviez dans ce pays pour le détruire, répondit-il, enlevant ses lunettes et les essuyant comme pour souligner ses paroles.

Comme entrée en matière, c'était plutôt embarrassant.

— Vous savez, dis-je, quand tout a commencé, j'étais opposé à cette guerre…

— Vous avez fait cuire l'Irak dans un four, comme un gâteau, et vous l'avez donné à manger à l'Iran.

Il renifla, croisa les bras sur son ventre et ferma les yeux. Je fis comme si quelque chose au bord de la route avait attiré mon attention. La plupart des interprètes ne parleraient jamais ainsi à un Américain. Nous restâmes sans rien dire pendant un moment.

— Istalquaal, dis-je au bout d'un certain temps, pour essayer de le faire sortir de sa coquille. Ça veut dire liberté ou libération ?

Il entrouvrit les paupières et me jeta un regard de côté.

— Istalquaal ? *Istiqlal* signifie indépendance. Istalquaal ne veut rien dire. Cela veut seulement dire que les Américains ne savent pas parler arabe.

La rumeur disait que le Professeur avait du sang sur les mains, de l'époque de Saddam. Vrai ou pas, il était notre meilleur interprète. Comme compagnon de route, par contre, il laissait à désirer. Il demeurait assis, les mains croisées et les yeux fermés, peut-être pour sommeiller, peut-être pour éviter la conversation.

Le paysage était désolé. Pas d'arbres, pas d'animaux, pas de plantes, pas d'eau – rien. Souvent, quand les gens essaient de décrire l'Irak, vous les entendez faire des tas de références à *Mad Max*, cette trilogie postapocalyptique où des hordes de motards vêtus d'un harnachement SM traversent le désert et s'entre-tuent pour de l'essence. Je n'ai jamais pensé que cette description était particulièrement adéquate. À part cette fête chiite bizarre où ils se frappent tous avec des chaînes, vous ne trouverez pas beaucoup d'accessoires de ce genre dans le pays. Et puis là-bas, sans le moindre être vivant à des kilomètres à la ronde, j'aurais été content de voir d'autres individus, même une horde de motards portant des masques de cuir et des jambières laissant les fesses à l'air. Malheureusement, la guerre, ce n'est pas comme au cinéma.

Kazemi n'était pas là quand nous arrivâmes à la station, une grande structure en forme de cube, avec une rangée d'immenses cylindres en béton surmontés de canalisations métalliques. Nous allâmes au bâtiment principal, mais quand nous essayâmes d'entrer pour nous protéger du soleil, il nous fut impossible d'ouvrir la porte. C'était un grand vantail métallique, tellement rouillé qu'il refusait de bouger.

— Attendez, monsieur, dit un sergent de l'Armée à la carrure impressionnante.

Il sourit en direction des autres soldats, se disant sans doute qu'il allait leur montrer à quel point l'Armée surpassait le Département d'État en force et en ouverture de portes. Il poussa dessus. Rien. Sans cesser de sourire, et sous le regard de la plupart des soldats, le sergent fit un pas en arrière et se lança sur la porte. Le seul résultat notable fut un grand bruit comme un coup de tonnerre. Le visage tout rouge, maintenant, il se mit à pousser des jurons et, observé par tout le monde, y compris le Professeur, il recula d'environ cinq mètres, puis se rua sur la porte à toute vitesse. Le fracas de sa carapace de protection sur le métal fut énorme et la porte s'ouvrit dans un grincement métallique aigu. Quelques soldats poussèrent des hourras.

L'intérieur était sombre et rouillé.

— J'ai l'impression que personne n'est entré là-dedans depuis un bon moment, monsieur, dit le sergent.

Je jetai un regard en arrière, vers le convoi militaire. J'avais risqué la vie de tous ces soldats en les amenant là.

— Professeur, dis-je. Il faut que nous ayons Kazemi au téléphone. Tout de suite.

Pendant qu'il appelait, je rêvai tout éveillé d'apiculture. Dans mon esprit flottaient des images, je voyais des pots de Miel des Veuves irakiennes en vente dans les supermarchés américains, Donald Rumsfeld apportant sa contribution dans des spots publicitaires à la télé : "Goûtez la douce saveur de la liberté irakienne". Après une trentaine d'appels téléphoniques, le Professeur m'assura que Kazemi était en route.

Les Irakiens arrivèrent du sud, dans un petit convoi de pick-up. L'ingénieur en chef Kazemi, un Irakien petit et mince à la moustache fournie, nous fit signe de la main et parla en arabe pendant une dizaine de minutes. Le Professeur hocha la tête continuellement et ne traduisit pas un seul mot jusqu'à ce que Kazemi ait fini.

— Il vous salue et veut vous emmener dans son bureau, dit-il.

J'acceptai et nous suivîmes Kazemi dans les couloirs obscurs de l'installation. Nous passâmes beaucoup de temps à revenir sur nos pas.

— Il aimerait que vous compreniez bien, dit le Professeur après que nous nous fûmes trompés de direction pour la neuvième ou dixième fois, que normalement il entre par une autre porte, et que c'est pour cette raison qu'il ne sait pas quel chemin prendre.

Quand nous parvînmes au bureau, un des agents de police qui accompagnaient Kazemi prépara du thé qu'il servit dans une tasse poussiéreuse avec un dépôt de sucre solidifié dans le fond. Tout en buvant, je tentai d'en venir à l'essentiel, à ma façon tout américaine.

— De quoi a-t-on besoin pour faire fonctionner cette station ? demandai-je.

Le Professeur répéta la question et Kazemi sourit, puis se mit à fouiller sous son bureau. Il marmonna quelque chose et le Professeur parut soucieux et lui posa ce qui me sembla être quelques questions tranchantes.

— Qu'est-ce que vous lui dites ? dis-je.

Le Professeur m'ignora. Au bout d'une bonne minute, Kazemi tira quelque chose de sous sa table de travail, dérangeant des papiers et éparpillant sur le sol des fournitures de bureau.

— Je crois que cet homme n'est pas très intelligent, dit le Professeur.

Kazemi tenait une grande boîte dans ses deux mains. Il la posa sur le bureau, l'ouvrit et, délicatement, en sortit une maquette de la station de traitement de l'eau, construite en carton et en cure-dents. Mais aux quatre coins de l'installation s'élevait une tour en carton fin. Kazemi en montra une du doigt.

— Mi-tra-yeus, dit-il.

Puis il sourit et arrondit les mains comme s'il tenait une arme.

— Ta-ta-ta-ta-ta, fit-il, tirant avec son arme imaginaire.

Puis il déversa un autre flot de paroles en arabe.

— Vos militaires, dit le Professeur après une interruption, n'ont pas approuvé l'attribution de fonds destinés à la construction de miradors. Ils ne sont pas dans les normes habituelles des stations de traitement aux États-Unis.

Kazemi ajouta quelque chose.

— En plus, vos militaires ont installé les mauvais tuyaux, dit le Professeur.

— Qu'est-ce qu'il veut dire, les mauvais tuyaux ?

Cette fois-ci, la conversation s'étira quelque peu, le Professeur utilisant un ton de plus en plus cassant. On aurait dit qu'il réprimandait Kazemi.

— Vos militaires ont installé des tuyaux qui ne conviennent pas à la pression de l'eau, dit le Professeur, et ils les ont installés en travers de la route.

— Y a-t-il un moyen de régler la question de la pression…

— La pression de l'eau n'est pas le problème, dit le Professeur. Le ministre responsable appartient à Jaish al Mahdi.

Je le regardai, l'air interdit.

— Mais l'eau, ça serait bien pour…

— Ils n'ouvriront jamais les robinets pour les sunnites.

Le coup d'œil accusateur qu'il me lança suggérait que, d'une certaine manière, c'était ma faute. Évidemment, étant donné que les États-Unis avaient réparti les ministères irakiens entre les différents partis politiques dès le début de la guerre, permettant aux diverses factions de chasser les anciens technocrates du parti Baas au profit de petits politicards qui ont découpé le pays en se taillant chacun leur part, c'était ma faute, en quelque sorte.

Kazemi reprit la parole.

— J'en suis sûr, dit le Professeur. Cet homme n'est pas intelligent.

— Que dit-il ?

— Il aimerait bien pomper de l'eau, dit le Professeur. Il occupe ce poste depuis de nombreuses années sans jamais avoir pompé la moindre goutte d'eau et il a envie de voir à quoi ça ressemble.

— Si une partie de cette eau va aux sunnites, demandai-je, il aura besoin de mitrailleuses ?

— Il en aura besoin de toute façon, dit le Professeur.

— OK, dis-je.

— Il va se faire tuer, dit le Professeur.

— Demandez-lui ce qu'il faut pour faire fonctionner cette station, les mitrailleuses mises à part.

Ils parlèrent en arabe. Je fixai le regard sur le mur. Quand ils eurent terminé, le Professeur se tourna vers moi et dit :

— Il va falloir qu'il fasse une évaluation. Cela fait de nombreuses semaines qu'il n'est pas venu ici.

— Où était-il ? dis-je.

Le Professeur lui demanda et Kazemi sourit, me lança un coup d'œil et dit :

— Iii-ran.

Tout le monde connaissait ce mot. Les soldats américains qui m'accompagnaient avaient semblé tendus dès le début ;

maintenant, ils avaient le regard meurtrier. L'Iran était le principal fournisseur d'EFP, une sorte d'EEI particulièrement dévastateur qui projette un obus de métal en fusion, capable de transpercer les parois les plus épaisses des véhicules blindés, arrosant d'éclats tous ceux qui sont à l'intérieur. Un démineur m'avait raconté que même si vous n'étiez pas touché par le métal, vous ne pouviez pas sortir indemne du changement de pression provoqué par la seule vitesse du projectile.

Kazemi continuait à parler. Le Professeur fronçait les sourcils de temps à autre et répliquait quelque chose. À un moment donné, il enleva ses lunettes et les essuya en secouant la tête.

— Ah, dit le Professeur. Il est allé épouser des femmes.

— Épouser des femmes ? Félicitations, dis-je en me tournant vers Kazemi.

Je mis la main sur mon cœur. Je souriais malgré moi. Tous les soldats derrière moi parurent soulagés.

— Les femmes iraniennes sont très belles, dit le Professeur.

Kazemi sortit un téléphone portable. Il le tripota un moment, puis il me le montra. Le visage d'une jolie jeune femme était affiché sur l'écran.

— *Madame**, dit Kazemi.

— Très belle, dis-je.

Il appuya sur une touche et fit apparaître la photo d'une autre femme, puis d'une autre, puis d'une autre, puis d'une autre et encore une autre.

— *Madame. Madame. Madame. Madame*, dit-il.

— Pourquoi a-t-elle le visage meurtri ? demandai-je.

Le Professeur haussa les épaules et Kazemi continua à faire défiler les photos.

Nous échangeâmes encore quelques propos sur les Iraniennes et leur beauté, je le félicitai à nouveau pour ses mariages, puis une discussion d'une quarantaine de minutes nous permit d'aboutir à un accord selon lequel je m'occupais de trouver une solution pour assurer la sécurité de Kazemi si

* En français dans le texte.

de son côté il s'occupait d'évaluer les besoins pour remettre la station en état de marche.

Sur le chemin du retour, le Professeur m'expliqua l'histoire des mariages sur le ton que vous prendriez pour parler à un golden retriever mentalement attardé.

— *Nikah mut'ah*, dit-il. Les chiites autorisent les mariages temporaires. Les chiites épousent une femme pour une heure, le lendemain, ils en épousent une autre.

— Ah, dis-je. Prostitution.

— L'islam interdit la prostitution, dit le Professeur.

DEUX jours plus tard, je rentrai à Taji. Alors que je prenais la route menant à la cabane en contreplaqué que nous appelions notre bureau, j'aperçus le commandant Jason Zima avec une de ses équipes des Affaires civiles en train de décharger un tas de boîtes du pick-up qu'ils utilisaient pour se déplacer sur la BOA. J'eus tout de suite la désagréable certitude que le contenu de ces boîtes, quel qu'il fût, allait devenir mon problème.

— Monsieur ! dit le commandant Zima en souriant. Juste la personne que je voulais voir.

Zima était à la tête de la compagnie des Affaires civiles de la brigade, et à ce titre, il était mon homologue militaire américain le plus proche. C'était un homme trapu, avec une tête bizarrement sphérique qu'il rasait de près tous les matins pour la faire briller. Cela lui donnait l'apparence, sous le soleil éclatant d'Irak, d'une boule de bowling amoureusement astiquée et posée sur un sac de grain. Sans cheveux sur la tête et avec des sourcils si clairs qu'on ne les voyait pas, Zima ne présentait aucun signe visible pouvant renseigner sur son âge, et il aurait pu avoir aussi bien trente que cinquante-cinq ans, son sourire de chérubin le faisant paraître proche de la première estimation, et sa grimace du genre mais-qu'est-ce-que-ce-foutu-civil-est-en-train-de-me-raconter plutôt proche de la seconde. Dans tous les rapports que j'avais eus avec lui jusque-là, il avait donné l'impression d'être d'une stupidité qui avait de quoi laisser rêveur.

— Qu'est-ce que c'est ? demandai-je.

Le commandant Zima laissa tomber sa boîte par terre, soulevant un nuage de poussière. Puis, dans un grand geste de la main droite à la manière d'un magicien, il sortit un Leatherman de sa poche, se baissa et entreprit d'ouvrir la boîte.

— Des équipements de base-ball ! dit-il, en sortant un des vêtements pour me le montrer. Cinquante comme ça. Des bleus et des gris – comme les Nordistes et les Sudistes pendant la guerre de Sécession.

Je portais encore mon casque et mon gilet pare-balles. J'enlevai le casque. J'avais le sentiment que mon cerveau allait avoir besoin d'une circulation sanguine maximale pour comprendre tout ça.

— Ils sont pour vous, dit Zima. Quelqu'un les a déposés aux Affaires civiles par erreur.

— Pourquoi diable on aurait besoin de ces foutus équipements ? demandai-je.

Il me gratifia d'un de ses stupides sourires béats.

— C'est pour les Irakiens, pour qu'ils jouent au base-ball avec.

— Les Irakiens ne jouent pas au base-ball.

Zima fit la grimace, comme si cette complication venait seulement de lui traverser l'esprit. Puis, tandis qu'il regardait la tenue dans sa main, son visage s'éclaira d'un sourire.

— Alors, ils n'ont qu'à les mettre pour jouer au football ! dit-il. Ils vont adorer ça. De toute façon, ils jouent sur de la terre battue. Avec ces pantalons collants, ils seront protégés.

— OK. Mais qu'est-ce qu'ils font ici ? Pourquoi suis-je en train de regarder cinquante tenues de base-ball au beau milieu du Camp Taji ?

Le commandant Zima hocha la tête, comme pour me faire savoir qu'il pensait que c'était là une question pertinente.

— Parce que Gene Goodwin nous les a envoyés. Gene Goodwin pense que le base-ball est parfait pour les Irakiens.

— Qui est ce Gene… Vous savez quoi ? Ça n'a aucune importance. Est-ce que je suis censé m'occuper de ça ?

— Eh bien, dit le commandant, est-ce que vous allez apprendre aux Irakiens à jouer au base-ball ?

— Non, dis-je.

— Ça, c'est un problème, dit-il en faisant la grimace.

Je me pris le visage entre les mains et me massai le front.

— Est-ce que *vous* allez leur apprendre à jouer au base-ball ? lui demandai-je.

— Je ne pense pas que ça les intéresserait.

Nous restâmes là un instant, à nous dévisager, moi prenant un air renfrogné et Zima arborant un sourire angélique. Je mis un genou à terre et examinai le colis. À l'intérieur, il y avait une feuille indiquant le contenu détaillé. Il était mentionné que la taille de ces équipements était prévue pour des garçons âgés de huit à dix ans. Je supposai qu'en raison de la malnutrition qui sévissait dans la région, cela signifiait qu'ils conviendraient plutôt à des jeunes de treize à quinze ans.

— Ils ont envoyé un convoi juste pour ça ? dis-je.

— Non. Je suis sûr qu'ils transportaient d'autres provisions de classe I.

— Donc… boissons énergisantes, Pop-Tarts et ces muffins que personne ne mange ?

— Du carburant pour le soldat américain !

Je me massai le front.

— Qui est Gene Goodwin, exactement ? demandai-je.

— Le roi du matelas du nord du Kansas, dit le commandant Zima.

Je n'étais pas sûr de savoir comment il convenait de réagir à cela.

— Je ne l'ai jamais rencontré, poursuivit Zima, mais quand le parlementaire Gordon est venu ici, il a insisté pour me dire qu'un de ses éminents administrés avait une idée très précise concernant la démocratie irakienne.

— Je l'imagine volontiers.

— Et il a dit cela devant tout le monde. Y compris Chris Roper.

— Je vois, dis-je.

Chris Roper était mon supérieur. Habituellement, il ne se hasardait pas hors de la Zone verte, mais quand une délégation du Congrès venait faire un petit tour, Roper l'accompagnait pour goûter aux joies du tourisme de guerre. Personne n'a envie de passer un an en Irak et puis rentrer en n'ayant à raconter que des histoires sur le distributeur de glace à l'italienne installé dans la cafétéria de l'ambassade.

— Et qu'est-ce qu'il a dit, Chris Roper ?

— Oh, il a dit au parlementaire que la "diplomatie sportive" était la grande innovation, et qu'ils avaient organisé des rencontres de football entre des équipes sunnites et des équipes chiites. "Ça fait fureur à l'ambassade", a-t-il dit. Ça s'est révélé très efficace.

— Efficace en quoi ?

— Eh bien, dit le commandant avec un large sourire, je ne suis pas totalement sûr, mais ça permet de faire des photos géniales.

Je pris une profonde inspiration.

— Et Chris Roper pense que c'est une bonne idée ?

— Absolument pas, dit le commandant en prenant une expression indignée.

— Alors, le parlementaire Gordon…

— Je ne crois pas, répondit Zima. Par contre, il nous a bien dit, au colonel et à moi-même, que M. Goodwin était un de ses administrés de tout premier plan, et que ce M. Goodwin était très fâché que personne ne semble prendre au sérieux son projet de base-ball.

— Et vous lui avez dit que les gars de la PRT pouvaient s'occuper de ça.

— J'ai dit que vous en seriez honorés.

Bob trouva que ces équipements étaient à se tordre de rire. Une vingtaine de fois par jour, il y jetait un coup d'œil, esquissait un sourire, puis retournait à son jeu de réussites sur son ordinateur. Ça amusait moins Cindy, et elle prit soin de faire remarquer que puisqu'il s'agissait de tenues de garçons, ils ne relevaient pas de sa compétence en tant que conseillère pour les projets féminins. En plus, elle était trop occupée car son projet agricole était bien parti.

— C'est vrai ? demandai-je.

— Ouais. Ils ne connaissent rien aux techniques modernes d'agriculture par ici.

— Et vous, vous vous y connaissez ?

— Eh bien, je sais que demander à l'imam d'attacher un verset du Coran à la queue de votre vache ne guérira pas les ballonnements de la pauvre bête. Par ailleurs, il y a un réserviste ici, à Taji, qui est fermier dans le civil. Il me donne un coup de main.

Ce n'était pas une mauvaise idée. Je refusais de croire que Cindy, avec ses visites sur Google, pouvait faire démarrer un projet agricole toute seule, mais il était vrai qu'elle avait un don pour établir un réseau de contacts. Najdah, l'assistante sociale du dispensaire féminin, avait une très haute opinion d'elle.

— La fréquentation augmente, dit Cindy. Beaucoup de maris sont venus et ont dit à leurs amis qu'ils pouvaient trouver de bons conseils et des médicaments.

— Je croyais que c'étaient des veuves ?

Cindy haussa les épaules et se remit sur Google, laissant échapper de temps à autre des remarques amusantes du genre :

— Les poulets, c'est même pas la peine d'y penser, ces jours-ci, pas avec le prix de ces surgelés brésiliens.

Je contemplais ces boîtes pleines d'équipements, jusqu'au moment où je n'y tins plus. Je quittai le bureau, claquant la fine porte en bois derrière moi, et je me rendis aux bureaux de la compagnie des Affaires civiles pour avoir une conversation avec le commandant Zima – cette fois au sujet de la station de traitement de l'eau et de la canalisation desservant la communauté sunnite. Je le trouvai en train de déplacer divers dossiers vers de nouveaux emplacements qui semblaient choisis complètement au hasard.

— Cette canalisation est toujours en construction, me dit Zima tout en fourrant une pile de papiers singulièrement épaisse dans un classeur singulièrement petit.

Il m'expliqua qu'avant même que lui ou moi ayons mis les pieds en Irak, un conseil provincial avait convaincu la compagnie des Affaires civiles de la précédente brigade d'installer cette canalisation. Il avait hérité du projet et pensait que cela devait continuer ainsi.

— Presque toute l'eau de la région est un mélange de bactéries *E. coli*, de métaux lourds et d'acide sulfurique, dit Zima. Je ne voudrais pas me brosser les dents avec ça.

Je lui fis part des problèmes existant entre les sunnites et les chiites. Puis j'essayai de lui expliquer que les tuyaux n'étaient pas adaptés à la pression de l'eau.

— Admettons que vous terminiez les travaux, que la station soit remise en état de marche et que le ministère donne son aval pour la redémarrer, dis-je, la canalisation va envoyer de l'eau avec une telle pression que les toilettes, les éviers et les robinets à l'ouest de Route Dover exploseront tous en même temps.

— Ah bon, vraiment? dit-il en levant les yeux du classeur problématique.

— C'est ça que vous êtes en train d'installer. Ou ce qu'est en train d'installer l'entreprise irakienne que vous avez recrutée.

— Ce sont des Jordaniens. Il n'y a qu'un seul Irakien.

Il se pencha un peu en arrière, leva une jambe et donna un coup de pied dans le tiroir du classeur. Le tiroir se ferma, mais des morceaux de papier dépassaient de chaque côté. Satisfait, il me regarda et dit:

— Je vais m'en occuper.

Mais quand j'insistai pour connaître sa solution, il sourit et me dit d'attendre.

Les équipements étant restés dans le bureau, je les avais sous les yeux en permanence. Évidemment, j'ai fini par craquer.

— Vous voulez vraiment que je monte une foutue équipe de base-ball en Irak ? dis-je à Chris Roper en hurlant pratiquement dans le téléphone.

Chris Roper n'était pas le genre d'homme auquel on s'adresse en hurlant. Avec lui, c'était plutôt l'inverse. Pour un diplomate de carrière, il manquait étonnamment de diplomatie. Il avait dû passer trop de temps à proximité des militaires.

— Mais de quoi vous parlez, bordel ? dit-il avec une légère pointe d'accent de Brooklyn.

Je lui racontai ce que le commandant Zima m'avait dit au sujet des tenues de base-ball.

— Ah, ça, fit-il. Ça n'a aucune importance. Parlez-moi de cette association pour la création d'entreprises de femmes.

— Cette association est une arnaque. Par contre, créer une ligue de base-ball irakienne, c'est une plaisanterie.

— Ce n'est pas la compagnie des Affaires civiles qui s'occupe de ça ? demanda Roper. Une chose est sûre, je n'ai pas fait des pieds et des mains pour en avoir la responsabilité.

— Et vous ne leur avez pas raconté que la "diplomatie sportive" faisait fureur à l'ambassade ?

Il y eut un long silence.

— Eh bien, dit-il en faisant traîner les mots, c'est bien un peu le cas.

— Bon Dieu, Chris.

— Et vous ne pouvez pas supprimer l'association pour la création d'entreprises de femmes.

— Pourquoi pas ? Cela fait déjà un an qu'elle est en place, et elle n'a pas encore créé une seule entreprise. Pour la dernière réunion, nous avons loué une "salle de conférence et de présentation" pour quinze mille dollars, et on s'est aperçu que ce n'était rien d'autre qu'une salle inutilisée dans une école abandonnée que *nous* avions construite en 2005. (Je m'interrompis pour reprendre mon souffle.) En fait, "abandonnée" n'est pas le mot qui convient. Personne ne l'a jamais utilisée.

— L'émancipation des femmes constitue une mission importante pour l'ambassade.

— C'est pourquoi le dispensaire pour femmes…

— L'émancipation des femmes, dit-il, ça signifie des emplois. Vous pouvez me croire si je vous dis que c'était le point essentiel des dix dernières réunions auxquelles j'ai assisté. Le dispensaire n'offre pas d'emplois.

— Il offre aux femmes de la région ce dont elles ont réellement besoin et…

— On engloutit combien là-dedans, soixante mille ?

— Ils ne créeront aucune…

— Il existe un lien direct, psalmodia Roper, entre l'oppression des femmes et l'extrémisme.

Il y eut un court silence.

— Et n'allez pas imaginer que je ne pense pas que ce soit difficile, poursuivit-il. Tout ceci est difficile. Faire quoi que ce soit en Irak est difficile.

— Le dispensaire…

— Ne représente aucun emploi, dit-il. Parlez-moi de Rosie la riveteuse. Pas de Suzie qui souffre de mycose vaginale.

— Suzie guérie de sa mycose vaginale, rectifiai-je.

— Pour l'instant, l'association pour la création d'entreprises est la seule chose que votre PRT ait mise en place pour l'émancipation des femmes, dit-il. Ce n'est pas bon. Pas bon du tout. Et vous, vous voulez la supprimer ? Non. Putain non. Gardez-la. Utilisez-la de façon plus efficace. Créez quelques d'emplois, putain de merde. Vous avez quelque chose, n'importe quoi, même en projet, pour les femmes ?

J'entendais sa respiration haletante au téléphone.

— Bien sûr… dis-je en me creusant la tête, on a des choses.

— Par exemple ?

Il y eut un silence embarrassé. Je regardai autour de moi dans le bureau, comme si je pouvais trouver une réponse accrochée au mur, quelque part. Et puis mon regard se posa sur le fauteuil de Bob.

— Vous vous y connaissez en apiculture ? demandai-je.

— Vous allez mettre des femmes à l'apiculture ?
— Pas simplement des femmes, dis-je. Des veuves.
Il y eut un nouveau silence. Il soupira.
— Ouais, dit-il d'une voix qui semblait résignée. C'est déjà ce que font des tas de PRT.
— Attendez un instant, dis-je. Vous… vous savez que c'est des foutaises ?

L'E-MAIL apparut sur l'écran dès que j'eus raccroché. Il était intitulé : LE FUTUR SPORT NATIONAL EN IRAK. L'expéditeur était GGODWIN, GENE GABRIEL. Qui donc avait donné mon adresse e-mail à ce connard ? La réponse ne se fit pas attendre.

> Cher Nathan (j'espère que je peux vous appeler Nathan ? Le commandant Zima m'a dit que vous étiez d'un abord facile).
>
> Je suis heureux d'avoir mis la main sur quelqu'un qui est enfin disposé à tenter le coup. Vous ne croirez jamais toutes les conneries qu'il faut se farcir avant d'arriver à faire quelque chose avec l'armée des États-Unis.
>
> Voici l'idée : les Irakiens veulent la démocratie, mais ça ne marche pas. Pourquoi ? Parce qu'ils n'ont pas les INSTITUTIONS sur lesquelles elle pourrait s'appuyer. Vous ne pouvez rien construire sur des fondations pourries, et la culture irakienne, j'en suis sûr, est complètement pourrie.
>
> Je sais que ça peut paraître dingue, mais en matière d'institutions, qu'a-t-on de mieux que le BASE-BALL ? Regardez les Japonais. Avant c'étaient des fascistes qui adoraient leur empereur, et ils sont devenus des fanas de la démocratie qui jouent au base-ball en moins de temps qu'il n'en faut pour dire Sayonara, Hirohito !
>
> Ce que je veux dire, c'est qu'il faut commencer par changer la CULTURE. Et qu'est-ce qui est

plus américain que le base-ball, où un homme affronte le monde, la batte à la main, prêt à écrire l'histoire, chaque instant devenant un face-à-face. Le batteur contre le lanceur. Le coureur contre le joueur de première base. Le coureur contre le joueur de deuxième base. Le joueur de troisième base. S'il a de la chance, contre le receveur lui-même. Et pourtant ! Et POURTANT !!! C'est un sport d'équipe ! Vous n'êtes rien sans l'équipe tout entière !!!

J'imagine qu'ils jouent au foot là-bas. Pas étonnant. Ça, c'est un sport qui enseigne aux gosses tout ce qu'il ne faut pas. "Fais semblant d'être touché et il est possible que l'arbitre vienne à ton secours !" "Tu ne réussiras jamais tout seul, fais une passe à ton partenaire !" Et le pire de tout, c'est qu'on ne marque jamais de but. C'est comme si on disait, Allez-y, les petits, mais n'ayez pas trop d'espoir ! Même si vous vous approchez de la base, vous avez peu de chances d'arriver à marquer ! Et ils ne peuvent pas se servir de leurs mains. Ça ressemble à quoi, je vous le demande ?

Je sais que tout ça doit vous sembler idiot, mais n'oubliez pas : les grandes idées semblent toujours idiotes. Des gens m'avaient aussi dit que mes Prix Super-Discount étaient une idée idiote, mais je n'ai pas lâché et aujourd'hui personne ne me dit plus que je suis idiot. Comme on dit dans le commerce du matelas : SUCCÈS = DYNAMISME + DÉTERMINATION + MATELAS. Et là, c'est moi qui fournis le matériel. Tout ce que je vous demande, c'est un petit effort pour donner à ces gosses irakiens une chance pour l'avenir.

Salutations distinguées,
GG Goodwin

Lire cet e-mail, c'était comme recevoir un coup de pic à glace dans la cervelle. Je contemplai mon ordinateur, le regard vide, toutes fonctions mentales supérieures court-circuitées, et résistai à l'envie de donner un coup de poing dans l'écran. Je me dis que c'était vraiment pure foutaise. Je rédigeai une note succincte expliquant que nous faisions grand cas de sa générosité, mais qu'il était peu probable que le base-ball devienne populaire, et si les gosses allaient certainement utiliser les équipements, je ne pouvais pas lui promettre que ce serait pour jouer au base-ball. Puis je cliquai sur "envoyer".

Moins d'une heure plus tard, je me trouvai en copie sur un e-mail adressé au parlementaire Gordon lui-même. Figuraient également en copie une foule de gens occupant d'importantes fonctions, militaires et civiles. Chris Roper. Un général de brigade. Le commandant Zima. *Et* le colonel responsable de la brigade à laquelle j'étais rattaché. La vue de ce seul nom suffit à me faire comprendre que j'avais sérieusement merdé. J'étais novice dans ce jeu de la mise en copie, un jeu auquel excellaient des officiers d'état-major dans toute l'armée, mais j'en savais assez pour comprendre que plus vous pouviez vous autoriser à mettre en copie des gens haut placés, plus vous obligiez tout le monde à supporter toutes les foutaises que contenaient vos e-mails, quelles qu'elles fussent.

Le message commençait ainsi : "Je ne cesse d'être stupéfait par le manque de perspicacité que je trouve..." et devenait de plus en plus désagréable par la suite. Dans les cinq minutes qui suivirent, un autre e-mail apparut dans ma boîte, celui-ci venant du lieutenant-colonel Roux, le commandant en second de la brigade. Il était adressé non pas à moi, mais au commandant Zima. Roux n'avait pas été mis en copie sur le courrier initial, mais en faisant défiler le document, je vis que le colonel lui avait fait suivre, accompagné d'un message succinct : "Jim. Occupez-vous de ça."

Le lieutenant-colonel Roux n'était pas aussi laconique. Son message disait : "Quelqu'un peut-il m'expliquer pourquoi le colonel est mis en copie sur des lettres de mécontentement adressées à des membres du Congrès ? Je veux qu'on me mette de l'ordre dans ce bordel. Immédiatement." Le texte était suivi de sa signature : "Avec mes sentiments respectueux, LC James E. Roux."

Je suai sang et eau pour pondre une réponse au commandant en second. Il me paraissait important de lui faire comprendre la stupidité sans nom de G.G. Goodwin, et je n'étais pas sûr d'avoir l'habileté nécessaire pour ça. Mais avant même que j'aie eu le temps de concocter le premier paragraphe, le commandant Zima me coiffa sur le poteau avec ce qui était de toute évidence la bonne réponse. "Mon colonel, disait-il, je m'en occupe immédiatement."

Cinq minutes plus tard, un nouveau message arrivait, également en provenance du commandant Zima. Le lieutenant-colonel Roux et moi étions mis en copie, ainsi que le membre du Congrès et ce général de brigade quelconque, mais pas le colonel.

"Monsieur, disait-il, Il y a eu un petit malentendu de notre part. En fait, je viens d'avoir un entretien avec un instituteur qui serait heureux de prendre les équipements et d'enseigner le base-ball aux enfants."

Cela me semblait hautement improbable, mais le commandant Zima poursuivait et racontait de manière vertigineuse comment il faisait des pieds et des mains pour résoudre les problèmes logistiques et accélérer la mise en place du projet.

Le message continuait : "Nous avons envisagé de demander aux enfants d'écrire de petits textes pour vous remercier, mais malheureusement, la plupart des enfants dans notre secteur d'opérations sont illettrés." Puis Zima plaidait pour un peu de patience, prenant comme exemple la référence au Japon que Gene Goodwin avait lui-même faite. Il expliquait que le base-ball avait en fait été introduit en 1872 et qu'il avait fallu une quinzaine d'années pour qu'il soit fermement ancré dans la culture japonaise. Ce passage était étonnamment long et technique, ce qui se comprenait car il apparut que Zima avait tout simplement fait un copié-collé de l'article “Le Base-ball au Japon” sur Wikipédia, intégrant le passage à son texte pour donner l'impression qu'il était aussi intéressé par ce sport que Gene lui-même.

Un peu plus tard, un autre e-mail de Zima apparut, adressé à moi uniquement, cette fois, personne d'autre n'étant en copie.

“Salut, Nathan, disait-il. Peut-être que vous devriez me laisser m'occuper de ce type. Pas la peine de mettre le feu aux poudres.”

ENVIRON deux semaines plus tard, je tombai sur le commandant Zima en train de faire des pompes en treillis. Entre deux grognements, il me dit que si je voulais commencer à rassembler des fonds pour la remise en route de la station de traitement de l'eau, le ministère ne se donnerait pas la peine de nous faire barrage ou de détourner plus de dollars alloués à la reconstruction que d'habitude.

— De combien on parle, là ? demandai-je. On n'a pas déjà englouti un million et demi de dollars dans cette station ?

Il s'arrêta, se plaqua un sourire joyeux sur le visage et répondit :

— Ouais.

— Où est parti cet argent ?

— Sais pas, dit-il en se laissant tomber pour une autre traction. Je n'étais pas là à l'époque.

Je l'observai un moment. Son torse était tellement rond que même lorsqu'il avait les bras tendus, son ventre n'était qu'à deux centimètres du sol. Il se laissa tomber et se servit de sa bedaine pour rebondir. Je lui demandai :

— Comment avez-vous fait pour obtenir leur accord ?

— *Soixante-dix-neuf*, dit-il. *Ahhh... Quatre-vingts !*

Il s'effondra par terre. Il était absolument impossible qu'il ait fait quatre-vingts pompes. À mon avis, c'était plutôt dans les vingt-cinq. Il leva les yeux vers moi.

— Je leur ai dit ce que vous m'aviez dit, répondit-il entre deux grandes respirations, étendu sur le ventre à même le sol, une joue dans la poussière.

— Qu'est-ce que je vous ai dit ?

— Que si on ouvrait l'eau, ça ferait exploser toutes les toilettes des sunnites.

Il roula lentement sur le dos.

— Ahhhh, fit-il.

— Et ça a suffi ?

— Non. Mais ils ont vérifié, et il s'avère que vous aviez raison. Ces canalisations ont été conçues sur le modèle de celles de la station de pompage de Nasiriya, et donc elles débiteront vingt mètres cubes à la seconde. Ce qui est beaucoup trop. Il faut mettre quelque chose pour réduire la pression. J'ai oublié comment ça s'appelle.

— Un réducteur de pression ?

— Ouais, un réducteur de pression, dit-il. Mais on ne l'installera pas.

— Vous leur avez dit que les États-Unis allaient sciemment détruire toutes les installations sanitaires d'une communauté sunnite dans le but de remettre en état de marche la station de traitement.

— Ouais.

— Et ils vous ont cru ?

— Je leur ai dit que j'obtenais des promotions quand je finalisais des projets, ce qui est partiellement vrai, et que la station ne serait opérationnelle que bien après mon départ d'Irak, ce qui est entièrement vrai, et que s'ils continuaient à nous mettre des bâtons dans les roues dans cette histoire de station de traitement, je n'irais pas jusqu'au bout du projet de marché de plein air d'un montant de neuf cent mille dollars qu'un des cousins d'un type du ministère est censé construire pour nous.

Je regardai le commandant, complètement sidéré. Au début, je l'avais trouvé stupide. Maintenant, je n'aurais su dire si Zima était brillant ou dément.

— Mais, dis-je, on ne peut tout de même pas détruire un village sunnite…

— C'est bon, dit-il. Pour l'instant, nous avançons sur ce dossier. Les sunnites ne laisseront pas la surpression de l'eau détruire leurs maisons. Un truc comme ça, dans le désert, ça serait le comble. Ils vont se tenir au courant de cette affaire, même si nous, on ne le fait pas.

La confiance affichée par Zima ne me rassurait pas vraiment.

— Est-ce qu'ils sont au courant de cette histoire de pression ? demandai-je.

— Non, répondit-il. Mais j'ai mis une alerte sur mon calendrier Outlook pour la semaine où la brigade est censée quitter l'Irak. J'ai écrit : "Prévenir le cheikh Abu Bakr que les canalisations que nous avons installées pour lui vont faire exploser sa maison."

Le cheikh Abu Bakr, en plus d'être un des points importants sur la liste des choses à faire du commandant Zima, était aussi un des acteurs majeurs de la région située à l'ouest de la Route Dover. La première fois que je le rencontrai, le lieutenant commandant notre convoi me dit :

— Le cheikh Abu Bakr, c'est Tina Turner dans *Mad Max*, littéralement.

Bob m'avait aussi affirmé que le cheikh était la personne à voir au sujet des veuves, et donc, peu de temps après ma conversation avec Zima, j'organisai une sortie de la base pour essayer de faire décoller ce projet d'apiculture. De toute façon, je devais voir Abu Bakr, car nous avions décidé de transférer la gestion de l'aide financière au *qada'a*, le conseil provincial. Auparavant, nous lui avions versé directement les fonds, et il payait des Irakiens pour tenir les postes de contrôle au lieu de combattre du côté de la rébellion. Dans la mesure où Abu Bakr dirigeait le qada'a, transférer les fonds au conseil tenait à la fois du tour de passe-passe et de la mesure incitant les Irakiens à développer des institutions gouvernementales capables de gérer des budgets.

Tandis que nous arrivions en ville, je vis deux enfants portant une tenue de base-ball en train de fouiller dans les détritus au bord de la route. L'un était en gris, l'autre en bleu. Celui en bleu avait coupé les jambes du pantalon collant pour le transformer en short de fortune.

— Arrêtez le convoi, dis-je.

Personne ne prêta attention à moi et je n'insistai pas.

Étant donné le côté sordide du quartier, j'étais toujours choqué quand je me rendais chez Abu Bakr. C'était une demeure immense, composée de cinq bâtiments séparés et possédant la seule véritable pelouse que j'aie vue en Irak en dehors de celle de l'ambassade des États-Unis. Celle de l'ambassade avait été créée à la demande expresse de l'ambassadeur lui-même, et avait nécessité l'importation de terre du Koweït, des convois de véhicules blindés qui avaient livré les fournitures pour la pelouse, d'intenses efforts pour empêcher les oiseaux de venir manger les semences, ainsi qu'un mépris désinvolte des lois de la nature. Selon les estimations, cela avait coûté au contribuable entre deux et cinq millions de dollars. Je n'avais aucune idée de ce qu'avait coûté celle d'Abu Bakr. Vu le nombre d'affaires dont il s'occupait, il y avait fort à parier que c'était aussi le contribuable américain qui avait payé la sienne.

Quand nous arrivâmes chez lui, les soldats américains, la police et l'armée irakiennes établirent un périmètre de sécurité. Il y avait un agent de police irakien en uniforme déjà sur place, occupé à astiquer la voiture dans l'allée, une Lexus noire. Nous entrâmes et fûmes escortés à travers des pièces pleines de mobilier en acajou, de vases en cristal, et, çà et là, d'écrans plats de télévision connectés à une Xbox. Notre guide nous conduisit jusqu'à une salle à manger où Abu Bakr nous attendait. Nous échangeâmes des civilités avant de nous asseoir, puis il demanda à ses hommes de servir à notre groupe, composé du Professeur, du commandant du convoi, du lieutenant de police, de deux types de l'armée irakienne et de moi-même, de l'agneau et du riz. Ils apportèrent la viande empilée en un gros tas suintant sur un grand plat qu'ils posèrent à côté d'un plateau de riz tout aussi grand. Il n'y avait pas de couverts. Un des types de l'armée irakienne, pensant que je ne savais pas comment manger, me donna un coup de coude en souriant, attrapa un morceau de viande dans la main droite, la graisse dégoulinant entre ses doigts. Puis il plaqua la viande sur le plateau de riz et pétrit le tout de la main, jusqu'à obtenir une boule de riz et de viande qu'il enleva du plat pour la déposer sur mon assiette.

— Merci, dis-je.

Il me regarda fixement, toujours en souriant. Abu Bakr me regardait également. Il semblait quelque peu amusé. Le Professeur, lui, s'amusait franchement. Je pris la boulette et la mangeai. Toute question d'hygiène mise à part, c'était délicieux.

Là-dessus, la véritable discussion s'engagea. Abu Bakr était un homme obèse et jovial qui prétendait avoir trois balles logées dans la poitrine. Les docteurs lui avaient dit qu'il serait plus dangereux de les enlever que de les laisser à l'intérieur, mais, répétait-il volontiers, “toutes les nuits je les sens qui se rapprochent petit à petit de mon cœur”.

Le Professeur avait affirmé que trois ans auparavant, un escadron de la mort chiite avait tenté de kidnapper Abu Bakr. Tandis qu'ils le traînaient jusqu'à leur véhicule, il avait vu que l'un des terroristes avait un pistolet passé dans la ceinture. Le cheikh s'en était saisi et avait tué deux des agresseurs, recevant lui-même deux balles non mortelles. Le dernier terroriste avait été capturé par les hommes du cheikh. Si vous aviez envie de voir ce qui était arrivé à ce type, vous pouviez apparemment acheter l'enregistrement vidéo de la séance de torture dans la plupart des kiosques de la région. Je n'en avais jamais éprouvé l'intérêt.

La conversation dévia sur une longue discussion sur les nahiya locaux et les qada'a provinciaux. Abu Bakr affirmait que ce serait plus simple de lui verser l'argent directement. J'insistai sur le fait qu'ils devaient apprendre à gérer l'argent eux-mêmes. Au bout d'une heure environ, nous commençâmes à parler des veuves.

— Oui, dit le Professeur. Il peut vous en trouver. Le cheikh Umer s'en occupera.

Le cheikh Umer se situait beaucoup plus bas dans la hiérarchie locale. Il n'avait pas de Lexus dans son allée. C'était un second rôle dans un des nahiya.

— Les veuves apprendront à élever des abeilles si vous fournissez les ruches et la formation, dit le Professeur, mais il faudra aussi que vous preniez en charge le coût du taxi pour les conduire sur les lieux de la formation, car la région est très dangereuse.

— Les taxis ne coûtent pas le dixième de ce qu'il demande, dis-je. Dites-lui que ce serait une faveur très personnelle.

Le Professeur et Abu Bakr discutèrent ensemble. J'étais sûr qu'Abu Bakr parlait anglais. Il semblait toujours savoir ce que je disais et parfois, il coupait le Professeur avant que celui-ci ait pu tout traduire. Mais Abu Bakr ne le reconnut jamais ouvertement.

Au bout d'un moment, le Professeur me regarda et dit :

— Il y aura d'autres frais qu'il n'est peut-être pas en mesure de prévoir, mais qui pourraient rendre tout ceci plus compliqué. (Il s'interrompit avant de reprendre.) C'est comme on dit ici. Un tapis n'est jamais complètement vendu.

— Dites-lui que nous voulons de vraies veuves, cette fois. À la dernière réunion de femmes pour l'agriculture, Cindy m'a dit qu'à son avis, il n'y avait que des femmes mariées.

Le Professeur hocha la tête, puis parla avec le cheikh.

— Ce ne sera pas un problème, dit-il. L'Irak manque de beaucoup de choses, mais pas de veuves.

Les battes et les gants de base-ball arrivèrent peu de temps après la réunion avec Abu Bakr.

— Je vais m'en occuper aussi, dit le commandant Zima.

— Ne vous débarrassez pas simplement des battes comme vous l'avez fait avec les tenues.

— Jamais de la vie ! dit-il.

— Chaque fois que je m'aventure en dehors des barbelés, je vois des gosses portant les équipements, mais je n'ai encore jamais vu un seul match de base-ball, dis-je.

— Évidemment, répondit le commandant Zima, ils n'ont pas encore les battes.

— Je n'ai pas envie de voir des équipements fournis par les États-Unis dans une vidéo montrant une séance de torture.

— Trop tard pour ça, dit le commandant. Par ailleurs, s'il y a une chose que j'ai apprise dans les Affaires civiles en Irak, c'est qu'il est difficile d'arriver quelque part et de changer la culture des gens.

— Que voulez-vous dire ? lui demandai-je.

— En ce moment, les chiites tiennent beaucoup à leur méthode qui consiste à tuer les gens en leur faisant des trous dans le corps avec une perceuse électrique. Et les sunnites aiment couper les têtes. Je ne pense pas que nous réussirons à changer cela avec nos battes de base-ball.

— Seigneur. Je n'ai aucune envie d'être mêlé à ça de près ou de loin.

— Trop tard, dit Zima en faisant la grimace. Vous êtes ici.

Le lendemain, je me rendis au dispensaire pour femmes pour ce qui, j'en avais peur, risquait d'être ma dernière visite. Je n'étais guère pressé de dire à Najdah, l'assistante sociale, que j'avais à nouveau échoué.

— Je suis irakienne, m'avait-elle dit lors de ma précédente visite. J'ai l'habitude des promesses qui sonnent bien mais ne se concrétisent jamais.

Rendre visite au dispensaire des femmes était toujours quelque chose d'étrange, car je n'étais pas autorisé à pénétrer à l'intérieur. Je rencontrais Najdah dans un bâtiment situé de l'autre côté de la rue et elle me racontait comment cela se passait.

Ce dispensaire était peut-être la chose dont j'étais le plus fier. Ça et le programme de formation aux méthodes de culture, mais tout ce truc agricole, c'était surtout le travail de Cindy. Najdah semblait avoir compris ce que le dispensaire représentait pour moi, et elle insistait toujours pour obtenir plus d'aide chaque fois que je venais. Elle pensait aussi que j'étais un peu cinglé.

— Des emplois ? dit-elle.

— Oui. Est-ce qu'il y aurait un moyen de se servir du dispensaire comme tremplin pour créer des entreprises ?

— Tremplin ?

— Ou peut-être qu'on pourrait associer une boulangerie au dispensaire, et les femmes pourraient…

Elle prit un air tellement perplexe que je n'allai pas plus loin.

— Je crois que mon anglais n'est pas si bon, dit-elle.

— Aucune importance. De toute façon, ce n'est pas une bonne idée.

— Est-ce que notre financement va être maintenu ?

Je jetai un regard vers le bâtiment de l'autre côté de la rue ; l'affection que j'avais pour ce dispensaire était comme un poids sur ma poitrine. Deux femmes y entrèrent, suivies d'un groupe d'enfants, l'un d'eux portant un maillot de base-ball bleu avec des manches plus longues que ses bras.

— Inch'Allah, répondis-je.

Je fis un autre voyage jusqu'au poste Istalquaal dans l'intention de rencontrer Kazemi, mais dès mon arrivée, la mission fut annulée. Kazemi, me dit-on, était mort.

— Un homme en moto s'est fait sauter avec sa bombe, dit l'officier de renseignement au téléphone.

— Oh, mon Dieu, dis-je. Tout ce qu'il voulait, c'était pomper de l'eau.

— Ça vaut ce que ça vaut, dit l'officier de renseignement, mais je ne crois pas qu'il ait été visé. Il s'est simplement trouvé au mauvais endroit au mauvais moment.

L'officier ne savait pas quand l'enterrement aurait lieu, et il suggéra fortement qu'il ne serait pas sage d'y aller, de toute façon. Je n'avais plus qu'à essayer de me joindre à un convoi retournant à Taji. Dans une sorte de brouillard, je m'occupai de trouver une place. Je dînai de Pop-Tarts et de muffins. Puis j'attendis.

À un moment donné, j'appelai mon ex-femme sur une ligne du service social des armées. Elle ne décrocha pas, ce qui était sans doute une bonne chose, mais sur le moment, je le ressentis différemment. Puis je sortis et allai m'asseoir dans l'espace fumeur avec un sergent-chef. Son corps, revêtu de son équipement de protection, formait un cube presque parfait. Je me demandai combien de temps, dans la mesure où c'était un militaire de carrière, il avait déjà passé en Irak.

— Je peux vous demander quelque chose ? Pourquoi êtes-vous ici, en train de risquer votre vie ?

Il me regarda comme s'il ne comprenait pas la question.

— Et vous, pourquoi êtes-vous ici ? dit-il.

— Je n'en sais rien.

— C'est bien dommage.

Il laissa tomber sa cigarette, qui n'était qu'à demi consumée, et il l'écrasa.

QUAND j'arrivai à Taji, le commandant Zima était en train de faire des sauts écartés, son ventre bondissant à contretemps par rapport au reste de son corps. Il redescendait et son ventre restait en haut, puis ses pieds décollaient du sol et là, sa bedaine retombait lourdement. Je n'avais jamais vu un homme faire autant d'exercice pour si peu de résultats.

— Comment vont les choses ? dit-il, essoufflé.

— Elles me brisent le cœur, dis-je.

Et puis, parce que Bob s'en moquait, parce que Cindy était sortie de la base et qu'il n'y avait personne d'autre à qui parler, je me mis à raconter au commandant Zima ce qui se passait. Il était au courant à propos de Kazemi. C'était déjà de l'histoire ancienne à ce moment-là. Mais il n'avait rien entendu dire au sujet du financement du dispensaire. Il resta là, immobile, et me sourit, hochant la tête pour m'encourager, un air de parfait idiot sur le visage. C'était comme confesser ses péchés à Daffy Duck.

— Et vous, dis-je finalement, comment vous faites face à ça ? Les conneries ?

Le commandant Zima secoua la tête tristement.

— Il n'y a pas de conneries.

— Pas de conneries ? En Irak ?

Je le gratifiai du genre de sourire cynique que Bob lançait toujours en direction de Cindy.

Zima continuait à secouer la tête.

— Il y a une raison pour chaque chose, dit-il, sur un ton presque religieux. Peut-être que nous ne la voyons pas. Mais si vous aviez été là il y a deux ans...

Son visage était vide de toute expression.

— Si j'avais été là il y a deux ans quoi ?

— C'était la folie. (Il ne me regardait pas. Il ne regardait rien.) Les choses s'améliorent. Ce à quoi vous avez à faire face, ce n'est pas la folie.

Je détournai le regard et nous restâmes là, silencieux, jusqu'à ce que je ne puisse plus remettre à plus tard mon retour au travail. Je regagnai le bureau de notre PRT, il retourna à ses sauts écartés. Arrivé devant mon ordinateur, je m'assis et contemplai l'écran, troublé. J'avais l'impression que le masque de Zima avait glissé, me laissant entrevoir quelque tristesse incompréhensible, la tristesse que vous pouviez voir partout, chaque fois que vous mettiez les pieds hors de la base. Ce pays avait une histoire qui ne se remettait pas à zéro quand une nouvelle unité arrivait pour en remplacer une autre. Ces problèmes, aujourd'hui, c'était une amélioration.

DEUX jours plus tard, le commandant Zima débarquait dans notre bureau en sifflotant. Il avait un grand sac vert dans une main et une feuille blanche dans l'autre. Il posa la feuille sur mon bureau, tira une chaise et s'assit.

— Je ne sais pas très bien comment vous rédigez ce genre de choses, vous les types du Département d'État, mais allons-y.

Puis il sortit un stylo d'un grand geste de la main, se pencha au-dessus de la feuille et commença à écrire, lisant tout haut ce qu'il inscrivait.

— Notre association pour la création d'entreprises réservées aux femmes, dit-il, se révèle très efficace…

— Non, c'est faux, dis-je.

— Très efficace en suscitant un esprit d'entreprise au sein de la population privée de droits civiques dans notre Zone d'Opérations.

Bob jeta un coup d'œil, le sourcil interrogateur. Zima poursuivit :

— En fait, dit-il, gribouillant des mots illisibles à toute vitesse, en raison de sa fréquentation en constante augmentation et de la place grandissante qu'elle a prise dans les structures du pouvoir local, elle a, de sa propre initiative, commencé à étendre ses activités pour englober… (Il leva les yeux.) C'est bon comme mot, ça ? *Englober* ?

— *Englober* est excellent, dis-je, gagné par la curiosité.

— Pour englober une démarche plus holistique.

— Vous m'en direz tant, dis-je en souriant malgré moi.

— Quelques entreprises prometteuses ont échoué, malgré de réelles perspectives de créations d'emplois féminins à cause de l'absence d'une prise en charge des enfants et d'installations médicales. Offrir ces services est une condition préalable à toute activité commerciale libre florissante et représente déjà un marché à part entière.

— Oh, dis-je, saisissant son intention. Joliment dit.

Bob fit la grimace.

— Nous continuons à rassembler de plus amples données, mais deux projets ont été bloqués en raison d'un manque de soins médicaux. Une boulangerie gérée par des femmes a fermé après que deux employées, toutes deux veuves, n'ont pu venir travailler à cause de complications faisant suite à une mycose vaginale non traitée.

— C'est totalement faux, dis-je.

— Peut-être que j'ai été mal informé, admit le commandant, mais on ne peut m'en tenir pour responsable. On reçoit des informations erronées en permanence.

— Moi, je sors pour ma pause cigarette, dit Bob.

— Vous ne fumez pas, dis-je, mais il m'ignora complètement.

— Les statistiques montrent, poursuivit Zima tandis que Bob quittait le bureau, que les pays qui améliorent la qualité des soins médicaux font davantage progresser leur économie que les pays qui se concentrent exclusivement sur le développement des entreprises.

— C'est vrai ?

Le commandant Zima prit son air offusqué.

— Évidemment, c'est vrai. Seule la vérité m'intéresse, dit-il, avant d'ajouter un instant plus tard : je l'ai vu dans une conférence TED.

— OK, dis-je en regardant la feuille. Vous pouvez me donner le nom du conférencier ? Voyons si nous pouvons faire ça.

— Bien, dit le commandant. Heureux qu'on puisse travailler ensemble là-dessus. Vous savez, je crois que je peux même convaincre le colonel de débloquer quelques fonds du CERP…

— Ça serait surprenant, dis-je.

— Oh, dit-il, et je me demandais. Vous pourriez me rendre un petit service ?

— Lequel ?

Il sortit un casque de base-ball bleu du sac vert et le posa sur mon bureau.

— G.G. Goodwin voudrait une photo de gosses en train de jouer au base-ball.

Lors de mes deux sorties suivantes de la base, j'emportai un casque, un gant et une batte. Mais pas de tenue en vue.

— Je sais ce que vous êtes en train de faire, me dit Chris Roper au téléphone. Et cette connerie ne va pas marcher.

— Quoi donc ?

— Vous voulez faire passer de l'argent pour le dispensaire par l'intermédiaire de l'association pour les femmes ? Vous savez bien que 90 % de cet argent, sinon plus, ira directement dans les poches d'Abu Bakr.

— Vous vouliez que je maintienne cette association en place, tout en sachant cela, dis-je. Alors pourquoi ne pas s'arranger pour qu'une partie de l'argent aille à quelque chose de concret ?

— Hmm-hmm, fit-il. Très malin.

— Un peu, c'est mieux que rien, et le financement du dispensaire sera épuisé le mois prochain.

— Ouah, dit Roper. De la franchise. Comme c'est réconfortant.

— Ce dispensaire a pris une place importante dans la communauté, dis-je. Ce n'est pas mal en soi si le cheikh en prend possession.

— Il est important pour les femmes. Vous avez déjà rencontré un Irakien qui ne se foute pas éperdument des femmes ?

— Il existe un lien direct entre l'oppression des femmes et l'extrémisme.

— Ne me sortez pas cette connerie.

— C'est du concret, dis-je. Et il continuera à le faire fonctionner. Ça serait mauvais pour sa réputation s'il le fermait.

— Les conseils locaux y sont favorables ?

— Il est dit dans…

— Je sais cela, me coupa-t-il. Est-ce qu'ils y sont vraiment favorables ?

— Oui. Une aide financière minime. Tant que nous finançons quelque chose, les Irakiens n'ont pas envie d'intervenir et de tuer la poule aux œufs d'or, mais le petit passage là-dedans au sujet du réseau de distribution…

— OK, dit-il. Je garde ça sous le coude et je vais y réfléchir.
C'était plus que je n'étais en droit d'espérer.

La semaine suivante, au cours d'une entrevue avec le cheikh Umer à propos du projet d'apiculture, j'aperçus trois enfants dont deux portaient la tenue de base-ball. Un gris, un bleu. Parfait.

— Nom de dieu ! dis-je. Professeur, dites-lui que je dois prendre une photo de ces enfants.

Bien des explications plus tard, et ayant bien conscience que j'étais maintenant redevable d'une faveur, je me retrouvai en compagnie d'un enfant coiffé d'un casque de base-ball et complètement désorienté, et d'un autre portant un gant sur une main. J'avais aussi près de moi un interprète des plus irrités.

— Maintenant, je vous déteste plus que je ne vous ai jamais détesté, dit le Professeur en essuyant ses verres de lunettes avec suffisamment d'énergie pour que je me dise qu'il risquait de les briser.

— Mais pourquoi donc travaillez-vous pour nous ? lui demandai-je.

— Quarante. Dollars. Par jour.

— Absurde, dis-je. Vous risquez votre vie pour nous.

Il me toisa une seconde.

— Il y avait de l'espoir, au début, dit-il.

Son visage s'adoucit un peu et il ajouta :

— Même sans espoir, il faut essayer.

Je souris. Au bout d'un moment, il me rendit mon sourire.

Et après un autre assaut d'explications plus ou moins patientes, nous fîmes aligner les enfants correctement, l'un recroquevillé comme un lanceur et l'autre debout, comme sur le point de frapper avec sa batte. Du coin de l'œil, je vis une femme se précipiter vers nous, mais le cheikh Umer l'arrêta net et se mit à lui parler en arabe.

— Dites-lui de donner un coup, dis-je.

Le gosse donna un coup, comme s'il utilisait la batte pour frapper quelqu'un à mort, la levant au-dessus de la tête avant de l'abaisser brutalement. J'avais envie d'envoyer ce cliché à G.G., mais au lieu de cela, je montrai à l'enfant comment il convenait de frapper et je me remis à faire des photos. La synchronisation posa quelques problèmes, mais au bout d'une vingtaine de mouvements de batte, j'obtins un résultat parfait, la batte floue, le visage du batteur exprimant une concentration absolue, un regard inquiet du receveur, comme si le batteur venait de frapper un lancer. Je tournai l'écran de l'appareil pour montrer la photo au Professeur et aux enfants.

— Regardez ça, dis-je.

Le Professeur hocha la tête.

— Eh bien voilà, dit-il. Un beau succès.

Au Vietnam, ils avaient des putes

C'EST seulement quand j'ai été sur le point de partir en Irak que mon père m'a parlé du Vietnam. Il m'a fait asseoir dans son antre, a sorti une bouteille de Jim Beam et quelques canettes, puis il s'est mis à boire. Il prenait de longues rasades de whiskey et de petites gorgées de bière, et entre deux gorgées, il me racontait des choses. L'humidité de sauna pendant l'été, la pourriture de la jungle pendant la mousson, l'inefficacité du M16, quelle que soit la saison. Et puis, quand il a été complètement soûl, il m'a parlé des putes.

Je pense qu'au début le commandement organisait des voyages en ville tous les mois, mais cela n'a pas duré parce qu'ils devenaient tous un peu trop cinglés. À partir du moment où il n'y a plus eu de voyages, les bordels se sont rapprochés de la base, et les marines franchissaient les barbelés en douce la nuit, ou bien ils faisaient venir les filles en tant qu'"invitées autochtones" dans la journée. Celles-là, m'a-t-il dit, on les traitait plus comme des petites amies, ce qui était beaucoup mieux.

Quand il y est retourné pour sa deuxième mission, le dispositif fonctionnait comme sur des roulettes, et toute une gamme de services étaient proposés, y compris des bordels différents pour les marines blancs et les marines noirs. Si une fille travaillant dans un bordel pour Blancs était surprise en train de coucher avec un Noir, elle était liquidée, ou tout au moins battue au point de ne plus pouvoir retravailler. Il n'était pas en accord avec ça, mais ça arrivait, et il m'a dit que ça le sidérait de penser qu'on pouvait faire une telle chose à quelqu'un.

Ensuite, il m'a parlé d'un endroit avec des danseuses et une scène, où les filles faisaient ce truc pour récolter un peu d'argent en plus. Des clients mettaient une pile de pièces de vingt-cinq cents sur le bar, puis les filles s'accroupissaient au-dessus de la pile et abaissaient leur vagin sur les pièces pour essayer d'en prendre le plus possible. C'était l'attraction, dans ce bar.

Papa était déjà bien parti à ce moment-là, mais il n'arrêtait pas de se les envoyer, des rasades de whiskey et ces petites gorgées de bière. Il avait l'ait tellement vieux, des rides profondes lui sillonnaient le visage et ses mains étaient parsemées de petites taches grises.

— J'avais un ami, m'a-t-il dit.

Et un jour, cet ami va dans ce bar et se met à boire, toute la nuit, sans parler à personne. Puis il sort une pile de pièces de vingt-cinq cents qu'il pose sur le bar, puis il se penche au-dessus et l'entoure de ses bras pour que personne ne voie ; il prend son briquet et fait chauffer ces pièces jusqu'à ce qu'elles soient aussi brûlantes qu'un fer à marquer. Il appelle une des filles.

— Pas une en particulier, a dit mon père, pour mon ami, peu importait laquelle c'était.

Mon père a repris une rasade de whiskey.

— Ça a fait comme une odeur de steak grillé.

J'ai dit, Nom de Dieu. Bon. Eh bien, merci, Papa. C'était très instructif.

Nous n'avons pas continué à boire beaucoup après cela. Papa était tellement soûl qu'il ne pouvait pas rester assis bien droit. Avant que je le conduise jusqu'à son lit, il m'a marmonné quelque chose pour me recommander d'être prudent, et il m'a donné une toute petite croix en métal, le genre qu'on porte sur une chaîne autour du cou. Il m'a dit qu'elle lui avait permis de revenir vivant du Vietnam. Quelques semaines plus tard, j'étais au Moyen-Orient.

Nous n'étions pas en Irak depuis longtemps quand j'ai raconté l'histoire de mon père au Vieux. Dans notre groupe, le Vieux était celui à qui on allait dire des choses comme ça. Le chef de notre groupe, West, se serait fait une mauvaise opinion de moi. Avec West, ou bien vous étiez 100 % irréprochable, ou bien vous n'étiez que de la merde. Le Vieux n'était pas comme ça. Il s'était engagé dans le corps des marines un peu tard dans sa vie et donc il avait des années de plus que nous et, pensait-on, plus de sagesse. Quand je lui ai raconté, le Vieux s'est contenté de rire et de dire :

— Ouais. Au Vietnam, ils avaient des putes. Je dirais que c'est un avantage qu'ils avaient sur nous.

J'y ai repensé, la première fois que je me suis branlé pendant une tempête de sable. À dix-neuf ans, rester sept mois sans baiser, ça vous rend dingue de bien des façons. Et j'y ai repensé également quand West est mort, et quand le Vieux a dit que Bon Dieu il aimerait savoir où se trouvaient les bordels irakiens, comme ça il se choisirait une pute bien grasse qui le laisserait enfouir la tête dans ses seins pour y pleurer un bon coup.

Mais on ne savait pas où étaient les putes, et cela m'a convaincu qu'on ne savait rien sur Haditha. Pendant notre formation, on avait appris à observer notre environnement, comprendre les rythmes de la ville. Un homme qui emprunte tel itinéraire tous les jours évite tout d'un coup une rue particulière, une femme étonnamment grande que vous n'avez jamais vue auparavant se promène sur le marché portant un hijab et tout le monde s'écarte sur son passage. Des gosses qui avaient l'habitude de jouer au foot sur un terrain vague près de la route n'y viennent plus. Je passais tant de temps à regarder les femmes dans mes jumelles. Parfois, je changeais d'œil, fermant l'un, puis l'autre. Je regardais les femmes à l'œil nu. Je regardais les femmes dans ma lunette de visée. Humain, animal, humain, animal. Mon père et moi, on était chasseurs.

Mais je ne grattais jamais la surface. Je n'ai jamais eu l'occasion de regarder une femme et de me dire, Voilà une pute.

Mais le 1er groupe de la compagnie Kilo, on était sûrs qu'ils avaient trouvé un endroit. Ils ont tous chopé de l'herpès d'un seul coup, et on s'est dit, Voilà, c'est ça. Ils partent en patrouille et ils vont au bordel alors qu'ils sont censés rencontrer des cheikhs et boire du thé.

Qui aurait fait une telle chose, à cette époque, avec la violence qui régnait partout ? Il fallait être cinglé. Mais la moitié d'entre eux étaient à l'infirmerie, la bite suintante. Il fallait bien qu'ils aient eu quelqu'un à baiser. Et tout le monde ne voulait savoir qu'une seule chose : C'est où ? C'est où ? Je mettrai un préservatif, tout ira bien. Mais pas un d'entre eux ne disait quoi que ce soit. Ils s'énervaient et nous disaient d'aller nous faire foutre. J'ai coincé un de ces types, ce 1re classe au regard fuyant. Je lui ai dit, Tout le monde sait bien ce que vous faites, on veut seulement savoir où. Il m'a répondu que si je n'arrêtais pas de lui demander, il me baiserait la gueule avec la lame de son KA-BAR. Après ça, je l'ai laissé tranquille. De toute façon, je n'étais pas vraiment sérieux.

On n'aurait pas dû se tracasser comme ça. Le lendemain, l'officier commandant a convoqué tous les cas d'herpès à l'infirmerie, et le toubib a dit :

— OK, les gars, où sont les putes ? Vous ne sortirez pas d'ici tant qu'on n'aura pas l'explication de cette foutue épidémie de bites malades.

Ils ont tous baissé le regard et ils ont commencé à rougir, puis au bout d'un moment, un d'eux a fini par reconnaître :

— Y a pas de putes, docteur. On s'est seulement repassé une chatte de poche.

— Nom de Dieu, a dit le toubib. Faut nettoyer à fond ce putain de truc, les gars.

Et pour plaisanter, il a fait livrer à ce groupe une palette entière de gel désinfectant pour les mains. Quant à nous autres, on a eu de quoi se marrer pendant les deux jours suivants.

Puis on a eu cette attaque au mortier où les putains d'obus tombaient sans arrêt, obus après obus, et nous on était tapis, là, à se poser des questions, On peut pas repérer d'où ils partent, ces putains d'obus ? Y a pas quelqu'un qu'est en train de viser leurs positions ? À ce moment-là, West était encore en vie, et il s'est mis à prier, faisant flipper tout le monde, parce qu'on entendait "Oh, Seigneur Dieu qui êtes au ciel..." Boum. "Pardonnez-nous, mon Dieu, nous pauvres pécheurs..." Boum. "Pauvres pécheurs..." Boum. "West, ferme-la, bordel !" Boum.

Pas de blessures, et aussitôt après, j'ai eu une érection à faire sauter un bloc de béton. Tellement dure que j'en avais mal. Et je suis monté sur le toit, et là-haut, il y avait déjà Flores, avec le Vieux, et ils se sont tournés de l'autre côté pendant que je me branlais sur le toit tout en regardant en direction d'Haditha, me demandant, Est-ce qu'il y a un tireur embusqué quelque part, en train de me viser dans sa lunette pour m'abattre, la queue à la main ?

Tout d'abord, je me suis mis dans la tête des images de nichons, de moi baisant quelqu'un, n'importe qui, mais vers la fin, mon esprit s'est vidé complètement, c'était juste moi, occupé à me soulager, et j'ai entendu des tirs d'armes légères au loin, dans une autre partie de la ville, et j'ai continué à me branler, de plus en plus vite, jouissant presque à l'instant même où j'étais submergé, comme chaque fois que j'entendais des coups de feu, par la pensée que, peut-être, quelqu'un que je connaissais était en train de mourir.

La première femme que j'ai vue après ça, je l'ai d'abord sentie. On était tous à table, dans la cantine d'al Asad, et son odeur a court-circuité notre cerveau collectif, la conversation s'est arrêtée, on s'est tous tournés vers elle en même temps, et elle est passée près de nous, ni jolie ni laide, mais une femme, pas une femme vue dans une lunette, une femme suffisamment proche pour qu'on puisse tendre la main et la toucher. Pour qu'on puisse la sentir.

Flores et moi, on s'est lancés dans une conversation à propos de ce qu'on aimerait lui faire. Je veux dire, des choses qu'on n'avait même pas envie de faire, c'était juste un concours de cochonneries entre lui et moi. C'est Flores qui a gagné, quand il a dit :

— Je la laisserais me pisser dans la bouche, rien que pour pouvoir lui renifler la chatte.

— Qui ne le ferait pas ? a dit le Vieux.

— Les gars, vous n'êtes qu'une bande d'idiots, a répliqué West.

Mais plus tard, West s'est fait tout maternel et m'a dit combien sa famille lui manquait, et il m'a demandé :

— Il y a des filles chez toi, que tu aimerais revoir ?

— Pas vraiment.

— Tu sais, parfois, des filles qui ne t'auraient même pas dit bonjour quand tu étais au lycée changent du tout au tout une fois que tu es devenu un héros de guerre.

JE ne me sentais pas du tout comme un héros de guerre quand je suis rentré à Camp Lejeune, surtout pas après la cérémonie à la mémoire de West, de Kovite et de Zapata. Ça faisait beaucoup à la fois. Après, tout le monde s'est soûlé. C'était trop dur pour Flores, et il est rentré au baraquement pour être seul. J'avais envie d'aller avec lui, mais je suis resté avec le Vieux. Il avait besoin de quelqu'un pour s'occuper de lui. Et il voulait aller au Pink Pussycat, ce club de strip-tease dans une maison préfabriquée mobile extra-large peinte en rose. Le Pussycat était interdit aux marines, mais le Vieux a dit que c'était le meilleur endroit pour ce dont on avait besoin, et il devait savoir de quoi il parlait.

— Alors, il y a des putes, là-dedans ? lui ai-je demandé quand on est arrivés sur le parking, qui n'était rien de plus qu'une étendue de boue et d'herbe.

Je pensais connaître la réponse. Les putes, c'était la seule raison pour laquelle on était venus là.

— Elles ne pensent pas être des putes, a-t-il répondu. Elles pensent être des danseuses qui baisent parfois avec les clients.

Cela m'a fait rire, mais il m'a arrêté.

— Je suis sérieux. Si tu fais pas les choses comme il faut, tu baiseras pas. Elles ne se considèrent pas comme des putes qui font le trottoir.

— Mais…, ai-je dit en désignant le bâtiment préfabriqué.

Il a ri.

— Je parie qu'il y a aussi des filles qui baisent au Driftwood. Il y a des filles qui baisent dans les clubs de strip-tease les plus chics du monde. Et il y a quelques filles ici qui ne baisent pas.

— D'accord. Alors, pourquoi on est ici ?

Il a commencé à compter les raisons sur ses doigts.

— La plupart des filles d'ici baisent. C'est moins cher. Ces filles te traitent mieux parce que ce ne sont pas des canons et elles préfèrent avoir des habitués. Toi et moi, on revient de mission, alors des femmes vraiment canon, ça serait du gâchis. En plus, il n'y a pas de code vestimentaire. (Du doigt il a désigné son entrejambe.) Si je porte un pantalon de survêtement, il y a une raison.

Me voyant frissonner en entendant cela, il s'est mis à rire à nouveau. Si j'avais pensé avoir le choix, je serais parti. Quelque chose dans ce petit parking triste, avec ces quelques Buick et pick-up cabossés, alignés devant le préfabriqué rose… c'était à mille lieues de ce que j'avais espéré. Une jeune nana super jolie, qui faisait ça pour l'argent, d'accord, mais à qui je plairais peut-être vraiment aussi. Le Vieux s'est dirigé vers la porte, et comme c'était lui qui avait les clés, je l'ai suivi.

On est entrés et elles étaient là. Des femmes nues. L'endroit était plutôt exigu, ça sentait la bière et la sueur, et ils passaient du rock des années 1970 à vous crever les tympans. Il n'y avait là que sept ou huit clients, tous des civils, à part deux, de toute évidence. Les chaises et les canapés avaient l'air d'avoir été trouvés au bord de la route. On est restés debout dans le fond un moment, puis on s'est avancés et on s'est assis ensemble sur une causeuse en cuir synthétique imitant la peau de zèbre, près de la scène, un petit carré surélevé d'une trentaine de centimètres, à l'extrémité du local. Le Vieux m'a commandé une bière que j'ai bue rapidement, prenant de petites gorgées, mais très rapprochées, tout en regardant les filles et les clients autour de moi, essayant de comprendre comment ça fonctionnait. Puis la danseuse sur la scène est descendue pour se placer juste sous mon nez et j'ai fixé le regard droit devant moi, sur l'étroite bande de tissu entre ses jambes. C'était une femme d'un certain âge, elle n'avait pas vraiment un corps de rêve, mais elle n'avait pas de cicatrices visibles et on pouvait voir qu'elle avait dû être jolie quand elle était plus jeune. J'ai arrêté de respirer pendant un moment. Quand elle est remontée sur la scène, j'ai demandé au Vieux comment on faisait pour se retrouver en tête-à-tête avec une fille.

Il a vu dans quel état j'étais et ça l'a fait sourire. Il a sorti deux billets de vingt dollars de son portefeuille et me les a donnés. Puis il a pris un billet d'un dollar, l'a plié et l'a agité devant la danseuse et il l'a glissé dans son cache-sexe.

— Décontracte-toi, m'a-t-il dit. Je vais payer pour qu'elle danse pour toi. Ensuite, tu lui demanderas de t'emmener au salon des VIP.

J'ai regardé autour de nous.

— C'est dans un autre bâtiment. Tu y vas, elle te fait une danse, tu lui demandes s'il y a autre chose qu'elle pourrait faire. Tu lui dis qu'elle te plaît beaucoup, que tu la trouves géniale, et que tu viens de rentrer, est-ce qu'il y autre chose. (Il a pointé le doigt sur les deux billets de vingt que j'avais à la main.) Tu ne lui donnes qu'une fois que c'est fait. Et tu n'acceptes pas si elle te propose de te contenter de la peloter.

J'ai baissé les yeux sur l'argent. Deux heures plus tôt, j'avais dépensé plus que ça en whiskey chez Alexander.

— C'est bien, ici, a-t-il dit, avant de pointer le doigt vers le coin de la salle où se tenait une femme à l'air fatigué, attendant pour monter sur scène. C'est ma nana. Elle est vraiment gentille. On est comme un vieux couple – on baise une fois tous les sept mois. (Il a marqué un temps d'arrêt.) Elle est vraiment bien. Une fois que j'ai fini, elle reste avec moi jusqu'à ce que ce soit l'heure.

J'ai hoché la tête. Quand la première fille est sortie de scène, le Vieux a payé pour ma danse. Ensuite, j'ai fait comme il avait dit.

Le salon des VIP était dans un préfabriqué blanc à une cinquantaine de mètres du local principal. On a quitté la musique pour l'air frais, et j'étais excité, je marchais un pas devant elle. À l'intérieur, il y avait un couloir et un tas de petites chambres. La musique était aussi à fond dans ce local, et donc vous n'entendiez pratiquement pas ce qui se passait dans les autres pièces.

La femme était très polie. On s'est mis d'accord pour quarante. J'avais mauvaise conscience à discuter pour un prix inférieur, et elle a baissé mon pantalon. Je n'étais pas dur, mais, très professionnelle, elle m'a pris dans sa bouche, puis elle m'a mis un préservatif et on a eu des rapports et ensuite je lui ai donné l'argent que le Vieux m'avait glissé dans la main.

En retournant au bâtiment principal, je ne me sentais plus inquiet. Elle avait été un peu sèche, ce qui se comprenait, mais ç'avait été génial jusqu'au moment où j'avais joui et là, tout était retombé et la réalité m'était apparue telle qu'elle était.

Dans le local, une stripteaseuse se trémoussait sur les genoux du Vieux et il avait la tête enfouie dans ses nichons. Ce n'était pas celle qu'il avait appelé sa nana. C'était une autre. Celle-là avait un petit air de ressemblance avec ma mère avant sa mort. Elle a terminé son numéro, il lui a murmuré quelque chose et ils se sont levés. Il m'a fait un signe de tête et il est venu vers moi.

— C'était comment avec Nancy? m'a-t-il demandé.

— Nancy?

— C'est son vrai nom. Elle est bien, mais elle peut être un peu garce, parfois.

— C'était bien.

Il m'a tapoté sur l'épaule.

— Faut prendre ton temps. Faut discuter avec les filles.

Puis il est retourné à sa place, il a fait signe à celle qui ressemblait à ma mère. Elle est remontée sur ses genoux et j'ai détourné le regard.

Nancy est revenue dans le local et s'est mise au travail dans la salle. Elle m'a souri en passant, puis elle a grimpé sur les genoux d'un civil. Là aussi, j'ai détourné le regard.

Le Vieux avait les clés dans la poche de son pantalon de survêtement, et ce n'était pas facile d'y avoir accès, alors j'ai attendu dans le fond de la salle pendant qu'il s'amusait. J'ai pris un whiskey, puis une autre bière. J'étais bien parti à ce moment-là, mais j'ai continué à boire. J'ai attendu et attendu, et j'ai regardé les femmes à l'air triste sur la scène. Certaines semblaient être dans le coaltar. C'était sûr, elles avaient pris quelque chose qui les faisait planer. Le Vieux ne s'est pas pressé. Quand il est parti avec la fille dans le local des VIP, j'ai compté l'argent que j'avais en poche. J'avais plus qu'il n'en fallait. Si je repiquais au truc une deuxième fois, ça serait presque aussi bien que de ne pas être là du tout.

Prière dans la fournaise

Ce n'était pas parce qu'il voulait parler à un aumônier que Rodriguez était venu à moi. Je crois qu'il ne s'était même pas rendu compte de qui j'étais jusqu'au moment où je m'étais levé et où il avait vu la croix sur mon col. Au début, il voulait seulement une cigarette.

Il avait les joues barbouillées de sang, des traînées horizontales et diagonales. Ses mains et ses manches étaient tachées, et ses yeux fous et vides ne se posaient pas sur moi directement. À intervalles réguliers, son visage était traversé de microexpressions fulgurantes, comme les contractions d'un chien menaçant qui grogne.

Je lui tendis une cigarette et il l'alluma à la mienne. Rodriguez prit une bouffée, relâcha la fumée, puis il tourna la tête pour jeter un coup d'œil à son groupe et, à nouveau, la violence marqua son visage.

Il y a une vingtaine d'années, avant que je ne devienne prêtre, je faisais de la boxe, dans les lourds-légers. La rage, c'est bon pour vous remplir d'énergie avant un combat, mais une fois que vous êtes sur le ring, un changement s'opère. Une sorte de joie vous envahit. Une sensation d'abandon. Ce n'est pas un sentiment particulièrement chrétien, mais c'est très fort. L'agression physique possède sa propre logique et sa propre émotion. Et c'était cela que je voyais maintenant sur le visage de Rodriguez. L'intervalle entre l'instant où la rage disparaît et celui où commence la violence.

À ce moment-là, je ne connaissais même pas son nom. Cela faisait quatre mois que nous étions en Irak, et nous nous tenions devant le centre médical Charlie, où les chirurgiens venaient d'annoncer l'heure du décès du douzième KIA de notre bataillon, Denton Tsakhia Fujita. J'avais pris connaissance du nom de Fujita le jour même.

Rodriguez était maigre comme un fil de fer, son corps était tendu, chargé d'électricité. J'étais recroquevillé pour me protéger du vent, m'accrochant à ma cigarette comme si elle pouvait me calmer les nerfs. Depuis la période que j'ai passée auprès des enfants malades, j'ai toujours eu des problèmes avec les hôpitaux – la vue d'aiguilles me fait pâlir et me sentir faible, comme si le sang se vidait lentement de tous mes membres en même temps – et là, il y avait une amputation en cours. Un autre copain de Rodriguez, John Garrett, avait été blessé avec Fujita. J'avais pris connaissance du nom de Garrett ce jour-là également.

Rodriguez sourit. Un sourire dénué de chaleur.

— Monsieur l'aumônier, dit-il.

Il se retourna vers les hommes de son groupe, qui attendaient tous des informations sur l'état de leur ami. Ils étaient à quelques mètres de nous et ne nous entendaient pas. L'espace d'un instant, Rodriguez sembla anxieux.

— Il faut que je vous parle.

Parfois, après des combats, des marines vont parler avec l'aumônier ou la cellule de soutien psychologique. Ils sont pleins de rage, ou de chagrin, ou oscillent entre les deux. Mais je n'avais jamais vu un marine comme ça et je n'avais pas vraiment envie de me retrouver seul avec lui.

— Je leur dirai que je vais me confesser.

Ses yeux n'étaient que deux petits points lumineux. Il me vint à l'idée qu'il était peut-être drogué. Alcool, marijuana, héroïne – on pouvait s'en procurer, il suffisait de connaître les bons Irakiens.

Rodriguez sourit à nouveau, les coins de sa bouche crispés.

— Il était plutôt bon comme *shortstop*.

Tout d'abord, je ne compris pas de qui il parlait.

— Pas génial, mais bon, ajouta-t-il.

— Il faut que j'y aille, dis-je. Voir comment ça se passe avec les toubibs.

— Bien, monsieur. Je passerai vous voir.

Mais après l'amputation, Rodriguez n'était plus là.

LORS de la cérémonie à la mémoire de Fujita, je lus un extrait de la deuxième épître à Timothée : "J'ai mené le bon combat. Je suis allé au bout de la course. J'ai gardé la foi." Au cours de ces célébrations, j'essaie autant que possible de donner un ton approprié.

Le capitaine Boden, le commandant de la compagnie Charlie, dit quelques mots après moi, affirmant aux marines rassemblés qu'ils "retrouveraient ces enculés pour venger Fujita". Les hommes écoutèrent avec une approbation pleine de hargne. On ne pouvait pas en attendre beaucoup plus de la part de Boden. C'était le genre d'homme qui, le plus sérieusement, vous disait que pour lui, commander, c'était "emmener mes marines sur le terrain et leur mener la vie dure". C'est un style de commandement qui passe bien auprès de jeunes de dix-neuf ans, avant qu'ils ne soient réellement allés à la guerre. Quand leur vie est en jeu, les marines apprennent à vouloir autre chose, un peu plus que cette agressivité pure et irréfléchie. L'agressivité irréfléchie peut entraîner la mort de marines. Au cours de cette mission, elle en avait déjà tué un certain nombre.

Ce fut ensuite Rodriguez qui prit la parole, en tant que meilleur ami du défunt. Il était plus calme que lorsque je l'avais vu précédemment et il expliqua que Fujita aimait vraiment les Irakiens. Que c'était le seul gars du groupe qui ne pensait pas que ce qu'il pouvait arriver de mieux à ce pays, c'était qu'on lui balance des bombes atomiques jusqu'à ce que le désert ne soit plus qu'une immense étendue vitrifiée. Puis Rodriguez eut un petit sourire amer, regarda l'assemblée et dit :

— Il y avait des types qui le taquinaient en lui disant qu'il devait être sorti pour se taper des hajji, qu'ils ne pouvaient pas se tromper à l'odeur.

On avait la nette impression que Rodriguez faisait des reproches aux soldats présents. Des marines de son groupe se regardèrent, mal à l'aise. Pendant l'espace d'un instant, je me demandai s'il ne fallait pas que j'intervienne, mais Rodriguez enchaîna, faisant des remarques d'un style plus traditionnel, dans une veine plus hagiographique.

Pour le reste, la cérémonie se déroula de manière classique, c'est-à-dire poignante. Quand le sergent-chef vint faire l'appel, quelques marines s'enfouirent le visage dans les mains et d'autres n'essayèrent pas de masquer leurs larmes.

Quand le groupe de Fujita s'approcha de la croix formée avec l'équipement du soldat tombé, ils s'agenouillèrent tous ensemble, se tenant par les épaules et se laissant aller les uns contre les autres, jusqu'à ne plus former qu'un seul bloc, silencieux et secoué de sanglots. Bardés de leur armement, les marines sont des guerriers terrifiants. Dans le chagrin, on dirait des enfants. Puis, l'un après l'autre, ils se relevèrent, touchèrent le casque de Fujita avant de rejoindre le capitaine Boden qui se tenait debout, dans le fond, une expression de détermination stupide et sinistre figée sur son gros visage carré.

Après le service, le sergent Haupert réunit ses hommes au fumoir, derrière la chapelle. Haupert faisait fonction de commandant de la 2e section. Leur véritable commandant, au départ, le lieutenant Ford, avait été tué dans l'explosion d'un EEI au cours du cinquième mois de la mission.

Depuis le fumoir, on ne pouvait pas voir la ville, mais cela ne m'empêcha pas de tourner le dos à Haupert pour regarder dans cette direction. Les hommes de la compagnie Charlie passaient toutes leurs journées dans Ramadi. Je sortais du camp régulièrement, moi aussi, mais toujours pour me rendre dans un poste avancé. Jamais pour une mission de combat. Je faisais mon travail de prêtre. Toujours occupé, toujours débordé, mais tout de même, la plupart du temps, je me réveillais dans mon lit à la base, je priais dans une relative quiétude et les bruits de la violence ne me parvenaient que de loin. Quand saint Augustin écrivit, en sécurité, ses sermons sur la chute de sa Rome bien-aimée, il ne faisait que répéter ce qu'il ne pouvait pas savoir avec certitude. "Ce qu'on nous a rapporté est horrible: massacres, incendies, pillages, tortures. C'est vrai, nous avons entendu dire beaucoup de choses, toutes pleines de hurlements, de pleurs, et nous avons eu du mal à nous consoler; je ne peux nier, non certainement pas, que nous avons entendu dire que beaucoup de choses ont été commises dans cette ville." J'avais le même problème.

Je me retournai vers Haupert, au milieu de son sermon, un sermon simple, mais étayé par l'expérience des patrouilles quotidiennes.

— Qu'est-ce qu'on fait? disait Haupert aux membres éparpillés de la 2e section qui composaient son auditoire. Nous, on vient ici, on leur dit, On va vous apporter l'électricité. Si vous travaillez avec nous. On va remettre en état votre système d'évacuation des eaux usées. Si vous travaillez avec nous. On vous garantira la sécurité. Si vous travaillez avec nous. Mais attention, votre meilleur ami sera votre pire ennemi. Si vous nous faites chier, vous vivrez dans la merde. Et ils nous répondent, OK, on vivra dans la merde.

Il tendit le doigt en direction de la ville, puis il fit un mouvement de la main, comme pour chasser un insecte.

— Alors qu'ils aillent se faire foutre, ajouta-t-il.

JE retournai à la chapelle, et c'est là que Rodriguez me rejoignit. Je rangeais toutes nos friandises dans le débarras, sur le côté, des piles de bonbons, de bœuf séché et de Beanie Babies envoyés aux troupes par des Américains reconnaissants, des colis que je finissais souvent par distribuer aux sections. Les aumôniers reçoivent des colis adressés "Aux Marines", sans précision, en quantité supérieure aux besoins, mais ces surplus ont leur utilité parce que, pour les marines, aller chercher quelques sucreries peut être une façon discrète de venir parler à l'aumônier sans annoncer à toute leur unité qu'ils ont un problème.

Rodriguez entra silencieusement dans le petit espace. Il n'y avait pas en lui la même tension que lors de notre premier échange, mais elle était bien là, dans ses yeux et dans ses mains, dans son incapacité à rester immobile, le besoin qu'il avait de bouger en permanence. Ils disent que quand vous patrouillez dans Ramadi, vous ne marchez pas, vous courez.

— Vous savez ce qu'on faisait quand Fujita a été touché ? me demanda-t-il.

— Non.

— Personne ne le sait. (Il regarda autour de lui, l'air soupçonneux, comme si quelqu'un risquait de nous surprendre.) Personne ne s'est dit que je devrais venir vous parler. Qu'est-ce qu'un foutu aumônier pourrait bien avoir à dire ? Vous le savez, hein, que les soldats ne respectent pas les aumôniers ?

— Tant pis pour eux.

— Je respecte les prêtres, moi. La plupart des prêtres. Pas ceux qui abusent des petits garçons. Vous n'abusez pas des petits garçons, vous, hein ?

Rodriguez était en train de me tester.

— Pourquoi ? Vous le faites, vous ? lui demandai-je.

Je croisai les bras et, ostensiblement, je le jaugeai, lui lançant un regard destiné à lui faire comprendre qu'il ne m'impressionnait pas. Normalement, j'aurais été plus agressif, peut-être même que j'aurais fait jouer mon grade, mais là, je ne pouvais pas, pas après une cérémonie à la mémoire d'un soldat mort.

Rodriguez leva une main.

— Je respecte les prêtres, répéta-t-il. Pas les pédés et ceux qui abusent des petits garçons, mais, vous savez, les prêtres.

Il jeta un regard circulaire et prit une profonde inspiration.

— Vous savez, on se fait tirer dessus pratiquement tous les jours, bordel.

— Je sais que vous avez un secteur particulièrement violent.

— Tous les jours. Merde, ils nous attaquaient au centre gouvernemental trois fois par semaine. Des attentats-suicides. Dingue. Ça finissait par des frappes aériennes sur Battleship

Gray, ou Swiss Cheese. Les putains de Salles d'Attente d'Allah. Ces enculés de tueurs. Et puis vous sortez dans la rue, vous faites une incursion. Vous vous arrêtez et restez une minute de trop au même endroit, et là, vous vous faites allumer, bordel.

Son visage se contracta en une de ces brèves grimaces de rage que j'avais vues précédemment.

— Vous vous souvenez de Wayne ? Wayne Bailey ? Vous vous souvenez de lui ?

— Oui, répondis-je tranquillement.

Je prenais soin de me rappeler les noms complets de tous les morts. Et Bailey faisait partie des soldats tués avec lesquels j'avais eu des contacts personnels avant leur mort. Cela rendait les choses plus faciles.

— On inspectait une putain d'école. Et ils nous ont fait rester. On est en contact radio et on leur dit, Faut vraiment qu'on parte, et ils nous disent, Non, vous restez sur place. On leur dit, Ça fait trop longtemps qu'on est là, quelque chose va arriver, *c'est sûr*. Mais les Irakiens sont en retard et on doit obéir aux ordres. Et il y a ce groupe de gosses, et la première roquette tombe en plein milieu de ce groupe.

Je me souvenais des clichés du service photo des armées que j'avais vues. J'avais déjà vu des enfants malades et mourants, auparavant, mais ça, ça m'avait secoué. C'est étrange, comment la main d'un enfant est si facilement reconnaissable en tant que main d'enfant, même en l'absence de tout cadre de référence concernant la taille, ou de tout corps identifiable auquel elle serait attachée.

— Et puis Wayne est touché. Le toubib appuie sur sa poitrine et je lui pince le nez pour lui faire la respiration artificielle.

Tout le monde le disait, Wayne était très apprécié dans sa section.

— Dans ma dernière mission, poursuivit Rodriguez, c'était des EEI, des EEI et encore des EEI. Ici, y a toujours des EEI, mais ces attentats-suicides, c'est toutes les semaines. On se fait tirer dessus toutes les semaines. On a plus d'échanges de coups de feu que n'importe quelle autre unité que je connaisse. Et le capitaine Boden, il installe un tableau avec la liste de tous les différents groupes. Le tableau du plus grand nombre de contacts avec l'ennemi.

Rodriguez leva un poing fermement serré à son visage et, regardant vers le sol, il montra les dents.

— Le tableau du plus grand nombre de contacts avec l'ennemi, répéta-t-il. À chaque échange de coups de feu, vous gagnez un signe dièse. Les EEI ne comptent pas. Même si quelqu'un se fait tuer. Que les fusillades. Et ceux qui ont le plus de contacts, ils ont droit au respect. Parce qu'ils ont eu le plus d'emmerdes. Qu'est-ce que vous pouvez trouver à redire à ça ?

— Rien, je suppose.

La souffrance, me dis-je alors, a toujours engendré sa propre mystique.

— Au bout de quatre mois, ces attentats-suicides ont cessé. Les hajji ont réfléchi. On les réduisait en bouillie. Et maintenant, il n'y a plus que des EEI. Et le 2e groupe (il se frappa la poitrine), mon groupe, on était en tête. Pas seulement dans la section, mais dans toute la putain de compagnie. Ce qui veut dire le bataillon aussi. Putain de merde, probablement le corps des marines dans son ensemble. On était tout en haut. Le plus grand nombre de contacts avec l'ennemi, bordel. Personne ne rivalisait avec nous en matière d'emmerdes.

“Et puis…, commença-t-il avant de s'interrompre un instant, comme pour se donner du courage. Le nombre des attaques a diminué. Les stats de notre groupe ont baissé aussi. Le sergent-chef a commencé à nous faire chier à ce sujet.

Rodriguez fit une grimace et puis, imitant la grosse voix bourrue et assurée du sergent Haupert, il dit :

— Bande de lavettes, vous saviez où trouver l'ennemi, avant.

Il cracha par terre avant de poursuivre.

— Ce genre de truc. Rien à foutre de tout ça. Rien à foutre des fusillades. Merde, les fusillades, ça fout la trouille. Je prends pas mon pied avec ces conneries-là, moi.

Je hochai la tête, essayant de saisir son regard, mais il détourna les yeux.

— Qu'est-ce que vous faisiez quand Fujita a été touché ?

Rodriguez jeta un regard aux colis qui étaient empilés autour de lui. Notre débarras était plein de rangées d'étagères en bois chargées de M&M's, de barres Snickers, de brownies en emballage individuel, de gâteaux Entenmann's et d'autres friandises. Rodriguez plongea la main dans un sachet de Peanut Butter Cups Reese et il en prit un, l'examinant au creux de sa main.

— Vous savez que c'est la première mission en Irak du sergent Ditoro ?

— Non.

J'ai supposé qu'il parlait de son chef de groupe, mais je n'en étais pas sûr et je ne voulais pas interrompre son flot de paroles en lui posant la question.

— Service d'ambassade.

Rodriguez secoua la tête, et il laissa retomber le chocolat dans le sachet. Puis, très vite, il s'essuya le visage. Il me fallut une seconde pour comprendre qu'il essuyait des larmes. Provoquées par quoi, je ne savais pas trop.

— Vous savez, si je n'avais pas été rétrogradé après cette affaire de conduite en état d'ivresse, c'est probablement moi qui serais à la tête de ce groupe.

— Qu'est-ce qui est arrivé quand Fujita a été touché ? demandai-je à nouveau.

— Il y a environ un mois, le caporal-chef Acosta était défoncé à l'Ambien. Cette saloperie vous fait voir tout en rose et c'est comme quand on est un peu soûl. Peut-être aussi qu'il avait pris autre chose.

— Il a eu de l'Ambien par la cellule de soutien psychologique ?

Rodriguez se mit à rire.

— Qu'est-ce que vous croyez ?

Il tira de sa grosse poche extérieure un sachet à sandwich en plastique plein de petites pilules roses et le leva au niveau de ses yeux.

— Comment croyez-vous qu'on arrive à dormir, tous ?

Je hochai la tête.

— On installe un poste d'observation, et puis on le bousille. Je veux dire, les insurgés s'amusent à foutre en l'air tous les endroits qu'on utilise comme poste d'observation, alors autant se lâcher. Et Ditoro, on ne le respecte pas. Mais Acosta, il est à hauteur.

— Même drogué ?

Rodriguez poursuivit.

— Pendant ma précédente mission ici, j'ai vu ce qu'il a fait. Un attentat-suicide, et Acosta, il aidait les blessés, et l'enfoiré, il était en feu. Il ne s'en rendait même pas compte. Il était en train de brûler et il courait dans tous les sens, pour aider les enfants blessés et toute cette merde. Ce type, il aurait pu se faire réformer pour raison médicale, avoir une invalidité à 100 %, mais quand il est sorti du service des brûlés, il est resté et il est reparti en mission. Ce type, il a droit à un putain de respect.

— Bien sûr. C'est certain.

— Alors Ditoro, il la boucle devant Acosta. Et Acosta, il est défoncé. Et pendant qu'on regarde pas, il se met en sous-vêtements et ne garde que son casque, puis il monte sur le toit comme ça, la queue qui dépasse de son caleçon, et il se met à faire des sauts écartés en hurlant tous les jurons qu'il connaît en arabe.

D'après ce que j'avais entendu dire, ce n'était pas la chose la plus dingue faite par un marine.

Rodriguez sourit, les yeux éteints.

— En moins de cinq minutes, ils ont commencé à nous tirer dessus.

— Qui, ils ?

— Quoi ?

— Qui vous tire dessus ?

— Des insurgés, j'imagine, répondit-il en haussant les épaules. Je ne sais pas. Sincèrement, monsieur l'aumônier, je m'en fiche. Pour moi, ils sont tous pareils. Ce sont tous des ennemis. (Il haussa les épaules à nouveau.) On les a allumés, ces enfoirés. Et puis on est rentrés, et comme ça, vous voyez, on a eu droit à un autre dièse. Sur le tableau du plus grand nombre de contacts avec l'ennemi. On est sortis et on a trouvé l'ennemi, au lieu d'attendre qu'il nous fasse sauter avec un EEI. Et nos stats ont recommencé à grimper.

— Ah, dis-je. Alors vous avez recommencé.

— Le sergent Ditoro faisait jouer les jeunes marines à pierre-feuille-ciseaux, pour voir qui y allait.

Je commençais à comprendre.

— Fujita était un jeune marine.

— Quand il est arrivé, dit Rodriguez, Ditoro le faisait chanter "Je suis le petit nouveau et je suis foutrement gay".

Rodriguez rit, avant de poursuivre.

— C'était vachement marrant. Fuji le prenait bien. Il jouait le jeu. C'est pour ça qu'on l'aimait bien. Mais il n'aimait pas qu'on désigne des appâts pour provoquer des contacts. Il disait que c'était tordu. Que si c'était son quartier, il tirerait aussi sur un connard monté sur un toit. Mais on le faisait quand même.

Rodriguez marqua une pause.

— Fuji jouait le jeu, répéta-t-il. Vous savez qu'on est à nouveau en tête pour le plus grand nombre de contacts ?

— Et le jour où Fujita est mort…

— Il y avait un tireur embusqué. Il n'y a pas eu de fusillade. Il y a eu une seule balle. J'ai aidé Ditoro à remettre à Fuji son pantalon pendant qu'Acosta essayait d'arrêter le sang.

— Et puis Garrett…

— Ils ont fait sauter un EEI pendant qu'on ramenait Fuji.

Rodriguez baissa la tête et regarda par terre, serrant et desserrant les poings. Il fit une grimace, puis me regarda droit dans les yeux, d'un air de défi.

— Si vous avez tué quelqu'un, ça veut dire que vous irez en enfer, dit-il.

Des marines m'avaient déjà posé cette question et je pensais avoir une réponse.

— Tuer est quelque chose de sérieux, il n'y a pas de doute. Et…

— Je veux dire (Rodriguez détourna le regard, baissant les yeux sur le chocolat), quelqu'un que vous n'êtes pas censé tuer.

Ça me stoppa dans mon élan. Tout d'abord, je ne compris pas de quoi il parlait, bien que j'imagine que cela aurait dû m'apparaître évident.

— Vous n'êtes pas responsable de la mort de Fujita…

— Ce n'est pas de cela que je parle, répliqua-t-il sèchement, les yeux à nouveau posés sur moi, en colère. Je veux dire, pas des marines. Je veux dire, en ville. (Il reprit sa respiration.) Et si d'autres le faisaient aussi, quand vous êtes à l'extérieur, là-bas, et que vous ne fassiez rien pour les en empêcher. Est-ce que vous allez en enfer aussi ?

Il y eut un moment de silence.

— Qu'est-ce que vous êtes en train de me dire, caporal ?

J'avais dit cela sur un ton d'officier, pas un ton de prêtre. Je compris tout de suite que j'avais fait une erreur.

— Je dis rien, me dit-il, se dérobant. Je demande, c'est tout.

— Dieu offre toujours le pardon, dis-je d'une voix radoucie, à ceux qui se repentent sincèrement. Mais le repentir n'est pas un sentiment, vous comprenez. C'est un acte. Une détermination à corriger ce qui ne va pas.

Rodriguez avait toujours le regard baissé vers le sol. Je me maudissais d'avoir fait dérailler cette conversation.

— Un caporal n'a pas le pouvoir de corriger quoi que ce soit, dit Rodriguez.

J'essayai de lui expliquer que ce n'était pas une question de résultats, sur lesquels on n'a pas de contrôle, mais de sérieux dans l'intention. Rodriguez m'interrompit.

— Si c'est une confession, ça veut dire que vous ne pouvez répéter à personne ce que j'ai dit, c'est ça ?

— Oui.

— Alors, ce n'est pas une confession. Je confesse que dalle. Je me repens de rien du tout. Vous pouvez le répéter à qui vous voulez.

JE passai cette nuit-là à réfléchir à ce que m'avait dit Rodriguez, analysant les mots jusqu'à ce que je ne sois plus sûr qu'il m'ait dit quoi que ce soit. Je continuai à réfléchir. Ils ne tiraient que lorsqu'on leur tirait dessus. Il me semblait que c'était ce qu'il avait dit. Peut-être parlait-il d'un barrage routier où ils avaient tué une famille qui n'avait pas freiné à temps. C'était le genre de choses qui tourmentait les marines.

"Ne soit point peiné de cette affaire, car l'épée dévore tantôt l'un tantôt l'autre", avait dit David au sujet de la mort d'Urie. J'inventai un scénario dans lequel Rodriguez parlait d'une erreur d'appréciation, et non pas d'une réelle violation des *Règles d'engagement*. Je retournai cette histoire dans ma tête suffisamment pour comprendre que je refusais d'affronter le problème. Le lendemain, pendant les prières du matin, je pris ma résolution. Un lâche, pensai-je, se dirait que tout va bien. Donc, je devais en parler à quelqu'un ou être un lâche. Moins qu'un prêtre. Moins qu'un homme.

Mais à qui parler ? Le choix qui s'imposait était d'aller voir le commandant de la compagnie qui aurait l'autorité nécessaire pour intervenir. Mais le commandant de la compagnie de Rodriguez était le capitaine Boden, et Boden était un fou. Et si les rumeurs dont mon adjoint m'avait parlé étaient vraies, il était aussi alcoolique. Peut-être une forme d'automédication pour lutter contre le PTSD. Boden avait été à Ramadi en 2004, et son unité détenait le record du plus grand nombre de victimes dans la division. Quand vous discutiez avec lui, la première chose que vous remarquiez était la façon anormale qu'il avait d'établir un contact visuel – un regard fixe agressif, suivi de rapides coups d'œil paranoïaques dans toute la pièce. Son affect était également dérangé, passant de périodes calmes d'une profonde tristesse à des états de rage tout juste contenue. Et il avait le visage barré de méchantes cicatrices – des blessures reçues au combat, qui lui donnaient une crédibilité immédiate auprès de ses marines. La guerre, il connaissait.

Je n'étais pas seul à penser que quelque chose n'allait pas chez Boden. Il avait sérieusement inquiété les instructeurs de Mojave Viper, le programme d'entraînement que suivent les unités de marines pendant un mois dans le désert de Californie, pour les préparer à la guerre avant de partir sur le théâtre d'opérations.

— Ces gens-là ne comprennent pas la gentillesse, avait-il déclaré à sa compagnie au cours d'un topo sur la culture irakienne. Ils considèrent la gentillesse comme une faiblesse. Et ils sauront en profiter. Et des marines en seront victimes.

La compagnie Charlie avait pris son conseil à cœur, allant jusqu'à brutaliser quelques figurants au cours de l'entraînement. Ces figurants étaient des Américains irakiens, habillés de façon traditionnelle, qui déambulaient dans des villages factices, jouant le rôle de civils ou d'insurgés. Si vous aviez suivi la compagnie Charlie en train de s'entraîner au bouclage d'un périmètre suivi d'une fouille des habitants, vous auriez entendu des marines hurler aux civils des choses du genre "Fais asseoir cette salope !" ou "Fais taire cet enculé !" Lorsque l'un d'eux les réprimanda en leur faisant remarquer que cette manière de lutter contre l'insurrection avait peu de chance de gagner les cœurs et les esprits, les soldats de la compagnie Charlie trouvèrent cette plainte très drôle. L'instructeur des Affaires civiles fut jugé encore plus drôle quand il déclara au bataillon tout entier :

— Je trouve inquiétant de constater que ce bataillon ne pense qu'à une seule chose, tuer des gens.

Vous pouviez voir des petits sourires suffisants un peu partout.

— À mon avis, ce planqué s'imagine qu'il s'est engagé dans ce putain de Peace Corps, entendis-je Boden souffler à son sergent-chef, mais suffisamment fort pour que les marines autour de lui puissent l'entendre. Oh, non, poursuivit-il d'une voix aiguë et haut perchée, peut-être que de vrais hommes iraient là-bas pour tuer des membres d'al-Qaida. Mais moi, je veux juste faire copain-copain.

C'était son attitude avant que sa compagnie n'atterrisse dans le secteur le plus violent de la ville la plus violente d'Irak. Je ne pouvais pas aller voir le capitaine Boden. Il s'en ficherait, et il ne voudrait pas que moi, un aumônier de surcroît, je m'en mêle.

Qui d'autre ? Le commandant du bataillon n'était guère mieux. Le lieutenant-colonel Fehr était universellement détesté de ses officiers et il ne prêtait attention à aucun d'entre eux. Avant notre départ, et avant même que je ne le rencontre pour la première fois, notre officier d'opérations, le commandant Eklund, avait jugé utile de m'y préparer.

— Vous allez faire connaissance avec sa poignée de main, me dit le commandant. Ça s'appelle la poignée de main du dominant. Il fait ça à tout le monde.

Eklund était un catholique converti, et il avait tendance à m'en dire plus qu'il n'aurait dû, aussi bien dans le confessionnal qu'à l'extérieur.

— La poignée de main du dominant, répétai-je, amusé.

— C'est comme ça qu'il l'appelle. Il va prendre votre main dans la sienne, l'empoigner très fermement, puis il va imprimer une torsion à son poignet pour que sa main se trouve au-dessus de la vôtre. C'est la position du dominant. Ensuite, au lieu de la secouer de haut en bas, il va vous tirer vers lui et vous donner une tape sur l'épaule et palper votre biceps de sa main libre. C'est sa façon à lui de pisser sur votre arbre personnel.

— Vous pensez qu'il va me faire ça, à moi ? Je suis aumônier.

— Il le fait à tout le monde. Je crois qu'il ne peut pas s'en empêcher. Il l'a fait à mon fils de neuf ans lors de la chasse aux œufs de Pâques du bataillon.

Puis je rencontrai le colonel, j'eus droit à la poignée de main du dominant, ainsi qu'aux vagues propos aimables de présentation me donnant à comprendre que ce chef d'unité considérait les aumôniers comme des types qui disaient des prières aux cérémonies et non pas comme des conseillers dignes d'être écoutés. Fehr était mille fois plus posé que Boden, mais il semblait se moquer des *Règles d'engagement* tout autant que lui. Deux mois après notre première rencontre, je le vis interrompre un instructeur de Mojave Viper qui examinait les différentes étapes de la riposte graduée.

— Si un véhicule roule vers vous à grande vitesse, disait l'instructeur aux marines rassemblés, il se pourrait qu'il s'agisse d'un attentat-suicide, mais ce pourrait aussi être simplement un Irakien agacé et affolé qui essaie d'arriver à l'heure à son travail. Si les deux premières mesures de la riposte graduée ne donnent rien, vous pouvez tirer une balle devant la voiture, en essayant de ne pas blesser…

À cet instant, le colonel se leva d'un bond et arrêta le cours.

— Quand nous tirons, nous tirons pour tuer.

Les Marines rugirent d'approbation.

— Je ne veux pas qu'un de mes marines se fasse tuer parce qu'il a hésité, poursuivit le colonel. Les marines ne tirent pas de coups de semonce.

L'instructeur, un capitaine, en resta médusé. On ne contredit pas un lieutenant-colonel, surtout devant ses hommes, et il ne dit rien, mais l'unité tout entière venait d'apprendre à ne pas tenir compte des règles du corps expéditionnaire des marines. Les soldats avaient bien reçu le message. Tuez.

Finalement, je décidai d'aller voir le commandant Eklund. Je supposai que lui, au moins, m'écouterait jusqu'au bout.

— Je suis inquiet au sujet de la compagnie Charlie.

— Oui, nous sommes tous inquiets au sujet de la compagnie Charlie, dit le commandant Eklund en haussant les épaules. Ils ont un idiot à leur tête. Qu'est-ce que vous voulez y faire ?

Je lui donnai une version condensée et anonyme de l'histoire de Rodriguez, disant comment ils faisaient des sauts écartés complètement nus pour attirer les tirs de l'ennemi.

Le commandant Eklund se mit à rire.

— Ça ressemble au genre de solution qui viendrait à l'idée d'un caporal.

— Vous trouvez que c'est drôle.

— J'en toucherai deux mots au capitaine Boden.

Cela ne me satisfaisait pas vraiment.

— Les marines ne semblent pas faire de différence entre civils et combattants. Certains d'entre eux ont fait allusion à des choses plus graves que cette tactique stupide.

Eklund soupira.

— Peut-être, avançai-je, que certains de leurs échanges de coups de feu pourraient être examinés d'un peu plus près. Pour s'assurer que nous ne prenons pour cibles que de vrais ennemis.

Eklund se raidit.

— Une enquête ? (Il secoua la tête.) Enquêter sur quoi ?

— Il y a des pratiques douteuses…

— Seul le commandant peut demander une enquête. (Il secoua la tête.) Et avec tout le respect que je vous dois, monsieur l'aumônier, c'est foutrement loin de vos compétences.

— Les marines viennent me parler, dis-je, et…

— Ce n'est rien. Le mois dernier, la compagnie d'armes lourdes a tué deux hajji et je sais pertinemment qu'ils n'ont pas suivi les *Règles d'engagement*. Et le colonel Fehr a pensé que ça ne valait pas une enquête. Vous savez ce qu'il m'a dit ? "Je ne veux pas que mes marines pensent que je ne suis pas derrière eux. Et je ne veux vraiment pas qu'ils hésitent à tirer quand c'est nécessaire." Et fin de l'histoire, monsieur l'aumônier.

Il n'avait même pas pris le temps de prendre en considération ce que je suggérais.

— Vous êtes en train de me dire que ce dont je parle est plus insignifiant que cela ?

— Insignifiant, important, cela ne change rien. Vous croyez que le lieutenant-colonel Fehr sera un jour promu colonel s'il va dire à ses supérieurs "Dites, nous pensons avoir commis des crimes de guerre" ?

Ce n'était pas une question à laquelle j'avais envie de répondre. Finalement, regardant mes pieds et me sentant puéril, je dis :

— J'imagine que non.

— Et c'est lui qui décide si quelque chose mérite une enquête. Écoutez, vous connaissez mon opinion sur cet homme, mais il dirige la compagnie Charlie aussi bien que possible. Ils sont venus en Irak pour tuer des gens, alors il leur a attribué la zone d'opérations où on peut tuer des gens. Et il rétrécit leur zone à mesure que la compagnie Bravo arrive à mieux contrôler la sienne.

Je ne comprenais pas ce qu'il disait.

— Bravo ? dis-je.

— Ils ont de plus en plus de responsabilités tandis que Charlie en a de moins en moins. Et à la fin de cette mission, le capitaine Boden se verra gratifié d'un rapport qui fera en sorte qu'on ne lui confiera plus de commandement. Satisfait ?

Il voyait bien que je ne l'étais pas.

— Écoutez, mon père, dans une guerre comme celle-ci, il n'y a pas de réponse facile. L'environnement, parfois, subit des dommages. Parfois, accidentellement, il y a des victimes civiles. Ce n'est pas notre faute.

C'en était trop.

— Ah bon ? Ce n'est jamais notre faute ?

Se penchant vers moi, il pointa son index sur mon visage.

— Écoutez, monsieur l'aumônier, vous n'avez aucune idée de ce que ces garçons doivent affronter. Au cours de ma précédente mission ici, j'ai vu deux insurgés se cacher littéralement derrière un groupe d'enfants irakiens pour nous tirer dessus. Est-ce que vous savez à quel point c'est dur d'être pris pour cible sans riposter ? Eh bien, c'est ce que mes marines ont fait. Ils ont laissé les autres leur tirer dessus parce qu'ils n'ont pas voulu risquer de blesser les enfants.

— Ce n'est pas ce qui se passe actuellement.

— La plupart des marines sont de braves gosses. Vraiment de braves gosses. Mais comme on l'entend dire, ce champ de bataille cause de gros dégâts moralement. Au cours de ma première mission, quelques-uns de ces mêmes marines ont tiré sur un véhicule qui fonçait sur un point de contrôle routier. Ils ont tué toute une famille, bien qu'ayant suivi à la lettre les règles de la riposte graduée. Le chauffeur était ivre ou fou ou on ne sait trop quoi, et il ne s'est pas arrêté, même après les tirs de semonce. Les soldats ont tiré sur la voiture pour sauver la vie de leurs camarades. Ce qui est respectable, même si par la suite vous vous apercevez que vous n'avez pas tué des membres d'al-Qaida, mais une petite fille de neuf ans et ses parents.

— Eh bien, si Bravo fait du bon boulot et que Charlie...

— Bravo a de bons chefs et une zone d'opérations plus calme, dit-il. Ils ont entraîné leurs marines correctement. Le capitaine Seiris est un bon officier. Le sergent-chef Nolan est génial. Leur sergent de compagnie d'armes lourdes est un débile, mais tous leurs lieutenants sont à la hauteur, sauf un, peut-être, et ils ont un sergent de groupe admirable. Mais tout le monde ne peut pas être compétent. Il est trop tard pour que Charlie soit autre chose que ce qu'ils sont. Notre compagnie de tueurs. Mais c'est une guerre que nous menons. Une compagnie de tueurs n'est pas la pire des choses que nous puissions avoir.

QUELQUES jours plus tard, je fis part de mes inquiétudes en des termes quelque peu plus appuyés à l'officier du JAG. J'obtins la même réponse. Ce que Rodriguez m'avait dit ne justifiait rien d'autre qu'une entrevue avec le commandant de la compagnie qui traiterait le problème comme il le jugerait approprié. Il ne se passerait rien. J'avais l'impression de laisser tomber Rodriguez, mais je n'avais aucun pouvoir. Et la guerre n'en finissait pas.

Trois semaines plus tard, nous eûmes notre treizième victime. Gerald Martin Vorencamp. EEI. Deux semaines après cela, notre quatorzième, Jean-Paul Sepion. Ni l'un ni l'autre n'appartenait à Charlie, bien que la compagnie eût à déplorer quelques blessures graves mais non mortelles au cours de cette période.

Peu après la mort de Sepion, une de mes prières de l'office du matin fut le psaume 144 "Béni soit l'Éternel, mon rocher, qui dresse mes mains au combat, mes doigts à la guerre". Agenouillé contre mon lit dans mon petit préfabriqué austère, je me mis à bredouiller. Je retournai à la prière précédente, tirée du livre de Daniel : "Il n'y a plus aujourd'hui ni prince, ni chef, ni prophète, ni holocauste, ni sacrifice. Ni oblation, ni encens, ni prémices à apporter devant vous – aucun moyen d'obtenir votre grâce."

Je cessai de lire et essayai de prier avec mes propres mots. Je demandai à Dieu de protéger le bataillon de toute atteinte future. Je savais qu'Il ne le ferait pas. Je Lui demandai de faire apparaître au grand jour les abus. Je savais qu'Il ne le ferait pas. Je Lui demandai, pour finir, Sa grâce.

Lorsque je revins à l'office, je lus les mots avec un désengagement totalement vide.

Cet après-midi-là, je rencontrai un autre marine, un caporal appartenant au groupe de Rodriguez. Cet entretien ne fit rien pour calmer mes préoccupations.

— Ça sert à rien, bordel, me dit-il.

Le caporal n'était pas catholique, et ce n'était pas un conseil d'ordre religieux qu'il recherchait. Il était venu me voir quand la cellule de soutien psychologique avait refusé de lui donner ce dont il avait besoin – un ticket de sortie d'Irak. Je ne pouvais pas lui donner non plus, mais j'essayai.

— Qu'est-ce qui ne sert à rien ?

— Tout ce bordel. Qu'est-ce qu'on fait ? On marche dans une rue, y a un EEI qui explose, le jour suivant on reprend la même rue et ils l'ont à nouveau piégée avec un autre EEI. C'est comme si on nous disait, continuez jusqu'à tant que vous vous soyez tous fait tuer.

Il me regarda fixement, sans baisser les yeux. Je pensai au capitaine Boden.

Quand je lui demandai pourquoi il ressentait ces choses-là, j'eus droit à une longue liste. Depuis la mort de deux de ses amis, six semaines auparavant, il souffrait de sautes d'humeur, d'accès de colère. Il donnait des coups de poing dans les murs, il n'arrivait pas à trouver le sommeil à moins de quadrupler la dose maximale de somnifères, et quand il parvenait à s'endormir, c'était pour faire des cauchemars sur la mort de ses amis, sur sa propre mort, sur la violence autour de lui. C'était une liste plutôt complète décrivant le PTSD : forte angoisse, abattement, souffle court, accélération du rythme cardiaque, et surtout un sentiment de totale vulnérabilité particulièrement aigu et dévastateur.

— Je sais que je ne m'en sortirai pas vivant, dit-il. Tous les jours, je n'ai pas le choix. On m'envoie me faire tuer. Bordel, ça sert à rien tout ça.

J'essayai de le faire parler de choses positives, de choses qu'il aimait, pour voir s'il y avait des trucs auxquels il tenait. N'importe quoi, tout ce qui pourrait l'empêcher de basculer mentalement.

— La seule chose qui me fait envie, c'est tuer des Irakiens. Voilà. Tout le reste, c'est juste : mets tout en sommeil jusqu'à ce que tu puisses faire quelque chose. Il n'y a que tuer des hajji qui donne l'impression de faire quelque chose. Et pas seulement perdre son temps.

— Des insurgés, vous voulez dire.

— Ce sont tous des insurgés.

Il vit que ça ne me plaisait pas et il commença à s'énerver.

— Tiens, dit-il haineux, vous voulez voir quelque chose ?

Il sortit un appareil photo et se mit à faire défiler les prises de vue. Quand il trouva celle qu'il voulait, il tourna l'appareil vers moi pour me la montrer.

Je me préparai à voir une horreur, mais il n'y avait sur le cliché qu'un petit Irakien penché au-dessus d'une boîte.

— Ce gosse est en train de cacher un EEI. Pris sur le fait, bordel. On a fait sauter l'engin sur place tout de suite après le départ de l'enfant, parce que même le sergent Haupert n'a pas voulu qu'on ramasse un gosse.

— Ce petit garçon n'a pas plus de cinq ou six ans. Il ne savait certainement pas ce qu'il faisait.

— Et ça change quelque chose pour moi ? Je ne sais jamais ce que je fais. Pourquoi on sort. À quoi ça sert. Cette photo, je l'ai prise au début. Maintenant, j'aurais tiré sur ce foutu gosse. Je m'en veux de ne pas l'avoir fait. Si j'attrapais ce gosse aujourd'hui, je le pendrais aux fils téléphoniques devant la maison de ses parents et je m'entraînerais au tir jusqu'à ce qu'il n'en reste plus rien.

Je ne savais pas quoi répondre à ça.

— Et puis, il y a d'autres types… (Il s'interrompit.) Il y a des tas de raisons pour que quelqu'un soit d'al-Qaida. Il roule trop lentement. Il roule trop vite. Je n'aime pas l'allure de cet enculé.

Après cet entretien, je résolus de faire quelque chose. Ça ne se passerait pas comme avec Rodriguez. J'insisterais.

D'abord, j'eus une conversation avec son chef de section, le sergent Haupert. Il m'informa que la cellule de soutien psychologique avait diagnostiqué chez le caporal une réaction de stress due aux traumatismes opérationnels, ce qui était habituel et non un état reconnu comme pathologique, ni un motif pouvant entraîner le retrait d'un marine d'une zone de combats. De plus, me dit-il, si le caporal avait une façon de s'exprimer un peu rude, il accomplissait parfaitement ses tâches et je ne devais pas m'inquiéter.

J'en parlai à Boden et au sergent-chef, et j'eus la même réponse. J'allai voir le colonel Fehr, et il me demanda si j'avais eu une formation en tant que psychologue. Je me tournai vers la cellule de soutien psychologique du combattant, et ils me dirent que s'ils renvoyaient au pays tous les marines souffrant de stress dû aux traumatismes opérationnels, il ne resterait plus personne pour faire la guerre.

— C'est une réaction normale à des événements qui ne le sont pas, me dirent-ils. Et Ramadi est une ville pleine d'événements anormaux.

Finalement, je m'adressai à l'aumônier du régiment, un pasteur presbytérien qui avait la tête sur les épaules. Il me déclara que si je voulais vraiment emmerder les gens, je devrais faire part de mes inquiétudes dans un e-mail et l'envoyer à toutes les parties concernées, de manière qu'il y ait une trace écrite au cas où quelque chose tournerait mal.

— Ils seront plus enclins à couvrir leurs arrières si ça figure dans un e-mail.

J'envoyai donc un e-mail au colonel, à Boden, Haupert, et même aux toubibs de la cellule de soutien psychologique. Personne ne répondit.

Avec le recul, ça se comprend. La dépression du caporal – son manque d'empathie, sa colère, son désespoir – était une réaction naturelle. C'était un cas extrême, mais j'observais le même comportement chez de nombreux marines autour de moi. Je repensai à ce que Rodriguez m'avait dit. "Pour moi, ils sont tous pareils. Ce sont tous des ennemis."

Au séminaire, et par la suite, j'avais beaucoup lu saint Thomas d'Aquin. "Bien que l'appétit sensible obéisse à la raison, il peut cependant dans certains cas lui résister en désirant ce que la raison interdit." Bien entendu, cela arrivait. Bien entendu, c'était banal, et bien entendu, des combattants expérimentés tels que Boden et Eklund n'y prêtaient pas vraiment attention. Cette réaction est compréhensible, humaine, et par conséquent, pas un problème. Si l'homme agit inévitablement de cette façon quand il est dans un état de stress, est-ce même un péché ?

Ce jour-là, je ne trouvai aucune réponse dans mes prières du soir, alors je feuilletai les livres que j'avais apportés en Irak, à la recherche d'une aide possible. "*¿Cómo perseveras, ¡oh vida!, no viendo donde vives, y haciendo por que mueras las flechas que recibes de lo que del Amado en ti concibes?*"

Il y a toujours les saints pour montrer une voie possible. Saint Jean de la Croix, enfermé dans une cellule minuscule à peine plus grande que son corps, fouetté en public toutes les semaines et écrivant le *Cantique spirituel.* Mais personne n'espère la sainteté, et il est choquant de l'exiger.

Une page de mon journal de cette époque :

> J'avais pensé qu'il y aurait au moins une certaine noblesse dans la guerre. Je sais qu'elle existe. On raconte tant d'histoires, il faut bien que certaines d'entre elles soient vraies. Mais je vois surtout des hommes ordinaires, essayant de faire le bien, abattus par l'horreur, par leur incapacité à apaiser leur propre rage, par les airs virils qu'ils affectent et leur prétendue dureté, leur désir d'être plus implacables et par conséquent plus cruels que la situation dans laquelle ils se trouvent.
>
> Pourtant, j'ai la sensation que cet endroit est plus sacré que mon pays. Mon pays voué à la surconsommation et à la sexualité effrénée, matérialiste, gros, gras et glouton, où nous sommes trop paresseux pour voir nos propres défauts. Au moins, ici Rodriguez a la décence de s'inquiéter de l'enfer.
>
> Ce soir, la lune est incroyablement belle. Mais pas Ramadi. Il est bien étrange que des gens vivent dans un tel endroit.

Rodriguez vint me parler à nouveau environ trois semaines plus tard. À ce moment-là, la zone d'opérations de la compagnie Charlie n'était plus que la moitié de ce qu'elle avait été au départ. Elle était toujours dangereuse, mais ils avaient beaucoup moins de rapports d'incidents qu'auparavant. Rodriguez me parut plus calme, mais aussi étrangement détaché. Je pensai au petit sac de pilules Ambien.

— Je ne crois plus en cette guerre, me dit Rodriguez. Des gens qui essaient de vous tuer, tout le monde en colère, tout le monde complètement dingue autour de vous, en train de casser la gueule aux gens. (Il s'interrompit, les yeux baissés.) Je ne sais pas ce qui fait que quelqu'un se fait tuer ou ce qui fait qu'il reste en vie. Parfois, vous merdez mais tout se passe sans problème. D'autres fois, vous faites les choses comme il faut, et des gens sont touchés.

— Vous pensez que vous pouvez contrôler ce qui se passe. C'est impossible. Vous ne pouvez contrôler que vos propres actes.

— Non. Même ça, vous ne pouvez pas le faire tout le temps. (Il s'interrompit encore une fois et regarda par terre.) J'ai essayé de faire ce que je pense que Fuji aurait aimé.

— C'est bien, dis-je, essayant de l'encourager.

— Cette ville, c'est le mal. (Il eut un haussement d'épaules.) Moi, je fais le mal. Le mal est partout autour de moi.

— Quoi, par exemple ? Qu'est-ce qui est mal ?

— Acosta n'est plus là. Acosta n'est plus Acosta. C'est un fou furieux. (Il secoua la tête.) Comment pouvez-vous dire que cet endroit n'est pas le mal ? Vous y êtes déjà allé, là, dehors ? (Il eut un sourire cruel.) Non. Bien sûr que non.

— Je suis déjà sorti du périmètre. Un jour, mon véhicule a même été touché par un EEI. Mais je ne suis pas dans l'infanterie.

Rodriguez haussa à nouveau les épaules.

— Si vous y étiez, vous sauriez.

Je pris soin de peser mes mots.

— Cette vie, vous l'avez choisie. Personne ne vous oblige à vous engager et, assurément, personne ne vous oblige à opter pour l'infanterie du corps des marines. Qu'est-ce que vous pensiez trouver en venant ici ?

Rodriguez parut ne pas m'avoir entendu.

— Quand Acosta dit, Je vais faire telle chose… Et Acosta, on le respecte. Pas Ditoro. Ditoro peut rien dire parce que c'est une mauviette et tout le monde le sait. Mais moi, on me respecte. Moi je peux calmer Acosta.

Il se mit à rire.

— Je pensais que vous auriez pu m'aider, reprit-il, le visage empreint de méchanceté. Mais vous n'êtes qu'un prêtre, qu'est-ce que vous pouvez faire ? Faut que vous gardiez les mains propres.

Je me raidis. C'était comme s'il m'avait frappé.

— Personne n'a les mains propres, à part le Christ. Et je ne sais pas ce que n'importe lequel d'entre nous peut faire, à part prier pour qu'Il nous donne la force d'accomplir ce que nous devons accomplir.

À ces mots, il sourit. Je n'étais pas sûr de croire aux mots que je lui disais, ni même qu'il existait des mots auxquels je pourrais croire. Quelle importance les mots peuvent-ils avoir à Ramadi ?

— Je ne pense plus à Dieu, me dit-il. Je pense à Fuji.

— C'est comme une grâce. La grâce de Dieu, qui vous permet de vous accrocher à Fujita.

Rodriguez soupira.

— Regardez mes mains.

Il les tendit devant moi, les paumes calleuses en l'air, puis il les retourna et écarta les doigts.

— Je parais calme, hein ?

— Oui.

— Je ne dors plus, dit-il. Presque plus jamais. Mais voyez mes mains – regardez-moi. Regardez mes mains. On dirait que je suis calme.

Je continuai à penser à cette conversation bien après que Rodriguez fut parti.

— Vous n'êtes qu'un prêtre, avait-il dit, qu'est-ce que vous pouvez faire ?

Je ne savais pas.

Un jour, alors que je n'étais prêtre que depuis peu de temps, un père s'était adressé à moi en hurlant. Je travaillais dans un hôpital. Il venait de perdre son enfant. Je pensais que mon col de curé me donnait le droit de parler, et donc, aussitôt après que les médecins eurent annoncé le décès, j'allai le voir et l'assurai que son fils était au paradis. Quelle stupidité. Surtout moi, j'étais bien placé pour savoir. J'avais quatorze ans quand j'ai perdu ma mère, victime d'une forme rare de cancer comparable à celui qui avait frappé l'enfant de cet homme, et toutes les condoléances vides que j'avais reçues à la mort de ma mère n'avaient fait qu'accroître mon chagrin d'adolescent, un chagrin plein de colère. Mais c'est lorsqu'elles sont le moins appropriées que les platitudes nous plaisent le plus.

Ce père avait vu son fils vigoureux dépérir peu à peu jusqu'à être complètement décharné. Cela avait dû être épouvantable. Des mois de visites aux urgences à n'importe quel moment. Les brèves périodes de rémission et les rechutes inévitables. La maladie qui suit son cours inexorable. La dernière nuit, sa femme, effondrée de terreur et de chagrin sur le sol de l'hôpital, et qui ne cesse de hurler "Mon bébé !" Les docteurs n'arrêtaient pas de lui demander s'il autorisait d'ultimes interventions pour le garder en vie. Et bien sûr, chaque fois il donnait son accord. Alors ils enfonçaient des aiguilles dans le corps de son fils, ils pratiquaient des opérations en urgence. Ils avaient torturé son enfant sous ses yeux et à sa demande, dans un effort désespéré pour préserver quelques minutes encore cette toute petite vie condamnée. À la fin, il ne leur restait plus qu'un pauvre corps minuscule et terriblement meurtri.

Et puis je suis arrivé, après la chimiothérapie, après les factures qui les avaient ruinés et les dégâts occasionnés à sa carrière et à celle de sa femme, après les mois de confiance et de désespoir, après que toutes les violences médicales possibles eurent dénié à son enfant la moindre grâce, même dans la mort. Et j'osais suggérer que de tout cela était sorti un bien ? C'était insupportable. C'était écœurant. C'était ignoble.

Je ne pensais pas non plus que l'espoir en une vie future apporterait le moindre réconfort à Rodriguez. Il y a tant de jeunes gens qui ne croient pas au ciel, pas de façon sérieuse. Si Dieu existe réellement, il doit y avoir une consolation sur terre aussi. Une grâce quelconque. Une preuve quelconque de Sa miséricorde.

Ce père avait été au désespoir, mais au moins, il regardait la vie de front, dépouillé de l'illusion que la foi, ou la prière, ou la bonté, ou la décence, ou l'ordre divin du cosmos permettrait d'éloigner la coupe. C'est, à mon avis, une condition préalable à toute considération sérieuse de la religion. Comme saint Augustin, que pouvons-nous dire après le pillage de Rome ? La réponse de saint Augustin exceptée, la Cité de Dieu est un réconfort conçu pour l'après-tragédie. Rodriguez, le caporal, la compagnie Charlie, le bataillon dans son ensemble, c'était une autre affaire. Comment secourir spirituellement des hommes qui sont encore en pleine bataille ?

N'AYANT pas de réponse moi-même, je me tournai vers un ancien mentor, le père Connelly, un jésuite d'un certain âge qui avait été mon professeur de latin au lycée, et avec qui j'avais eu de longues conversations lorsque j'avais commencé à réfléchir à ma propre vocation. Il n'avait pas d'e-mail et il me fallut attendre des semaines avant de recevoir sa réponse écrite à la machine :

> Cher Jeffery,
>
> C'est toujours extraordinaire d'avoir de vos nouvelles, même si, évidemment, je suis désolé d'apprendre que vous rencontrez quelques difficultés. Il faudra venir me voir quand vous serez rentré en Amérique. Vous pourriez même venir assister à un cours. Je fais lire César et Virgile aux garçons et, bien sûr, vous auriez des choses à leur dire au sujet de la guerre. Venez au printemps. Les fleurs, dans la cour, sont plus belles qu'elles ne l'ont jamais été, aussi loin que je m'en souvienne, et nous pourrons parler de tout ceci en détail. Mais en attendant, j'ai réfléchi à ce que vous m'avez écrit et voici quelques commentaires.
>
> Mais tout d'abord, il faut me pardonner, moi qui ai passé toute ma vie de prêtre dans un relatif confort, si je vous fais remarquer que votre problème n'a rien de nouveau.

Je ne vois pas pourquoi il faudrait appeler “une crise de la foi” le simple fait de remarquer que des hommes qui étaient bons perdent leurs vertus sous l’effet du stress et deviennent amers, virulents et moins enclins à se tourner vers Dieu. La souffrance peut certes nous pousser au péché, mais elle peut aussi être mise à profit (songez à Isaac Jogues, ou à n’importe quel martyr, n’importe quel mystique, ou au Christ Lui-même).

Vos tentatives pour porter les transgressions à l’attention du commandement sont salutaires. Mais pour ce qui concerne vos devoirs religieux, souvenez-vous que ces transgressions que vous suspectez, si elles sont bien réelles, ne sont que des éruptions du péché. Pas le péché lui-même. N’oubliez jamais cela, sous peine d’être enclin à perdre votre pitié pour la faiblesse humaine. Le péché est une chose solitaire, un ver qui s’entortille autour de l’âme, la soustrayant à l’amour, la joie, la communion avec nos semblables et avec Dieu. Le sentiment que je suis seul, que personne ne m’entend, personne ne peut me comprendre, personne ne répond à mes cris, c’est une maladie sur laquelle, pour citer Bernanos, “passe et repasse vainement l’immense marée de l’amour divin, la mer de flammes vivantes et rougissantes qui a fécondé le chaos”. Votre travail, me semble-t-il, serait de trouver une ouverture par laquelle peut s’établir une sorte de communication d’une âme à l’autre.

Je gardai cette lettre sur moi tout le reste de ma mission en Irak – toujours dans la poche de poitrine de mon uniforme, toujours dans un sachet en plastique pour la protéger de la transpiration. Il y avait dans ce morceau de papier de la chaleur humaine. Il était signé “Votre frère en Jésus-Christ”.

— Qui, parmi vous, pense que quand vous rentrerez en Amérique, aucun civil ne sera capable de comprendre ce que vous avez enduré ici ? demandai-je au petit groupe de marines qui s'étaient rassemblés pour la messe du dimanche.

Quelques mains se levèrent.

— J'ai eu un paroissien dont le fils âgé de six mois a été atteint d'une tumeur au cerveau. Il a vu son fils subir des souffrances atroces, la chimiothérapie et finalement connaître une mort brutale et hideuse. Qui préférerait traverser une telle épreuve plutôt qu'être ici, à Ramadi ?

Je pus lire la confusion sur le visage des marines. Très bien. Je ne voulais pas que cette homélie soit normale.

— J'ai parlé à un Irakien, l'autre jour, dis-je. Un civil, qui vit là, un peu plus loin, dans cette ville qui, d'après ce que disent certains marines, devrait être rasée. Devrait être brûlée, avec tous ceux qui y habitent.

J'avais capté leur attention.

— La petite fille de cet Irakien avait été blessée. Un accident domestique. De l'huile bouillante était tombée du réchaud et s'était renversée sur elle. Qu'est-ce que cet homme a fait ? Il s'est précipité, sa petite fille dans les bras, pour chercher du secours. Et il a trouvé un groupe de marines. Tout d'abord, ils ont pensé qu'il portait une bombe. Il a affronté les fusils pointés sur sa tête et il a donné sa fille gravement blessée, cette toute petite enfant, à un caporal costaud tout surpris. Et ce caporal l'a conduit au centre médical Charlie où les docteurs ont sauvé la vie de sa fille.

“C'est là que j'ai rencontré cet Irakien. Cet homme de Ramadi. Ce père. Je lui ai parlé, et je lui ai demandé s'il se sentait reconnaissant envers les Américains pour ce qu'ils avaient fait. Et vous savez ce qu'il m'a répondu ?

Je laissai la question en suspens un instant.

— “Non.” Voilà ce qu'il m'a dit. “Non.” Il était venu vers les Américains parce qu'ils avaient les meilleurs docteurs, les seuls docteurs fiables, pas parce qu'il nous aimait. Il m'a dit qu'il avait déjà perdu un fils, dans les violences qui avaient suivi l'invasion. Il nous en voulait pour cela. Il nous en veut pour le fait qu'il ne peut pas marcher dans la rue sans craindre de se faire tuer sans la moindre raison. Il nous en veut pour les membres de sa famille de Bagdad qui ont été torturés à mort. Et il nous en veut particulièrement pour la fois où, alors qu'il regardait la télévision avec sa femme, un groupe d'Américains ont défoncé sa porte à coups de pied, ont traîné sa femme dehors en la tirant par les cheveux et l'ont frappé, lui, dans son propre salon. Ils lui ont collé le canon de leurs fusils en plein visage. Ils lui ont donné des coups de pied dans les côtes. Ils ont hurlé après lui dans une langue qu'il ne comprenait pas. Et ils l'ont battu parce qu'il ne pouvait pas répondre à leurs questions. Alors, voilà la question que j'aimerais vous poser, à vous, les marines : Qui échangerait ses sept mois de mission à Ramadi contre la vie de cet homme, ici ?

Personne ne leva la main. Quelques marines prirent un air gêné. Certains parurent irrités. D'autres parurent furieux.

— Alors, je ne serais pas surpris si cet homme soutenait la rébellion. L'interprète a dit que cet homme était un voleur. Un "ali baba". Mais de toute évidence, il a souffert. Et si cet homme, ce père de famille, soutient la rébellion, c'est parce qu'il pense que *sa* souffrance justifie qu'il *vous* fasse souffrir. Si l'histoire des brutalités dont il a été victime est vraie, cela veut dire que les marines qui l'ont battu pensent que *leur* souffrance justifie qu'ils *le* fassent souffrir. Mais comme nous le rappelle saint Paul, "Il n'y a pas un juste, pas même un seul." *Tous*, nous souffrons. Nous pouvons soit nous sentir isolés et seuls, et nous en prendre aux autres, soit comprendre que nous faisons partie d'une communauté. Une Église. Ce père, dans ma paroisse, était persuadé que les gens ne pouvaient pas le comprendre et que ça ne valait pas la peine de leur demander d'essayer. Peut-être que vous pensez que ça ne vaut pas la peine d'essayer de comprendre la souffrance de ce père irakien. Mais être chrétien signifie que nous ne pouvons pas, à aucun moment, regarder un autre être humain et dire : "Ce n'est pas mon frère."

“Je ne sais pas si l’un de vous connaît Wilfred Owen. C’était un soldat, et il est mort au cours de la Première Guerre mondiale, une guerre qui a tué des soldats par centaines de milliers. Owen était un drôle de type. Un poète. Un guerrier. Un homosexuel. Et un homme aussi rude que n’importe quel marine que j’ai rencontré. Pendant la guerre, Owen a été gazé. Touché par l’explosion d’un obus de mortier, il a survécu. Il a passé des jours coincé dans une position, sous le feu de l’ennemi, près des restes éparpillés d’un autre officier britannique. Il a reçu la Military Cross pour avoir tué des soldats ennemis avec une mitrailleuse qu’il leur avait prise et avoir rassemblé sa compagnie après la mort de son commandant. Et voici ce qu’il a écrit après avoir entraîné des soldats pour les tranchées. Ces hommes, notons-le, étaient de nouvelles recrues. Ils n’avaient pas encore vu les combats. Pas comme lui.

“Owen écrit : ‘Pendant quatorze heures, hier, j’ai travaillé – enseignant au Christ comment soulever sa croix méthodiquement et comment ajuster sa couronne ; et je lui ai appris à ne pas s’imaginer qu’il a soif avant qu’il n’ait atteint sa dernière halte. J’ai assisté à son Repas pour m’assurer qu’il n’y avait aucune plainte ; j’ai inspecté ses pieds pour vérifier qu’ils étaient bien dignes des clous. Je veille à ce qu’il reste muet et au garde-à-vous devant ses accusateurs. Avec une pièce d’argent, je l’achète chaque jour, et avec des cartes, je le familiarise avec la topographie du Golgotha.’

Je levai les yeux de mon sermon et regardai fixement mon auditoire, qui avait les yeux rivés sur moi.

— Nous nous inscrivons dans une longue tradition de souffrance. Nous pouvons, si nous le désirons, la laisser nous isoler. Mais nous devons bien comprendre que cet isolement est un mensonge. Pensez à Owen. Pensez à ce père irakien et à ce père américain. Pensez à leurs enfants. Ne souffrez pas seuls. Faites à Dieu l’offrande de votre souffrance, respectez votre prochain, et peut-être que l’horreur absolue de cet endroit deviendra un peu plus supportable.

Je me sentais grisé, triomphant, mais mon sermon n'était pas bien passé. Un certain nombre de marines ne vinrent pas communier. Par la suite, alors que je ramassais les hosties non utilisées, mon adjoint se tourna vers moi et me dit :

— Eh ben, monsieur l'aumônier. Ça, c'était du sermon.

NOTRE quinzième victime appartenait à la compagnie Charlie. Nikolai Levin. Les marines étaient furieux, pas seulement à cause de sa mort, mais aussi parce que le sergent-major leur avait dit que c'était la faute de Levin.

— Je ne suis pas ici pour me faire des amis, je suis ici pour garder les marines en vie, dit le sergent-major, sermonnant les hommes seulement quelques jours après. Et le fait est que si un marine se fait avoir et qu'il ne portait pas son gilet pare-balles quand il a été touché, parce qu'il fait chaud et qu'il ne veut pas le porter quand il est au poste d'observation, c'est à moi qu'il revient de dire ce que personne n'a envie de dire.

Levin avait été touché au cou. Son gilet pare-balles n'aurait rien changé. Mais j'imagine que pour le sergent-major, comme pour la plupart des gens, il fallait qu'il y ait une certaine rationalité dans la mort. Une raison pour chaque victime. J'avais vu la même piètre théodicée lors d'enterrements civils. En cas de maladie pulmonaire, le défunt était certainement fumeur. En cas de maladie cardiaque, c'était un amateur de viande rouge. Il fallait une sorte de causalité, même la plus ténue, pour aseptiser tout cela. Comme si la mortalité était un jeu avec des règles, où l'univers était rationnel et où le Dieu qui le supervisait nous manœuvrait comme des pions sur un échiquier, les doigts enfoncés dans les flancs du monde.

VERS la fin de notre mission en Irak, nous en étions à plus d'une centaine de blessés. Seize morts. George Dagal avait été le premier. Puis Roger Francis Ford. Johnny Ainsworth. Wayne Wallace Bailey. Edgard Ramos. William James

Hewitt. Hayward Toombs. Edward Victor Waits. Freddie Barca. Samuel Willis Sturdy. Sherman Dean Reynolds. Tsakhia Fujita. Gerald Martin Vorencamp. Jean-Paul Sepion. Nikolai Levin. Et puis celui dont nous pensions qu'il serait le dernier : Jeffrey Steven Lopinto.

Pendant le vol du retour, je n'arrêtai pas de passer leurs noms en revue, une sorte de prière pour les morts. Puis ce fut l'atterrissage, suivi de toutes les formalités. Je regardai les marines serrer contre eux leurs parents, embrasser leur femme ou leur petite amie, prendre leurs enfants dans les bras. Je me demandai ce qu'ils allaient leur dire. Combien de choses seraient dites, combien ne pourraient jamais être racontées.

Ma principale tâche, aux États-Unis, consistait à organiser la cérémonie à la mémoire des seize soldats morts. Je me démenai pour écrire quelque chose de satisfaisant à dire. Comment exprimer ce que signifiaient ces morts ? Je ne le savais pas moi-même. Pour finir, cédant à l'épuisement, j'écrivis un petit texte insipide et inoffensif, rempli de platitudes. Le discours parfait pour cette occasion, en fait. Je n'étais pas l'objet de cette cérémonie. Mieux valait remplir ma fonction sans me faire remarquer.

Jason Peters succomba à ses blessures deux mois après cette célébration, portant à dix-sept le nombre de morts. Ceux qui avaient rendu visite à Peters furent généralement d'accord pour dire que c'était une bonne chose. Il avait perdu les deux mains et une jambe. L'EEI lui avait brûlé les paupières et il portait des lunettes de protection qui lui brouillaient les yeux de larmes toutes les quelques secondes. Il avait le corps enveloppé de gaze, il souffrait d'insuffisance rénale, il ne pouvait plus respirer sans assistance et il avait des poussées de fièvre constantes. Il ne semblait pas vraiment être conscient de son environnement, et ceux qui l'avaient vu ne pouvaient pas en parler sans se mettre en colère. Sa famille avait demandé qu'on débranche les appareils qui le maintenaient artificiellement en vie, que les docteurs lui posent une simple perfusion et qu'on le laisse mourir dans un minimum de dignité.

Au cours des mois et des années qui suivirent, il y eut d'autres morts. Un accident de voiture. Un marine impliqué dans une bagarre pendant une permission fut tué à coups de couteau.

D'autres commirent des crimes ou devinrent des drogués. James Carter et Stanley Phillips, de la compagnie Alpha, assassinèrent la femme de Carter, puis la mutilèrent pour faire entrer son corps dans le trou trop petit qu'ils avaient creusé. Un autre marine, défoncé à la cocaïne, tira sur une boîte de nuit avec un AR-15, blessant une femme gravement. La cocaïne vous donne l'impression d'être invulnérable, et je suppose que cela doit plaire aux soldats qui souffrent d'hypervigilance. Ce qui leur plaît moins, cependant, c'est ce qui arrive par la suite, quand ils se font exclure du corps des marines et qu'ils n'ont plus accès aux services de soins des anciens combattants pour leur PTSD. C'est le genre de chose qui arriva à cinq ou six marines du bataillon, et donc les hommes se mirent à consommer des substances plus difficilement détectables dans une analyse d'urine.

Le premier suicide fut celui d'Aiden Russo. Il se tua avec son arme de poing personnelle pendant une permission. Après la mort de Russo, le nouvel aumônier, le révérend Brooks, fit un discours pour la prévention du suicide devant le bataillon. Il affirma que le taux de suicide aux États-Unis était une des conséquences de l'arrêt Roe v. Wade*. Apparemment, l'avortement détruisait le respect pour le caractère sacré de la vie dans notre société. Brooks faisait partie de cette horde d'aumôniers régénérés, issus non pas d'une église établie, mais de ces églises baptistes indépendantes et très peu structurées. Mon adjoint me rapporta qu'après le discours des marines avaient plaisanté à ce sujet, disant qu'ils pensaient que j'allais l'assommer au milieu de son sermon.

* Arrêt de la Cour suprême des États-Unis de 1973, reconnaissant l'avortement comme un droit constitutionnel.

Cinq mois plus tard, Albert Beilin se donna la mort en avalant des pilules. Beilin et Russo appartenaient tous deux à la compagnie Charlie.

Un an plus tard, José Ray, reparti en Irak pour la troisième fois, se tira une balle dans la tête.

Deux ans plus tard, Alexander Newberry, un ancien de la compagnie Charlie, participa à un événement appelé le "Soldat de l'Hiver", organisé par le groupe Iraq Veterans Against the War. Cet événement était censé prouver l'illégalité de la guerre, et comme un marine de mon ancien bataillon y participait, j'en regardai la plus grande partie sur YouTube. Le groupe des anciens combattants invités était de qualité diverse. Beaucoup tenaient des propos vagues et peu convaincants, et ce dont ils se plaignaient semblait être l'horreur ordinaire de la guerre plutôt que des types d'abus particuliers. Cependant, Newberry avait emporté un appareil en Irak et il se servit de photos et de vidéos pour étayer son témoignage. Il affirma avoir brutalisé et abattu des Irakiens juste pour libérer son agressivité. Il affirma que le capitaine Boden félicitait chaque marine pour son premier mort et qu'il disait à tout le monde que le marine qui tuerait sa première victime au couteau aurait droit à une permission de quatre jours au retour en Amérique. Ce qu'il disait semblait convaincant.

Newberry avait une série de clichés qu'il faisait défiler et qui étaient projetés derrière lui, et il fit apparaître la photo de deux individus qu'il avait tués et dont il affirmait qu'ils étaient innocents. Il montra une vidéo de marines en train de tirer sur des mosquées et raconta qu'ils se livraient parfois à une "reconnaissance par le feu", qui, dit-il, consistait à mitrailler un quartier dans le but de déclencher une fusillade.

La partie "commentaires" sous la vidéo était un mélange confus de pacifistes et de défenseurs des droits de l'homme qui soit félicitaient Newberry soit le traitaient de moins que rien. Quelques messages semblaient émaner de marines, et même de marines du bataillon. "J'y étais. Alex ne dit pas tout." "Ce type était le plus grand sac à merde que j'ai connu." "Snif-snif! Il fallait tuer des gens. Qu'est-ce qu'il s'imaginait qui allait se passer quand il est devenu MITRAILLEUR DANS L'INFANTERIE DES MARINES." "C'est le commandant qui est responsable, faut pas t'en vouloir, Alex." "Personne ne lui a dit de tuer des innocents il l'a fait de lui-même et il accuse le corps des marines pour les crimes de guerre qu'il a commis quel abruti et c'est pas vrai que ça arrive souvent je le sais je suis un marine."

À cette époque, j'étais toujours aumônier au Camp Lejeune. J'avais travaillé un certain temps à la base et j'avais fini par être affecté à un nouveau bataillon. Pendant que j'étais là-bas, il m'arrivait parfois de rencontrer le sergent Haupert, qui avait été affecté à la même unité et qui était visiblement toujours marqué par la période passée à Ramadi. Il avait fait tatouer sur son bras droit le nom de tous les marines de sa compagnie qui étaient morts. Ceux qui avaient été tués au combat ainsi que ceux qui s'étaient suicidés. Il jouissait d'un grand respect au sein de l'unité.

La seule fois où nous abordâmes le sujet du "Soldat de l'Hiver", Haupert me parla de Newberry avec une haine exacerbée.

— La question, c'est pas: Est-ce que c'est arrivé ou pas. On ne parle pas de certaines saloperies qui se sont passées. On vivait dans un endroit qui était totalement différent de ce que ces hippies dans le public peuvent espérer comprendre. Tous ces crétins qui se prennent pour des gens tellement bien parce qu'ils n'ont jamais eu à sortir dans une rue de Ramadi et à mettre en balance leur propre vie et celle des types dans le bâtiment d'où on tire sur eux. Vous ne pouvez pas décrire ça à quelqu'un qui n'y est pas allé, c'est tout juste si vous pouvez vous souvenir vous-même de comment c'était, tellement c'est insensé. Et faire comme si quelqu'un pouvait vivre et combattre dans ce merdier pendant des mois sans devenir fou, eh bien, c'est ça qui est complètement dingue. Et maintenant, Alex s'amène et veut jouer au grand héros en racontant à tout le monde qu'on était des grands méchants. On n'était pas des méchants. J'avais envie de tuer tous les Irakiens que je rencontrais, tous les jours. Mais je ne l'ai jamais fait. Qu'il aille se faire foutre.

Puis ce fut l'ancien chef du groupe de Rodriguez qui se suicida, le sergent Ditoro. Il se donna la mort à peu près à la même époque où le lieutenant-colonel Fehr eut sa promotion et fut nommé à la tête d'un régiment. Peu de temps après, Rodriguez débarqua à la chapelle de la base. Sur le moment, je ne le reconnus pas. Il allait et venait dans l'allée menant à la chapelle, et quand je sortis pour lui parler, il leva les yeux, surpris, l'air un peu perdu, comme un petit enfant. Tellement différent de ce qu'il avait été.

Haupert m'avait déjà un peu raconté l'histoire de Ditoro. Au cours du dernier mois de sa mission en Irak, Ditoro avait eu le bras arraché par un EEI. Il avait eu l'intention de faire toute sa carrière dans les marines, mais après un an passé dans le régiment des soldats blessés, il avait quitté le corps et il était parti vivre dans le New Jersey pendant quelques années. Et puis, avec sa main gauche, il s'était tiré une balle dans la tête.

Ce que j'ignorais, c'était qu'il avait envoyé un e-mail d'explication juste avant de se tuer. Ce soir-là, dans l'allée devant la chapelle, Rodriguez avait la feuille à la main, un morceau de papier tout froissé où étaient imprimés les derniers mots de Ditoro. Quand je m'avançai vers lui, il me tendit la feuille sans la moindre explication, et je ne la lus pas tout de suite.

— Ramiro, c'est ça ? dis-je. Ramiro Rodriguez. Ça fait bien longtemps.

Il eut un haussement d'épaules. Je ne lui avais jamais vu un visage aussi doux, aussi résigné. Je sentis l'odeur d'alcool sur lui.

— Je ne sais pas si j'ai bien fait ou pas, dit Rodriguez. (Il se frotta les joues des deux mains.) On dit que Ramadi est calme, maintenant. On peut marcher dans les rues sans problème.

J'acquiesçai.

— La violence a baissé de quatre-vingt-dix et quelque pour cent, dis-je. C'est là que le “Réveil” a commencé.

— Vous pensez qu'on y a contribué ? Vous pensez que ce qu'on a fait a joué un rôle ?

— C'est possible. Je ne suis pas un spécialiste de la tactique. Je suis aumônier.

— On a tué des tas de hajji.

— Oui.

Nous restâmes sans rien dire un instant. Il baissa le regard sur la feuille dans ma main et je la parcourus rapidement.

> je me rappelle sans arrêt où j'étais quand j'ai perdu mon bras. je voulais mourir très rapidement parce que j'étais à ramadi et ramadi était l'endroit le plus misérable au monde et je souffrais tellement. tu as vu alex dire qu'ils tuaient des civils ? son groupe était tordu comme le nôtre mais soyons honnêtes cet endroit ne connaissait que la guerre. souviens-toi de ce gosse en train de poser un eei. je ne regrette pas d'avoir tiré sur des mosquées et je ne le regretterai jamais c'était des putains de trous à rats remplis d'insurgés toutes. j'ai tabassé sammie et elle m'a quitté et elle aurait pu me faire jeter en prison si elle avait voulu. ça je le regrette mais surtout je regrette pour fuji tu as dit que c'était ma faute et là tu avais raison. j'étais son chef de groupe et je l'ai envoyé là-haut je crois que rien de ce que je pourrais faire ne rachètera ça, même si je me faisais tuer en sauvant quelqu'un sans compter qu'il y a ce que tu as dit sur l'homme au vélo. souviens-toi de lui. souviens-toi de ce qu'acosta a fait après levin. je crois en dieu je crois à l'enfer. j'aimerais pouvoir dire aux parents de fuji que le type responsable de la mort de leur fils va comparaître devant son juge et qu'il est effrayé mais heureux. le jugement n'est plus suspendu au-dessus de sa tête et maintenant il va avoir ce qu'il mérite et peut-être même un peu de

> miséricorde. peut-être que tu pourrais leur dire. tu
> étais un bon mitrailleur et tu as fait du bon boulot.
> je suis content de t'avoir eu dans mon groupe.

Quand j'eus terminé, je levai les yeux sur Rodriguez. J'avais les mains qui tremblaient. Pas lui.

— Est-ce que vous vous en voulez ? demandai-je.

Il regarda vers la chapelle Saint-François-Xavier, un petit bâtiment entouré d'arbres.

— Un peu. (Il me jeta un regard de côté.) Je vous en veux un peu aussi. De n'avoir rien fait. Mais je m'en veux davantage.

Il se frotta les yeux.

— Vous n'avez pas voulu du pardon quand nous étions là-bas, dis-je. Est-ce que vous le voulez maintenant ?

— De vous ?

Je ne pus m'empêcher de sourire.

— Non. Il est clairement établi que je n'ai aucune valeur. Mais le pardon de Dieu, ce pourrait être autre chose.

Il fit la grimace. Je crois que je voulais l'entendre en confession autant pour mon propre bien que pour le sien. Cela n'avait pas vraiment d'importance pour moi s'il pensait ne plus avoir la foi. La foi peut venir au cours du processus.

Je saisis la petite croix ornant mon col.

— Vous savez que c'était un instrument de torture, hein ?

À ces mots, il se mit à rire. Ça m'était égal. Je savais que Rodriguez n'était pas venu jusqu'ici simplement pour se moquer de moi.

— Vingt siècles de christianisme. On pourrait penser qu'on en a retenu quelque chose. (Je tripotai la petite croix.) Dans ce monde, Il ne nous promet qu'une seule chose : que nous ne souffrirons pas seuls.

Rodriguez se tourna pour cracher dans l'herbe.

— Génial, dit-il.

Opération d'influence

J'ai appris des mots des langues de la terre
Pour séduire les étrangères la nuit
Et pour capturer des larmes!
– *Ahmed Abdel Muti Hijazi*

Tout en Zara Davies vous forçait à prendre parti. Son attitude, ses idées, même son allure. Elle n'était pas belle, exactement, mais seulement parce que ce n'est pas le mot qui convient. Il y avait beaucoup de beaux jeunes gens à Amherst. Ils se fondaient dans le décor. Zara faisait en sorte de ne pas passer inaperçue. Elle était agressive, combative et séduisante.

La première fois que je la vis, c'était à Clark House, à l'occasion du cours Sanction, Politique et Culture. La présentation de ce cours disait: "La guerre mise à part, la sanction est la manifestation la plus spectaculaire du pouvoir d'État", et comme treize mois passés en Irak m'avaient donné une bonne connaissance de la guerre, je m'étais dit que j'allais voir ce que je pourrais apprendre sur la sanction. Tous les étudiants du groupe étaient blancs, sauf Zara et moi.

Le premier jour, elle s'assit juste en face du professeur, portant un jean moulant et une grosse boucle de ceinture en laiton, un T-shirt fin jaune et des bottes en daim marron. Elle avait un teint caramel foncé et ses cheveux n'étaient pas lissés, ils étaient tressés avec une touffe afro derrière. Ce n'était qu'une étudiante de première année, mais elle se jeta dans la discussion dès le premier jour, donnant le ton pour tout le reste du semestre. Elle pouvait se montrer mordante, et même un peu cinglante, quand les autres étudiants – les types en pantalon chino et polo, les filles soit en pull sport soit dans des vêtements chers et chics mais sans intérêt – disaient quelque chose qui lui semblait stupide.

À cette époque, j'avais tendance à jouer à l'ancien combattant las du monde qui connaît la vie, et qui ne pouvait considérer l'idéalisme de ses camarades de cours qu'avec la tristesse nostalgique d'un parent dont l'enfant est trop âgé pour continuer à croire au Père Noël. C'est étonnant de constater comment joue cette mystique de l'ancien combattant, même dans un établissement comme Amherst, où je pensais que les étudiants seraient assez intelligents pour ne pas s'y laisser prendre. Il y a une vieille plaisanterie : "Combien d'anciens du Vietnam faut-il pour changer une ampoule ?" "Vous ne pouvez pas savoir, vous n'y étiez pas." Et c'est vraiment comme ça. Tout le monde présumait que mon âme était profondément marquée par ma rencontre avec le Réel : le monde-tel-qu'il-est, dur, sans fard, violent, loin de la bulle protectrice de l'Amérique et du monde universitaire, un séjour au Cœur des Ténèbres qui, s'il ne vous détruit pas, vous rend plus triste et plus sage.

C'est des conneries, bien sûr. À l'autre bout du monde, j'avais principalement appris que, oui, même les durs pissent dans leur pantalon quand la situation devient suffisamment effrayante, et que, non, ce n'est pas agréable de se faire tirer dessus, merci bien ; mais à part cela, la seule chose que j'avais l'impression d'avoir de plus que ces gamins, c'était le fait de savoir à quel point les hommes peuvent être mauvais et terribles. Une parcelle de sagesse qui n'est pas négligeable, certes, mais qui ne m'assurait pas d'une compréhension plus fine de, disons, l'application de la théorie althussérienne de l'interpellation à la critique de Gramsci des structures idéologiques. Même le professeur me cédait de son autorité lorsque les discussions concernaient les ravages de la violence et de la criminalité dans la société, telles que je disais les avoir vues "là-bas". Zara était la seule qui me perçait à jour.

Elle jouait son propre jeu. En tant que fille noire de Baltimore, elle avait une part de crédibilité qui n'était pas dédaignable pour tout ce qui touchait à la rue. Qu'elle fût la fille d'une prof de physique à l'université John Hopkins et d'un notaire, et donc un million de fois plus privilégiée que 90 % des Blancs avec qui j'avais servi dans l'armée, n'était pas d'une grande importance. Baltimore, comme n'importe quelle personne ayant vu un épisode de *Sur Écoute* pourrait vous le dire, n'était pas une ville tendre.

De mon point de vue, elle méritait l'autorité qu'elle s'appropriait. Les choses que vous méritez vraiment, personne ne vous les donne, alors il faut prendre ce que vous pouvez. Et puis ça me plaisait d'avoir un sparring partner.

Un jour, elle m'a carrément cloué le bec. Je me complaisais à faire un petit exposé plein de suffisance à un autre étudiant qui avait affirmé, de manière désinvolte, que les États-Unis avaient envahi l'Irak pour le pétrole.

— Je faisais partie de ceux qui ont envahi l'Irak, dis-je, et je me fichais complètement du pétrole. Comme tous les soldats que j'ai connus. Et franchement, c'est un peu…

— Oh, ça va, me coupa sèchement Zara. On n'en a rien à faire, de ce que croient les soldats. Ce que les pions pensent des raisons et de la manière dont ils sont déplacés sur l'échiquier n'a aucune importance.

— Des pions ? dis-je, indigné. Tu penses que j'étais un pion ?

— Oh, désolée, dit Zara en souriant. Je suis sûre que tu étais au moins une tour. C'est du pareil au même.

Elle ne craignait pas de blesser, et j'aimais ça.

Mais quand ce cours se termina, je n'eus plus de contacts avec elle. Nous n'avions pas de relations communes et nous ne nous apercevions sur le campus que de façon occasionnelle. Mais un jour, des mois après le cours, elle vint me trouver.

J'étais en train de manger, seul, dans Valentine Hall, et elle s'assit en face de moi. Sur le moment, je ne la reconnus pas. À cette époque, cela faisait longtemps que le T-shirt jaune que j'avais adoré, qui enserrait sa cage thoracique et collait à sa poitrine d'une manière si évocatrice, avait disparu. Fini les jupes courtes, fini les jeans plaqués sur ses cuisses musclées. Elle portait une longue robe marron qui descendait jusqu'à une paire de chaussures plates plutôt décevantes. Ses cheveux étaient masqués par un châle. Tout était pudique et pourtant, peut-être parce qu'on était dans une université à la fin du printemps et qu'une fille sur deux se promenait les seins à moitié découverts, Zara se distinguait de la foule encore plus qu'avant. En tout cas à mes yeux.

Je supposai qu'elle était musulmane, désormais. Quand je l'avais rencontrée pour la première fois, elle était sans illusion. Puis elle avait cherché. Et finalement, pour une raison ou pour une autre : l'islam. Je ne l'avais jamais imaginée comme étant du genre à adopter une religion de soumission, quand bien même ce serait une soumission à Dieu.

Elle m'expliqua que, depuis sa récente conversion, elle pensait de plus en plus à l'Irak. Plus précisément, à l'impérialisme américain et au sort de l'*oumma*, ainsi qu'au nombre incroyable d'Irakiens qui se faisaient tuer, un nombre si important qu'on ne pouvait le concevoir et dont personne ne semblait se soucier. Elle était venue me trouver pour obtenir des informations de première main. Le vrai scoop sur ce qui se passait là-bas. Ou ce qui s'y passait des années auparavant, quand j'y étais.

— Sois franc avec moi, dit-elle.

Cela ne pouvait que tourner mal. Il y a une sorte de perversité en moi qui fait que lorsque je parle avec des conservateurs, j'ai envie de critiquer la guerre, et quand je parle à des libéraux, j'ai envie de la défendre. J'avais vu la présidence Bush merder dans les grandes largeurs, mais j'avais aussi eu un très bon aperçu du genre d'État que Zarqaoui voulait instaurer, et parler à des gens qui pensaient avoir une vision claire de l'Irak avait tendance à me donner envie de leur coller de la merde dans les yeux.

De plus, elle ne prit pas de pincettes pour aborder des sujets délicats.

"Comment as-tu pu tuer des gens de ton peuple ?" fut, je crois bien, la façon dont elle s'adressa à moi.

— Quoi ? dis-je, en commençant presque à rire.

— Comment as-tu pu tuer des gens de ton peuple ?

— Ce n'est pas mon peuple.

— Nous tous ne formons qu'un seul peuple.

Je supposai qu'elle faisait référence aux conneries de Malcom-X-à-la-Mecque "nous tous les musulmans ne formons qu'un seul peuple". Fallait pas me raconter ça à moi. La guerre entre les sunnites et les chiites avait montré à l'évidence que l'*oumma* n'était pas vraiment une famille unie. Je ricanai, marquai une pause et, tandis que je regardais ses chaussures à talons plats, je sentis monter en moi cette vieille hargne familière que l'ancien combattant éprouve à l'égard du civil.

— Je ne suis pas musulman, dis-je.

Zara parut moins surprise que soucieuse, comme si elle me voyait en train de perdre l'esprit. Ses lèvres étaient retroussées, parfaitement dessinées et belles, comme chaque autre partie de son visage. Il m'était impossible de dire si elle portait du maquillage ou pas.

— Je suis copte, dis-je, et comme cela laisse toujours les gens sans la moindre réaction, j'ajoutai : de l'église copte orthodoxe, les chrétiens d'Égypte.

— Oh. Comme Boutros Boutros-Ghali.

Maintenant, elle semblait intéressée, la tête inclinée, son visage ovale directement tourné vers moi.

— Les musulmans nous haïssent. Il y a parfois des émeutes. Comme les pogroms contre les juifs en Russie.

C'était ce que disait toujours mon père. Le jour où il avait vu son cousin mourir au cours d'une de ces émeutes constituait un mythe fondateur dans notre famille. En tout cas, ça l'était pour lui. Le fait d'être un copte n'était pas un élément important de ma vie. Pas si je pouvais faire autrement.

— Alors, tu ne pries pas, dit-elle, parce que…

J'éclatai de rire.

— Je prie. Mais pas Allah.

Fronçant un peu les sourcils, elle me lança un regard qui m'annonçait que je ne coucherais jamais avec elle.

— Donc, tu vois, je peux tuer autant de musulmans que je veux, dis-je en souriant. Bon sang, dans ma religion, c'est comme ça qu'on aide un ange à avoir ses ailes.

Pour moi, ce n'était qu'une remarque anodine. À l'armée, cela n'aurait fait sourciller personne. Et même si Zara s'était légèrement raidie avant de mettre un terme à la conversation un peu sèchement, je ne l'avais pas imaginée particulièrement contrariée. Mais deux jours plus tard, je me retrouvai face à l'assistant spécial du président chargé de la Diversité et de l'Intégration, un petit homme rond avec une tête en forme de pomme de terre posée sur des épaules charnues. Je l'avais déjà rencontré auparavant. En tant que copte et ancien combattant, j'étais l'élément le plus représentatif de la Diversité qu'Amherst eut en stock.

À ce moment-là, je ne savais même pas ce que j'avais fait. L'e-mail disait que j'avais peut-être violé les dispositions du code d'honneur de l'étudiant à Amherst concernant "le respect des droits, de la dignité et de l'intégrité des autres", et plus particulièrement le harcèlement pour des motifs "incluant, sans que, toutefois, ils se limitent à cela, la race, la couleur de la peau, la religion, les origines nationales, l'identification ethnique, l'âge, l'affiliation ou la conviction politique, l'orientation sexuelle, le genre, le statut économique, le handicap, physique ou mental". Cela ne réduisait guère les possibilités pour moi.

L'e-mail me demandait de me présenter au bureau de l'assistant spécial le lendemain matin, ce qui me laissait amplement le temps de me mettre dans tous mes états. Je devais ma présence dans cette université à une combinaison d'aides comprenant le programme G.I. Bill, le Yellow Ribbon Program et diverses bourses. Si j'étais renvoyé définitivement ou temporairement, je ne savais pas dans quelle mesure ces financements seraient menacés. Tout était conditionné par "les bonnes relations avec l'école" que j'étais censé maintenir. J'essayai de contacter les services sociaux des anciens combattants, mais mon appel resta en attente si longtemps que je finis par jeter mon téléphone contre le mur. En ramassant les morceaux, je vis le visage de mon père, ses yeux fatigués et son épaisse moustache, ce mélange de déception et, ce qui était pire, d'acceptation résignée, devant le fait que j'étais destiné à transformer toutes les chances qui s'offraient à moi en sujets de honte.

Le lendemain matin, j'entrai dans le bureau de l'assistant spécial. Il était assis à sa table de travail, sa grosse tête placidement posée sur ses épaules, les mains croisées, ses affiches "Toy for Joy" de l'Armée du Salut et ses clichés d'Ansel Adams encadrés au mur derrière lui. Tout cela était attendu, et même un peu amusant. Mais en face de lui, penchée en avant et ignorant délibérément mon entrée, se trouvait Zara. Ça me fit de la peine. Elle n'était pas une amie, mais j'avais cru qu'il existait entre nous une sorte de respect. Et je ne l'avais jamais prise pour une de ces enfants gâtées susceptibles qui traversent le campus comme Humpty Dumpty sur un fil, attendant qu'un mot choquant vienne leur faire perdre l'équilibre et fracasser leur précieuse identité. Pire, je savais ce que je lui avais dit et comment cela serait reçu.

L'assistant spécial du président expliqua qu'il ne s'agissait pas "d'une médiation formelle" puisque Zara n'avait pas formulé de "plainte formelle". Il parlait sur le ton apaisant qu'une mère utiliserait pour calmer un enfant effrayé, mais il gâcha cette impression en spécifiant que, bien qu'aucune sanction ne soit envisagée, si notre différend "devait aller jusque devant le conseiller d'éducation", cela pourrait avoir des conséquences "graves". Il plissa le front d'une façon théâtrale pour me faire comprendre qu'il ne plaisantait pas.

J'étais assis en face de l'assistant spécial, près de Zara. Si elle se faisait exclure temporairement, tout irait bien pour elle. Elle retournerait auprès de sa maman prof et de son opulent papa pendant un trimestre, réfléchirait à ce qu'elle avait fait, puis elle reviendrait à l'université poursuivre les études qu'ils lui payaient. Si moi j'étais exclu temporairement, mon père me ficherait à la porte. Une fois de plus.

— Bien, Waguih, dit l'assistant spécial. C'est la bonne prononciation ? Wa-gou ? Wah-gui ?

— C'est bon, dis-je.

L'assistant spécial m'expliqua qu'on prenait les menaces très au sérieux à Amherst. Particulièrement les menaces à l'égard d'un groupe qui était confronté à une telle discrimination depuis ces dernières années.

— Vous voulez dire les musulmans ? dis-je.

— Oui.

— Ça fait quoi, trois jours, qu'elle est musulmane. Moi, ça fait des années que je suis confronté à ces conneries.

Il me regarda avec un air soucieux et, de la main, il me fit signe de poursuivre. J'avais l'impression d'être chez le psy.

— Je suis arabe et j'ai vécu en Caroline du Nord pendant quatre ans. Au moins elle, elle fait le choix d'être la terroriste.

— Les musulmans ne sont pas des terroristes, dit-elle.

Je me tournai vers elle, sincèrement en colère.

— Ce n'est pas ce que je dis. *Écoute* ce que je dis.

— Nous écoutons, dit l'assistant spécial, mais ce que vous dites ne joue pas en votre faveur.

Je baissai les yeux sur mes mains et pris une inspiration. À l'armée, j'étais un 37F, un spécialiste des opérations d'influence. Si je ne pouvais pas me sortir de là en ayant recours à des manipulations psychologiques, alors je ne valais vraiment rien.

Je passai en revue mes options : m'aplatir ou contre-attaquer. Ma préférence est toujours allée à la seconde. Un jour, en Irak, on avait diffusé le message "Braves terroristes, je suis là, j'attends les braves terroristes. Venez donc nous tuer." Ce genre de truc, c'est mieux que se coucher et montrer son ventre.

— À l'armée, on avait un dicton, dis-je. "La réalité, c'est ce que l'on perçoit." À la guerre, parfois ce qui compte, ce n'est pas ce qui se passe vraiment, mais ce que les gens pensent qu'il se passe. Les Sudistes pensent que Grant est en train de remporter la bataille de Shiloh, alors ils rompent et s'enfuient quand il charge, et ainsi, Grant remporte vraiment la bataille. Ce que vous êtes n'est pas toujours ce qui compte. Après le 11 septembre, les membres de ma famille ont été traités comme des terroristes en puissance. On vous traite comme on vous voit. La réalité, c'est ce que l'on perçoit.

— Ce que moi, je perçois, dit Zara, c'est que tu m'as menacée. J'en ai parlé à des amis de l'association Noor, et ils ont eu le même sentiment.

— Bien sûr qu'ils se sentent menacés, dis-je à l'assistant spécial. Je suis un ancien soldat complètement dingue, non? Mais la seule référence à la violence est venue d'elle. Quand elle m'a accusé d'avoir assassiné des musulmans.

Les yeux de l'assistant spécial se posèrent sur Zara. Elle me regarda. D'une certaine façon, j'avais menti. Elle n'avait jamais utilisé le mot *assassiner*. Je ne voulais pas lui laisser le temps de réagir.

— On m'a tiré dessus. Pas mal de fois, même. Et j'ai vu des gens, oui, se faire abattre. Des hommes voler en éclats. Des fragments de corps. De femmes. D'enfants. (Je n'y allais pas avec le dos de la cuillère.) J'ai fait ce que j'ai pu pour les secourir. J'ai fait ce qui était juste. Juste du point de vue de l'Amérique, en tout cas. Mais ce ne sont pas des souvenirs agréables. Et que quelqu'un vienne me dire en face…

Je laissai ma phrase en suspens, levant les yeux au plafond avec un air tourmenté.

— Je ne t'ai pas… commença-t-elle.

— Accusé de meurtre? dis-je.

— J'ai posé une question raisonnable. Il y a des centaines de milliers de victimes et…

L'assistant spécial essaya de nous calmer. Je le gratifiai d'un sourire crispé.

— Je comprends pourquoi elle a dit cela. Mais… parfois, je ne dors pas la nuit.

C'était faux. Généralement, je dormais comme un bébé ivre. Je remarquai un petit air de panique sur le visage de l'assistant spécial et j'enfonçai le clou, déterminé à me sortir du coin dans lequel ils m'avaient acculé.

— Je revois les morts, dis-je en chevrotant légèrement. J'entends les explosions.

— Personne ne manque de respect pour ce que vous avez vécu, dit l'assistant spécial, totalement paniqué, maintenant. Je suis sûr que Zara n'avait aucune intention de vous manquer de respect.

Zara, dont le visage avait exprimé une vive colère quelques instants auparavant, paraissait surprise et, je crois bien, attristée. D'abord, je crus que c'était parce qu'elle était déçue de me voir jouer ce jeu. Il ne me vint pas à l'esprit qu'elle pouvait simplement éprouver de la compassion pour moi. Si j'avais su que c'était le cas, cela m'aurait mis en colère.

— Et je n'avais aucune intention de la menacer, dis-je, me sentant très futé. Mais le mal était fait.

L'assistant spécial me regarda longuement. J'eus l'impression qu'il essayait de déterminer jusqu'à quel point je mentais avant d'opter pour une responsabilité minimum.

— D'accord, dit-il en faisant le geste de s'en laver les mains, comme Ponce Pilate. Donc, un observateur raisonnable pourrait conclure que chaque partie avait de bonnes raisons de se sentir offensée.

— Je suppose que c'est équitable, dis-je, m'autorisant à paraître plus calme.

Nous étions désormais dans le domaine des revendications contradictoires. Je me sentais sur un terrain plus ferme.

Ensuite, Zara expliqua ses inquiétudes d'une voix quelque peu intimidée. Les "craintes justifiables" de ses amis musulmans et la mesure dans laquelle ils éprouvaient le besoin de se serrer les coudes et "d'adopter une attitude agressive à l'égard de l'intolérance". Elle s'expliqua non pas comme quelqu'un qui plaide sa cause, mais comme si elle s'excusait d'avoir eu une réaction exagérée. Je fus surpris de constater quel effet mes prétendues nuits d'insomnie avaient eu sur son sens de l'injustice. L'étincelle qu'elle avait toujours eue pendant les discussions en cours avait disparu. Quand elle eut terminé, j'acceptai de bonne grâce la logique du sentiment qu'elle avait eu d'être menacée, et je dis qu'à l'avenir je modérerais mes paroles si elle en faisait autant. L'assistant spécial se confondait en hochements de tête approbateurs. Il nous dit :

— Vous avez tous deux beaucoup de choses en commun.

Et nous dûmes subir un petit discours sur les enseignements à tirer de cet épisode, sur tout ce que nous avions à apprendre l'un de l'autre, si seulement nous parvenions à dépasser notre colère. Nous acceptâmes d'apprendre beaucoup l'un de l'autre. Puis il me conseilla fortement de me renseigner sur ce que les services de santé de l'université pouvaient me proposer concernant mes insomnies. Je dis que je le ferais, et tout fut terminé. Je m'en étais bien tiré.

Nous sortîmes ensemble du bureau et de Converse Hall, et nous nous retrouvâmes dans la lumière du soleil. Zara avait l'air un peu hébétée. Autour de nous, des étudiants se rendaient en cours ou allaient prendre leur petit déjeuner. Comme on était à Amherst, il y avait même quelques connards qui jouaient au frisbee, ou, comme ils disaient, à "lancer le disque". Il y avait dans l'air de cette matinée quelque chose de sain et particulièrement vivant qui contrastait étrangement avec ce qui venait de se passer.

Nous restâmes un moment, là, sans rien dire, avant que Zara ne rompe le silence.

— Je ne savais pas, dit-elle.

— Tu ne savais pas quoi ?

— Ce que tu as vécu. Je suis désolée.

Puis, sans un autre mot, elle s'éloigna, faisant chuinter ses jambes sous sa robe et se dissolvant dans la lumière du soleil qui se déversait de l'est.

Alors que je la voyais disparaître peu à peu, je sentis mon soulagement d'avoir échappé à toute sanction en faire autant, me laissant seul face à ce que j'avais fait. Elle m'avait, maladroitement, peut-être, posé une question sincère. Je ne lui avais donné que des mensonges. Et maintenant elle partait avec le sentiment de culpabilité que je lui avais refilé. Je me dis que c'était lâche de ma part de la laisser se débrouiller avec ça.

Je courus vers elle, coupant en diagonale par la pelouse, écartant quelques étudiants sur mon passage, avant de me planter en travers de son chemin.

— C'était quoi cette connerie ? dis-je.

Visiblement, elle ne s'était pas attendue à cela. Peut-être que toute la matinée avait été comme ça. Perturbante.

— Quoi ? demanda-t-elle en secouant la tête. De quoi tu parles ?

— Pourquoi tu m'as présenté tes excuses ?

Je perçus la colère dans ma voix et elle me regarda fixement avec stupeur, peut-être un peu de crainte aussi. Mais elle ne dit rien.

— Tu crois que cette méchante guerre m'a brisé, et qu'elle a fait de moi un connard. Et tu penses que c'est pour ça que je t'ai dit ces choses. Et si je n'étais tout simplement qu'un connard ?

Ma respiration était toujours saccadée – la conséquence de ma course – et je débordais d'énergie. Mes poings étaient serrés. J'avais envie de faire les cent pas. Mais elle était immobile, en train de me jauger, devenant plus froide à chaque instant. Puis elle répondit.

— Te traiter de meurtrier était inopportun, même si tu es un connard.

Je souris.

— Tu veux me faire sortir de mes gonds. Bien. Tu serais ennuyeuse si tu ne le faisais pas.

— Et tu crois que ça me fait quelque chose ? Que tu me trouves ennuyeuse ou pas ?

— Tu as cru cette histoire, dans le bureau ? Le pauvre soldat et sa terrible petite guerre ?

Elle posa sur moi un regard déconcerté.

— J'imagine. Je ne sais pas. Je m'en fiche. Ce qui t'est arrivé, je m'en fiche.

— Mais oui, bien sûr. Tu m'as demandé.

— Je ne demande rien maintenant.

Nous restâmes à nous dévisager, immobiles, tous deux.

— Et si j'avais envie de te raconter ? dis-je.

Elle haussa les épaules.

— Pourquoi ?

Je pris une inspiration.

— Parce que tu me plais. Parce que tu ne me donnes jamais du respect à la con. Et parce que je veux jouer franc jeu avec toi. (Je pointai le doigt en direction du bureau de Tête de Pomme de terre, dans Converse Hall.) Mais sans toutes ces conneries à la noix.

— On ne parle pas aux gens comme ça. Pourquoi tu parles comme ça ?

— Je sais comment parler aux gens. Je peux te raconter des conneries si tu veux. Je ne suis pas mauvais à ça. Mais je n'ai pas envie de mentir. En tout cas pas à toi.

— Je ne suis pas ton amie.

Je levai une main pour l'interrompre.

— Je n'ai jamais tué personne, dis-je, laissant ma phrase en suspens un instant, puis, une fois qu'elle eût hoché la tête, j'ajoutai : Mais j'ai vraiment vu quelqu'un mourir. Lentement.

Cela la fit taire. Puis je dis :

— J'aimerais t'en parler.

Je n'étais pas en train de lui faire subir une opération d'influence, et donc je ne savais comment elle allait réagir. Ou si c'était bien de la manipulation psychologique, puisqu'on exerce toujours une pression sous une forme ou sous une autre, même quand on se met à nu, alors c'était la manœuvre la moins consciente dont j'étais capable.

Il y eut un long silence.

— Et pourquoi j'aurais envie d'entendre ce que tu as à dire, d'après toi ?

— Je ne sais pas, répondis-je.

Mais je lui donnai à lire sur mon visage que c'était important pour moi. Une opération d'influence n'est jamais aussi efficace que lorsque vous pensez ce que vous dites.

Il y eut un nouveau silence prolongé.

— Très bien, dit-elle, avant de faire un geste avec les mains. Qu'est-ce qui s'est passé ?

Je jetai un regard autour de moi, en direction du soleil et des étudiants. Pantalons chinos et polos. Shorts et sandales.

— Pas ici. C'est une conversation assise. Je ne parle pas de ce genre de chose à n'importe qui.

— Il faut que j'aille prendre mon petit déjeuner. Ensuite, j'ai cours.

Je réfléchis un instant.

— Tu as déjà fumé le narguilé ? lui demandai-je. Tu sais, le houka. Les musulmans aiment cette saloperie, hein ?

Elle leva les yeux au ciel et émit un rire bref.

— Non.

Et je sus qu'elle viendrait.

Après les cours, je rentrai à mon appartement et sortis le houka sur la véranda. Je m'assis sur mon canapé miteux, puis je me mis à regarder la rue et attendis.

Quand elle arriva, avec dix minutes de retard, j'avais déjà allumé le charbon. Elle avait eu la journée pour repenser à tout ça, et elle semblait nerveuse et un peu méfiante, s'installant dans le fauteuil en prenant la posture rigide de quelqu'un qui n'a pas l'intention de rester longtemps.

Je lui demandai si elle voulait du tabac aromatisé à la rose ou à la pomme, et quand elle répondit à la rose, je lui dis que la pomme était meilleure, elle leva les yeux au ciel et nous prîmes la pomme. Je lui énonçai les règles du houka – on ne pointe pas l'embout en direction des gens, on n'utilise pas la main gauche – et pendant que je sortais le tabac, elle dit :

— Bon. Tu veux me raconter une histoire.

— Oui. Et toi, tu veux l'entendre.

Elle sourit.

— Posséder un houka est contraire au code d'honneur de l'étudiant, dit-elle. C'est considéré comme “un attirail de drogué”.

— Il est clair que je n'obéis pas au code d'honneur de l'étudiant.

Le houka était prêt. Je tirai quelques bouffées et retins la fumée dans mes poumons avant de la relâcher. Elle était suave, comme son arôme, et elle me décontracta.

Je dis à Zara :

— Tu sais, techniquement, je ne l'ai même pas vu mourir. J'en ai juste eu l'impression.

Elle ne dit rien. Elle se contenta de me regarder, alors je lui passai la pipe et elle prit une bouffée.

— C'est doux, dit-elle, rejetant la fumée en même temps qu'elle parlait.

Elle prit une autre bouffée et laissa une volute onduler lentement au-dessus de ses lèvres. Puis elle reposa le tuyau par terre, sans faire pointer l'embout vers nous.

Je ne savais pas comment commencer, ce qui était inhabituel. J'avais déjà raconté cette histoire. Dans des bars, la plupart du temps, et puis tout ce qui comptait, c'était surtout la scène choc, la mort. Mais ce n'était qu'une mort parmi des centaines de milliers. Dénuée de sens, sauf pour quelques personnes. Moi. La famille de cet enfant. Et peut-être Zara, pensai-je.

J'avais besoin de m'appuyer sur quelque chose de solide. Je commençai, comme on le fait chez les militaires, par une orientation géographique. Je lui parlai de Manhattan Est, un secteur de Falloujah situé au nord de la route 10. Quelques semaines plus tôt, des marines du bataillon 3/4 avaient ratissé le quartier, sautant de toit en toit et nettoyant les maisons tandis que des milliers de civils fuyaient la ville et que la résistance désorganisée essayait de mettre au point un plan quelconque. Une grande partie des combats eut lieu le dimanche de Pâques, ce que tout le monde trouva significatif, même moi. Ça se passait en 2004, c'était la troisième fois de ma vie que, dans mes souvenirs, les fêtes de Pâques américaines tombaient le même jour que les Pâques coptes, et je passai toute cette journée à regarder une ville exploser.

Mais ensuite la bataille fut interrompue et le 3/4 se retrouva planqué dans des maisons transformées en positions défensives, tirant de là sur les insurgés. Dans une maison sur quatre, il y avait une équipe de tireurs embusqués. Au début du siège, ils en descendaient une douzaine tous les jours.

J'essayai de communiquer à Zara l'atmosphère de la ville – pas seulement la poussière, la chaleur et la terreur, mais aussi l'excitation. Tout le monde savait que le couperet allait tomber, la seule question qui se posait, c'était quand les gens mourraient et combien.

— Chaque nuit, dis-je, les haut-parleurs utilisés pour l'*adhan*, dans les mosquées, faisaient résonner les mêmes messages. "L'Amérique fait venir les juifs d'Israël pour voler les richesses et le pétrole de l'Irak. Aidez les guerriers saints. Ne craignez pas la mort. Protégez l'islam."

Aux opérations d'influence, dis-je à Zara, une partie de notre travail consistait à riposter à ces messages. Ou tout au moins, à emmerder les insurgés et à leur ficher la frousse. Expliquer que l'islam était une religion de paix avait peu de chances de marcher, mais expliquer que vous pouvez être sûrs qu'on va vous tuer si vous nous emmerdez pouvait refroidir les ardeurs de quelques-uns.

Je lui racontai comment on sortait dans un Humvee bardé de haut-parleurs pour cracher notre propre propagande. On lançait des menaces, des promesses et un numéro de téléphone pour que les gens du coin puissent nous appeler et signaler toute activité d'insurgés. On se faisait toujours tirer dessus. Je ne lui racontai pas quel effet ça faisait d'être caché dans un véhicule et de n'avoir rien d'autre que votre voix pendant qu'on vous prend pour cible, impuissant et en colère, dépendant des gars qui se battent sur le terrain pour votre sécurité. Je me contentai de lui dire que je détestais ces missions.

Le matin où je vis mourir quelqu'un, on avait voulu sortir avec nos haut-parleurs une fois de plus, et donc on s'était arrêtés derrière un bâtiment tenu par le 3/4. Arrivés là, on s'était aperçus que les haut-parleurs ne fonctionnaient pas. Mon sergent, le sergent Hernandez, les bricola aussi bien qu'il put.

Quand les tirs éclatèrent, une lourde rafale lâchée par la 240 G d'un détachement de mitrailleurs des marines, je me trouvais à l'intérieur du bâtiment, debout dans l'encadrement d'une porte. Le bruit me fit tourner la tête, et, à travers le couloir, je vis les marines qui avaient tiré. Ils étaient étendus dans la pièce, devant moi, cachés dans l'obscurité, vers le fond et couvrant leur secteur de tir par les vitres brisées de la façade. Ils semblaient si calmes. Le type qui venait de se faire tuer, qui que ce fût, ne s'était probablement jamais rendu compte qu'il y avait des marines là. Je n'avais pas entendu de tir de Kalachnikov.

— Les coups de feu faisaient partie de la routine quotidienne, commençai-je.

Mais ça faisait trop gars-qui-joue-au-dur. Je voulais être honnête, alors je dis :

— La vérité, c'est que ça m'a donné la chair de poule, entendre les tirs de si près et ne pouvoir rien voir, à part les marines.

Je me souviens avoir entendu une voix venir d'un encadrement de porte de l'autre côté de la pièce et dire :

— Son compte est bon.

Et puis la réponse d'un autre marine, un Noir, tout mince avec des galons de caporal et une chique dans la bouche assez grosse pour le faire paraître difforme :

— Ouais, il va refroidir, c'est sûr.

Le marine qui tenait la mitrailleuse, un type de petite taille et à la stature carrée, n'arrêtait pas de répéter :

— Je l'ai eu, je l'ai eu.

Comme s'il avait du mal à croire que c'était vrai.

Le marine noir au corps mince cracha et dit :

— Dites à Gomez que notre détachement est à 100 % maintenant.

Cela signifiait que tous les hommes de son détachement avaient tué quelqu'un. Ce qui signifiait que le petit à la stature carrée venait de le faire pour la première fois.

— Et les marines pensent que c'est bien, dit Zara.

— Évidemment, dis-je, tout en me rendant compte que je simplifiais.

Le caporal ne s'était pas comporté comme s'il s'agissait de quelque chose d'extraordinaire, et il avait même semblé trouver cela déplaisant, mais il y avait aussi un marine efflanqué dans un coin éloigné de la pièce qui hochait la tête et adressait au tireur des petits sourires approbateurs.

Je levai les yeux de la véranda. La lumière du jour s'était adoucie. On avait atteint cette dernière heure de soleil qui donne à chacun son apparence la plus flatteuse.

— Et puis ce petit marine m'a vu, dans mon treillis de l'Armée. Et il a lancé "Eh-ho ! Le gars de la guerre psychologique !" Le gosse était excité par une poussée d'adrénaline. Ça se voyait. Il avait le visage tout rouge. Il m'appelait. Et moi, je n'étais pas à ma place, là, en train de regarder ces marines dans leur, je ne sais pas comment dire… leur moment d'intimité.

— Moment d'intimité ? demanda Zara avec curiosité.

— C'était le dernier d'entre eux qui venait enfin de le faire, dis-je.

— Qui venait enfin de le faire, répéta-t-elle en imitant ma voix. Quoi ? Tu veux dire qu'il était vierge en matière de meurtre ?

— Même toi, tu ne penses pas qu'il s'agit de meurtre. Tu es trop intelligente pour ça.

Elle poussa un soupir et ne discuta pas, alors je lui parlai des yeux écarquillés du petit marine à la stature carrée, de l'expression sur son visage, entre terreur et exultation, et du geste qu'il avait fait en direction de sa lunette de visée, comme pour dire "Viens regarder". Quelque chose qui se situait entre l'invitation et la supplication.

Le groupe utilisait des lunettes de tir thermiques, parce que les signatures permettaient de faire plus facilement la différence entre les ombres fines des chiens et la chaleur blanche et éclatante des humains. Je racontai à Zara comment j'étais entré dans la pièce où je n'avais pas ma place. Comment le caporal m'avait regardé fixement, comme s'il avait jugé ma présence indésirable, et comment je l'avais ignoré pour jeter un coup d'œil par les vitres brisées. L'aube était noire. Une ou deux taches violettes s'étendaient à travers le paysage, mais pour le reste, Falloujah n'était qu'une masse sombre indifférenciée.

Je m'étais agenouillé près du petit marine et j'avais collé mon œil à la lunette et alors j'avais vu, étalés devant moi, les cubes qui constituaient la silhouette de Falloujah en diverses gradations thermiques de gris et de noir. Certains bâtiments avaient une citerne à eau ou un réservoir à fuel sur le toit, et je voyais combien il y avait de liquide dans la cuve parce que la surface de l'eau, plus fraîche, apparaissait à travers le métal sous forme d'une ligne gris clair. Quelques jours plus tôt, des marines qui nettoyaient les maisons étaient tombés sur un point de résistance dans un bâtiment avec une citerne de fuel comme ça. Ils avaient tiré dedans pour la percer, puis ils avaient attendu que le liquide s'infiltre dans toute la maison et ils avaient mis le feu avec les djihadistes à l'intérieur. Je me demandai de quoi ça aurait eu l'air dans cette lunette. Beaucoup de blanc, j'imagine.

Plus près, juste devant moi, il y avait une portion dégagée de rue et de terrain, et un corps désarticulé clair, à cinq ou six mètres du bâtiment le plus proche. Une bande noire, à côté, représentait sûrement son fusil, et je voyais que ce pauvre salopard n'avait de toute évidence pas tiré une seule balle. Un coup de feu aurait fait chauffer le canon, et tout ce que je pouvais voir, c'était du noir froid à côté de la chaleur blanche du corps.

— Pourquoi as-tu regardé ? demanda Zara.

— Qui refuserait de regarder ?

— Tu avais envie de voir, dit-elle d'une voix dure et accusatrice. Pourquoi as-tu regardé ?

— Pourquoi es-tu ici, en train d'écouter cette histoire ?

— C'est toi qui m'as demandé de venir ici. Tu voulais que j'écoute.

C'était difficile de lui expliquer que j'avais à la fois voulu et pas voulu voir, et que le petit marine, lui, de toute évidence, ne voulait pas. Il y avait un mélange de voyeurisme et de gentillesse dans le fait que je m'étais avancé pour regarder dans la lunette. Et une fois que j'y avais collé l'œil, le caporal noir m'avait dit d'observer la signature thermique qui allait faiblir, la source de chaleur retombant à la température ambiante. Il m'avait dit :

— À ce moment-là, on le déclarera officiellement mort dans notre rapport.

Quelques gosses descendirent la rue sur des skateboards devant Zara et moi. Ils avaient l'air jeunes. Des lycéens, probablement. Des citadins, assurément. On oublie qu'à Amherst tout le monde ne va pas forcément à l'université. Je n'avais aucune idée de l'endroit où ces gosses pouvaient aller, et nous attendîmes qu'ils soient passés et que le bruit qu'ils faisaient se soit évanoui. Puis je continuai.

— Ça se passe lentement, dis-je. Je regardais un instant, puis je regardais à nouveau pour essayer de remarquer un changement. Le caporal n'arrêtait pas de surveiller les encadrements de porte, comme s'il était inquiet qu'un marine gradé me surprenne là et nous passe un savon à tous. Le petit marine répétait "Il est mort. Il va refroidir, c'est sûr", mais je ne voyais pas de différence, alors je mis les doigts devant la lunette. Ils produisirent une source de chaleur intense, se détachant en blanc éclatant sur le fond de divers gris. Il n'y a pas de couleur dans la lunette, mais ce n'est pas comme un film en noir et blanc. La lunette repère la chaleur, pas la lumière, et ainsi, tout est supprimé, les nuances, les contrastes, d'une façon très bizarre. Il n'y a pas d'ombres. Tout se découpe nettement, mais tout est faux, et j'agitais ces doigts d'un blanc éclatant à travers la lunette, c'étaient mes doigts, mais ils semblaient si étranges et détachés. Je les agitais devant le corps et j'essayais de comparer.

— Et ? demanda Zara.

— Et j'ai cru le voir bouger. J'ai fait un bond en arrière et ça a mis tous les marines sur le qui-vive, le caporal m'a hurlé de leur dire ce que j'avais vu. Quand je leur ai dit que le corps bougeait, ils ne m'ont pas cru. Le petit marine s'est remis à la lunette en disant "Il ne bouge pas, il ne bouge pas", il le répétait sans arrêt, et le grand maigre a demandé s'il fallait qu'ils sortent pour soigner les blessures de ce hajji. Mais le caporal a dit que c'était probablement le corps qui s'affaissait. Des gaz qui s'échappaient, quelque chose comme ça. (Je baissai les yeux sur mes mains.) Le petit marine était en colère, maintenant, ils l'étaient tous, contre moi.

— Il était vivant ? demanda Zara.

— Le corps ? S'il l'était, il ne l'est pas resté longtemps. Le petit marine m'a fait regarder à nouveau dans la lunette et c'était effectivement plus sombre. C'est ce que je leur ai dit. Et le caporal a dit au petit marine qu'il avait fait du bon boulot, tandis que je scrutais la scène dans la lunette, essayant de voir la vie quitter le corps. Ou plutôt la chaleur, je dirais. Ça se passe si lentement. Parfois, je demandais au petit marine s'il voulait jeter un coup d'œil, mais il refusait toujours. C'était un marine pas ordinaire. Les effets de l'adrénaline s'estompaient, il se retrouvait maintenant avec cette chose qu'il avait faite, et il n'avait pas envie de voir.

Nous contemplâmes cette fin d'après-midi un instant.

— Alors cette mort t'appartient, maintenant, dit-elle.

— Qu'est-ce que tu veux dire ?

— Tu l'as regardé mourir.

— Juste la signature thermique.

— Elle t'appartient maintenant, répéta-t-elle. Tu la lui as enlevée pour qu'il n'ait pas à regarder.

Je ne répondis rien. Ni elle ni moi n'avions utilisé le houka depuis un moment et je saisis le tuyau, puis me mis à remplir mes poumons de fumée.

— Et maintenant, tu me l'as racontée, dit-elle.

Je rejetai la fumée.

— Pourquoi tu me racontes ça ?

— Tu m'as demandé comment j'avais pu tuer des gens de mon peuple, dis-je.

— Et alors ?

Je posai le tuyau et elle le prit. Je n'avais pas de vraie réponse à lui donner, et maintenant que j'avais raconté l'histoire, je n'avais pas le sentiment que je lui dirais encore quelque chose. Je crois qu'elle le savait aussi, que cette histoire ne suffisait pas, que quelque chose manquait, et aucun de nous deux ne savait comment le trouver.

— Qui penses-tu qu'il était ? dit-elle.

— Qu'est-ce que tu veux dire ?

— Le type que ce marine a abattu.

Je haussai les épaules.

— Un gosse. Une mort stupide. C'était pour empêcher cela que nous étions là-bas.

Elle laissa échapper de la fumée avec lenteur, d'une façon sensuelle, mais son visage paraissait soucieux. Contrarié.

— Qu'est-ce que tu veux dire, "empêcher" ?

— J'appartenais à l'unité des opérations d'influence. J'étais censé dire aux Irakiens comment ne pas se faire tuer. Et je parlais leur langue, c'était moi dans ces haut-parleurs, pas un interprète.

— C'est vrai, tu as appris à parler l'arabe tout petit.

Je secouai la tête.

— L'arabe égyptien. Avec les séries et les films, beaucoup de gens qui ne sont pas égyptiens le comprennent, mais tout de même, c'est différent.

— Je savais cela, acquiesça-t-elle.

— Pas l'armée. Dans mon unité, ils ont pensé qu'ils avaient touché le jackpot. Ils n'avaient même pas besoin de m'envoyer à l'école de langues. J'ai essayé de leur expliquer qu'ils devraient, mais ensuite le sergent Cortez est rentré de Monterrey en parlant l'arabe standard moderne et j'ai compris que la déficience intellectuelle de l'armée des États-Unis était un problème général.

— Alors, tu as appris l'irakien tout seul, ou quoi ?

— Ouais, j'ai utilisé des livres d'un collègue de bureau de mon père. Et puis j'allais parler aux Irakiens, remettre les pendules à l'heure. Ces imams, tout là-haut, ils excitaient tout le monde, disant qu'il fallait nous combattre. Et les adolescents, ils avalaient toutes ces conneries. Tu avais tout un tas de gosses, sans le moindre entraînement militaire, qui avaient vu trop de films d'action américains et qui se prenaient pour Rambo. C'était dingue. Un gosse sans formation contre un groupe de marines dans des positions camouflées avec des secteurs de tir clairement délimités ?

— Mais bien sûr, c'est le genre de choses qui arrivent quand on envoie une armée dans une ville, dit-elle.

— On essayait de limiter les dégâts. Les généraux ont eu des tas d'entrevues avec les imams et les cheikhs pour leur dire, "Arrêtez d'envoyer vos foutus gamins écervelés contre nous, ils vont tous se faire tuer, c'est tout." Mais ça ne changeait rien.

— Mais pour eux, ce n'était pas les gamins, le problème, dit-elle. J'ai lu qu'il y avait des centaines, peut-être des milliers de civils tués.

— Il y avait de la propagande des deux côtés. Mais j'essayais d'aider les gens à éviter de se faire tuer. Et ces gens n'étaient pas tous des gosses.

— Mais un grand nombre d'entre eux en étaient.

— Certains. Celui que j'ai vu refroidir, c'était un petit corps. Difficile à dire. Mais je me dis toujours, C'était un de ceux que j'étais censé sauver.

— Sauver ? En le persuadant de ne pas combattre les soldats qui envahissaient son pays ?

Je laissai échapper un petit rire.

— Ouais. C'était vraiment une connerie. Les marines étaient là, et ils attendaient, espérant qu'un idiot de djihadiste allait se lancer dans une attaque-suicide. Personne n'a envie d'être le seul gars du groupe qui n'a tué aucun ennemi, et personne ne s'engage dans le corps des marines pour éviter de presser la détente.

Elle hocha la tête.

— Ce n'est pas pour ça que je me suis engagé dans l'armée, dis-je.

— Alors, pourquoi ?

Je ris à nouveau.

— "Soyez Tout ce que Vous Pouvez Être" ? dis-je. Je ne sais pas. C'était un slogan important pour moi quand j'étais jeune. Et puis, ça a été "l'Armée d'Un Seul", que je n'ai jamais compris, et ensuite "Fort comme l'Armée" un slogan qui est à peu près aussi bon que "Chaud comme le Feu", ou "Savoureux comme une Barre Snickers", ou "Mauvais comme de l'Herpès". Ce serait bien mieux de dire "Vous ne Pouvez pas Vous Permettre d'Aller à l'Université Sans Nous."

Elle avait l'air de me jauger, de se demander comment elle devait prendre ce que j'avais dit. Je restai assis, en train de fumer sans rien dire. Au bout d'un moment, elle se cala dans son fauteuil et me gratifia de ce regard direct qu'elle lançait en cours avant de démolir quelqu'un.

— Bon, c'était ça, ton histoire, alors ? L'histoire que tu avais envie de me raconter ? Et maintenant ?

Je haussai les épaules.

— Tu as raconté cette histoire à d'autres filles ?

— En ce moment, je suis sincère. Je ne suis pas sincère avec les autres filles. Ça nuit à mes chances.

Elle secoua la tête.

— Tu dis que tu t'es engagé pour pouvoir aller à l'université ? Je ne te crois pas.

Puis elle ajouta, en imitant ma voix :

— Personne ne s'engage dans l'armée pour éviter de presser la détente.

— Tu n'as aucune idée des raisons pour lesquelles on s'engage dans l'armée, dis-je, prononçant les mots avec plus de colère que je ne le voulais. Pas la moindre putain d'idée.

Elle sourit et se pencha en avant, savourant ma colère. C'était elle, l'ancienne Zara.

— Je sais ce que tu penses, dis-je. Je connais les gens comme toi.

— Les gens comme moi ? Tu veux dire les musulmans ?

— Pourquoi c'est toujours les musulmans avec toi ?

— Je sais que tu ne nous aimes pas.

— C'est faux.

Elle secoua la tête.

— On ne dit pas les choses sans raison, dit-elle.

Je poussai un soupir.

— J'ai été détesté parce qu'on me prenait pour un musulman. La dernière fois que mon père m'a frappé, c'était quand un gosse à l'école m'a traité de "bougnoul".

— Quoi ? dit Zara. C'est *toi* que ton père a frappé ?

— C'est la façon dont je me suis comporté. La dispute...

Je m'interrompis un instant, essayant de réfléchir à la façon dont j'allais lui expliquer.

— Écoute, je fréquentais un bon lycée, dans le nord de la Virginie, dans une ville qui était au-dessus de nos moyens. Mon père nous avait fait déménager dans cet endroit à la fin du collège. Il tenait à ce que j'aie la meilleure éducation. Ce qui était très bien, je suppose, mais je n'étais vraiment pas à ma place là-bas.

"C'est devenu toute une affaire, cette dispute, parce qu'un professeur a entendu le gars utiliser ce mot. Celui qui commence par b. Ça se passait après le 11 septembre et ce n'était pas le genre de la ville, tu vois ? Ils ne se voyaient pas comme ça. Ça a fait toute une histoire, et on m'a pris en sympathie, parce que j'étais arabe, et à cause du 11 septembre, et de ce qu'il avait dit. J'ai détesté tout ça. Je n'aime pas la pitié.

— Qu'est-ce que tu as fait au gars ?

— J'ai hurlé quelques insultes.

— Ce n'était pas vraiment suffisant, hein ?

— C'est ce qu'a pensé mon père. C'est pour cette raison qu'il m'a frappé. Parce que je ne m'étais pas battu avec le gars qui m'insultait, moi et, par voie de conséquence, toute la famille. Ou peut-être qu'il était juste en pétard parce que le principal du lycée semblait croire aussi que nous étions musulmans.

Zara baissa les yeux et tripota son foulard.

— Mon père pense que l'islam est la religion des Noirs pauvres. Il dit que les gens vont croire que je me suis convertie en prison.

— C'est pour ça que tu es venue à l'islam ? Pour emmerder Papa ?

Elle soupira et secoua la tête.

— Alors pourquoi ? demandai-je.

— Je suis en train d'apprendre pourquoi. C'est la pratique qui me l'enseigne.

— Et les vêtements ? Tous ces…

Je fis un geste de la main dans sa direction.

Elle porta la main au foulard sur sa tête.

— Ça fait partie de l'engagement, dit-elle calmement. Qu'est-ce que tu as dit, déjà, à l'assistant spécial ? La réalité, c'est ce que l'on perçoit ?

— Ouais.

— Avec ces vêtements, les gens me traitent comme si j'avais opéré un changement dans ma vie. Ce qui est le cas. (Elle sourit.) Et ça, c'est important.

— À l'armée, répondis-je, c'est en partie pour cette raison qu'on nous met un uniforme sur le dos.

Elle acquiesça et nous restâmes silencieux à nouveau. Je sentais qu'elle s'éloignait doucement. Son esprit dérivant peut-être vers d'autres sujets. Je savais que je n'avais pas réussi à communiquer. Cela ne faisait aucun doute. Je ne savais pas ce que j'avais envie de lui dire, juste que je lui dirais n'importe quoi pour qu'elle m'écoute.

Le silence devint embarrassant, puis insupportable. Elle me regarda, le corps détendu mais les yeux fixés sur les miens. Des mots, pensai-je, n'importe lesquels, feraient l'affaire. Si j'essayais de la séduire, je saurais quoi dire.

Elle rompit le silence la première.

— Tu as dit à l'assistant spécial que les choses étaient devenues assez moches pour toi et ta famille après le 11 septembre. C'est vrai ?

— Oui, dis-je, soulagé de voir la conversation repartir. Si tu voyais ma mère, tu pourrais croire qu'elle est blanche, mais mon père, ce n'est pas pareil. Il a la peau plus sombre que moi, et il porte cette espèce de moustache de dictateur arabe. Il a exactement la tête de Saddam Hussein.

— Exactement ? demanda-t-elle. Il pourrait être son sosie ?

Elle se pencha vers moi. Ce simple mouvement, la manifestation physique de son intérêt, m'excita.

— Ce que je veux dire, poursuivit-elle, c'est, est-ce que tu penserais la même chose si ta famille vivait encore en Égypte ?

Cela me fit rire.

— Ils se ressemblent tous, surtout avec cette moustache. Et il refuse de la raser. C'est un signe de virilité.

— Et ça a provoqué des problèmes ?

— Quelques-uns. Il est tellement têtu. En plus, il est devenu M. Super-Amérique. Il avait mis des drapeaux autour de notre maison et des aimants partout sur les pare-chocs de sa voiture avec le slogan "Soutenez Nos Soldats". Ça ne changeait pas grand-chose, avec la tête qu'il avait. Avec la tête qu'on avait tous, et nos noms aux consonances arabes, quand on passait les contrôles dans les aéroports.

— Je peux imaginer ça.

— Non, tu ne peux pas. Parce que quand ils le tiraient sur le côté pour le palper sur tout le corps, il leur disait, tellement fort que tout le monde entendait, "Je sais qu'on vous critique beaucoup, les gars, mais je veux que vous sachiez que moi, je soutiens ce que vous faites. Vous protégez nos libertés américaines."

Zara secoua la tête d'un air triste.

— Et ma mère, mon Dieu. Elle venait d'un monde complètement différent de celui de mon père. Copte, oui, mais pas du genre à avoir de la famille à Gourbi-ville. Quand elle était jeune, tous ses amis étaient musulmans, il y avait même un juif, des gosses de riches qui lisaient Fanon et discutaient de politique de gauche, avant de revenir à la réalité et de se marier entre eux. Mais ma mère avait des idées plus radicales qu'eux tous. Plus radicales encore que ma grand-mère, qui était une communiste pure et dure, avant la guerre des Six Jours. Elle a épousé mon père. Et puis voilà qu'il lui fait son numéro sur les libertés américaines ? La première fois qu'il a fait ça, j'ai cru qu'elle allait le tuer. Ces conneries ont bien failli détruire leur mariage.

— Et pourquoi ça n'est pas arrivé ?

— Elle est croyante.

Zara sourit.

— Qu'est-ce que tu en pensais ?

— J'avais dix-sept ans. Il faut que tu comprennes – mon père était là quand son cousin est mort. Lui-même a été roué de coups. Et puis les gens dont mon père m'avait dit toute ma vie qu'ils étaient mauvais avaient fini par mettre mon pays vraiment en rogne. Et ces histoires qu'il m'avait racontées n'étaient plus des conneries. Mon père, je veux dire, c'est un homme qui ne s'est jamais occupé de moi. Ce n'est pas le genre à faire des câlins.

— L'armée, c'était pour qu'il en éprouve de la fierté ?

Je grimaçai. Venant d'elle, ça n'était pas très agréable à entendre.

— C'était pour ma fierté à moi. Mais celle que je lirais dans son regard en ferait partie.

— J'imagine que ces problèmes avec tes airs d'Arabe n'ont fait qu'empirer à l'armée.

— Non. Pas du tout. Mais c'était plus direct. (Je laissai échapper un éclat de rire.) Pendant une inspection, un sergent instructeur m'a demandé ce que je ferais si mon frère rejoignait les rangs d'al-Qaida. Est-ce que je lui tirerais dessus ? Mon propre frère ?

— C'est terrible.

— Je suis enfant unique. Je lui ai répondu oui. Un camp d'entraînement militaire, ce n'est pas le bon endroit pour les subtilités.

— Et les autres recrues ?

— Il y avait un type, Travis. Il avait un oncle qui travaillait dans le bâtiment, et quand Travis s'est engagé dans l'armée, son oncle a commencé à refuser de travailler avec une famille d'électriciens musulmans. En l'honneur de Travis.

— J'ai entendu des histoires comme ça, dit Zara. En fait, j'ai entendu bien pire.

— Travis m'a raconté ça et puis il m'a dit, "Qu'est-ce que tu comptes faire à ce sujet, pédé ?"

— Qu'est-ce que tu as fait ?

— Je lui ai dit que je n'étais pas musulman. Ni gay. C'est pas mal d'avoir cette carte en réserve quand tu te retrouves dans ce genre de situation.

— Je ne sais pas si je pourrais me battre pour une organisation qui me traiterait de cette manière.

— Tu n'envisages pas les choses comme il faut. Ces conneries, c'est juste les gens. Ce n'était pas aliénant. Ça (je fis un geste de la main en direction de l'université), ça, c'est aliénant. Tous ces enfants tellement à part, avec un avenir si brillant devant eux. Tu sais, si Travis était du genre à mourir pour ses copains, ce qui était fort possible, je crois qu'il l'aurait fait pour moi tout autant que pour n'importe quel type portant un treillis de l'armée. Le fait qu'il me détestait et le fait que je détestais ce stupide enfoiré en retour, eh bien, il y a des circonstances qui relèguent les sentiments personnels à l'arrière-plan.

— Ces circonstances, dit-elle, étant une guerre. Où l'armée allait tuer tous ces gens pour lesquels on te prenait. Et toi, tu dois regarder.

Je levai les yeux au ciel, mais j'étais plus en colère que je ne le laissais paraître. Alors je pris le houka et fumai en silence pendant un moment. L'intérêt du houka est que ces moments ne sont pas simplement un espace mort. Vous pouvez faire des ronds de fumée. Vous pouvez l'utiliser sans rien dire. Vous pouvez continuer à penser.

Elle ne semblait pas se rendre compte à quel point cette conversation était différente des discussions en cours, où on racontait des conneries sur la théorie politique. Nos échanges, ici, avaient de l'importance. Et chaque fois qu'elle me contredisait avec ses petites affirmations pleines de suffisance sur qui j'étais et pourquoi j'avais fait ce que j'avais fait, ça m'agaçait. Cela me donnait envie de me taire et de la détester. La détester pour son ignorance quand elle avait tort, et la détester pour son arrogance quand elle avait raison. Mais si vous voulez vous faire comprendre, il faut continuer à parler. Et c'était ça, ma mission. L'amener à me comprendre.

— Quand j'ai réussi mes tests de fin d'entraînement, mon père était plus fier de moi qu'il ne l'avait jamais été. À ce moment-là, il écoutait Limbaugh, O'Reilly et Hannity du matin au soir et ma mère avait instauré un règlement interdisant à mon père de parler de politique à la maison. À cette époque, on avait l'impression que l'Afghanistan avait été un succès complet et Bush plaidait en faveur d'une intervention en Irak.

— Je me souviens.

Je posai la pipe et elle la prit.

— J'avais été envoyé à Fort Benning, dis-je, où on m'avait défoncé la gueule. Il avait fait une chaleur terrible, on m'avait hurlé dessus et l'entraînement physique m'avait à moitié tué. Je n'avais pas vu mon père pendant des mois. Mais il y avait des images de Saddam partout. Télé. Journaux. (Je repris mon souffle.) Et puis voilà qu'il était là. Le même visage. La même stature. Il avait même cette putain de démarche fière et prétentieuse. Et puis il y avait cette moustache.

— Donc tu l'as vu.

— Et c'était Saddam que je voyais. (Je pris une profonde inspiration.) Je veux dire, mon père aussi. Mais tout le monde, ma section, les sergents instructeurs, ils ont tous vu tout de suite à qui il ressemblait.

Zara souffla de la fumée.

— Tu l'as vu à travers leurs yeux.

— À travers mes yeux.

— Mais la façon dont ils le voyaient faisait peut-être aussi partie de la façon dont ils te voyaient, toi ?

— Je me demande s'il le savait. On ne se parle pas vraiment, mais je me demande. Je veux dire, cet homme est un connard. C'est exactement ce qu'il est. Mais je me demande si au plus profond de lui-même, au-delà de la politique, si la moustache n'était pas un immense "Je vous emmerde". Peut-être pas à l'Amérique, mais aux Américains, tu vois ? Tous ces connards de dévots qui parlent de Jésus, mais qui ne savent pas que le véritable christianisme, c'est l'Église copte.

— Mon père est diacre, dit-elle. Mais ce n'est pas un homme particulièrement bon. Il m'a fallu longtemps pour m'en rendre compte…

— Et moi…, j'étais là à cause de lui. Quand il m'a serré contre lui en me disant toute sa fierté – ce qu'il n'avait même pas fait à la remise des diplômes de fin d'études secondaires –, j'ai savouré. La cérémonie à la fin de la formation, c'est toute une affaire. Tout cet apparat. Les uniformes et les drapeaux, et tout le monde qui raconte à tout le monde à quel point on a été courageux, le patriotisme dont on a fait preuve, quels Américains formidables on a été. Tu ne peux pas résister à des centaines de gens qui se sentent fiers de toi. Tu ne peux pas. Et puis mon père, comme si c'était une remarque en passant, il me demande, "Mais, quand tu t'es engagé, pourquoi tu n'as pas choisi l'infanterie ?" et le sentiment que j'éprouvais a éclaté comme une bulle.

— Qu'est-ce que tu as fait ?

— Rien. J'étais dans l'armée, maintenant. J'ai suivi une formation. J'ai reçu des colis de ma mère et des e-mails patriotiques de mon père. Il m'envoyait des documents PowerPoint avec des photos de soldats, ou des plaisanteries et des discours sur "les troupes" qui parlaient d'elles comme si elles chiaient de l'or. J'avais dix-huit ans, j'avalais tout ça. Mais j'avais aussi des cours où j'apprenais à faire de la propagande, et ça donnait une putain d'impression bizarre.

"On avait un instructeur, dis-je, qui a passé tout un cours à nous parler des publicités qui avaient joué un rôle dans notre engagement dans l'armée, et à nous expliquer qu'on était bêtes de s'y laisser prendre. Il nous disait : 'J'aime l'armée. Mais vous avez une idée des conneries qu'on raconte dans ces publicités ?' Il consacrait tout son temps à nous faire reconnaître la propagande dans la vie civile de manière que nous puissions utiliser les mêmes techniques dans la guerre. Il nous disait : 'La vraie vie et les autocollants de pare-chocs, ça fait deux, alors, n'oubliez pas : si vous dites trop la vérité, personne ne vous croira.'

— Je ne pense pas que ce soit une bonne façon d'envisager les choses.

— Ouais, eh bien, il a raison. En Irak, on a dit beaucoup de vérités et beaucoup de conneries aux Irakiens. Une partie de ces conneries a été très efficace.

— C'est étrange de penser que quelqu'un fait ça pour gagner sa vie. Quand on entend le mot *propagande*, ça fait penser à ces affiches de la Seconde Guerre mondiale. Ou à la Russie de Staline. Quelque chose d'une autre époque, avant que notre information soit plus sophistiquée.

— La propagande *est* sophistiquée. Ce ne sont pas seulement des pamphlets et des affiches. En tant que soldat spécialiste des opérations d'influence, comme tout le reste dans l'armée, tu fais partie d'un dispositif militaire. Le langage est une technologie. Ils m'ont appris à l'utiliser de manière à augmenter l'efficacité létale de mon unité. Après tout, l'armée est une organisation construite autour d'une fonction qui consiste à tuer des gens. Mais tu n'es pas comme un type de l'infanterie. Tu ne peux pas te contenter de penser à l'ennemi comme n'étant rien d'autre qu'un ennemi. Un hajji. Un raton. Un sale type qui ne mérite qu'une balle. Il faut entrer dans sa tête.

La nuit était tombée tandis que nous bavardions et une pleine lune était apparue, bas dans le ciel. Les rues étaient tranquilles. Je me sentais proche d'elle parce qu'elle avait écouté, et j'avais tout dit directement, beaucoup de choses, en tout cas, avec un minimum d'artifices. Ça me donnait envie d'aller plus loin, mais cela nécessiterait une présentation des plus soignées.

— Tu sais, dis-je, je t'ai menti, tout à l'heure. Un peu.

— Comment?

— En fait, j'ai tué quelqu'un.

Elle était parfaitement immobile.

— Je n'ai pas tiré sur quelqu'un, mais j'étais responsable, sans aucun doute.

Nous laissâmes tous deux cette phrase en suspens un moment.

— La dernière personne à qui je l'ai raconté, c'était mon père. Ça m'a valu d'être mis à la porte de la maison.

Zara baissa les yeux sur ses mains, croisées devant elle, puis elle les leva vers moi. Elle esquissa un sourire.

— Bon, moi je ne pourrais pas te mettre à la porte d'ici, si j'essayais.

— Et tu ne t'en es pas privée, dis-je.

Elle secoua la tête.

— Ce n'était pas une plainte formelle. Mes amis voulaient que je dépose une vraie plainte, mais tout ce que je voulais, c'était que tu sois obligé d'écouter. Tu n'es pas très bon dans cet exercice.

— Je suis désolé. Sincèrement.

Elle haussa les épaules.

— Raconte ton histoire.

— J'étais à la bataille de Falloujah. On a fait un tas de choses dingues, là-bas. On passait des conneries dans nos haut-parleurs pour emmerder les djihadistes. Eminem, AC/DC et Metallica, à fond. Surtout quand ils essayaient de communiquer entre eux avec leurs propres haut-parleurs. On passait des conneries pour noyer leurs annonces, gêner leurs ordres et leur contrôle. Parfois on s'avançait jusqu'à une position et on mettait le ricanement de Predator. Tu as vu ce film?

— Non.

— C'est ce rire satanique, profond, à donner la chair de poule. Même les marines n'aimaient pas. On passait quelque chose en permanence. Et les djihadistes nous passaient des conneries aussi. Des prières et des chants. Il y en avait un qui me faisait me tordre de rire. Ça disait: “Nous nous battons au son du slogan Allah Akbar. Nous avons rendez-vous avec la mort et nous allons vous couper la tête.”

— Très poétique, dit-elle.

— C’était horrible. Il y avait des fusillades, des explosions, les mosquées qui faisaient beugler des messages et de la musique arabe, et nous, on faisait beugler Drowning Pool et Eminem. Les marines ont commencé à appeler ça Lalafallujah. Un festival musical venu de l’enfer.

— Dans une ville pleine de gens.

— Mais il n’y avait pas que de la musique. Les marines faisaient des concours, c’était qui trouverait les pires insultes imaginables. Et ensuite, on allait hurler ça dans nos haut-parleurs, on se moquait des insurgés qui étaient planqués, jusqu’à ce qu’ils se ruent hors de leurs mosquées pour foncer sur nous, fous de rage et on les mitraillait.

— Hors de leurs mosquées? demanda-t-elle.

— Tu es dans cette ville dingue, la mort partout, et tu vois un lieutenant qui s’avance vers ses hommes, comme s’il s’agissait de la chose la plus sérieuse du monde, et il leur demande: “Bon, on leur passe ‘Vous sucez la bite de votre mère’, ou bien ‘Vous enculez les chiens et vous bouffez la merde des enfants’”?

— Vraiment? Hors de leurs mosquées?

— Bien sûr, dis-je. Tu te moques de moi, ou quoi?

Elle secoua la tête.

— Alors, comment tu as tué des gens? dit-elle.

— Les insultes. Et dans tout ce qu’on a fait, c’est ce qui provoquait les réactions les plus satisfaisantes. Je veux dire, les djihadistes chargeaient et on écoutait les marines les descendre. Le sergent Hernandez appelait ça “Saloperie de Persuasion de Force du Jedi”.

— OK, dit-elle.

— C’est génial, dis-je.

— À moins que pour toi la petite brute ordinaire de cour d’école ne soit géniale, je ne vois pas ce qui l’est là-dedans. Mais je comprends pourquoi ça marchait.

— Ça marchait presque trop bien. On a passé les deux mois suivants à empêcher les mêmes connards qu'on provoquait de foncer sur nous parce que beaucoup d'entre eux n'étaient que des adolescents. Les marines n'aiment pas tuer des enfants. Ça leur fout la tête à l'envers.

— Qu'est-ce que ça t'a fait, à toi ? demanda Zara.

— Ce que j'ai fait ne me pose aucun problème.

— Mais si. Sinon, pourquoi tu me raconterais ces histoires ?

— Tu te prends pour qui ? dis-je en souriant. Ma psy ?

— Peut-être. C'est l'impression que ça me fait.

— Emmerder des insurgés a permis de sauver des vies à Falloujah. Et puis j'ai sûrement sauvé d'autres vies par la suite en disant la vérité sur ce qui se passerait s'ils nous emmerdaient.

— Alors, c'est ça qui t'a valu d'être mis à la porte par ton père. Le fait que tu as sauvé des vies ?

— Non. Pas le fait de sauver des vies. (Je m'interrompis avant de reprendre.) C'était à propos de Laith al-Tawhid. S'il y a un type que j'ai tué, c'est lui.

Zara ne dit rien. Je pris le houka et aspirai, mais rien ne vint. Les charbons étaient éteints. Je me sentais inquiet, même si elle s'était montrée bonne avec moi. Patiente. Mais si je continuais et lui racontais cette histoire, je ne savais pas si elle comprendrait. Ou plutôt, je ne savais pas si elle la comprendrait de la même façon que moi, et c'était ça que je voulais vraiment. Non pas partager quelque chose, mais m'en débarrasser.

— Quand je suis rentré, dis-je, il n'y a pas eu de grande cérémonie. Si tu n'appartiens pas à un bataillon, tu rentres dans un avion, avec toute une variété de types, des soldats de diverses unités. J'ai fait mon temps de mission et puis je suis rentré chez moi.

Je baissai les yeux sur mes mains, puis les levai vers Zara. Je ne savais pas comment lui dire ce que rentrer chez moi signifiait. Ce qui est bizarre, quand on est allé à la guerre, en tout cas pour moi, c'est que vous vous sentez effectivement meilleur que la plupart des gens. Vous avez risqué votre vie pour quelque chose qui est plus grand que vous. Combien de gens peuvent en dire autant ? Vous avez choisi de servir. Peut-être que vous ne compreniez rien à la politique étrangère de l'Amérique, ni pourquoi on était en guerre. Peut-être que vous ne le comprendrez jamais. Mais cela n'a pas d'importance. Vous avez levé la main pour dire : "Je suis prêt à mourir pour ces bons à rien de civils."

Mais en même temps, vous vous sentez amoindri, d'une certaine façon. Ce qui s'est passé, ce dont j'ai fait partie, peut-être que c'était la chose à faire. Les gens qu'on a combattus étaient très mauvais. Mais c'était affreux.

— Quand j'étais parti pour l'armée, il n'y avait que trois tableaux aux murs du salon – deux icônes et une reproduction de Matisse représentant un poisson dans un bocal. Ils viennent de ma mère. À mon retour, il y avait en plus un drapeau américain encadré et un de ces médaillons censé contenir un morceau d'acier du World Trade Center, mais qui, plus tard, se révéla n'être qu'une arnaque. C'était chez moi, mais…

— Tu ne t'y sentais plus à ta place ? dit Zara.

— Peut-être que non. Je ne sais pas. Mon père était là, en costume. Ma mère avait une petite croix accrochée au cou. Elle était devenue encore plus religieuse après mon départ. Elle priait tous les jours. Et elle m'a dit que si je voulais, elle me ferait du kochari, ce plat de lentilles à la tomate que j'adore. Et elle a posé la main sur mon dos, et elle m'a frotté les épaules, et je me suis dit que si je ne faisais pas quelque chose, j'allais me mettre à pleurer.

J'avais les yeux fixés sur mes mains tandis que je racontais l'histoire à Zara. La regarder aurait été trop difficile, mais peut-être que j'aurais pu la laisser voir ce que je ressentais. Peut-être qu'elle aurait éprouvé de la pitié pour moi. Ce n'aurait pas été totalement de la manipulation. Je me sentais vraiment triste et perdu. D'une certaine façon, je ressentais la même chose que ce jour-là, dans la maison de mes parents, avec ma mère qui me frictionnait les épaules tandis que moi, je repensais à ce que j'avais traversé, me disant que je ne lui raconterais jamais ça parce que ça ne pourrait que lui briser le cœur.

— Mais mon père n'a pas voulu en entendre parler, repris-je. "Notre garçon revient de la guerre, a-t-il dit à ma mère, on devrait l'emmener manger un véritable repas américain. Dans un Outback Steakhouse !" Il pensait que c'était une blague vraiment très drôle. Je ne savais pas comment le prendre. Les coptes sérieux sont censés manger végétarien environ deux cents jours par an – pas de nourriture ayant contenu une âme – et on était proches de Noël. Mais ma mère n'a rien dit et donc nous somme sortis. Mon père a commandé un steak, pour montrer qu'on pouvait se le permettre. Ma mère et moi avons pris une salade.

"Nous avons échangé des banalités pendant tout le repas, mais quand nous sommes rentrés à la maison, ma mère a dû partir au travail – elle est infirmière – et je me suis retrouvé seul avec mon père. Il m'a fait asseoir dans le salon et dit qu'il allait me faire un café. Puis il m'a tendu quelques feuilles de papier roulées et tenues par un élastique. Il m'a dit : 'J'ai envoyé un e-mail aux gars du bureau, et ils ont tous voulu te dire merci.' Il avait l'air si heureux, si fier. Ce n'était pas comme à la fin de mon entraînement. Je n'étais pas une déception. J'étais allé à la guerre. Et il m'avait manqué.

Je levai les yeux vers Zara et son regard croisa le mien. L'obscurité lui donnait un air plus doux qu'à la lumière du jour.

— Les feuilles, dis-je, c'était les e-mails de ses amis musulmans du bureau qu'il avait imprimés.

— Il avait des amis musulmans ?

— Des collègues. Quelques amis. En quelque sorte. Il disait qu'il les avait à l'œil. C'était sa plaisanterie. Il est employé dans une société de traduction qui travaille pour des ONG et pour des agences gouvernementales, il est dans le département de langue arabe. Donc il y a pas mal de musulmans. Et ils m'ont envoyé des lettres. Pour la plupart, des e-mails très courts, du genre : “Bon boulot, merci pour le service accompli” ou “Que cette guerre soit juste ou pas, ce que vous avez fait est honorable.” Mais d’autres étaient plus impliqués. L’un d’eux disait que la guerre est une chose terrible, mais qu’il espérait que “la présence d’un jeune homme sensible là-bas allégerait les souffrances”.

— Un jeune homme sensible ? dit-elle en esquissant un sourire.

— J’ai changé. Il y en avait un autre d’un type qui a connu la guerre civile au Yémen. Il avait écrit : “Quoi que vous traversiez, ce sont ceux qui vous ont envoyé qui en portent la responsabilité.” Et une bonne partie des autres e-mails étaient carrément en faveur de la guerre.

— J’imagine que beaucoup de musulmans américains étaient remontés contre Saddam.

— Il y en avait un qui était tellement en faveur de la guerre que même mon père n’aurait pas pu l’écrire. Ce type me disait que j’allais écrire un nouveau chapitre de l’histoire. Mon père avait souligné la phrase.

— Et qu’est-ce que tu as pensé quand tu as vu ça ?

— Cela m’a mis en colère.

Ma voix était douce tandis que je parlais à Zara. C’était comme si je disais des mots d’amour.

— Je ne lui ai pas dit exactement ce que je t’ai dit. Je voulais lui faire mal. J’étais en colère. J’avais eu beaucoup de poignées de main accompagnées d’un “Merci Pour le Service Accompli”, mais personne ne savait très bien ce que signifiait ce service accompli, tu vois ?

— Tu es en colère contre ton père parce que des gens t’ont remercié pour ce service ? demanda-t-elle. Ou est-ce lui qui fait que tu es en colère contre ces gens ?

— Il en fait partie. De ce sentiment.

— Alors, devrais-je remercier ceux qui sont allés à la guerre pour le service accompli, ou leur cracher dessus, comme au temps du Vietnam ?

Je réfléchis un instant, puis je lui fis un sourire en coin.

— Je me réserve le droit d'être en colère contre tout ce que tu feras.

— Pourquoi ?

— Tout est bidon. Quand la guerre a commencé, presque trois cents membres du Congrès ont voté pour. Ainsi que soixante-dix-sept sénateurs. Mais aujourd'hui, tout le monde s'en lave les mains.

— Il y a eu de fausses informations. Tu sais, Bush a menti, des gens sont morts.

— Oh, mon Dieu ! (Je plaquai les mains sur mes deux joues et pris un air choqué.) Un homme politique a menti ! Alors ce n'est pas ta faute !

— Tu tuais des gens avec des insultes de cour de récréation, dit Zara, et tu penses que ce que dit le président n'a pas d'importance ? Ou plutôt, une meilleure question. Est-ce que tu l'as cru ? Est-ce que tu étais en faveur de la guerre ?

— Je suis toujours en faveur de cette guerre. Simplement, je ne soutiens pas le type qui l'a conduite.

— C'est ça que tu as dit à ton père et qui l'a mis en colère ?

— Non. (Je m'inclinai en avant, les coudes posés sur mes genoux.) Non. Il savait que cette guerre était conduite de façon médiocre. C'est un homme intelligent.

J'envisageai de quelle manière je pouvais présenter ce que j'allais lui dire.

— Ce n'est pas le genre de chose que tu vas aimer. Ce n'est pas le genre de chose que mon père pouvait entendre.

— Je ne suis pas fragile, dit-elle.

— Bon, il faut que tu comprennes. Dans ma famille, je n'avais même pas le droit de prononcer un juron.

Je m'interrompis. Au bout d'un moment, Zara tendit le bras et me prit la main. Je la laissai. Elle n'aurait pas dû faire ça. Son geste me donna envie d'arrêter. Il me donna l'envie de dire quelque chose de cruel, pour qu'elle sache que ce que j'avais connu m'avait rendu plus fort, pas plus faible. De la rue monta un éclat de rire. Des étudiants de la confrérie Psi

Upsilon, peut-être. Ivres, peut-être, ou simplement se rendant au Bruno's pour y chercher une calzone.

— J'imagine que ton père n'était pas trop enchanté à l'idée que tu utilisais des mots cochons pour tuer des terroristes, dit Zara.

Sa main se serra dans la mienne.

— Mon père pensait que l'idée de l'insulte était drôle. Il trouvait ça génial. La culture tribale est fondée sur l'honneur et la honte. Comme le Sud rural. Ou l'Amérique des quartiers défavorisés. Mais on avait fini par en faire trop avec ce truc. On avait hurlé trop d'insultes, tué tous les insurgés assez stupides pour s'y laisser prendre. Et je raconte ça à mon père dans notre salon, dans leur maison de Virginie. Ce n'est pas la maison dans laquelle j'ai grandi. Ils ont déménagé dans un coin moins cher une fois que j'ai quitté le lycée, et on est là dans cette toute petite pièce avec une icône de saint Moïse le Noir, qui était un voleur et un esclave, une autre de sainte Marie l'Égyptienne, qui était une prostituée, ce stupide poisson de Matisse, ce foutu drapeau et cette fausse médaille en acier des tours du World Trade Center. Et il se penche vers moi. Et il écoute. Notre première conversation d'homme à homme.

— Et c'est sur la guerre, dit-elle. C'est ça qui le pousse à écouter.

— Alors je lui raconte : il y a une zone où se cachent des ennemis, d'après les renseignements militaires. Une petite bande d'islamistes appelée la Brigade des Martyrs al-Tawhid. Et mon père dit, "OK. Al-Qaida." Et moi je lui réponds, "Non. Juste des connards du désert qui n'aimaient pas que des Américains se baladent dans leur pays." C'était la première fois que j'utilisais un gros mot devant mon père.

— Et qu'est-ce qu'il a fait ?

— Rien. Il a juste dit, "OK. Donc, en gros, al-Qaida." J'ai eu envie de le gifler. (Je pris une inspiration.) Bon, en tout cas, on connaissait le nom de leur chef. Laith al-Tawhid. Les renseignements l'avaient mis sur la liste des personnes recherchées et donc j'avais son nom.

Je serrai la main de Zara, très fort.

— J'avais son nom, dis-je. Dans toute cette confusion, je pouvais l'appeler par son nom. Je pouvais lui parler directement, et il le saurait. Et ses hommes le sauraient.

— Ça te donnait un avantage.

— Oui. Et j'avais un plan. Normalement, ce genre de chose ne démarrait pas avec un simple soldat spécialiste, mais on me faisait confiance. Ils pensaient que j'avais le savoir magique, parce que, tu sais, je suis un musulman arabe.

Zara était penchée en avant – la même attitude que mon père. Ses yeux étaient posés sur moi maintenant.

— Bon, ce Laith al-Tawhid n'était pas un idiot. Il était fondamentaliste, pas stupide. Il n'allait pas venir en courant simplement parce que je l'insultais. Mais je savais comment l'avoir. Les femmes.

— Les femmes ?

— Ses femmes étaient chez elles. À l'extérieur de Falloujah. Et les types de la vieille école, les types comme Laith al-Tawhid, ils traitent les femmes comme des chiens. Comme des chiens qui peuvent détruire l'honneur de la famille si elles déconnent ou font preuve de la moindre indépendance.

Elle hocha la tête.

— Il y avait une compagnie de marines qui tenait un immeuble de bureaux en face de la position de Laith. J'ai expliqué aux marines ce que nous voulions faire et ils ont trouvé ça super.

— Qu'est-ce que tu as dit ?

— Laith al-Tawhid, nous avons tes femmes. Ta femme et tes filles.

Zara fronça les sourcils.

— Ainsi il était forcé de sortir pour vous attaquer, dit-elle.

— Je lui ai dit qu'on les avait trouvées en train de se prostituer auprès des soldats américains et qu'on allait les amener dans l'immeuble de bureaux.

Elle hocha la tête.

— Et tu as raconté ça à ton père.

— Je lui ai tout raconté. Que j'avais hurlé en arabe irakien, que j'avais appris pendant mon temps libre, qu'on allait baiser ses filles sur le toit et qu'on allait mettre des haut-parleurs devant leur bouche pour qu'il puisse entendre leurs cris.

Zara retira sa main. Je m'y étais attendu.

— Alors c'est comme ça que tu combattais, dit-elle.

Il y avait une touche de mépris dans sa voix, et je souris. Je ne sais pas pourquoi avec certitude, je n'éprouvais aucun plaisir.

— Je ne leur avais pas demandé ce qu'ils en pensaient. Mais la section a trouvé ça super. J'ai vociféré dans ces haut-parleurs pendant une heure. Je lui ai dit que quand ses filles s'inclineraient pour prier, on mettrait nos chaussures sur leur tête et on les violerait par-derrière. On frotterait notre prépuce sur leur visage. Un millier de bites dans ta religion, je lui ai dit, et dans quarante minutes, un millier de bites américaines dans tes filles.

— C'est écœurant.

— Tout le monde a ri quand on a trouvé ce qu'on allait leur dire. Tous les marines avaient des suggestions à faire, mais je les ai refusées. Les Américains s'imaginent que les meilleures insultes sont toutes à base de "salope" et de "chatte", mais en arabe, il est surtout question de "chaussures", de "prépuce" et de "mettre une bite sur la poitrine de ta mère".

— Je vois l'idée, dit-elle.

— Eh bien, ça a marché. Ils ne se sont pas rués hors de leur mosquée comme des idiots, mais ils se sont tout de même lancés à l'assaut, et ils se sont fait descendre.

— Je me fiche que ça ait marché.

— Je veux dire, tous les hommes de ce type l'ont entendu se faire insulter. Se faire humilier. Pendant une heure. C'était très violent. Il y avait une centaine de petits groupes d'insurgés, une centaine de petits chefs locaux essayant d'étendre leur pouvoir. Et moi, je lui faisais honte devant tout le monde. Je lui ai dit, "Tu penses que nous combattre est un honneur, mais nous avons tes filles. Tu as fait le con avec nous, alors tu as fait le con avec tes enfants." Il n'y a aucun honneur là-dedans. Il n'avait pas le choix. Je ne l'ai pas vu mourir. Je ne l'ai jamais vu. J'ai seulement entendu les marines l'abattre. Ils m'ont dit qu'il avait conduit sa petite charge suicidaire.

— Je vois.

— Mais tu n'aimes pas ce que tu as entendu. Mon père non plus n'a pas aimé. Il aurait préféré que je leur tire dessus en face. Dans son esprit, c'est tellement plus joli. Tellement plus honorable. Il aurait été fier de moi si j'avais fait ça. Toi aussi, tu m'aimerais davantage.

— J'aurais préféré que tu ne fasses rien du tout.

— Et j'ai tout raconté à mon père. Toutes les insultes, l'une après l'autre. Ce que j'ai dit. Toutes les choses que j'avais apprises en Amérique, toutes celles que j'avais apprises de lui, toutes celles qu'on m'avait dites, toutes celles auxquelles je pouvais penser, et il y en avait un tas.

— Je vois, répéta-t-elle, cette fois-ci avec le même ton dans la voix que mon père quand je lui avais raconté et qu'il m'avait dit, "Ça suffit."

Mais avec mon père, j'avais continué, j'avais décrit chaque acte sexuel, chaque mot ordurier en arabe. J'avais lancé des injures pour lui, et je lui en avais lancé, à lui, en anglais, en égyptien, en irakien, en arabe standard moderne, en arabe coranique, en argot bédouin, et il avait dit, "Ça suffit, ça suffit", la voix tremblante de rage, puis de terreur, parce que je me tenais au-dessus de lui, lui criant des insultes en plein visage, et il ne voyait plus son fils, pas plus que moi – penché au-dessus de lui et laissant ma rage se déverser sur lui – je ne voyais mon père.

— Tu crois que j'en ai honte ? demandai-je à Zara.

Et je vis mon père, j'entendis les mots qu'il était incapable de faire sortir de sa bouche, tant le choc était violent. Ses mains s'étaient mises à trembler, ses yeux étaient baissés. Il y avait du gris dans sa moustache. Il avait l'air vieux. Battu. Je ne l'avais jamais vu comme ça auparavant.

Zara me demanda :

— Qu'est-ce qui est arrivé à ses filles ?

Je l'ignorais.

— Quand je pense à la façon dont j'ai tué cet homme, dis-je, je repense à ce gosse et à la chaleur qui quittait son corps.

Je m'affaissai sur le canapé. Nous étions à nouveau silencieux. L'idée me vint de refaire brûler du charbon, mais je n'en avais pas l'énergie. Après avoir insulté mon père, j'avais passé la nuit dans un Motel 6, où ma mère m'avait trouvé et m'avait ramené à la maison. Mon père et moi ne nous étions plus parlé pendant le reste de ma permission.

— Bon, dit Zara. (Elle marqua une pause, regarda vers la rue.) Alors… qu'est-ce que je suis censée faire ? Te pardonner ?

— Me pardonner ? Comment ? Pourquoi ?

— Et même si je le faisais, est-ce que ça aurait de l'importance ? Parce que je suis musulmane ? Tu penses que ça a de l'importance pour le gosse que tu as regardé mourir ?

Je lui souris. Comme elle était loin du sujet, la mort de ce gosse, me dis-je. C'était, au mieux, le sujet de l'histoire de quelqu'un d'autre, mais j'imagine que Zara en avait conscience.

— Quand je raconte l'histoire de la lunette de visée à d'anciens soldats, généralement ça les fait rire.

Zara se leva lentement, la colère lui éclairant le visage. Je ne bougeai pas de mon siège. Je levai les yeux vers elle, attendant une réaction. Même totalement couvert, son corps restait séduisant sous ses vêtements. Je continuai à sourire, me délectant de la voir devant moi, me délectant du sentiment de supériorité que j'étais certain d'éprouver lorsqu'elle éclaterait. Une personne en colère ne peut jamais vous blesser vraiment. La colère obscurcit trop son esprit. Mieux vaut être comme moi à Falloujah, mentir effrontément et crier des choses abominables avec calme et intelligence, calibrant chaque mot pour qu'il fasse le plus de mal possible.

Mais l'éclat de Zara ne se produisit pas. Elle resta là, sans rien dire. Et puis une émotion que je fus incapable d'identifier la traversa et la colère sembla la quitter. Elle fit un pas en arrière et me regarda, réfléchissant. Elle leva les mains et ajusta son châle.

— Ça va, finit-elle par dire. C'est bon.

Pour la première fois depuis le début de la matinée, quand j'étais entré dans le bureau de l'assistant spécial et que je l'avais vue là, c'était moi qui me sentis perturbé. Elle n'adoptait aucune des attitudes que j'avais envisagées.

— Qu'est-ce que tu veux dire ? dis-je.

Tendant le bras, elle posa sur mon épaule une main qui me parut chaude et légère. Bien que son visage fût calme, j'avais le cœur qui battait et je levai les yeux vers elle comme si elle allait prononcer une sentence. Il se dégageait d'elle, à cet instant, une impression de mystère.

— Ça va. Je suis contente que tu puisses en parler.

Puis elle descendit les marches de la véranda et s'arrêta en bas. Derrière elle, il y avait les ormes et les maisons à clins miteuses de South Whitney Street, abritant les confréries qui n'étaient pas sur le campus et les quelques étudiants d'Amherst qui n'étaient pas logés dans les résidences universitaires. Elle n'était pas vraiment à sa place, ici, me dis-je, et moi non plus.

Zara se tenait dans la cour, sans bouger. Au bout d'un moment, elle se tourna et leva les yeux en haut des marches, où j'étais toujours assis près du houka.

— Peut-être qu'on se reparlera une autre fois, dit-elle.

Puis elle me fit un petit signe de la main, se retourna et repartit en direction du campus.

Histoires de guerre

— Je suis fatigué de raconter des histoires de guerre, dis-je, non pas tant à Jenks qu'au bar désert derrière lui.

Nous sommes assis à une table dans un coin, avec vue sur l'entrée.

Jenks hausse les épaules et fait une grimace. Difficile de dire ce qu'elle signifie. Il y a tellement de tissu cicatriciel et de peau ridée que je ne sais jamais s'il est heureux ou triste ou en rogne ou autre chose encore. Il n'a plus de cheveux et plus d'oreilles non plus, et même si ça fait déjà trois ans qu'il a été blessé, j'ai toujours le sentiment que sa tête est quelque chose que je ne devrais pas regarder avec insistance. Mais quand on parle à un homme, on le regarde dans les yeux, alors avec Jenks, je force mon regard à rester fixé sur le sien.

— Moi, je ne raconte pas d'histoires de guerre, dit-il, puis il prend une gorgée de son verre d'eau.

— Ouais, mais il va bien falloir que tu le fasses quand Jessie et Sarah seront là.

Il fait entendre un rire nerveux et pointe le doigt sur son visage.

— Qu'est-ce qu'il y a à dire ?

Je bois une gorgée de ma bière et je le regarde des pieds à la tête.

— Pas grand-chose.

L'histoire de Jenks est assez évidente, et ça, c'est une autre chose bizarre, parce que, fondamentalement, Jenks, c'était moi, avant. On a la même taille, on a grandi dans le même genre de banlieue merdique, on s'est engagés dans le corps des marines en même temps, et on avait fait le même projet de venir vivre à New York quand on quitterait l'armée. Tout le monde disait toujours qu'on aurait pu être des frères. Maintenant, le regarder, c'est comme regarder ce que j'aurais été si c'était mon véhicule qui avait roulé sur cette plaque de pression. Jenks, c'est moi, mais en moins chanceux.

Jenks soupire et se cale contre le dossier de sa chaise.

— Au moins toi, ça te permet de t'envoyer en l'air, dit-il.

— Quoi donc ?

— Raconter des histoires de guerre.

— Sûrement. (Je bois une gorgée de bière.) Je ne sais pas. Ça dépend.

— De quoi ?

— Des circonstances.

Jenks hoche la tête.

— Tu te souviens de cette petite réunion qu'on avait eue avec tous les gars du bataillon du génie ?

— Tu parles, bien sûr. À nous entendre, on aurait cru qu'on était des enfoirés de la Delta Force, un mélange de ninjas et de Jedi.

— Les filles avaient tout avalé.

— On s'était bien débrouillés, pour une bande de marines débiles essayant de draguer des filles de la grande ville.

Jenks me regarde. Le seul endroit où sa peau a l'air à moitié normale, c'est tout autour de ses yeux ; les yeux eux-mêmes sont bleu pâle. Avant ses blessures, ils ne m'avaient jamais vraiment frappé, mais maintenant ils ont gagné une sorte d'intensité en contrastant avec le rose de porc bouilli bien lisse de la peau greffée.

— Évidemment, ces conneries ont marché seulement parce que j'étais là, dit-il.

Je ris et un instant après, Jenks se met à rire aussi.

— Ça, c'est vrai. Qui va oser dire que c'est des conneries alors que tu es assis là, dans le coin avec ta tête qui semble sortie tout droit des *Griffes de la nuit* ?

Il fait entendre un gloussement.

— Heureux de pouvoir aider, dit-il.

— Ça aide vraiment, dis-je. Je veux dire, tu dis à une nana, “Ouais, je suis allé à la guerre, mais je n’ai jamais tiré un coup de feu…”

— Ou bien, “Hé, j’ai passé presque tout le temps de ma mission à paver des routes. À fixer des plaques de blindage. À réparer les nids-de-poule.”

— Tout à fait. Même les nanas qui sont contre la guerre – et dans cette ville elles le sont toutes –, elles ont envie de t’entendre dire que tu as connu des horreurs.

Jenks pointe le doigt sur son visage.

— En voilà de l’horreur.

— Exactement. Y a rien à ajouter. Tout de suite, elles imaginent des tas de trucs.

— *La Chute du faucon noir.*

— *Démineurs.*

Il rit à nouveau.

— Ou comme tu dis, *Les Griffes de la nuit.*

Je me penche en avant, les coudes sur la table.

— Tu te souviens comment c’était, quand on entrait dans un bar en uniforme de cérémonie ?

Jenks se tait un instant avant de répondre.

— Putain, mec. Ouais. Les petites culottes tombaient toutes seules.

— Même si tu te paies une sale tronche.

Il émet un grognement.

— Bon, il y a une limite.

On reste sans rien dire un moment, puis je laisse échapper un soupir.

— Moi j’en ai marre des nanas qui prennent leur pied avec ça.

— Avec quoi ? La guerre ?

— Je ne sais pas, dis-je. Il y a une fille qui s’est mise à pleurer quand je lui ai raconté des horreurs.

— À quel sujet ?

— Je ne sais pas. Des conneries.

— Sur moi ?

— Ouais, sur toi, enfoiré.

Maintenant il est tout sourires. Le côté gauche de son visage est soulevé par la contraction, la peau ridée retroussée sur ses joues, et la fente de sa bouche aux lèvres minces s'étire vers l'endroit où devrait se trouver son oreille. Le côté droit reste figé, mais chez lui, c'est normal, étant donné les nerfs qui ont été touchés.

— C'est sympa, dit-il.

— J'ai eu envie de l'étrangler.

— Pourquoi ?

Je n'ai pas de réponse précise à ça, et alors que j'essaie de trouver une façon de mettre des mots là-dessus, la porte s'ouvre et deux filles entrent, mais ce ne sont pas celles que nous attendons. Jenks se retourne et jette un coup d'œil. Sans même y penser, je les jauge du regard – une jolie fille, un sept ou un huit, peut-être, avec son amie, moins attrayante et qui ne vaut pas vraiment la peine qu'on lui donne une note. Le regard de Jenks se détourne d'elles et se pose à nouveau sur moi.

— Je ne sais pas, dis-je. Je lui faisais du cinéma. Tu vois. "Oh, chérie, j'ai mal et j'ai besoin de la douceur d'une femme comme toi."

— Tu lui faisais du cinéma, reprend-il. Et ça marchait. Alors tu as eu envie de l'étrangler.

— Ouais, dis-je en riant. C'est un peu tordu.

— Au moins, tu baises.

— Je préférerais aller au Nevada et m'envoyer une prostituée.

Je crois presque à ce que je dis. Avoir recours à l'argent serait mieux. Mais probable que je finirais par parler de Jenks à la pute de toute façon.

Jenks regarde son verre, les paupières plissées. Je lui demande :

— T'as déjà pensé à te faire une pute ? On pourrait passer en revue les annonces des dernières pages du *Village Voice*, voir s'il y en a une qui te tape dans l'œil. Pourquoi pas ?

Jenks prend une gorgée d'eau.

— Tu penses que je peux pas baiser ?

Sa voix paraît espiègle, comme s'il voulait plaisanter, mais je ne suis pas sûr.

— Non, dis-je.

— Pas même une fille qui ferait ça par pitié ?

— Tu ne voudrais pas de ça.

— Non, je ne voudrais pas.

Je regarde les filles à l'autre bout du bar. La jolie fille a des cheveux noirs qui coupent le côté de son visage en biais et elle porte un piercing à la lèvre. Son amie a un manteau vert clair.

— Pense à toutes ces autres victimes de brûlures, là, dehors. (Je me tourne vers Jenks et lui fais un grand sourire.) Et à des nanas vraiment très grosses.

— Et à des nanas qui ont le SIDA, dit-il.

— Nan, c'est pas suffisant. Peut-être quelque chose comme le SIDA et de l'herpès en plus.

— Ouais, ça semble vraiment terrible. Je vais passer une petite annonce sur le site Craiglist.

Maintenant, il riait carrément. Même avant d'être blessé, quand la situation devenait merdique, il se mettait à rire. Je garde un sourire plaqué sur le visage, mais pour une raison ou pour une autre, maintenant je commence à le ressentir au fond de moi, ce sentiment que j'éprouve lorsque je parle de Jenks et que je me plonge dans l'histoire pour de bon. Parfois, quand j'ai bu et que je suis avec une nana qui a l'air de bien m'aimer, je lui laisse libre cours. Le problème, c'est que dans ce cas-là, je ne peux pas dormir avec elle. Ou je ne devrais pas, parce que, après, je me sens mal et j'erre dans les rues de la ville avec l'envie de tuer quelqu'un.

— Des types comme moi, il y en a plein, dit Jenks. J'en connais un, il s'est marié, et il va bientôt avoir un gosse.

— Tout peut arriver, dis-je.

— C'est des conneries, de toute façon.

Il y a un peu de dureté dans sa voix.

— Quoi ?

— Trouver quelqu'un.

Je ne sais pas s'il est sérieux.

— Je me débrouillais bien avant, dit-il. Et en uniforme de cérémonie, je cassais la baraque. Maintenant, le simple fait de m'approcher d'une nana serait insultant.

— Comme si tu disais, "Hé, je pense que vous êtes suffisamment laide, vous pourriez peut-être baiser avec moi."

Je plaque un sourire stupide sur mon visage, mais Jenks ne semble pas le remarquer.

— Personne n'a envie de ça, dit-il. Personne n'a même envie de devoir oublier ça. C'est trop horrible.

Il y a un petit silence, pendant lequel j'essaie de trouver quelque chose à dire à cela, et puis Jenks pose une main sur mon bras.

— Mais ça va, dit-il. J'ai renoncé.

— Ouais ? Ça va ?

— Tu vois cette fille là-bas ?

Jenks désigne les deux filles et, même s'il ne précise pas, il est évident qu'il parle de celle qui est superbe.

— Avant, je l'aurais vue et j'aurais eu l'impression d'être obligé de trouver un plan pour qu'elle accepte de me parler. Mais maintenant, avec Jessie et Sarah (il regarde sa montre), quand elles arriveront, je pourrai simplement avoir une conversation. (Il jette un rapide coup d'œil aux filles.) Y a eu une époque où j'aurais pas pu rester tranquillement assis dans un bar où il y aurait eu une femme. (Il me regarde, puis se tourne à nouveau vers les filles.) Maintenant, sachant que j'ai aucune chance, c'est plus reposant. J'ai pas à me faire du souci. Personne ne va penser que je suis pas un homme à la hauteur si je drague pas une fille. Je ne parle qu'aux gens qui m'intéressent vraiment.

Il lève son verre et heurte le mien avec. Quelqu'un m'a dit que trinquer avec de l'eau porte malheur, mais il doit bien y avoir une exception pour les gens comme Jenks.

— Quant aux gosses, dit Jenks, je vais donner ma saloperie à une banque du sperme.

— Sérieux ?

— Tu parles, bien sûr. La lignée des Jenks va pas s'éteindre avec moi. Mon sperme, il est pas défiguré.

Je n'ai rien à redire à ça.

— J'aurai un bébé, là, quelque part, poursuit Jenks. Un petit Jenks qui se baladera. Il s'appellera pas Jenks, mais je peux pas tout avoir, hein ?

— Non. Tu peux pas.

— Tu devrais y aller. (Il donne un coup de tête en direction des filles.) Va raconter tes histoires de guerre. Je raconterai les miennes à Jessie et Sarah, quand elles arriveront.

— Arrête tes conneries, dis-je.

— Sérieusement, ça ne me dérange pas.

— Sérieusement. Va te faire foutre.

Jenks hausse les épaules et je lui fais baisser les yeux, mais à cet instant, la porte s'ouvre à nouveau et Jessie entre en compagnie de son amie Sarah, qui est actrice. Je lève les yeux et Jenks en fait autant.

Elles sont comme les deux autres filles qui sont entrées plus tôt, il y en a une qui est belle et l'autre pas, mais là, la différence est plus frappante. Sarah, celle qui est jolie, est vraiment canon. D'une main mutilée, Jenks leur fait signe de nous rejoindre, et Jessie, celle qui n'est pas belle, agite une main où il n'y a plus que quatre doigts.

— Hé, Jessie, dis-je, puis je me tourne vers la fille superbe. Vous devez être Sarah.

Sarah est grande, mince et elle a l'air de s'ennuyer. Jessie est tout sourires. Elle serre Jenks dans ses bras, puis elle me regarde des pieds à la tête et se met à rire.

— Tu as mis des chaussures de combat, dit-elle. C'est pour te donner plus de crédibilité auprès de Sarah ?

Je regarde mes pieds, comme un débile, avant de marmonner :

— Elles sont confortables.

— Bien sûr, dit-elle en me faisant un clin d'œil.

Jessie est un cas intéressant. À part le doigt qui lui manque, elle ne semble pas avoir de problème majeur, à ce que je peux voir, pourtant, je sais que l'armée lui a accordé un taux d'invalidité de 100 %. Et puis un doigt en moins est un bon signe qu'il y a autre chose. Mais elle n'est pas laide. Je ne veux pas dire qu'elle est agréable à regarder – je veux dire qu'elle est juste à un poil d'être laide. Elle a un visage ovale charnu, mais un corps svelte et compact. Un corps de joueuse de softball. Le genre de fille que vous regardez et à qui vous dites : "Ça peut aller." Le genre de fille que vous draguez dans une boîte une heure avant la fermeture. Mais aussi le genre de fille avec qui vous n'avez pas envie de sortir régulièrement parce que vous ne pourriez jamais la présenter à vos amis sans que ceux-ci se disent, Mais pourquoi elle ?

Sauf que quand Jenks a rencontré Jessie à une réunion quelconque d'anciens soldats invalides, il est carrément tombé amoureux d'elle. Il ne voudrait jamais l'admettre, bien sûr, mais sinon, pourquoi serait-il là, avec personne d'autre que moi pour le soutenir, et disposé à parler de l'Irak à une complète inconnue ? Cette Sarah. Cette si jolie fille.

— Je vais vous chercher à boire, dit Jessie.

Jessie nous paie toujours la première tournée. Elle dit que deux jours avant un attentat-suicide à la voiture piégée, des gars du génie étaient venus blinder le poste de contrôle qu'elle occupait, et elle a le sentiment d'avoir une dette énorme envers le génie. Et peu importe si nous étions surtout occupés à réparer les nids-de-poule. Elle me paie à boire, la seule femme que je connaisse qui en fasse un point d'honneur.

Je désigne mon verre de bière en disant :

— Je bois une Brooklyn.

— De l'eau, dit Jenks.

— Ah bon ? dit Jessie en souriant. Ça coûte pas cher de sortir avec toi.

— Hé, Jess, l'interrompt Sarah, tu peux me prendre un gin avec un tonic light ? Et citron vert.

Jessie roule des yeux et se dirige vers le bar. Jenks la dévore du regard tandis qu'elle s'éloigne. Je me demande à quel jeu elle joue. Je me demande à quel jeu Jenks s'imagine qu'elle joue.

Jenks se tourne vers Sarah.

— Alors comme ça, vous êtes actrice, dit-il.

— Ouais, et barmaid, aussi, pour payer le loyer.

Sarah s'en tire bien. À part le rapide coup d'œil oblique qu'elle lance à Jenks de temps en temps, on pourrait croire que tout le monde à cette table a une tête normale.

— Barmaid, dis-je. Où ça ? On pourrait peut-être y passer et boire un coup à l'œil ?

— Vous allez boire un coup à l'œil, dit-elle en désignant Jessie au bar.

Je lui fais un petit sourire genre "Va te faire foutre". Cette Sarah est bien trop belle pour qu'on ne la trouve pas détestable. Des cheveux bruns raides, des traits anguleux, un maquillage invisible, un joli visage long, de longues jambes fines et un corps qui paraît sous-alimenté. Son accoutrement ne comporte que des vêtements vintage – l'allure soigneusement négligée qu'affecte la moitié de la population blanche de Brooklyn. Si vous draguez cette fille dans un bar, vous avez droit au respect des autres types. Vous l'emmenez chez vous, c'est le triomphe. Et je peux déjà dire qu'elle est beaucoup trop futée pour donner sa chance à un type comme moi.

— Alors comme ça, vous voulez qu'on parle des horreurs de la guerre, dis-je.

— En quelque sorte, dit-elle, feignant l'indifférence. Deux ou trois personnes dans notre projet ont des entrevues avec d'anciens soldats.

— Vous avez Jessie, dis-je. Quand elle faisait partie de la "Lioness Team", elle a connu les vraies horreurs de la guerre. Elle était avec les gars de l'infanterie, accomplissant des missions de femme sur le terrain, au milieu des combats. En tant que soldat, elle a une bite grande comme ça... (J'écarte les mains, faisant le geste du pêcheur qui exagère.) La nôtre est minuscule.

— Parle pour toi, dit Jenks.

— C'est mieux que pas de bite du tout, dis-je.

— Est-ce que Jessie vous a expliqué le projet ? demande Sarah.

— Vous voulez que je vous raconte l'histoire de l'EEI, dit Jenks. Pour une pièce de théâtre.

— Nous travaillons avec un groupe d'écrivains de l'association Iraq Veterans Against the War. Ils ont organisé des ateliers, une sorte de thérapie par l'écriture.

Jenks et moi échangeons un regard.

— Mais ça, c'est différent, s'empresse-t-elle d'ajouter. Ça n'a rien de politique.

— Vous écrivez une pièce, dis-je.

— C'est un travail en collaboration avec la communauté des anciens combattants de New York.

J'ai envie de lui demander quel pourcentage revient à cette "communauté", mais Jessie nous rejoint, tenant difficilement deux pintes de bière, un Gin tonic allégé et un verre d'eau, la main gauche en dessous et la droite au-dessus, un doigt dans chaque verre. Elle fait un sourire à Jenks en les posant sur la table, et je le vois clairement se détendre.

Sarah commence à expliquer que l'idée n'est pas d'être pour ou contre la guerre, mais de proposer aux gens une meilleure compréhension de "ce qui se passe vraiment".

— Quel que soit le sens de l'expression, intervient Jessie en riant.

— Alors tu fais partie de l'IVAW, maintenant ? dis-je.

— Oh non, répond Jessie. Je connais Sarah depuis le jardin d'enfants.

Je comprends mieux. Je l'ai toujours considérée comme étant du genre conservateur. Je parierais ma couille gauche qu'elle a voté pour McCain, et je parierais la droite que cette Sarah a voté pour Obama. Moi, je n'ai pas voté du tout.

— Les EEI provoquent un type de blessure qui est la marque de cette guerre, dit Sarah.

— De ces guerres, dis-je.

— De ces guerres, répète Sarah.

— Brûlures et lésions cérébrales traumatiques, vous voulez dire ? demande Jenks. Je n'ai pas de lésion cérébrale.

— Il y a aussi le PTSD, dis-je, si vous croyez le *New York Times*.

— On a quelques anciens combattants qui présentent ces troubles post-traumatiques, dit Sarah sur un ton qui pourrait donner à penser qu'elle les garde dans un bocal sur une étagère.

— Pas de brûlures graves ? demandé-je.

— Pas comme Jenks, me répond-elle avant de se tourner rapidement vers Jenks. Sans vouloir vous blesser.

Jenks prend une de ses expressions qui ressemblent vaguement à un sourire et hoche la tête.

Elle se penche en avant.

— Je veux simplement que vous me racontiez comment c'était, avec vos mots à vous.

— L'attaque ? demande Jenks. Ou après ?

— Les deux.

La plupart des gens, quand ils essaient de faire parler Jenks, ils essaient de l'amadouer en utilisant un ton "minou-minou, approche", mais celui de Sarah est très professionnel – saccadé, poli.

— À votre rythme, dit-elle. Tout ce que, d'après vous, les gens devraient savoir.

Elle prend un air inquiet. J'ai déjà vu cet air sur le visage de femmes dans des bars, quand je commence à me livrer. Quand je suis à jeun, cela me met en colère. Quand j'ai bu, c'est ce que je recherche.

— C'est comme une grande douleur qui dure longtemps, longtemps, dit Jenks.

Sarah lève une main, une main pâle et délicate, aux longs doigts, et avec l'autre, elle cherche dans son sac et en tire son smartphone, le tripote un instant pour faire fonctionner l'application enregistrement.

Jenks est à nouveau tendu, c'est ce qui explique ma présence. Une sorte de soutien. Ou de protection. Jessie lui fait un grand sourire et pose sa main esquintée sur la sienne, Jenks plonge sa main libre dans sa poche et sort une liasse de feuilles de carnet pliées. Je regarde ailleurs, vers la table avec les deux autres filles. Elles boivent de la bière. J'ai lu une étude quelque part, selon laquelle les personnes qui boivent de la bière sont plus susceptibles de coucher avec un quelqu'un dès le premier rendez-vous.

— Lui, il se souviendrait de l'EEI mieux que moi, dit Jenks en me regardant.

Je jette un coup d'œil vers Sarah, et s'il y a une chose dont je suis sûr, c'est que je dirai que dalle à cette fille.

— Je ne peux même pas vous raconter si longtemps après, poursuit-il. Des bribes, des fragments, au mieux. Ça fait longtemps que je travaille à remettre tout ça en ordre.

Il tapote sur ses feuillets, mais il ne les déplie pas. Je sais ce qu'ils contiennent. Je les ai lus. J'ai lu le brouillon précédent, et le brouillon d'avant le précédent.

— Je sais que je ressentais une douleur terrible, dit Jenks. Une douleur comme vous pouvez pas imaginer. Mais une douleur comme je peux pas imaginer non plus parce que… (il lève la main et frictionne son crâne esquinté) beaucoup de souvenirs ont disparu. Plus rien. Comme une surcharge du système. Et c'est pas plus mal. J'ai pas besoin de ces souvenirs. En plus, ils m'ont donné de la morphine en perfusion épidurale, du Dilaudid en intraveineuse, du Versed.

— Quelle est la première chose dont vous vous souvenez ? demande Sarah.

Elle parle de l'attaque, mais Jenks est déjà en train de glisser loin de cet instant.

— Ma famille. (Il s'interrompt et déplie sa liasse, passant en revue les premiers feuillets, ceux pour lesquels elle est là.) Ils ont fait comme s'il n'y avait rien d'anormal. Et je ne pouvais pas leur parler. J'avais un tuyau dans la gorge. Il baisse les yeux sur son papier et commence à lire : "Ça a dû être plus dur pour ma famille que pour moi…"

— Vous voulez peut-être que je le lise ? demande-t-elle en indiquant les feuillets. Et puis ensuite je vous poserai des questions ? Je veux dire, si vous avez déjà mis ça par écrit…

Jenks éloigne ses pages de Sarah. Il me regarde.

— Ou bien… d'accord, dit-elle. C'est vous qui lisez. C'est mieux.

Jenks prend une inspiration. Il boit une gorgée d'eau et moi de bière. Jessie regarde son amie d'un air mauvais et serre la main de Jenks. Au bout d'un moment, Jenks s'éclaircit la gorge et remet les feuillets devant lui.

— “Ça a dû être plus dur pour ma famille que pour moi, recommence-t-il à lire. Maintenant, les gens me regardent et se disent, Mon Dieu, comme c'est terrible. Mais c'était bien pire à ce moment-là. Ils ne savaient pas si j'allais survivre, et j'étais méconnaissable. Quand un corps perd autant de sang que ce que j'ai perdu, des choses bizarres se produisent. J'avais une vingtaine de kilos de liquide en plus dans le corps, et ça me gonflait le cou et le visage, comme un poisson boursouflé. J'étais couvert de pansements et de pommade partout où j'étais brûlé et…”

— Est-ce que vous vous souvenez de l'explosion elle-même ? l'interrompt Sarah.

Jenks lui lance un regard éteint. Hier, quand il m'a demandé de venir avec lui, je lui ai dit que s'il donnait son histoire à cette fille, ce ne serait plus son histoire à lui. Un peu comme quand vous photographiez quelqu'un, vous lui volez son âme, sauf que là, ce serait plus profond qu'une image. Votre histoire, c'est *vous*. Jenks n'était pas d'accord. Avec moi, il ne discute jamais, simplement il n'en fait qu'à sa tête. Je lui ai dit que je viendrais avec lui, quelle que soit sa décision.

— J'ai travaillé dur pour essayer de me la rappeler, dit-il à Sarah, feuilletant ses pages à rebours, mais sans les regarder. Le problème, c'est que je ne suis pas sûr de pouvoir distinguer un vrai souvenir des détails que mon cerveau ajoute pour combler les trous, comme le gars dont le cœur s'arrête et qui s'imagine voir une lumière aveuglante. Sauf que moi, je suis sûr de ma lumière aveuglante. Il y a eu un éclair, sans aucun doute. Une odeur de soufre, comme pour la fête du 4 juillet, mais tout près.

Je ne me souviens pas du soufre. Je me souviens de la viande. De la viande grillée. Alors, ouais, le 4 juillet. Le barbecue. C'est pour ça que je suis devenu végétarien et que parfois les nanas hippies de Billyburg pensent que je suis comme elles, ce qui n'est pas le cas.

— Et du noir qui m'a frappé, violemment, dit Jenks.

— Du noir ?

— Tout était noir et rapide, un K.-O. Vous avez déjà été K.-O. ?

— En fait, oui.

Je laisse échapper un grognement. Sarah n'a certainement jamais été K.-O. Je parie que ses parents l'ont gardée enveloppée dans du papier bulle jusqu'au moment d'entrer dans une de ces universités chic de la côte est.

— Alors, ouais. Du noir qui vous frappe, comme un coup de poing dans la tête qui vous assomme, pas de gants, mais le poing est plus grand que vous, il frappe votre corps tout entier d'un seul coup, et il est en feu. Il a tué les deux autres types dans le véhicule, Chuck Lavel et Victor Roiche, qui étaient des marines formidables et les meilleurs amis que j'aie jamais eus, mais je n'ai su qu'après qu'ils étaient morts. Et ensuite, c'est des bribes de souvenirs, et puis le réveil, dans un autre pays, et je me demande où sont mes copains de combat, sachant en même temps qu'ils sont morts, mais je suis incapable de demander parce que je ne peux pas bouger ni parler, avec ce tuyau dans ma gorge.

Chuck et Victor étaient mes amis aussi, et de bons amis de Jenks, mais jamais de la vie ses meilleurs amis. Ça a toujours été moi.

— Alors, les bribes, dit Sarah.

— Je me souviens de hurlements, dit Jenks. Je ne sais pas, lors de l'explosion, plus tard, à l'hôpital, des hurlements. Mais je n'aurais pas pu hurler à l'hôpital.

— À cause du tuyau.

— J'ai l'impression qu'il y avait des moments où je hurlais, ou peut-être des moments où je rêvais ce que les choses auraient dû être.

— Qu'est-ce que vous vous rappelez ? (Sarah se tourne vers moi. Jessie aussi.) Vous vous souvenez des hurlements ?

Jenks baisse les yeux sur ses mains. Il boit une gorgée d'eau.

— Peut-être, dis-je. Quelle importance ? Mon chauffeur n'a entendu que dalle. Aucun bruit. Une chose comme ça, si vous avez dix personnes présentes, vous aurez dix histoires différentes. Et elles ne correspondent pas.

Je ne fais pas confiance à mes souvenirs. Je fais confiance au véhicule, brûlé, tordu et déchiqueté. Comme Jenks. Pas d'histoires. Des choses. Des corps. Les gens mentent. Les souvenirs mentent.

— Mettre les choses en ordre, ça aide, dit Jenks, une main posée sur ses feuillets.

— Ça aide à quoi ? demande Sarah.

Jenks hausse les épaules. Un geste qu'il fait souvent, depuis quelque temps.

— Les cauchemars, dit-il. Des réactions bizarres, quand vous entendez un bruit, quand vous sentez une odeur.

— PTSD, dit-elle.

— Non, répond Jenks d'un air détaché. Les explosions ne me font pas sursauter. Je vais bien. Les feux d'artifice, la lumière, les bruits, tout va bien. Tout le monde croyait que la fête du 4 juillet allait me faire disjoncter, mais non, sauf s'il y a trop d'odeurs. Et je ne pète pas un câble, ni rien. C'est juste… des réactions bizarres.

— Alors vous essayez de vous souvenir…

— Comme ça, c'est moi qui me souviens de ce qui s'est passé, dit Jenks. Je préfère ça plutôt que d'être en train de marcher dans la rue, et puis je sens une odeur et c'est ce jour-là qui se souvient de lui-même à ma place.

— PTSD, dit-elle.

— Non, dit-il, d'une voix brusque. Je vais bien. Qui n'aurait pas quelques réactions bizarres ? Ça ne perturbe pas ma vie.

Il tapote ses feuillets.

— J'ai écrit ça vingt fois. Je commence toujours avec les explosions, les odeurs.

J'ai envie de fumer une cigarette. J'ai un paquet dans ma poche, le dernier d'une cartouche que j'ai achetée quand je suis allé rendre visite à des amis dans les deux Caroline. Ici, dans cette ville, fumer risque de foutre en l'air votre compte en banque avant de foutre en l'air vos poumons.

— Alors, vous avez été mis K.-O...., essaie Sarah une nouvelle fois.

— Non, dis-je. Il était éveillé.

— J'étais figé, dit Jenks. Mes tympans avaient éclaté. Je n'entendais plus.

— Mais vous avez entendu des hurlements ?

Jenks hausse à nouveau les épaules.

— Désolée, dit Sarah.

Les yeux de Jessie sont fixés sur Sarah. Elle paraît malheureuse.

Jenks se remet à lire ses pages.

— "Je n'arrêtais pas de penser, Je ne peux pas bouger, pourquoi je ne peux pas bouger ? Et je ne voyais plus non plus. La seule raison pour laquelle je vois encore aujourd'hui, c'est que je portais mes lunettes de protection. J'avais des éclats dans la tête, dans le visage, le cou, les épaules, les bras, les côtés de mon torse, les jambes. Je ne voyais plus, mais mes yeux fonctionnaient normalement. J'ai perdu connaissance. Je me suis réveillé, j'étais toujours sur la route. Les odeurs étaient les mêmes."

Tes odeurs, c'est du bidon, me dis-je.

— "Ça brûlait à l'intérieur de mon corps. Les éclats dans ma peau et dans mes organes étaient encore rouges et ils me brûlaient de l'intérieur tandis que je brûlais à l'extérieur. La chaleur à l'intérieur du véhicule faisait exploser les munitions et une balle m'a frappé dans la jambe, mais je ne m'en suis pas rendu compte sur le coup. Sincèrement, j'étais tellement dans les vapes. Je me sens plus désolé pour les gars qui ont dû se précipiter et me donner les premiers soins que pour moi-même."

Ça, c'est la phrase favorite de Jenks. Pure connerie.

Il se tourne vers moi. Les filles aussi.

— C'était ce que c'était, dis-je. J'ai connu des journées plus agréables.

Jessie rit. Sarah la regarde comme si elle était folle.

— Après ça, ma mémoire devient très fragmentaire, dit Jenks. Il y a cette drogue, le Versed, ça détruit votre capacité de mémorisation. J'imagine que c'est pas plus mal. Alors à partir de maintenant, c'est que des trucs qui m'ont été rapportés par la suite.

Il baisse les yeux sur ses papiers et se met à les feuilleter pendant que nous attendons tous. Je bois une gorgée de bière. Puis il se met à lire.

— "Ils m'ont injecté du sang avec un appareil à transfusion électrique. À un moment donné, mon pouls s'est arrêté, j'étais en AESP, activité électrique sans pouls. L'activité électrique de mon cœur se poursuivait, mais pas de façon organisée et donc le ventricule ne se contractait pas véritablement. Ce n'est pas une ligne plate sur le moniteur, mais ce n'est pas bon. Ils me pompaient du sang dans les veines et de l'épinéphrine aussi vite qu'ils pouvaient. J'étais sous assistance respiratoire. Plus tôt, le Dr Sampson m'avait mis des garrots aux deux bras et tous les gens à qui j'en ai parlé ont été catégoriques : ce sont ces garrots qui m'ont sauvé la vie."

— Alors…

Jenks lève une main pour la faire taire.

— "Là où ils sont moins catégoriques, mais moi je le suis, c'est que ce n'est pas seulement le Dr Sampson qui m'a sauvé la vie. C'est les premiers gars qui sont arrivés à mon véhicule (il lève les yeux vers moi), les marines qui ont demandé et organisé mon évacuation sanitaire. Les pilotes qui ont pris l'air. L'infirmière dans l'hélicoptère, qui m'a gardé en vie pendant l'évacuation. Les toubibs à TQ, qui m'ont stabilisé. Les toubibs de Landstuhl. Et tous ceux de tous les endroits où je suis passé, ici, aux États-Unis."

Jenks semble un peu bouleversé et il regarde son papier, mais je sais qu'il n'en a pas besoin à ce stade. Ce passage n'a jamais changé depuis son premier brouillon. Je ne l'ai jamais entendu le lire à haute voix.

— "Je suis vivant grâce à tant de personnes. Ma vie a été sauvée non pas une, mais plusieurs fois, et par plus de gens que je ne le saurai jamais. On m'a dit que je m'étais débattu, donnant des coups de pieds et poussant des hurlements, avant qu'ils ne m'injectent leurs drogues. Et certaines des techniques qui m'ont sauvé n'existaient même pas avant l'Irak, comme par exemple donner du plasma frais en même temps que du concentré de globules rouges qui facilitent la coagulation. Il fallait que je coagule, mais c'était impossible avec le sang qu'il me restait. Des soldats et des aviateurs que je ne connaîtrai jamais avaient fait la queue pour donner leur sang, ce sang dont j'avais besoin, et j'ai aussi eu besoin des connaissances de ces toubibs qui me l'ont transfusé. Donc je dois la vie à ce toubib qui a imaginé la meilleure méthode pour rétablir la circulation du sang chez les victimes de traumatismes, et je la dois à tous ces marines que le toubib a vus mourir avant de trouver cette méthode."

Jenks marque une pause et Jessie hoche la tête en disant :

— Oui, oui.

Il y a encore un peu de texte à lire, mais Jenks glisse très lentement le feuillet vers moi. Sarah regarde Jessie en soulevant un sourcil, mais Jessie ne la regarde pas.

— Ouais ? dis-je à Jenks qui reste absolument silencieux.

Je ne peux rien lire sur son visage. Je baisse les yeux sur le texte, bien que je le connaisse probablement par cœur.

— "Que je sois un pauvre ancien combattant défiguré qui a eu exactement ce pour quoi il s'était porté volontaire, commencé-je à lire, ou l'homme le plus chanceux de la terre, entouré d'amour et d'attention dans ce qui est assurément la période la plus difficile de ma vie, n'est vraiment qu'une question de point de vue. Il n'y a pas de bon côté à l'amertume, alors pourquoi être amer ? Mon sacrifice pour mon pays est peut-être plus grand que celui de la plupart des soldats, mais d'autres en ont fait un bien plus considérable. J'ai de bons amis. J'ai gardé mes jambes et mes bras. Un cerveau qui fonctionne, mon âme et de l'espoir en l'avenir. Quelle sorte d'idiot faudrait-il que je sois pour ne pas accepter de tels cadeaux avec la joie qu'ils méritent ?"

Sarah acquiesce d'un bref signe de tête.

— D'accord, super, dit-elle, sans même s'arrêter un instant sur la petite remarque personnelle de Jenks à propos de son rétablissement et de l'espoir qu'il entretient. Bon, vous rentrez, votre famille est là. Vous ne pouvez pas parler. Vous êtes heureux d'être en vie. Mais il va vous falloir endurer cinquante-quatre interventions chirurgicales, c'est bien ça ? Est-ce que vous pouvez me raconter ça ?

Et Jenks, qui a constamment distingué la douleur ressentie avant de la douleur ressentie après, marque une pause. Sarah semble toujours intéressée, mais inflexible, également. Je me dis, Jenks a claironné son histoire de triomphe trop tôt dans la conversation. D'autant plus qu'il a fini par renoncer, disant aux médecins qu'il préférait avoir cette tête-là pour le restant de ses jours plutôt que subir d'autres opérations.

— Ils ont dû me reconstruire, commence Jenks.

Sarah regarde son téléphone pour s'assurer qu'il continue à enregistrer.

— Certains trucs, poursuit-il, la façon dont ils s'y prennent, les chirurgiens orthopédistes, c'est comme fabriquer une table. D'autres trucs…

Il boit une gorgée d'eau. Une des deux filles dans le bar, la moche, sort fumer une cigarette. Son amie, celle qui est jolie, se met à examiner son téléphone.

— Ils ont dû tirer sur des muscles et les coudre ensemble pour couvrir des os mis à nu, enlever des chairs mortes et tout refermer avec des greffes. Ils prennent ce qui ressemble en gros à une râpe à fromage pour prélever des morceaux de peau saine et ils la fixent là où c'est nécessaire, et avec une seule couche, ils font se reconstituer la peau. (Il prend une autre gorgée d'eau.) Ça n'était pas comme l'autre douleur. Les drogues n'y faisaient rien. Et il y a eu les infections. C'est comme ça que j'ai perdu mes oreilles. Et puis il y a eu la rééducation. Aujourd'hui encore. Parfois la douleur était telle que je comptais jusqu'à trente dans ma tête, et je recommençais, sans arrêt. Je me disais, Je peux le faire. Je peux aller jusqu'à trente. Si je suis encore en vie à trente, alors c'est bon.

— Bien, dit Sarah. Mais n'allons pas trop vite. Qu'est-ce qui s'est passé au début ?

Je me dis, cette femme a un glaçon à la place du cœur. Je baisse les yeux sur mon verre. Il est vide. Je ne me souviens pas en avoir tant bu. J'ai envie de bière. J'ai envie d'une cigarette. J'ai envie de sortir et de fumer une cigarette en compagnie de la fille laide et de lui demander son numéro de téléphone, juste comme ça.

— La première chose, dit Jenks, c'est la douleur chaque fois qu'ils changeaient mes pansements. Tous les jours, ça prenait des heures.

Je me lève, je ne suis pas encore sûr de savoir pourquoi. Ils me regardent tous.

— Je vais en griller une, dis-je.

— Je vais avec toi, lance Jessie.

Je suggère :

— Faisons une pause, tous. Ne dis plus rien jusqu'à ce que je revienne.

Cela amuse Sarah.

— Vous êtes son avocat ? demande-t-elle.

— J'ai besoin de faire une pause, dis-je.

Et je me retrouve dehors, avec Jessie et la fille moche, qui se tient à l'écart de nous, pendant que j'allume ma cigarette et que Sarah est à l'intérieur, probablement en train de cuisiner Jenks sur son martyre. La façon dont tout ça se passe me met les nerfs à fleur de peau – c'est pas une foutue cigarette qui va y changer quoi que ce soit, et comme Jessie est près de moi, je ne peux pas tenter le coup avec la fille laide. Aucune distraction, aucun espoir de briser le cours de cette soirée avec la possibilité de faire quelque chose de nouveau.

— Tu vas baiser avec Jenks, un jour ? dis-je.

Jessie me sourit. Pendant une partie de sa mission en Irak elle a été une des rares femmes seules au milieu d'un groupe de soldats de l'infanterie, alors il n'y a pas grand-chose que vous pourriez dire qui risquerait de la démonter.

— Et toi, tu vas le faire ? me rétorque-t-elle.

— C'est ton devoir de patriote.

Elle se contente de sourire, comme une mère indulgente regardant un enfant qui vient de faire une bêtise. Puis elle me fait un doigt d'honneur, ce qui, avec sa main mutilée, prend une allure bizarre, mais j'évite de paraître ébahi, je la regarde droit dans les yeux.

— Ne t'énerve pas à cause d'elle, dit Jessie, elle est comme ça depuis le lycée.

— Une garce ?

— Elle est mieux que ce qu'elle paraît être.

— Est-ce que Sarah va baiser avec Jenks ? dis-je. Parce que ça aussi, ça pourrait être une bonne idée.

— Elle va l'écouter.

— Ouais, et ensuite, elle va écrire sa pièce. Génial.

La fille moche finit sa cigarette et rentre – une occasion complètement ratée. Je jette mon mégot par terre et l'écrase du pied. Jessie me regarde de cet air mi-amusé mi-inquiet. Je sors mon paquet et lui offre une cigarette, tandis que j'en allume une autre pour moi. Jessie la prend et en examine l'extrémité, soufflant doucement dessus, et le bout incandescent devient rouge vif.

— Tu ne devrais pas te faire autant de soucis pour Jenks, dit Jessie. Ça va aller. Il va s'en sortir et faire quelque chose. Entrer en relation avec d'autres personnes, pas seulement toi et moi, assis en face de lui à toujours ressasser “Hé, tu te souviens la fois où… ?”

— Alors faut l'envoyer traîner avec une bande de lavettes de l'IVAW ?

— Une de ces lavettes était sniper dans les marines. Tu faisais quoi, toi, déjà, en Irak ?

— L'IVAW et des artistes, génial. Qui vont lui ronger les os pour une putain de pièce de théâtre, se nourrir de lui comme une bande d'asticots.

— Les médecins se sont servis d'asticots pour me soigner. Les asticots nous débarrassent des chairs mortes.

Ça, c'est quelque chose de nouveau pour moi. Et pas le genre d'image dont j'avais besoin. Par la fenêtre, je jette un coup d'œil dans le bar où Jenks et Sarah sont occupés à parler. Si cet EEI avait touché mon véhicule, peut-être que c'est moi qui serais là, à l'intérieur, en train de raconter à Sarah comment tout le soutien que j'ai reçu pendant ma convalescence a éveillé en moi un tout nouveau respect pour la vie, l'amour et l'amitié. Et Sarah trouverait tout ça ennuyeux et me poserait des tas de questions pour savoir au bout de combien de temps j'ai pu aller chier tout seul.

— Les artistes, dis-je, mettant dans ce mot tout le mépris dont je suis capable. Je parie qu'ils vont trouver *intéressant* ce qui lui est arrivé. Oh, tellement *intéressant*. Comme c'est divertissant.

— Ce n'est pas du divertissement, répond-elle. Le divertissement, c'est les jeux vidéo. Le cinéma, la télévision.

— Ou une pipe, des boîtes de strip-tease. Trois grammes et demi de coke, je parie, et une dose d'héroïne. Que sais-je encore.

Nous continuons à fumer un moment en silence, Jessie me regardant avec ses yeux bruns pleins de douceur.

— Pourquoi une pièce ? dis-je.

— Qu'est-ce que tu veux dire ?

— Ce n'est pas du divertissement, alors, qu'est-ce que c'est ?

Jessie tapote sa cigarette et des particules de cendre flottent jusqu'au sol.

— Mon père était au Vietnam, dit-elle. Mon grand-père, c'était la Corée. Mais quand mon père s'est engagé, il ne pensait pas aux gars coincés dans la cuvette gelée de Chosin après que ce connard de MacArthur se fut dit que c'était une bonne idée de jouer au petit coquin et d'aller chatouiller la Chine avec un bâton. Mon père pensait au drapeau dressé sur Iwo-Jima. Au débarquement en Normandie et à Audie Murphy. Et quand moi je me suis engagée…

— *Platoon* et *Full Metal Jacket.*

— Ouais. Et certainement pas à mon père dans les services administratifs de l'armée.

— Je parierais que *Full Metal Jacket* a suscité plus d'engagements dans le corps des marines que n'importe quelle publicité à la con en faveur du recrutement.

— Et c'est un film contre la guerre.

— Il n'y a pas de film contre la guerre, dis-je. C'est quelque chose qui n'existe pas.

— Pendant notre enfance, Sarah passait beaucoup de temps chez nous, dit Jessie, et il lui arrive encore de passer des vacances avec nous. Dans sa famille, c'est une vraie pagaille. L'année dernière, à Thanksgiving, on parlait avec mon grand-père de la Corée et du fait que plus personne ne se souvient de cette période, et il disait que si on voulait s'y prendre de la bonne manière, ce n'était pas un film sur la guerre qu'il fallait faire, mais un film sur un gosse qui grandit. Sur la fille dont il tombe amoureux et qui lui brise le cœur, et sa décision de s'engager dans l'armée après la Deuxième Guerre mondiale. Ensuite, il fonde une famille, et son premier enfant vient au monde et il découvre alors ce que ça veut dire accorder de l'importance à la vie, avoir une raison de vivre et tenir à quelqu'un. Et puis c'est la Corée, et il est envoyé là-bas, il est enthousiaste et effrayé à la fois, il se demande s'il sera courageux et il ressent une sorte de fierté, et puis dans les soixante dernières secondes du film, on les met dans des bateaux pour les faire débarquer à Incheon et là, il est touché par une balle avant d'atteindre le rivage et il se noie dans moins d'un mètre d'eau et la caméra ne fait même pas un gros plan sur lui, le film se termine comme ça, tout simplement. Ça, ça serait un film de guerre.

— Oui, dis-je, et alors ? C'est ça, l'histoire de Jenks ? Exploser sur un EEI pour commencer ?

— Et puis subir cinquante-quatre interventions chirurgicales. Faire de la guerre la chose la plus insignifiante possible.

— Jenks n'est pas en train de parler de son enfance à Sarah, ni de la fille qui lui a brisé le cœur, dis-je. Et même s'il le faisait, elle n'en aurait rien à foutre.

Jessie écrase sa cigarette par terre. La mienne se consume jusqu'au filtre, mais je la garde dans la main, comprimée entre les bouts de mes doigts.

— Tu veux apprendre aux gens ce qu'est la guerre ? dis-je en jetant au sol mon mégot qui commence à me brûler les doigts. Mets-toi à tirer sur les enfoirés. Pose des bombes dans les rues. Envoie des gosses arriérés mentaux se faire sauter au milieu de la foule. Planque-toi et dégomme les agents de police de New York.

— Je n'ai pas l'intention d'apprendre quoi que ce soit à qui que ce soit, dit-elle.

— Ou alors, fais-leur réparer des nids-de-poule pendant sept mois. Ça leur apprendrait ce que c'est. Bordel. Voilà un bon titre pour ta pièce : *Réparation de nids-de-poule avec Wilson et Jenks.* Putain, les gens viendront par milliers.

Jessie regarde par la fenêtre du bar.

— J'ai pensé que ça pourrait lui faire du bien, dit-elle, raconter son histoire à un civil qui l'écouterait vraiment.

Je pense à allumer une autre cigarette, mais ça fait déjà trop longtemps que j'ai laissé Jenks.

— Tu crois qu'on devrait partir d'Afghanistan ? dis-je.

Jessie se met à rire.

— Tu me connais. Ce que je voudrais, c'est une conscription nationale. Pour faire les choses sérieusement.

Cette fois-ci, nous rions tous les deux. Puis nous regagnons l'intérieur du bar. Jenks a l'air d'aller bien, et il me fait signe en me voyant entrer.

— Dites, me lance Sarah avant que j'aie eu le temps de me rasseoir, Jenks m'a raconté que vous et lui, vous êtes comme une seule et même personne.

— Je n'ai pas son style, dis-je.

Mais ce n'est pas suffisant, alors j'ajoute :

— Il est celui que j'aurais dû être.

Sarah me fait un sourire poli.

— Alors, comment était-il quand vous l'avez rencontré pour la première fois ?

Je me dis, Il était comme moi. Mais ce n'est pas ce que je lui réponds.

— C'était plutôt une sorte de connard, dis-je en souriant à Jenks, qui me regarde avec sur le visage une de ces expressions que je suis incapable d'interpréter. Pour être tout à fait honnête, il n'était qu'une merde insignifiante. Et certainement pas un bon sujet pour une pièce, dis-je en souriant. Heureusement qu'il a pris feu, hein ?

À moins que ce ne soit une plaie aspirante au thorax

La sonnerie me réveille et quand je vois le nom “Kevin Boylan” briller au milieu de l’écran de mon téléphone, j’ai envie de ne pas répondre. Je suis encore à moitié en train de rêver, et j’ai le sentiment que, si je réponds, ce ne sera pas Boylan au bout du fil, mais Vockler, ce qui est impossible, puisque Vockler est mort. Et quand je finis par répondre et que j’entends la voix de Boylan me dire qu’il va venir en ville, je suis encore plus déconcerté. Avec un type comme Kevin Boylan, capitaine dans le corps des marines, ce n’est pas seulement un vieil ami qui m’appelle. Ce sont mes anciens dieux.

— Je vais venir à New York pour me soûler à mort, putain, articule-t-il péniblement au téléphone. Prépare-toi.

Je dois préciser que Boylan est décoré de la Bronze Star accompagnée du V soulignant son héroïsme. Mes anciens dieux ont leurs petites particularités.

— Quand ?

— Tout ce que je sais, c’est que je vais venir, lance Boylan. Je viens de rentrer.

Il veut dire d’Afghanistan.

— Je viens d’avoir une offre d’emploi, dis-je.

— Chouette ! Ils payent combien ?

C’est pas le genre de question auquel je m’attendais, mais c’est Boylan, alors je réponds.

— Cent soixante mille dollars. Plus les primes.

Avant son appel, je m’étais senti déprimé au sujet de cet emploi. Mais dès que je donne le montant, j’éprouve soudain une sorte d'exultation, mais en même temps, je me fais l'effet d'être une andouille, parce que n'importe qui possédant une connexion internet peut trouver exactement combien se fait Boylan avec son grade de capitaine, sans famille et avec seulement six ans d'ancienneté. Un indice : Moins.

— Mec ! dit-il.

Et je souris parce que c'est important pour lui et parce que mes camarades à la faculté de droit de New York n'en ont vraiment rien à foutre. La plupart d'entre eux se dirigent vers le même genre de cabinets, la plupart d'entre eux sachant à quel point ils vont détester ça parce qu'ils y ont déjà effectué leur stage d'été.

Un silence, puis il dit :

— Cent soixante... eh ben dis donc. J'imagine que tu as fait le bon choix en quittant l'armée, hein ?

Il n'en fallait pas plus – la moindre allusion approbatrice venant d'un vrai marine et me voilà gonflé d'orgueil. Bien que je ne sois même pas sûr qu'il m'approuve vraiment. Jacob von Uexküll, un zoologiste allemand, soutenait qu'une tique essaierait de se nourrir de n'importe quel liquide ayant la température du sang de mammifère. Je sors affamé de la faculté de droit, et je prendrai ce qu'on m'offre.

Je demande à Boylan comment il va et il me répond :

— L'Afghanistan, c'est pas l'Irak, mon gars.

C'est logique, mais ça devait probablement être dit, parce que c'est à l'Irak que je pense – le son de sa voix me rendant nostalgique, comme si l'Irak me manquait. C'est faux. Ce qui me manque, c'est l'idée que se font de l'Irak tous mes amis civils quand ils prononcent ce mot, un Irak de violence et d'honneur, un Irak – je ne peux pas m'empêcher de le penser – que j'aurais dû connaître, mais à côté duquel je suis passé, ayant commis la stupide erreur d'opter pour une spécialisation militaire qui ne m'exposerait pas au danger. Mon Irak à moi, ça a été un tas de documents. Des feuilles de calcul Excel. Une fenêtre obstruée par des sacs de sable derrière un bureau bon marché.

— Ils n'arrêtaient pas de modifier notre mission, est-il en train de me dire. La fin d'une guerre est un moment vraiment bizarre pour faire la guerre.

Nous discutons encore un peu, et lorsque nous raccrochons, je reste immobile quelques instants, assis dans mon lit, dans ma chambre obscure, les rideaux tirés pour me protéger de New York, reniflant toujours dans l'air le parfum de cette même vieille gloire, avec, dans la bouche, la même saveur que la première fois où j'ai reçu un bon coup de poing en plein visage pendant la formation et que je n'ai pas reculé tandis que le sang coulant de l'intérieur de ma lèvre passait par-dessus mes gencives. Cette fois-là. Alors je me lève et vais jusqu'à mon ordinateur, où je garde ma vie entière en images et dans des dossiers, et je sors la citation de Deme. "Pour l'héroïsme extraordinaire dont il a fait preuve à la tête de son groupe dans la compagnie K..." Une petite larme me monte aux yeux, comme toujours. C'est quand je me suis senti bouleversé pour la première fois que j'ai su que j'avais réussi à rédiger ce truc.

Voyez-vous, on avait un authentique héros dans notre unité. Un héros comme ceux dont vous lisez les histoires, comme ceux que vous voyez dans les films, et ce héros, c'était le sergent Deme, et ce sergent était bon, ce sergent était brave, et ce sergent est mort, mais plus important encore, c'était le sergent de Boylan, et c'est l'unique raison pour laquelle Boylan et moi sommes proches, la raison pour laquelle Boylan m'appelle à 2 heures du matin, complètement bourré, mais projetant de continuer à boire tout l'argent de sa prime pour oublier les démons qui le hantent.

C'est ça, la motivation de Boylan. Je n'ai pas connu son sergent, donc ce n'est pas à cause de Deme que je réponds au téléphone. Si je réponds, c'est à cause de James Vockler.

Au cours de ma deuxième mission à Falloujah, j'avais été officier dans les services administratifs du 3e bataillon, 6e régiment de marines. De tous les lieutenants de cette unité,

Boylan était mon préféré. Pas le meilleur pour ce qui était de rédiger des fiches d'évaluation, des citations ou de remplir toute tâche susceptible de l'amener dans mon bureau – sur un plan strictement professionnel, il était vraiment chiant – mais malgré ça, il était gentil. Gentil comme peuvent l'être parfois les géants pleins de douceur. Boylan avait de grandes oreilles, un visage rond et expressif, et une posture voûtée qui semblait s'excuser en permanence de cette taille purement monstrueuse – des bras plus gros que mes cuisses, des cuisses plus grosses que mon torse, un cou plus gros que ma tête. Mais aussi plus gros que sa propre tête. La fierté de Boylan, à cette époque, était d'être capable de descendre un pack de six plus vite que n'importe quel officier du bataillon, ingurgitant sa bière plus rapidement que je buvais de l'eau. Il avait plus sa place dans une confrérie d'étudiants que sur le champ de bataille, il aurait été le copain de beuverie idéal et le genre de type qui aurait mis les filles à l'aise parce qu'il aurait toujours passé un savon à celles qui prenaient des allures de putes. C'était aussi le seul officier qui n'avait jamais l'air de penser que, parce qu'il était dans l'infanterie et que j'étais dans l'administration, il y avait une énorme différence entre nos deux pénis.

Et donc, après la mort de Deme, Boylan vint me voir avec la citation qu'il avait écrite et qui était d'une nullité affligeante, et sollicita mon aide. Deme avait été tué en essayant de dégager des marines blessés dans une embuscade, le genre de chose qui, s'il s'en était tiré, lui aurait certainement valu la Silver Star. Comme il y avait laissé la vie, l'unité tout entière parlait d'une possible médaille d'honneur. Plus important, le commandant du bataillon l'évoquait aussi.

— Je sais que ça ne vaut rien, me dit Boylan en serrant la citation.

Nous étions seuls, tous les deux, dans mon bureau de Camp Blue Diamond, juste à la sortie de Falloujah, mais en fait dans un univers qui n'avait rien à voir avec la violence que Boylan connaissait et respirait chaque jour.

— Je suis vraiment pas bon avec ces trucs-là.

Cela ne faisait que quelques jours. On n'avait pas encore de compte rendu clair sur ce qui s'était passé exactement, et je me retrouvais face à un Boylan désemparé, paraissant prêt à s'effondrer, avec seulement une porte de contreplaqué peu épaisse pour nous séparer des jeunes marines qui travaillaient pour moi. Ça n'aurait pas été bien de les laisser entendre un officier craquer et se mettre à pleurer dans mes bras. Cela s'était produit plus tard, aux États-Unis, et ce n'était pas très joli à voir.

— Vous êtes meilleur que la plupart, dis-je, en parcourant la note pitoyable. Cela vous tient à cœur.

Jouer au thérapeute ne fait pas partie des responsabilités d'un officier des services administratifs. J'étais censé m'occuper de la paperasserie de bataillon: bilan des pertes et rapports, correspondance, distinctions, fiches d'évaluation, questions d'ordre juridique, etc. Un boulot difficile, même si vous ne prenez pas en considération le fait que la plupart des gars de l'infanterie ne se sont pas engagés dans les marines pour faire un travail de bureau et ont tendance à être nuls dans ce domaine. Mais les questions d'ordre mental – sentiment de culpabilité, terreur, angoisse irrépressible, insomnies, pensées suicidaires – tout ça, ça concernait la cellule de soutien psychologique du combattant.

— La plupart des lieutenants, dis-je, dès leur premier échange de coups de feu, ils se portent immédiatement candidats à l'obtention du Combat Action Ribbon. Je reçois leur demande avant même que la poussière de l'explosion de l'EEI ne soit retombée.

Boylan agita son énorme tête aux grands yeux enfantins.

— Leurs hommes, poursuivis-je, ça vient après. Quand ils en ont le temps. Mais vous, vous êtes le seul type que j'aie connu au cours de mes deux missions qui proposait ses hommes et oubliait de faire une demande pour lui-même.

— Deme a deux gosses, répondit Boylan. (Il s'interrompit un instant.) Ils sont trop jeunes pour se souvenir de lui.

On s'éloignait de notre sujet.

— Cette citation…, dis-je en y jetant à nouveau un coup d'œil. Une grande partie de ce que vous écrivez… ce n'est pas pertinent.

Boylan se prit la tête dans les mains.

— Écoutez, Kevin, dis-je. J'ai relu et corrigé un million de citations. Dont un certain nombre pour bravoure. Et l'essentiel, ce n'est pas de dire à quel point Deme était un type merveilleux. Je suis sûr qu'il y a tout un tas de types merveilleux dans votre unité. Je pense que vous-même, vous êtes un type merveilleux. Est-ce qu'on doit vous donner à tous la médaille d'honneur pour autant ?

Boylan secoua la tête.

Je me tournai vers mon ordinateur et me mis à chercher dans mes dossiers. Au hasard, je sortis une citation datant de ma précédente mission. C'était pour un marine qui avait soigné d'autres soldats blessés dans l'explosion d'un EEI bien qu'ayant lui-même un éclat de métal gros comme un stylo à bille qui s'était planté un centimètre sous son bas-ventre, frôlant ses testicules, et à un cheveu de son artère fémorale. "Faisant preuve d'un courage hors du commun…", me mis-je à lire, "sans se soucier de ses propres blessures." Je fermai le dossier et en ouvris un autre. "Meneur d'hommes résolu… s'exposant avec témérité au feu ennemi… courant un risque personnel énorme… au mépris de sa propre sécurité." J'en ouvris encore un autre. "Faisant preuve d'un courage hors du commun… meneur d'hommes audacieux… jugement plein de sagesse… ses actions courageuses ont permis…" (Je levai les yeux.) Vous voyez ce qu'il faut mettre.

Le visage de Boylan me fit comprendre qu'il ne voyait pas.

— On ne donne pas de distinctions parce qu'un type est génial, dis-je.

— C'était un type génial, dit Boylan.

— Sans blague. Merde, ça ne fait pas de doute. Mais on n'utilise pas une citation pour décrire la profondeur de son humanité et tout le baratin. Il faut qu'il soit à la mesure de tous les autres marines qui ont accompli des actes d'une bravoure incroyable. Et des marines qui font preuve d'une bravoure incroyable, il y en a des tas. Vraiment. C'est incroyable. Alors, il ne s'agit pas de parler de Deme. Ou plutôt, ce dont il faut parler, c'est à quel point il était un marine, et non pas à quel point il était Deme. Il faut le faire entrer dans toutes les bonnes catégories.

Boylan semblait ne pas écouter.

— Hé, dis-je. (Il leva les yeux.) Ce sont de bonnes nouvelles. Meneur d'hommes résolu, c'est bon. A rapidement mis son unité en place pour riposter aux tirs ennemis, c'est bon. Au mépris total de sa propre sécurité, c'est bon. Un courage hors du commun, c'est bon. Je pourrais continuer. Je ne connais pas tous les détails, mais il y a largement de quoi faire avec ça.

Boylan sourit.

— Ça fait du bien de parler avec vous, dit-il. Il n'y a pas de nanas ici. Mais je peux vous parler.

Je poussai un soupir.

— Génial, dis-je. Vous voulez que j'écrive ce foutu truc ?

Boylan acquiesça avec empressement – un fardeau en moins sur ses épaules.

Le colonel me laissa rechercher tous les détails et je finis par récolter toute l'histoire en pièces détachées. Les marines à qui je parlai avaient tendance à se lancer dans de petits monologues affligés, si bien que j'appris non seulement ce que Deme avait fait ce jour-là, mais aussi que sa femme et lui recueillaient des pit-bulls, qu'il écrivait d'épouvantables textes de rap et qu'il les chantait sur des rythmes à lui étrangement apaisants, que sa femme était "furieusement belle, belle à avoir envie de lui lécher le cul comme un cornet de glace", et que ses filles étaient "furieusement sacrément débilement mignonnes". Mais j'eus aussi "Au-dessus de nos têtes, c'était un déluge de balles d'armes légères", et "Quand j'ai vu la tête de Vockler violemment rejetée en arrière comme une putain de poupée désarticulée…", et puis, de Vockler lui-même, d'une voix creuse et monotone: “C’est moi qui devrais être mort, pas lui.” Tout ce dont j’avais besoin, et je pris ces phrases et les transformai en cette prose plate et disciplinée que le corps des marines requiert pour décerner ses médailles.

Voici ce que vous n’obtiendrez pas de Vockler, qui devint rapidement connu dans le bataillon comme “le type pour lequel Deme a donné sa vie”. Les éléments essentiels:

Après que l’ennemi (non identifié) a ouvert le feu sur son groupe dans une ruelle étroite, le sergent Deme s’est précipité à l’avant de son détachement, s’est rendu compte qu’il avait trois hommes blessés, incapables de bouger, il a organisé une riposte nourrie, puis a couru dans la zone mortelle pour secourir ses hommes. Je n’ai aucune expérience des combats, et je n’ai évidemment aucune expérience de l’organisation d’une riposte nourrie, je ne sais pas ce que c’est que courir dans une zone mortelle, ou secourir des soldats, mais je fais confiance aux marines qui connaissent toutes ces choses quand ils m’informent que, pour faire ça, il faut avoir des putains de couilles.

Avec les balles qui sifflaient dans tous les coins, ricochant sur les murs de la ruelle étroite comme dans une sorte de flipper où le tilt signifie la mort, le sergent Deme s’est élancé et a empoigné Vockler, qui était inconscient, par son gilet pare-balles et l’a traîné pour le mettre hors de danger. Puis il est reparti et presque aussitôt, il a reçu une balle en plein visage. Il serait donc plus juste de dire que le sergent Deme est mort en essayant vainement de sauver la vie des deux autres marines du groupe de Vockler plutôt que dire qu’il est mort en sauvant Vockler.

Ironie supplémentaire, Vockler aurait très bien pu s’en sortir même si le sergent Deme l’avait laissé là où il était. Contrairement aux deux autres marines qui perdaient leur sang à découvert, Vockler n’était pas en danger immédiat, et son état n’exigeait pas des soins immédiats non plus. Une balle de Kalachnikov avait bien touché le haut du côté gauche de son casque, mais elle ne l’avait pas transpercé. La force du projectile ainsi dévié avait assommé Vockler, le projetant en arrière, étendu sur le sol dans une position relativement abritée, derrière une sorte de petite protection dans cette ruelle jonchée de détritus. Donc on peut imaginer que Deme aurait pu le laisser là.

Personne n'a jamais dit cela à Vockler. Pour ce qu'il en savait, il avait vécu un instant de fusillade et de terreur, il avait reçu (d'une certaine manière) une balle dans la tête, et il s'était réveillé pour s'entendre dire par les soldats de son groupe que le sergent Deme, qu'il vénérait, avait prouvé une fois pour toutes quel marine il était en mourant de la façon la plus héroïque qui fût pour un marine – en sauvant ta stupide peau de bon à rien qui-n'était-même-pas-suffisamment-blessée-pour-nécessiter-une-évacuation-sanitaire.

Rien de tout cela ne dévalorise l'héroïsme de Deme, mais si Vockler connaissait l'entière vérité, cela ajouterait encore au poids qui pèse sur sa conscience. Contrairement au citoyen américain moyen, Vockler pouvait identifier l'être humain particulier qui était mort pour lui. Un être humain particulier qu'il connaissait et aimait de cette passion qu'éprouvent les marines à l'égard des bons meneurs d'hommes. Même la plupart des mariages ne peuvent pas soutenir la comparaison avec ça, parce que la plupart des époux dans un couple ne sont pas systématiquement conscients que les risques de se faire tuer chaque jour qui passe seraient bien plus grands s'ils n'étaient pas mariés à une personne d'un tel calibre. Alors, ajouter à cela l'idée que, dis donc, Deme aurait pu te laisser là où tu étais et sauver un pote de ton groupe de combat avant de se faire tuer… ça ne faciliterait pas les choses.

C'était dur à entendre, même en seconde main. Parler avec le groupe de Deme insufflait de la vie dans toutes les expressions que j'avais vues débitées dans toutes les demandes de distinctions que j'avais traitées. Et puis ce n'était pas n'importe quelle citation. C'était pour cette putain de médaille d'honneur, et même si quelque part au fond de moi je savais qu'il ne l'aurait pas, ça ne faisait rien. Deme aurait quelque chose, peut-être même la Navy Cross, et au moins, on examinerait sa candidature à la plus belle de toutes. Le simple fait d'écrire ces mots était déjà enthousiasmant.

Ceux qui reçoivent la médaille d'honneur sont considérés comme des saints dans le corps des marines. Vous avez Dan Daly, à la bataille du Bois de Belleau, et Smedley Butler dans la guerre des Bananes, ainsi que près de trois cents autres dans les conflits impliquant les États-Unis, depuis la guerre de Sécession jusqu'à nos jours.

Ainsi, je rédigeai cette citation, toute ma frustration disparaissant peu à peu dans l'enthousiasme suscité par cette entreprise. C'était comme si, en tendant les doigts, je touchais un dieu à travers le clavier de mon ordinateur. J'avais l'impression que mon travail avait un sens.

Je parlai même de Deme dans la lettre de motivation que je joignis, vers le milieu de ma mission en Irak, à mon dossier de candidature à la faculté de droit.

"Même les meilleurs des officiers administratifs ne sauvent pas de vies, comme le sergent Deme, et ils ne risquent pas la leur au cours de patrouilles quotidiennes, comme le fantassin moyen. Mais les meilleurs d'entre nous font en sorte que ces sacrifices soient honorés en fournissant le soutien administratif dont les soldats ont besoin, que ce soit en accomplissant les démarches pour qu'ils puissent voter par correspondance ou en les conseillant pour leur testament. Il n'y a aucune gloire dans ce genre de tâches. Généralement, le travail de l'officier chargé de l'administration ne se remarque que lorsque quelque chose ne va pas. J'ai passé mes deux missions en Irak assis derrière un bureau, à soulager les marines de fardeaux dont ils ne sauront jamais qu'ils peuvent exister. Cela me suffit. Cela me suffit même amplement. Et c'est ce qui me pousse à souhaiter entreprendre une carrière au service du public dans le domaine juridique."

Ce que j'omis de mentionner, c'est que le nombre des tués dans notre bataillon, à la fin de la mission, s'élevait à cinq, ce qui signifie que cette ruelle avait été responsable de plus de la moitié de nos victimes. J'omis également de mentionner que cette ruelle était située dans une zone où le précédent commandant avait demandé au bataillon d'éviter de mener des patrouilles agressives.

— Nous n'obtiendrons jamais le moindre succès ici tant que nous n'aurons pas développé de meilleures relations avec la population locale, avait-il dit.

La réaction de l'unité avait été unanime :

— Ces types ne sont que des idiots ! Nous sommes des marines ! Nous ne sommes pas ici pour éviter l'ennemi, nous engageons le combat et nous anéantissons l'ennemi !

Le lieutenant-colonel Motes, notre officier commandant, avait un style plutôt agressif et le bataillon ne se raccrocha véritablement au wagon des interventions en contre-insurrection que bien plus tard.

Le fait qu'il avait envoyé sa section dans une zone mortelle n'avait pas échappé à Boylan qui, depuis ce moment-là, passait son temps à remettre en question toutes les décisions qu'il prenait, convaincu qu'un meilleur chef aurait pu sauver la vie de ces marines. Ses intuitions à ce sujet étaient probablement justes. Quand Boylan revint aux États-Unis, il pesait quinze kilos de moins qu'à son départ – squelettique, des yeux dont les cernes violacés faisaient penser à des meurtrissures, et qui semblaient vous regarder depuis le fond d'un océan. Je n'avais jamais eu la moindre relation personnelle avec l'un ou l'autre des cinq marines tués, j'avais donc tendance à penser à leur mort avec une sorte de fierté solennelle toute patriotique plutôt qu'avec le dégoût et le doute de soi-même qui, visiblement, minaient Boylan.

À notre retour d'Irak, il était dans un état lamentable, se mettant dans une situation embarrassante au bal des marines, se soûlant à mort tous les week-ends et probablement tous les jours de la semaine aussi. Je me souviens qu'il était entré un jour dans le bureau de l'administration, à 8 heures du matin, avec la gueule de bois et une énorme boule de tabac à chiquer derrière sa lèvre, et il avait demandé :

— Quelqu'un aurait une tasse pour ma chique ?

Personne n'était disposé à le laisser cracher dans quoi que ce fût qui leur appartenait, alors il avait haussé les épaules en disant :

— Oh, et puis merde.

Et il avait empoigné le col de son blouson de treillis et il avait craché à l'intérieur de sa chemise. Les marines en avaient parlé pendant des semaines.

C'était une façon de faire. Vockler, lui, en avait une autre. Pratiquement dès notre retour, il s'était mis à chercher un moyen de repartir en mission en Afghanistan. L'engagement en Irak touchait à sa fin ; c'était déjà évident vers la fin de notre mission. Alors il avait commencé à harceler un commandant de compagnie du 1/9, jusqu'à ce que celui-ci finisse par lui faire réserver une place. Ce qui l'avait conduit au bureau de l'administration, mon bureau, et au lieu de laisser mes marines s'occuper de ses conneries, je leur demandai de me l'envoyer. Je voulais le revoir, face à face.

— Alors vous voulez aller en Afghanistan ? dis-je.

— Oui mon lieutenant, c'est là qu'on se bat.

— Le 1er bataillon du 9e marines. *The Walking Dead.*

Les devises des bataillons étant ce qu'elles sont, ils ont probablement la meilleure. Grâce au Vietnam, le 1/9 se targue de détenir le record du plus haut taux de morts au combat dans toute l'histoire du corps des marines. Les marines, qui aiment se voir comme des chiens enragés d'une agressivité suicidaire, et qui parfois se comportent de manière à être à la hauteur d'une telle image de soi, considèrent qu'un tel record, c'est "super".

— Oui, mon lieutenant.

— Vous savez, ce n'est pas pour rien qu'il y a un délai à respecter entre deux missions extérieures. Que vous pensiez être prêt à repartir ne signifie pas que vous l'êtes vraiment.

— Des tas de marines du 1/9 ne sont jamais partis en mission, mon lieutenant.

— Et vous, vous avez l'expérience dont ils ont besoin ?

— Oui, mon lieutenant. Ils vont avoir besoin de bons sous-officiers.

Les marines utilisent souvent des lieux communs pour parler aux officiers et donc, il est parfois difficile de savoir ce qu'ils croient vraiment dans tout ce qu'ils disent.

— Dans le 1/9, il y a un tas de marines qui sont allés là-bas trois, quatre, voire cinq fois, dis-je.

Il hocha la tête.

— Mon lieutenant, je sais ce que c'est que voir se produire des choses terribles.

Impossible d'argumenter contre ça.

— C'est très dur, poursuivit-il d'une voix posée, comme s'il décrivait des conditions météorologiques. Il est fort probable que ces gars vont devoir affronter la même chose.

— Certains, oui, à n'en pas douter.

— J'ai de bons rapports avec les gens, dit-il. Je serai bon dans ce genre de situation.

Il parlait avec un calme absolu. Cela faisait paraître la pièce autour de lui froide et silencieuse.

— Eh bien, ça marche, dis-je. Je suis content de savoir que vous serez là-bas. Ils vont avoir besoin de bons sous-officiers.

Je passai en revue quelques-unes des formalités qu'il aurait à accomplir avant son départ, puis je le libérai. Il me demanda une dernière chose :

— Mon lieutenant, vous pensez qu'ils vont donner la médaille d'honneur au sergent Deme ?

Ce fut le seul moment où le calme dont il faisait preuve sembla se lézarder pour laisser échapper un peu d'émotion.

— Je l'ignore. Je l'espère.

Ma réponse me parut tout juste convenable.

Après ce jour-là dans mon bureau, je ne revis Vockler que deux fois. La première, ce fut lors de la cérémonie au cours de laquelle la Navy Cross fut attribuée au sergent Deme, et où Boylan et lui essayèrent, sans y parvenir, de retenir leurs larmes.

Cette semaine-là, je reçus ma lettre d'admission à NYU. J'étais certain que je n'aurais pas été pris si mon CV n'avait pas mentionné que j'étais dans le corps des marines. Pour la New York University, j'étais un ancien combattant. Deux missions extérieures. Pour eux, ça voulait dire quelque chose.

La dernière fois, ce fut le jour où Vockler partit pour l'Afghanistan. Je faisais mes cinq kilomètres de jogging pendant ma pause-déjeuner et sa compagnie était stationnée à l'écart de McHugh Boulevard, attendant les bus. Les familles agitaient tellement de drapeaux américains que si vous vous étiez enveloppé dans la bannière étoilée, cela aurait constitué un bon camouflage, et il faisait tellement chaud que tous les oncles grassouillets présents avaient des taches sous les aisselles suffisamment grandes pour qu'elles se rejoignent au milieu de leur poitrine.

Vockler se tenait dans un cercle de marines, tous en train de fumer et de plaisanter comme s'ils partaient faire du camping, ce qui, d'un certain point de vue, n'était pas totalement faux.

J'arrêtais de courir et m'approchai. Vockler sourit en me voyant.

— Lieutenant ! dit-il.

Il ne me salua pas, mais ça n'avait rien d'irrespectueux.

— Caporal, dis-je. (Je lui tendis une main qu'il secoua vigoureusement.) Bonne chance là-bas.

— Merci, mon lieutenant.

— Vous allez faire du bon boulot. M'occuper de votre transfert, ça a été une partie de mon travail dont je me sens fier.

— Oo-rah, mon lieutenant.

J'étais sur le point de sortir une plaisanterie, du genre "Essayez de ne pas toucher à l'opium", mais je ne voulais pas trop en faire. Alors je repris mon jogging, et trois semaines plus tard, je quittai le corps des marines.

Après mon départ de l'armée, il y a un mois dont il m'est difficile de rendre compte. Je voyageai. Je m'installai à New York, et puis je crois que je passai beaucoup de temps à regarder la télé en caleçon. Ma mère dit que je "décompressais". À cette époque, la plupart de mes copains de fac étudiaient le droit des affaires ou la finance, ou bien ils étaient occupés à réexaminer leur conception de la vie après avoir déserté de l'organisation humanitaire Teach for America.

Curieusement, après avoir quitté le corps je commençai à me sentir davantage marine que lorsque j'y étais. À New York, les marines ne courent pas les rues. Tous mes amis me voyaient comme "le marine" et pour tous les gens que je rencontrais, j'étais "le marine". S'ils l'ignoraient, je ne manquais pas de le glisser dans la conversation à la première occasion. J'avais les cheveux coupés court et je m'entraînais aussi dur qu'avant. Et quand je commençai les cours à NYU et que je me retrouvai avec tous ces jeunes étudiants qui venaient d'avoir leur licence, je me dis, Bon sang, ouais, je suis un putain de marine.

Certains d'entre eux, qui avaient entamé leurs études dans une des cinq meilleures facs de droit, ne savaient même pas ce que faisait le corps des marines. ("C'est comme l'armée, mais en plus puissant, c'est ça ?") Peu d'entre eux suivaient les opérations militaires en cours, et la plupart adoptaient la position "C'est quelque chose de vraiment terrible, alors mieux vaut ne pas trop y penser." Et puis il y avait les jeunes qui s'intéressaient à la politique, qui avaient des opinions bien tranchées, et avec lesquels j'aimais le moins discuter. Parmi eux, beaucoup se retrouvaient dans la bande insupportable de ceux qui se destinaient à la filière défense de l'intérêt général, qui détestaient la guerre, avaient du mal à imaginer que quelqu'un puisse faire du droit des affaires, ne comprenaient pas pourquoi quelqu'un pouvait avoir envie de s'engager dans l'armée, ne comprenaient pas pourquoi quelqu'un pouvait avoir envie de posséder une arme à feu, et encore moins de tirer avec, mais qui acceptaient tout de même du bout des lèvres l'idée que je méritais une forme de respect, et que, d'une manière assez floue mais clairement liée aux films d'action et aux publicités en faveur du recrutement militaire, j'étais indiscutablement un "dur", comparé au civil moyen. Alors, oui, certainement, j'étais un marine. Ou tout au moins, j'étais différent d'eux.

NYU S'ENORGUEILLIT d'envoyer un nombre élevé d'étudiants dans la filière défense de l'intérêt général – "élevé" signifiant 10 à 15 %. Si un étudiant de NYU trouve un emploi dans les services juridiques publics dont le salaire est inférieur à un montant donné, il bénéficie d'un effacement partiel ou total de la dette correspondant au montant de ses études, ce qui lui fait économiser plus d'argent que ce que gagne l'Américain moyen en trois ans. Comme tous ceux qui n'ont pas une bourse Root couvrant toutes les dépenses, ou de riches parents, ou une fiancée dans un fonds d'investissement, j'avais assisté à la présentation que NYU avait faite de ce programme, et je m'étais dit, Ah, ils voudraient que je bosse comme un dingue et que j'habite dans le quartier de Bed-Stuy pendant six ans. Avec de telles incitations, quatre étudiants de NYU sur cinq regardent de près les emplois publics, tergiversent un peu, examinent le parcours de tous les cracks qu'ils admirent dans la profession, puis ils rejoignent les mêmes grands cabinets d'avocats que les autres.

Joe-le-juriste-spécialisé-en-droit-des-affaires me dit:

— Fais de l'assistance. Rejoins le Bureau d'aide judiciaire.

Nous prenions un verre dans un bar situé sur le toit d'un immeuble avec une vue stupéfiante sur le Chrysler Building. La boisson que m'avait offerte Joe contenait une liqueur à base de cardamome. Je n'avais jamais rien bu de tel.

— Je ne suis plus vraiment idéaliste, dis-je.

— Ce n'est pas nécessaire. Il suffit d'être un type qui n'a pas envie de foutre sa vie en l'air à bosser sur des trucs merdiques qui ne sont même pas stimulants intellectuellement. Il m'arrive de détester mes clients et d'avoir envie de les voir perdre, mais ça, en fait, c'est dans le meilleur des cas car la plupart de mes dossiers impliquent d'énormes sociétés et je n'arrive même pas à me sentir concerné. À l'exception des primes, qui diminuent chaque année, je perçois un salaire fixe. Mais je facture à l'heure, ce qui signifie que plus je travaille, plus les associés actionnaires gagnent d'argent. Et personne ne bosse comme un dingue pendant dix ans pour devenir associé dans le but de satisfaire une ambition dévorante d'améliorer le niveau de vie des jeunes avocats débutants de la firme. Ils le font pour l'argent. Et moi aussi.

— Tu rembourses tes emprunts étudiants, dis-je.

— Ce que tu n'auras pas à faire grâce au G.I. Bill, au programme Yellow Ribbon et aux économies que tu as faites pendant ton passage chez les Marines. Si tu suis le même parcours que moi, tu vas être condamné à étudier des dossiers jour et nuit, et même le week-end, et tu finiras par avoir envie de te tirer une balle dans la tête.

Joe avait raison au sujet des emprunts, mais pour ce qui était d'avoir la foi, j'avais déjà une certaine expérience, et si le corps des marines pouvait servir d'indication, les boulots que l'on fait par idéalisme ne vous évitent pas d'avoir envie de vous tirer une balle dans la tête.

PAUL-le-déserteur-de-Teach-for-America me dit :

— Si tu choisis le secteur public, fais attention où tu mets les pieds.

Nous nous étions retrouvés dans l'appartement en enfilade qu'il partageait avec deux colocataires dans le quartier de Morningside Heights. La décoration était quelque peu schizophrène : de vieilles affiches du groupe Rage Against the Machine, des couvertures du *New Yorker* encadrées et des drapeaux de prières tibétains.

— L'Amérique est foutue, mec. (Paul prit une gorgée de bière.) Crois-moi, t'as pas envie d'être le pauvre gars qui écope sur un navire en train de sombrer.

— Ancien d'Irak, dis-je en pointant le doigt sur ma poitrine. J'en ai vu d'autres.

— Moi aussi. J'échange mon service dans les collèges contre ta mission en Irak quand tu veux.

— Ils te tirent dessus ?

— Un jour, un élève en a poignardé un autre.

Ça n'aurait pas fait le poids face à Vockler ou Boylan, et il ne fait aucun doute que ça ne faisait pas le poids face à la mort héroïque de Deme, mais moi, ça me laissa sur le cul. Mon contact le plus proche avec la violence avait été de voir arriver les blessés et les mourants à l'hôpital de la base.

— Le plus triste, dans cette école, c'était les gosses qui avaient envie d'apprendre. Parce que franchement, ce collège était tellement pourri que la chose la plus futée à faire aurait été de se tirer de là à toute vitesse.

— Alors c'est quoi la solution ? Des écoles privées ? La loi "No Child Left Behind" sur la prise en charge des élèves en difficulté ? Des tests d'évaluation normalisés ?

— Aucune idée, mec. À ton avis, pourquoi je suis allé faire un master pour être directeur d'école ? (Il eut un rire bref.) Alors, si tu choisis le secteur public…

— Je dois d'abord m'assurer que je ne serai pas un simple sparadrap sur une énorme plaie aspirante au thorax.

— N'ENTRE pas dans les services publics, me dit Ed-le-banquier – gestionnaire dans une banque d'investissement, pour être précis – tandis que nous fumions tous deux un cigare dans un bar dont la décoration empruntait au thème de James Bond et où, pour entrer, il fallait porter un pantalon de toile et de belles chaussures.

— Mais je pense…

— Ça fait combien de temps que je te connais ? Tu vas travailler pour un cabinet d'avocats. C'est l'option la plus simple. Laisse-moi te détailler ça.

— Joe dit que…

— Joe est avocat. Moi, j'engage des avocats.

Pas tout à fait vrai. C'était sa banque qui engageait des avocats, même si j'imagine que ça ne fait pas une grosse différence dans la mesure où un type comme lui peut très bien faire travailler un type comme Joe jusqu'à 5 heures du matin si ça lui plaît.

— Écoute-moi, dit-il en écartant les doigts des deux mains. Des facs de droit qui font partie de l'élite, il y en a quatorze. Pas treize. Pas quinze. Il y en a quatorze qui comptent vraiment. Et tu sais pas, félicitations, tu es dans l'une d'elles.

— NYU est dans les cinq meilleures.

— Les six meilleures, mais on ne va pas chipoter, dit-il. Les grands cabinets, ils recrutent pas mal dans ces universités. Peut-être aussi une poignée de diplômés venant d'universités classées un peu plus bas sur la liste, quelques jeunes de Fordham ou quelque chose de similaire, qui ont brillamment réussi et sont tellement doués qu'ils ont appris à tirer un feu d'artifice avec leur bite. Mais pour l'essentiel, si tu ne viens pas de l'une de ces facs, tu peux toujours t'accrocher pour trouver du boulot dans cette ville.

— Tu veux dire trouver un boulot comme celui de Joe. Et Joe déteste son boulot.

— Bien sûr qu'il le déteste. Il travaille dans un cabinet d'avocats, pas dans une brasserie. Il travaille plus que toi quand tu étais chez les marines, et je peux te garantir que jamais dans sa vie, un parfait inconnu ira le voir pour lui dire "Merci pour votre travail." Mais voilà comment ça marche. Tous les grands cabinets paient le même salaire, sauf un, le meilleur, mais où tu n'entreras pas, sauf si toi aussi tu apprends à tirer un feu d'artifice avec ta bite…

— Je ne savais pas que ça faisait partie des compétences juridiques importantes.

— Dans cette ville, si. Il y a un million d'avocats et le nombre de jobs vraiment intéressants est limité. Même dans les services publics, pour les meilleurs jobs, comme le bureau du procureur général, ou le bureau fédéral d'aide judiciaire, ils ont tendance à recruter des gens dans les grands cabinets. Donc, tout compte. La faculté où tu étudies détermine l'emploi que tu vas trouver, le cabinet dans lequel tu vas travailler. Si tu n'as pas les bonnes références venant des bons endroits, t'es foutu.

— Alors, qu'est-ce que tu me conseilles ?

— Ne glandouille pas comme tu le faisais à la fac. Bienvenue dans la vie adulte. Ce que tu fais a une importance.

J'APPRIS au sujet de Vockler un mois plus tard, alors que j'étais seul dans mon appartement vide, aux murs nus, avec une seule chaise, près du rebord de la fenêtre où je mets mon ordinateur. Le corps des marines m'avait habitué à une vie spartiate, mais j'imaginais volontiers que si j'amenais un jour une femme chez moi, il s'en dégagerait probablement une atmosphère du genre tueur en série.

La seule chose que cet appartement avait pour lui, c'était la vue. Orienté vers le centre de Manhattan depuis une petite rue donnant dans York Avenue, j'avais toute la ville sous les yeux, depuis Central Park jusqu'à l'Empire State Building. Quand je rentrais ivre, tard le soir, je me plantais là et je regardais bouche bée toutes ces constellations d'appartements. Et puis, parfois, j'allumais mon ordinateur et j'ouvrais DefenseLink. L'idée était d'aller sur le site pour voir si quelqu'un que je connaissais était mort. Dans leur section "Informations", il y a tout un tas de liens qui descendent jusqu'en bas de la page web, et généralement, je clique sur ceux qui annoncent "Le Département de la Défense communique l'identité d'un marine tombé au combat", ou bien, si c'est un mauvais jour "Le Département de la Défense communique l'identité des marines tombés au combat". Puis ça vous redirige vers une page avec les noms.

Plus tôt, ce soir-là, j'avais bu quelques verres en compagnie de Joe-le-juriste et Ed-le-banquier. Avec eux, j'étais revenu à l'époque de la fac, débitant des blagues cochonnes et racontant des histoires de beuveries, et donc, en m'asseyant devant mon ordinateur, je pense que je voulais retrouver ce que je suis quand je lis le nom des morts.

Je m'assis sur ma chaise et cliquai sur un des mauvais jours, mettant d'un seul coup un terme à la première partie de ma nuit. Joe et Ed s'évanouirent, devenant soudain immatériels.

> Le Département de la Défense a annoncé aujourd'hui la mort de deux marines engagés dans l'Opération Liberté Immuable. Le caporal Shield S. Mason, âgé de vingt-sept ans, d'Oneida, État de New York, et le caporal-chef James R. Vockler, âgé de vingt et un ans, de Fairhope, Alabama, sont morts le 3 octobre des suites de blessures reçues alors qu'ils participaient à des opérations de combat menées dans la province de Helmand, en Afghanistan. Ils appartenaient au 1er bataillon du 9e régiment de marines, 2e division de marines, 2e division des forces expéditionnaires, basée à Camp Lejeune en Caroline du Nord.
> Pour tous renseignements complémentaires concernant ces marines, les représentants des organes d'information peuvent contacter le bureau des affaires publiques de la 2e division des forces expéditionnaires des marines au (910) 451-7200.

La date de l'annonce, le 3 octobre, remontait à plus d'une semaine et demie. Je tapai son nom dans Google pour voir ce que ça donnait, et un tas d'articles de journaux apparurent. “Un marine du comté de Baldwin tué en Afghanistan.” “Le corps d'un marine tombé au combat rentre au pays.” Et puis, bizarrement, un article plus ancien intitulé “À la maison pour Noël !” Je cliquai dessus.

Une page s'ouvrit avec une photo de Vockler, les bras ouverts et tendus vers le ciel, tandis que ses deux jeunes sœurs le serrent contre elles, une de chaque côté. Les filles ne lui arrivaient qu'aux épaules et la photo avait l'air d'avoir été prise le jour de son départ. Sous la photo, il y avait un bloc de texte.

> Aujourd'hui, ma femme et moi avons regardé notre fils, notre marine, le caporal-chef James Robert Vockler, repartir à la guerre. Bien que ce soit dur pour nous de voir notre fils partir pour une mission aussi dangereuse, nous sommes extrêmement fiers de lui et de tous ses frères du corps des marines.
>
> Nous sommes descendus en voiture avec James plus tôt dans la semaine, et nous pouvons témoigner que ses frères du corps des marines et lui ont le moral au beau fixe. Malgré les dangers, ils sont enthousiastes à l'idée de remplir leur mission, qui consistera à déloger l'ennemi de ses positions dans le sud de l'Afghanistan. C'est une tâche importante, et pour laquelle ils s'entraînent depuis des mois.
>
> James a vingt et un ans et il a obtenu son diplôme de fin d'études au lycée de Fairhope en 2006. Il a combattu en Irak l'année dernière, et il est rentré en bonne forme à la maison pour Thanksgiving. Il rejoint ses camarades de classe du lycée de Fairhope, le caporal-chef John Coburn et le caporal Andrew Roussos, qui ont également combattu en Irak avec lui.
>
> Nous attendons avec impatience leur retour en bonne forme pour Noël prochain, une fois leur mission accomplie.
>
> — George, Anna, Jonathan, Ashley et Lauren Vockler.

Je fermai la fenêtre pour revenir aux résultats de ma recherche, et je jetai un regard circulaire à la pièce. Des coins vides, des matelas jumeaux pitoyablement étendus sur le sol. Le silence. Je regardai à nouveau mon ordinateur. Il y avait également des vidéos dans les résultats. Je cliquai sur un lien de YouTube.

Sur l'écran, on voyait une file de gens s'incurver autour d'un bâtiment scolaire – le lycée de Fairhope, j'imagine. Ça ressemblait aux images des Irakiens faisant la queue pour voter lors de ces premières élections, tout le monde faisant preuve de patience et de gravité. C'était la veillée à la mémoire de Vockler. Toute la communauté était venue le pleurer. Je crus apercevoir Boylan dans son uniforme de service, mais la vidéo était de trop mauvaise qualité pour en être sûr. J'éteignis mon ordinateur.

Je n'avais pas d'alcool dans l'appartement, et je n'avais pas envie de sortir. Je ne connaissais pas d'anciens soldats dans cette ville. Je n'avais pas envie de parler à des civils. Étendu sur mon matelas, aux prises avec une violence que vous pourriez tout aussi bien qualifier de chagrin, je compris pourquoi personne n'avait songé à m'informer de la mort de Vockler. J'étais à New York. J'avais quitté le corps. Je n'étais plus un marine.

Ce samedi-là, j'allai voir un documentaire en compagnie d'Ed-le-banquier. C'était son idée. C'était un film sur des anciens combattants réintégrant la vie civile, et les quatre personnages principaux allaient du candidat au Congrès à l'épave humaine la plus paumée. L'un d'eux, un adepte du combat libre, souffrant du PTSD, décrivait un incident qui avait eu lieu en Irak, au cours duquel il avait tiré sur un véhicule civil, tuant une enfant de l'âge de sa propre petite fille.

Après la projection, le couple qui avait fait ce film vint devant nous, répondit à nos questions, puis discuta avec le public à l'occasion d'une petite réception. J'allai les remercier pour ce qu'ils avaient fait. Je leur dis que les difficultés de réadaptation à la vie civile constituaient un sujet qui n'était pas suffisamment traité, et que j'avais particulièrement apprécié la façon dont ils avaient évité d'adopter des positions politiques qui auraient parasité le récit de ces vies. J'avais l'impression que j'étais le seul ancien combattant dans la pièce et que j'étais donc mieux armé que quiconque pour prendre la parole. Si j'avais vu ne serait-ce qu'un seul type balancer une de ces casquettes de base-ball d'anciens soldats de l'OLI – l'Opération Liberté pour l'Irak –, j'aurais fermé ma gueule.

— C'était très fort, dis-je à Ed-le-banquier en sortant de là.

Il mentionna la scène où celui qui pratiquait le combat libre racontait comment il avait tué la petite fille.

— Ouais, dis-je, sentant que c'était là encore un domaine où je pouvais parler avec assurance. Tu sais, j'ai vu pas mal d'enfants blessés en Irak…

Et là, je calai. Ma gorge se serra. C'était inattendu. Je voulais lui raconter l'histoire du camion-suicide, une histoire que j'avais racontée tant de fois qu'il m'arrivait de devoir feindre l'émotion pour ne pas avoir l'air d'être sans cœur. Mais j'étais incapable de la sortir. J'eus toutes les peines du monde à dire :

— Excuse-moi.

Puis je me précipitai aux toilettes à l'étage, où je m'engouffrai dans une cabine et pleurai le temps de reprendre contrôle de moi-même.

Cet incident me laissa surpris et humilié. Quand je ressortis, ni Ed ni moi ne dîmes un mot sur ce qui s'était passé.

UNE fois rentré dans ma chambre, j'ouvris DefenseLink et fis défiler les nouveaux noms – aucun d'eux ne signifiant quelque chose pour moi. Alors, j'allai sur Google et tapai "1er bataillon, 9e régiment de marines", celui de Vockler, et je me mis à lire les articles qui s'affichaient et à regarder les vidéos sur YouTube.

Avec Internet, vous pouvez passer la journée à ne rien faire d'autre que regarder la guerre, si vous voulez. Des films courts montrant des fusillades, des attaques au mortier, des EEI qui explosent, tout y est. Il y a des marines qui expliquent ce qu'est la chaleur du désert, ce qu'est le froid du désert, ce qu'on ressent quand on tire sur un homme, ce qu'on ressent quand on perd un marine, ce qu'on ressent quand on tue un civil, ce qu'on ressent quand on est touché par une balle.

J'écoutai toutes ces vidéos, assis dans mon appartement. Il n'y avait pas de réponse à ce que je ressentais, par contre, il y avait des examens à préparer, des livres à lire. Les contrats, les procédures, les délits et l'exercice du droit. Une quantité démentielle de travail qui flottait à l'arrière de ma conscience. Je la ramenai au premier plan.

Au cours des semaines qui suivirent, je cessai de penser aux marines en Afghanistan. Je fis mon travail. Quand on est occupé, les jours ne nous semblent pas être du temps.

Je ne liai pas d'amitiés facilement à NYU, et la première année, je ne sortis avec aucune fille. J'avais entamé l'année en éprouvant une sorte de mépris à l'égard des autres étudiants, mais après être resté seul dans votre coin suffisamment longtemps, vous en venez à vous trouver anormal, d'une certaine façon. Et la fille qui vint vers moi au bout du compte, une étudiante qui tirait parti de la fac de droit comme conduit un alcoolique capable de masquer son ivresse, renifla ça presque tout de suite.

Un jour, elle me prit à l'écart et me raconta le genre de choses dont vous ne parlez pas aux gens que vous ne connaissez pas très bien, le genre de choses dont vous n'informez que vos amis proches ou votre psychiatre.

— J'ai pensé que je pouvais te faire confiance, dit-elle après m'avoir révélé sa propre histoire d'enfant maltraitée, parce que, tu sais, tu souffres aussi du PTSD.

Je ne souffre pas de ce syndrome, mais le fait qu'elle croie que j'en suis atteint fait partie, j'imagine, de cet étrange piédestal sur lequel on met les anciens combattants aujourd'hui. Quoi qu'il en soit, je me gardai de la contredire.

— Tu vois, me dit-elle, je suis grande, je suis blonde. Je peux me conduire comme les autres filles. Mais au bout d'un moment, il faut que ça sorte. Et les gens, ils vont se dire, Celle-là, elle est un peu atteinte.

Je hochai la tête. C'était exactement ce que j'étais en train de me dire.

— Et je ne compare pas ce que j'ai subi à ce que toi tu as vécu. (Cela me surprit.) Moi, c'est juste… un truc, comme ça, et je suis sûre que toi, tu as vécu des choses…

— Non, dis-je.

— Bon, je ne dis pas que moi, c'est aussi moche.

Il ne me sembla pas judicieux de lui faire remarquer que ce qu'elle avait connu était infiniment pire.

Nous couchâmes ensemble la semaine suivante, alors que nous étions ivres et que nous nous sentions seuls, et après que je lui eus raconté l'histoire de Vockler, en partie par envie de me libérer, et en partie par réciprocité avec toutes les choses qu'elle m'avait confiées.

LES premiers mois, on faisait souvent l'amour et je faisais beaucoup de jogging. Vous courez suffisamment vite et au bout d'un moment, c'est bon, toutes les émotions contenues s'expriment dans le mouvement de vos bras, la brûlure dans votre poitrine, le poids lent et pesant de la fatigue dans vos jambes, et vous pouvez vous laisser aller à penser tout simplement. Vous pouvez penser en éprouvant de la rage, du chagrin, n'importe quoi, et cela ne vous déchire pas, parce que vous êtes en train de faire quelque chose, quelque chose qui est assez dur pour que vous le ressentiez comme une réponse appropriée à l'agitation dans votre esprit. Les émotions ont besoin d'une sorte d'exutoire physique. Et si vous avez un peu de chance, le physique prend le pas sur tout le reste. Cela m'arrivait, autrefois, quand je pratiquais le combat libre. Vous vous épuisez jusqu'à ce qu'il n'y ait plus que la douleur et l'euphorie. Quand vous atteignez cet état, le reste ne vous manque plus, tous les petits sentiments que vous éprouvez.

Quand j'étais en Irak, je voyais des marines arriver blessés, et j'allais leur rendre visite avec le lieutenant-colonel Motes, le connard incompétent dont la compréhension indigente des interventions en contre-insurrection était à l'origine de leurs blessures. Beaucoup d'entre eux ne posaient pas de questions les concernant, ni sur leurs terribles blessures. Ils posaient des questions sur leurs camarades, les marines qui étaient avec eux, même ceux qui n'avaient pas été aussi sérieusement touchés. C'est là un sujet des plus intéressants. Sauf que quand je voyais ces types, ils étaient déjà sous anesthésiant. Par ailleurs, les plus gravement atteints étaient inconscients. Mais après l'attentat-suicide, certains des Irakiens que nous avions vus souffraient tellement qu'ils n'étaient que contorsions. Si leurs yeux étaient ouverts, ils ne voyaient pas, et ceux dont les tympans n'avaient pas éclaté n'entendaient pas, et je suis sûr que s'ils avaient été en mesure de penser à quelque chose, ils auraient pensé à leurs fils, à leurs filles, à leur père, à leur mère, à leurs amis, mais de leur bouche ne sortaient que des hurlements. À partir d'un certain degré de souffrance, un être humain n'est plus qu'un animal hurlant.

Vous ne pouvez pas atteindre cet état d'animalité avec plaisir. Vous pouvez essayer, mais vous ne pouvez pas.

— PENSE aux termites, dis-je à Ed-le-banquier deux semaines après la séparation.

Nous étions dans son appartement du West Village, en train de boire son scotch. Ça faisait très adulte.

— Il y a un médecin-chercheur qui s'appelait Lewis Thomas, dis-je. Et ce Thomas était aussi un poète.

— Je ne doute pas que ce soit une caractéristique importante pour un docteur, m'interrompit Ed-le-banquier, car il n'était pas du genre à vous laisser exprimer votre pensée jusqu'au bout.

— Thomas affirme que si tu mets deux termites sur un carré de terre, ils vont en faire des petites boules et les rouler d'un endroit à un autre. Mais ils n'accomplissent rien.

— Comme les poètes, dit-il.

— Le poète, c'était Thomas, pas les termites.

Ed arborait maintenant un large sourire. Il trouve tous mes problèmes amusants, et j'imagine qu'ils le sont, si vous adoptez le bon point de vue.

— Ce sont de petits Sisyphe, roulant leurs petites boules de terre, dis-je. Je suis sûr que pour un termite, c'est une véritable crise existentielle vieille comme le monde.

— Peut-être que ce qu'il leur faut, c'est une termitesse.

Ça, c'est la solution d'Ed-le-banquier à la plupart des problèmes, et généralement, ce n'est pas une mauvaise solution.

— Ce qu'il leur faut, c'est plus de termites, dis-je. À deux, ils ne peuvent pas s'en sortir. S'ils avaient suffisamment de cellules cérébrales pour ressentir quelque chose, ils se sentiraient perdus, engloutis dans leur solitude au cœur de l'univers, ou quoi que ce soit d'autre. Rien sur quoi compter. Qu'un peu de terre et eux deux. À deux, ils ne peuvent pas s'en sortir.

— Alors quoi ? Un ménage à trois ?

— N'ajouter que trois ou quatre termites de plus ne sert à rien. Tu aurais des tas de terre, mais l'activité resterait vide de sens.

— Pour toi, répliqua Ed-le-banquier. Mais peut-être que pousser des petites boules de terre çà et là, c'est comme la version termite de regarder du porno sur internet.

— Non, dis-je, ils ne s'excitent que lorsque tu commences à ajouter de plus en plus de termites. Et au bout d'un moment, tu atteins une masse critique, avec assez de ces petits enfoirés pour faire vraiment quelque chose. Les termites s'excitent et ils se mettent au boulot. Thomas dit qu'ils travaillent comme des artistes. Des particules de terre empilées sur des particules de terre, formant des colonnes, des arches, avec des termites à chaque extrémité, poursuivant la construction en direction les uns des autres. C'est d'une perfection absolue, selon Thomas, symétrique. Comme s'il y avait un plan. Ou un architecte. Et les colonnes se rejoignent, se touchent, forment des chambres, et les termites relient les chambres aux chambres, constituant une ruche, une maison.

— Et ça serait le corps des marines, dit Ed-le-banquier.

— Deux cent mille ouvriers tous attelés à une même tâche dans un même but. Deux cent mille ouvriers risquant leur vie pour ce but.

— Ce qui ferait du monde civil…

— Une bande de petites créatures esseulées poussant leurs petites boules de terre çà et là.

Ed-le-banquier se mit à rire.

— Le monde civil ou les cabinets d'avocats d'affaires ?

— L'un comme l'autre. Au fond, je ne suis pas sûr de savoir quel petit groupe de créatures désespérées et désorientées je devrais rejoindre, ni comment je peux me persuader de m'intéresser à ce qu'ils pensent être en train de construire.

— Je te l'ai dit, tu aurais dû faire de la finance.

C'ÉTAIT à l'automne dernier. Et maintenant, deux semaines après le coup de téléphone de Boylan qui m'a réveillé au milieu de la nuit, il est là, entrant d'un pas pesant dans la gare de Grand Central tel un petit enfant gigantesque vêtu d'un costume d'occasion pour lequel il est déjà devenu trop grand. Ça tire au niveau de la poitrine, le bas du pantalon laisse apparaître une trop grande partie des chaussettes, et son sourire bienheureux indique qu'il n'est absolument pas conscient de la manière absurde dont son corps a été fourré de force dans les habits d'un homme plus petit que lui. J'ai vu Boylan complètement bourré, une sorte de géant balourd. Et à la fin de notre mission en Irak, je l'avais vu réduit à l'état d'énorme squelette décharné. Mais je ne lui ai jamais vu un air aussi mou – grassouillet à la taille et le visage bien rempli. En Afghanistan, il travaillait à l'état-major, et ça se voit.

— J'ai déniché ça dans un magasin de vêtements d'occasion pour vingt-cinq dollars, dit-il en empoignant le revers de sa veste et en tournant sur lui-même pour faire admirer la splendeur de sa mise.

— Pourquoi tu es en costume ? dis-je, et son visage trahit un instant de confusion.

— Tu as dit que tu m'emmènerais au Yale Club.

Ça me prend un moment, mais je me souviens que j'ai effectivement dit cela, il y a trois ans. C'est drôle, les choses dont les gens se souviennent, parfois.

— Crois-moi, tu n'as pas envie d'aller là-bas, dis-je. Tu n'as pas envie d'être nulle part dans les environs.

Je lève les bras pour désigner la gare de Grand Central, la multitude grouillante, la beauté de cathédrale de cet endroit, avec les dorures des constellations d'étoiles peintes sur le plafond vues de dessus, et son élégant magasin Apple occupant discrètement le haut de l'escalier Est.

— Le centre de Manhattan n'a pas de vie propre. Que des boissons à dix-sept dollars et les connards qui ont les moyens de s'en payer.

— Tu en feras partie bientôt, Monsieur Cent Soixante Mille.

— Pas encore. Et comme c'est moi qui paye toutes les boissons ce soir – si, si, j'insiste –, on fout le camp d'ici.

Nous prenons la ligne 6 jusqu'à Astor Place et nous nous dirigeons vers un bouge qui propose une offre spéciale valable toute la nuit : cinq dollars pour une canette de Pabst Blue Ribbon et un petit verre de ce qu'ils appellent du "Jameson". J'imagine qu'on ne pourra pas dépenser plus de quatre-vingts dollars avant de tomber dans le coma. On entre et on va s'asseoir au bar, puis je commande la première tournée tandis que Boylan sort sa chemise de son pantalon et desserre sa cravate.

— Je suis content…, commencé-je, et je veux dire que je suis content qu'il soit en vie, mais c'est trop larmoyant, même si c'est vrai, alors je finis ma phrase par "de te voir", et il sourit.

Dès que les boissons arrivent, il fait tinter son verre contre le mien et nous avalons notre whiskey d'un trait.

— Dis, mec, pourquoi t'es pas resté dans le corps ? me lance-t-il.

Il apparaît de plus en plus évident que Boylan est déjà un peu ivre, et je me demande avec qui il a bien pu boire, si toutefois il a bu avec quelqu'un. Près de la plupart des gares, on vend des bouteilles en plastique pour que les voyageurs puissent se beurrer dans le train. Si c'est ce qu'il a fait, il ne serait pas le seul.

— Pourquoi pas ? poursuit-il. Tu étais bon dans ton boulot. Tout le monde le dit.

— Parce que je suis une mauviette. Et toi, quand est-ce que tu passes commandant ?

— Jamais. J'ai une conduite en état d'ivresse dans mon dossier, dit-il avant d'esquisser un sourire penaud, et avant que j'aie pu réagir, il enchaîne : Je sais, je sais, je suis un idiot. Je ne prendrai plus le volant après avoir bu.

Puis il commence à me demander comment ça se passe à la fac de droit, si je sors avec quelqu'un, toutes sortes de foutaises, et je me rends compte d'une chose : si moi j'ai envie d'entendre ses histoires de guerre à la con, lui il a envie d'entendre mes histoires de civil à la con.

Alors on discute d'histoires de civil à la con. Je lui parle de ma nana, je lui dis qu'au lit c'était super mais que le reste, c'était nul, mais que je lui souhaite tout le bonheur possible. Et puis je lui dis que je vais travailler dans le privé et puis je verrai après, merde, parce que c'est impossible de voir à l'avance.

— Il y a des tas de gens qui font des allers-retours dans leur carrière, entre le secteur public et les grands cabinets d'avocats. Tu fais quelque chose pour avoir une bonne opinion de toi-même pendant un moment et puis après tu retournes te faire du fric. Ensuite tu reviens te donner à nouveau une bonne opinion de toi-même. Avant de repartir dans un grand cabinet et faire du fric. Comme si ton karma, c'était de passer de la bringue à la purge, sans arrêt.

On est de plus en plus soûls, et au bout d'un moment, Boylan dit :

— Tu veux voir un truc ?

Il n'attend pas ma réponse. Il coince le bout de sa canette de bière entre ses incisives, entamant l'aluminium. Il imprime un mouvement de rotation à la canette, la faisant tourner rapidement entre ses dents, jusqu'à ce qu'il ait découpé un cercle parfait, tandis que la bière dégouline à flots sur les côtés et sur son costume.

— Ha ! dit-il en me tendant les deux moitiés de la canette. Qu'est-ce que tu dis de ça ?

— Impressionnant.

Je remarque qu'il n'a plus sa cravate et je me demande s'il sait où elle est.

Le barman s'approche et dit :

— Faut pas faire ça.

Boylan lui répond d'aller se faire foutre. Puis il me regarde, comme pour me dire, T'es avec moi sur ce coup ?

Pour faire court, on regagne mon appartement et on se met au whiskey et quand on est suffisamment ronds, on en vient enfin à la guerre.

J'évoque les vidéos de frappes aériennes qu'ils nous montraient pendant notre formation, des vidéos pixelisées de quelque concentration de hajji et puis, boum, des hajji morts un peu partout. Mais les explosions ne sont jamais aussi grosses que vous pensez qu'elles devraient l'être. C'est Hollywood qui fout sa merde.

Je dis à Boylan :

— C'était comme des jeux vidéo.

Alors, il s'anime :

— Ouais, ouais, dit-il. T'as vu des vidéos prises au casque ?

Je n'en ai pas vu, alors il se met devant mon ordinateur, debout, près de mon bureau, et se balançant d'avant en arrière tandis qu'il essaie de taper quelque chose sur le moteur de recherche YouTube, ses énormes mains recouvrant tout le clavier et appuyant sur plusieurs touches en même temps.

— Mec, ça c'est chouette, dit-il.

Il finit par trouver, des films du genre caméra subjective, pris par une caméra fixée sur le casque d'un marine au cours d'un engagement en Afghanistan.

— Bon, ça, c'est comme un jeu vidéo, dit-il.

Et pendant que la vidéo passe, je me rends compte qu'il a raison. Le marine se cache derrière un mur et je vois le canon de son fusil qui barre l'écran exactement de la même manière que dans le jeu *Call of Duty*. Puis il se lève brusquement et tire à plusieurs reprises, tout comme dans *Call of Duty*. Pas étonnant que les marines aiment tant ce jeu.

Il y a beaucoup de hurlements aussi, et je saisis quelques ordres lancés, mais rien de vraiment clair. À la fin de la vidéo, un soldat est blessé, mais pas sérieusement.

— Alors c'est à ça que ça ressemble, dis-je.

— Hein ?

— Tu as participé à des combats. C'est à ça que ça ressemble ?

Boylan jette un coup d'œil sur l'écran un instant.

— Nan, dit-il.

J'attends la suite, mais rien ne vient.

— Bon, eh bien, dis-je, c'est à ça que ça ressemble. En tout cas, tirer sur un méchant.

À nouveau, il regarde l'écran.

— Nan.

— Mais c'est une vraie fusillade.

— De la merde, mec. N'importe quoi.

— Mais c'est une putain de caméra qui filme une putain de vraie fusillade.

Il contemple l'écran un long moment.

— Une caméra, c'est pas pareil, dit-il et il se tapote la tête en me faisant un sourire en coin.

Je regarde l'écran sur lequel figurent des suggestions d'autres vidéos, la plupart liées à la guerre, mais pour une raison quelconque, l'une d'entre elles est une capture d'écran où s'étalent des caractères japonais et un calamar de dessin animé.

— Je ne les laisserais jamais fixer une caméra sur moi, dit-il.

Il a la peau cireuse, jaunâtre. Bien que ce ne soit pas possible, évidemment, j'ai envie de lui demander si Vockler avait un cercueil ouvert ou si son corps était trop abîmé.

— L'Irak, dis-je à la place. Qu'est-ce que tu penses ? On a gagné ?

— Euh... on s'est pas mal débrouillés, dit-il, le regard toujours fixé sur l'écran rempli de vidéos de combat et d'un calamar de dessin animé.

La première fois que j'ai rencontré Boylan, il était dans son uniforme de service et sa Bronze Star avec le V était juste là, sur sa poitrine, bien en évidence. Je m'étais précipité pour aller vérifier dans son dossier, mais aujourd'hui, je ne me souviens plus pour quoi il l'avait eue. Boylan ne représentait pas grand-chose pour moi, à cette époque, et la citation n'était pas aussi impressionnante ou aussi claire que celle de Deme, puisque pour Boylan, il s'était agi d'une accumulation progressive d'actions héroïques mineures, accomplies tout au long d'une interminable journée infernale, et non pas de ce genre d'épreuve d'une violente intensité qui fait les grands drames. Mais au moins, il l'avait eue. Vockler était mort dans l'explosion d'un EEI, comme la majorité des victimes dans ce genre de guerre, une mort dont on ne fait pas une histoire que les jeunes marines peuvent lire et qui peut les exalter. Les EEI ne vous permettent pas de devenir un héros. C'est ce qui rend Deme si important. Le courage inébranlable et froid qui pousse des soldats comme Vockler à retourner à la guerre, ce n'est pas ça qui incite les jeunes à rejoindre le corps des marines en premier lieu. S'il n'y avait pas, de temps à autre, une histoire comme celle de Deme, qui s'engagerait ?

Finalement, Boylan s'est endormi par terre, et je suis assis à côté de lui, sirotant mon whiskey, et au plus profond de mon cœur de non-combattant, je l'envie. Je ne sais pas pourquoi. Il n'est pas fier de sa Bronze Star. Il refuse de raconter l'histoire. “C'était une sale journée”, c'est la seule chose que je l'ai entendu dire à ce sujet. Je ne sais même pas ce qu'il a et que j'ai envie d'avoir. Tout ce que je sais, c'est que j'en ai envie. Et il est là, juste devant moi, tellement près que j'ai renversé du whiskey sur lui deux fois.

Agamben explique que la différence entre les êtres humains et les animaux, c'est que les animaux sont prisonniers des *stimuli*. Pensez au cerf dans les phares d'une voiture. Agamben décrit des expériences au cours desquelles des chercheurs donnent une source de nectar à une abeille ouvrière. Pendant qu'elle absorbe le nectar, ils lui enlèvent l'abdomen, si bien qu'au lieu de remplir l'abeille, le nectar tombe par la blessure et s'écoule au fur et à mesure que l'abeille boit. On se dit que l'abeille pourrait réagir et changer son comportement, mais elle ne le fait pas. Tout heureuse, elle continue à téter le nectar, et elle ne s'arrêtera jamais, prisonnière de cet unique *stimulus* – la présence du nectar – jusqu'à ce qu'un autre stimulus ne vienne la libérer : la sensation de satiété. Mais ce second stimulus ne vient jamais – la blessure fait que l'abeille ne cesse de boire, jusqu'à ce qu'elle finisse par mourir d'inanition.

Je renverse encore un peu de whiskey sur Boylan, espérant plus ou moins qu'il se réveille.

À dix kliks* au sud

Ce matin, notre canon a balancé plus de cent trente kilos d'ASM sur un lieu de rencontre de trafiquants à dix kliks au sud de notre position. On a zigouillé un groupe d'insurgés, et puis on est allés déjeuner à la cantine de Falloujah. J'ai pris du poisson avec des haricots de Lima. J'essaie de manger sainement.

À table, tous les neuf, nous n'arrêtons pas de sourire et de rire. Je ressens encore une grande nervosité en moi, après toute cette excitation, et je souris tout le temps, et je me tords les mains, faisant tourner mon alliance sur mon doigt. Je suis assis près de Voorstadt, notre numéro un, et Jewett, qui est dans l'équipe des munitions avec moi et Bolander. Voorstadt a pris une grande assiette de raviolis et des Pop-Tarts, et avant de donner un premier coup de fourchette, son regard fait le tour de la table et il dit :

— Je n'arrive pas à croire qu'on a enfin eu une vraie mission d'artillerie.

Sanchez dit :

— Il était temps qu'on tue quelqu'un.

Ça fait rire le sergent Deetz. Même moi, je rigole. Un peu. Ça fait deux mois qu'on est en Irak, et on est une des rares unités d'artillerie qui fasse vraiment de l'artillerie, sauf que

* Terme d'argot militaire, signifiant kilomètre, apparu pendant la guerre du Vietnam : les artilleurs réglaient la portée des canons en kilomètres et non en miles, et le mécanisme de réglage produisait un déclic à chaque kilomètre.

jusqu'à maintenant, on n'a eu à effectuer que des tirs d'éclairage. Les gars de l'infanterie, généralement, n'ont pas envie de courir le risque de dommages collatéraux. Parmi les autres canons, certains avaient déjà tué des méchants, mais pas nous. Pas jusqu'à aujourd'hui. Aujourd'hui, toute la foutue batterie a tiré. Et on sait qu'on a fait mouche. C'est le lieutenant qui l'a dit.

Jewett, qui est resté plutôt silencieux, demande :

— Combien d'insurgés vous pensez qu'on a tués ?

— Un groupe de la taille d'une section, répond le sergent Deetz.

— Quoi ? dit Bolander. (C'est un cynique professionnel au visage de rat, et il se met à rire.) De la taille d'une section ? Sergent, al-Qaida en Irak n'a pas de sections.

— Et pourquoi tu penses qu'il a été nécessaire de faire tirer toute la foutue batterie ? réplique le sergent Deetz en grognant.

— C'était pas nécessaire, dit Bolander. Chaque canon n'a tiré que deux obus. J'imagine qu'ils voulaient seulement qu'on ait tous l'occasion de tirer sur une vraie cible. Sans compter qu'un seul obus de ces ASM serait suffisant pour zigouiller toute une section en plein désert. La batterie tout entière n'était absolument pas nécessaire. Mais c'était chouette.

Le sergent Deetz, les épaules massives penchées au-dessus de la table, secoue lentement la tête.

— Un groupe de la taille d'une section, répète-t-il. Voilà ce que c'était. Et il a fallu deux obus par canon pour le détruire.

— Mais, intervient Jewett d'une petite voix, je ne parlais pas de la batterie tout entière, je voulais dire notre canon. Combien on en a tué, nous, juste notre canon ?

— Et comment veux-tu que je sache ? dit le sergent Deetz.

— La taille d'une section, ça fait une quarantaine, dis-je. Compte, six canons, tu divises, ça fait six, je ne sais pas, six types virgule six par canon.

— Ouais, dit Bolander. On a tué exactement 6,6 types.

Sanchez sort un carnet et commence à faire le calcul, traçant les chiffres de son écriture d'une précision mécanique.

— Tu divises ça par neuf marines au canon, et donc toi, personnellement, tu as tué zéro type virgule sept et quelque chose, aujourd'hui. Ça fait, disons, un thorax et une tête. Ou peut-être un thorax et une jambe.

— C'est pas drôle, dit Jewett.

— Ça fait sûrement plus que ça pour nous, dit le sergent Deetz. On est les meilleurs tireurs de la batterie.

Bolander ricane.

— Tout ce qu'on fait, c'est tirer en fonction du quadrant et de la déflexion que nous communique le centre de commandement, sergent. Je veux dire…

— On tire mieux, dit le sergent Deetz. On te met un obus dans un terrier de lapin à trente kilomètres.

— Mais même si on a touché la cible…, dit Jewett.

— On *a* touché notre cible, dit le sergent Deetz.

— D'accord, sergent, on a touché notre cible, dit Jewett. Mais les autres canons, leurs obus ont très bien pu frapper l'ennemi avant les nôtres. Peut-être que tout le monde était déjà mort.

Je me représente la scène, les éclats d'obus s'enfonçant avec un bruit mat dans des corps mutilés, les membres s'agitant dans tous les sens sous la force des impacts.

— Écoute, dit Bolander, même si leurs obus ont touché les ennemis en premier, ça ne veut pas nécessairement dire que tout le monde était mort. Peut-être qu'un insurgé avait reçu un éclat dans le thorax, tu vois, et qu'il était… (Bolander tire la langue et agrippe sa poitrine de façon dramatique, comme s'il était agonisant dans un de ces vieux films en noir et blanc). Et puis notre obus lui tombe dessus, boum, et il lui emporte sa putain de tête. Il était déjà mourant, mais la cause de la mort serait "pulvérisé par l'explosion", et non pas "éclat d'obus dans la poitrine".

— Ouais, bien sûr, dit Jewett. J'imagine que oui. Mais moi, je n'ai pas l'impression d'avoir tué quelqu'un. Je pense que si j'avais tué quelqu'un, je le saurais.

— Nan, dit le sergent Deetz, tu ne le saurais pas. Pas tant que tu n'aurais pas vu les corps. (La table se tait un instant. Le sergent Deetz hausse les épaules.) C'est mieux comme ça.

— Ça ne vous fait pas bizarre, à vous, dit Jewett, d'être en train de déjeuner, comme ça, tranquillement, après notre première vraie mission ?

Le sergent Deetz le regarde en fronçant les sourcils avant de prendre une grosse bouchée de son steak Salisbury et de sourire.

— Faut bien bouffer, dit-il la bouche pleine.

— Moi, je me sens bien, dit Voorstadt. On vient de tuer des méchants.

Sanchez approuve vivement de la tête.

— Y a pas à dire, c'est bien.

— Moi, je ne pense pas avoir tué quelqu'un, dit Jewett.

— Techniquement, c'est moi qui ai tiré sur le cordon, dit Voorstadt. C'est moi qui ai fait feu. Tu as juste chargé la pièce.

— Comme si j'étais pas capable de tirer sur le cordon, dit Jewett.

— Ouais, mais tu l'as pas fait, réplique Voorstadt.

— Laissez tomber, dit le sergent Deetz. C'est une arme servie par une équipe. Il faut une équipe de servants.

— Si on utilisait un obusier pour tuer quelqu'un chez nous, aux États-Unis, dis-je, je me demande de quel crime on serait accusés.

— De meurtre, répond le sergent Deetz. T'es bête ou quoi ?

— Ouais, de meurtre, bien sûr, dis-je, mais en ce qui concerne chacun de nous séparément ? À quel degré ? Je veux dire, Bolander, Jewett et moi, on a chargé la pièce, d'accord ? Si je chargeais un fusil M16 et si je le passais à Voorstadt et qu'il tuait quelqu'un avec, je ne dirais pas que j'ai tué quelqu'un.

— C'est une arme servie par une équipe, dit le sergent Deetz. Une arme. Servie. Par une équipe. C'est différent.

— Et je l'ai chargée, mais on a reçu les obus du dépôt de munitions, dis-je. Est-ce qu'ils ne devraient pas être responsables aussi, les marines du dépôt ?

— Ouais, dit Jewett. Pourquoi pas le dépôt de munitions ?

— Et pourquoi pas les ouvriers qui ont fabriqué l'obus ? demande le sergent Deetz. Ou les contribuables qui l'ont payé ? Vous savez pourquoi pas ? Parce que c'est débile.

— Le lieutenant a donné l'ordre, dis-je. Ça serait retenu contre lui, dans un tribunal, non ?

— Ah, tu crois ça ? Tu penses que des officiers porteraient le chapeau ? (Voorstadt éclate de rire.) Ça fait combien de temps que t'es à l'armée ?

Le sergent Deetz frappe du poing sur la table.

— Écoutez. On est la pièce d'artillerie n° 6. On est responsables de cette pièce. On vient de tuer quelques méchants. Avec notre canon. Nous tous. Et on a fait du bon boulot pour aujourd'hui.

— Mais je n'ai toujours pas l'impression d'avoir tué quelqu'un, sergent, dit Jewett.

Le sergent Deetz laisse échapper un long soupir. Tout est silencieux un instant. Puis il secoue la tête et se met à rire.

— Ouais, bon, alors, nous tous sauf toi, dit-il.

Quand nous sortons de la cantine, je ne sais pas quoi faire. On n'a rien de prévu jusqu'à ce soir, où on a une autre mission d'éclairage, alors la plupart des gars ont envie d'aller se pieuter. Mais moi, je n'ai pas envie de dormir. J'ai l'impression d'être enfin complètement réveillé. Ce matin, je me suis levé comme au camp d'entraînement, avec deux heures de sommeil en moins, et je me suis retrouvé habillé et prêt à tuer avant que mon cerveau n'ait eu le temps de se mettre en marche. Mais maintenant, bien que mon corps soit fatigué, j'ai l'esprit alerte et j'ai envie qu'il le reste.

— Tu retournes à la piaule ? dis-je à Jewett.

Il hoche la tête et nous commençons à faire le tour de Battle Square, à l'ombre des palmiers qui poussent le long de la route.

— J'aimerais bien avoir un peu d'herbe, dit Jewett.

— C'est ça, oui, dis-je.

— C'est juste pour dire.

Je secoue la tête. Nous atteignons le coin de Battle Square, le centre chirurgical de Falloujah se trouve droit devant nous, et nous tournons à droite.

Jewett dit :

— Bon, finalement, j'ai quelque chose à raconter à ma mère.

— Ouais, dis-je. Quelque chose à raconter à Jessie.

— C'était quand, la dernière fois que tu lui as parlé ?

— Une semaine et demie.

Jewett ne réagit pas à cela. Je baisse les yeux sur mon alliance. Jessie et moi, on s'est mariés civilement une semaine avant mon départ pour l'Irak, pour qu'elle touche les allocations au cas où je mourrais. Je n'ai pas vraiment l'impression d'être marié.

— Qu'est-ce que je suis censé lui dire ? dis-je.

Jewett hausse les épaules.

— Elle croit que je suis un dur à cuire. Elle croit que je suis en danger.

— On se fait tirer dessus au mortier, de temps en temps.

Je lui lance un regard éteint.

— C'est quand même quelque chose, dit-il. De toute façon, maintenant tu peux lui dire que tu as eu des méchants.

— Peut-être. (Je regarde ma montre.) Il est 4 heures du matin chez elle. Va falloir que j'attende avant de pouvoir lui dire quel héros je suis.

— C'est ce que je dis à ma mère tous les jours.

Quand on arrive aux piaules, je dis à Jewett que j'ai oublié quelque chose près du canon et je me tire.

Les canons sont situés à deux minutes de là à pied. Tandis que je m'approche de l'endroit, les palmiers s'éclaircissent peu à peu pour laisser place au désert, et je peux apercevoir le bureau de poste de Camp Falloujah. Ici, le ciel s'étend jusqu'au bout de l'horizon. Il est parfaitement bleu et vide de tout nuage, comme tous les jours depuis ces deux derniers mois. Je vois les canons pointés en l'air. Seules les pièces 2 et 3 sont entourées de soldats, et les marines sont simplement assis là. Quand je suis arrivé ici ce matin, toutes les pièces étaient en activité et tout le monde s'affairait avec empressement. Le ciel était noir, avec tout juste une touche de rouge qui s'infiltrait depuis le bord de l'horizon. Dans la pénombre, on pouvait voir la silhouette massive des tubes d'acier sombre de douze mètres de long, pointés vers le ciel du matin également sombre, et sous eux, les formes des marines qui allaient et venaient en toute hâte, vérifiant les canons, les obus, la poudre.

Dans la lumière du jour, les canons luisent avec éclat au soleil, mais très tôt, ce matin était sombre et sale. Bolander, Jewett et moi, on se tenait derrière à droite, attendant près des munitions, tandis que Sanchez annonçait le quadrant et la déflexion qu'ils donnaient à la pièce 3.

J'avais posé la main sur un de nos obus, le premier que nous avons envoyé. Le premier aussi que j'aie jamais envoyé sur des cibles humaines. J'avais eu envie de le soulever là, tout de suite, de sentir sa masse tirer sur mes épaules. Je m'étais entraîné à charger ces obus. Tellement entraîné que mes mains portaient les cicatrices des fois où ils m'avaient écrasé les doigts ou entaillé la peau.

Et puis la pièce 3 avait tiré deux obus de réglage. Et puis :

— Mission de tir. Batterie. Deux obus.

Ensuite Sanchez avait annoncé le quadrant et la déflexion et le sergent Deetz les avait répétés, puis Dupont et Coleman, canonnier et canonnier principal, les avaient répétés, puis ils avaient effectué le réglage, l'avaient vérifié, avaient demandé au sergent de le vérifier et à Sanchez de contrôler, et on avait pris l'obus et la fusée, et Jackson avait pris la charge de poudre, on avait accompli nos gestes avec fluidité, comme on avait été entraînés à le faire, Jewett et moi de part et d'autre du châssis supportant l'obus, Bolander derrière avec le refouloir. Le sergent Deetz avait vérifié la charge de poudre et avait lu :

— Trois, quatre, cinq, propulseur gamme forte.

Puis à Sanchez :

— Charge cinq, propulseur gamme forte.

Et il avait vérifié.

On s'était avancés avec l'obus, jusqu'à la culasse ouverte, et Bolander l'avait enfoncé avec le refouloir jusqu'à ce qu'on ait entendu résonner le bruit métallique, et Voorstadt avait verrouillé la culasse.

Sanchez avait dit :

— Accrocher.

Deetz avait dit :

— Accrocher.

Voorstadt avait accroché le cordon tire-feu au percuteur. Je l'avais vu faire ça un millier de fois.

Sanchez avait dit :

— Paré.

Deetz avait dit :

— Paré.

Voorstadt avait tendu le cordon, le tenant contre sa taille.

Sanchez avait dit :

— Feu.

Deetz avait dit :

— Feu.

Voorstadt avait pivoté d'un quart de tour à gauche et notre canon avait tonné.

Le bruit nous avait frappés de plein fouet, se répercutant dans tout notre corps, à l'intérieur de notre poitrine, dans nos entrailles et nos dents du fond. Je sentais le goût de la poudre dans l'air. Quand les canons tiraient, les tubes coulissaient en arrière comme des pistons, avant de reprendre leur position, la force de chaque obus qui partait soulevant un nuage de fumée et de poussière. Quand j'avais regardé la rangée des pièces, je n'avais pas vu six canons. J'avais simplement vu du feu à travers le brouillard, ou même pas du feu, mais de simples éclairs rouges dans la poussière et la cordite. Je sentais le rugissement de chacun des canons, pas seulement celui du nôtre, à chaque tir. Et je me disais, Mon Dieu, voilà pourquoi je suis content d'être artilleur.

Parce que, c'est quoi un gars de l'infanterie qui tire avec son M16 ? Des balles de 5.56 ? Même la mitrailleuse de calibre

50, qu'est-ce que vous pouvez faire vraiment avec ça ? Ou avec le canon principal d'un tank. Votre portée est de combien ? Deux ou trois kilomètres ? Et vous pouvez détruire quoi ? Une petite maison ? Un véhicule blindé ? Là où nous étions en train d'expédier nos obus, quelque part à une dizaine de kilomètres au sud de notre position, ces projectiles frappaient avec un effet plus dévastateur que n'importe quelle autre arme dans le combat terrestre. Chaque obus pèse soixante-cinq kilos, une douille remplie de quatre-vingt-huit mini-bombes qui s'éparpillent au-dessus de la zone de la cible. Chaque mini-bombe contient une charge explosive formée qui peut pénétrer une couche d'acier massif de cinq centimètres d'épaisseur et projeter des éclats sur tout le champ de bataille. Pour envoyer ces obus sur l'ennemi, il faut neuf hommes qui agissent à l'unisson. Il faut un centre de commandement de tir, un bon observateur, des mathématiques, de la physique, de l'habileté et du savoir-faire, et de l'expérience. Et même si je n'avais fait que charger le canon, peut-être que je ne représentais qu'un tiers de l'équipe des munitions, mais j'avais agi parfaitement, et l'obus avait été mis en place en produisant ce son métallique satisfaisant, et il était parti dans ce bruit de tonnerre invraisemblable, et il avait traversé le ciel pour aller s'écraser à dix kilomètres au sud de notre position. La zone de la cible. Et là où il est tombé, tout, dans une centaine de mètres à la ronde, tout, dans un cercle dont le rayon était de la taille d'un terrain de football, absolument tout était mort.

Avant même que le canon n'ait complètement repris sa position, Voorstadt avait décroché le cordon et ouvert la culasse, et il avait nettoyé le tube avec l'écouvillon et nous avions chargé un autre obus, le deuxième que j'allais tirer sur une cible humaine ce jour-là, même si, à ce moment-là, il n'y avait probablement plus de cible humaine vivante. Puis nous avions tiré ce deuxième obus, nous l'avions senti dans tout notre squelette, et nous avions vu cette boule de feu exploser au bout du tube, et la poussière et la cordite s'étaient propagées dans l'air, nous étouffant avec le sable du désert.

Et puis, terminé.

La fumée nous enveloppait. On ne voyait plus rien au-delà de notre position. J'avais du mal à respirer, absorbant à la fois l'odeur et le goût de la poudre. Et j'avais regardé notre canon, dressé au-dessus de nos têtes, silencieux, massif, et j'avais ressenti pour lui quelque chose qui ressemblait à de l'amour.

Mais la poussière avait commencé à retomber. Le vent s'était levé, s'attaquant à la fumée, la tirant et la soulevant au-dessus de nous, puis plus haut, dans le ciel, formant le seul nuage que j'aie vu en deux mois. Et puis ce nuage s'était dilué, disparaissant dans l'air, se fondant dans le rouge velouté de ce lever de soleil irakien.

Maintenant, alors que je me tiens debout devant les canons, sous un ciel d'un bleu parfait, les tubes pointant en l'air, il ne me semble pas que tout cela ait pu se produire. Pas la moindre particule de ce matin ne reste attachée à notre canon. Le sergent Deetz nous l'a fait nettoyer une fois la mission terminée. Un rituel, en quelque sorte, pour notre premier mort en tant que pièce d'artillerie n° 6. Nous avons démonté le refouloir et l'écouvillon, attaché les deux manches ensemble, avec, au bout, une brosse à tube, que nous avons trempée dans du liquide nettoyant et lubrifiant. Et puis on s'est tous mis derrière le canon et, tenant le manche tous ensemble, nous l'avons enfoncé dans le tube. Et nous avons répété ce processus, et des coulées noirâtres de liquide nettoyant et de carbone se sont mises à dégouliner, serpentant le long du manche et nous souillant les mains. On a continué jusqu'à ce que notre canon soit impeccable.

Il ne subsiste donc ici aucune indication de ce qui s'est passé, mais je sais qu'à dix kliks au sud, il y a un énorme cratère, criblé d'éclats d'obus, avec des bâtiments en ruines, des véhicules calcinés et des cadavres disloqués. Les corps. Le sergent Deetz en avait vu lors de sa première mission, au cours de la première invasion. Personne d'autre parmi nous n'en a vu.

Je me détourne vivement de la rangée de canons. C'est trop immaculé. Et peut-être que ce n'est pas la bonne façon d'y penser. Quelque part, il y a un cadavre étendu sur le sol, en train de blanchir au soleil. Avant d'être un cadavre, c'était un homme qui vivait, respirait, et qui peut-être assassinait, voire torturait, le genre d'homme que j'avais toujours eu envie de tuer. Quel que soit le cas, un homme mort, sans aucun doute.

Alors je reprends la direction des quartiers de notre batterie, sans me retourner une seule fois. Ce n'est pas loin à pied, et quand j'arrive, je trouve quelques types en train de jouer au Texas hold'em poker près d'un espace fumeur. Il y a là le sergent Deetz, Bolander, Voorstadt et Sanchez. Deetz a moins de jetons que les autres et il penche sa grosse carcasse au-dessus de la table, regardant le pot d'un air renfrogné.

— Oo-rah, meneur d'hommes, dit-il en me voyant.

— Oo-rah, sergent.

Je les regarde jouer. Sanchez retourne le Turn et tout le monde reste dans le coup.

— Sergent ? dis-je.

— Quoi ?

Je ne sais pas trop par où commencer.

— Vous ne pensez pas que, peut-être, on pourrait partir en patrouille et aller voir s'il y a des survivants ?

— Quoi ?

Le sergent Deetz est concentré sur le jeu. Dès que Sanchez a retourné la River, il se couche.

— Je veux dire, la mission qu'on a remplie. Est-ce qu'on ne devrait pas sortir, faire une patrouille, quoi, et aller voir s'il y a des survivants ?

Le sergent Deetz lève les yeux vers moi.

— T'es stupide ou quoi ?

— Non, sergent.

— Il n'y avait pas de survivants, dit Voorstadt en abattant aussi ses cartes.

— Tu vois al-Qaida se balader dans des tanks ? demande le sergent Deetz.

— Non, sergent.

— Tu vois al-Qaida en train de construire des bunkers et des tranchées ?

— Non, sergent.

— Tu crois qu'al-Qaida possède une sorte de magie, des pouvoirs ninja, du genre les bombes à sous-munitions ne peuvent rien contre moi ?

— Non, sergent.

— Non, t'as fichtrement raison.

— Oui, sergent.

Les enchères sont maintenant entre Sanchez et Bolander. Sanchez, tout en regardant le pot, dit à personne en particulier :

— Je crois que le 2e bataillon du 136e fait des patrouilles par là.

— Mais, sergent, dis-je, et les corps ? Est-ce que quelqu'un ne doit pas y aller et évacuer les corps ?

— Bon Dieu, caporal. Est-ce que j'ai l'air d'être un marine du PRP ?

— Non, sergent.

— De quoi j'ai l'air ?

— D'un artilleur, sergent.

— T'as fichtrement raison, tueur. Je suis un artilleur. Nous, les corps, on les *fournit*. On ne les évacue pas. Compris ?

— Oui, sergent.

Il lève les yeux vers moi.

— Et toi, caporal, qu'est-ce que tu es ?

— Un artilleur, sergent.

— Et qu'est-ce que tu fais ?

— Je fournis les corps, sergent.

— T'as fichtrement raison, tueur. Fichtrement raison.

Le sergent Deetz retourne au jeu. Je profite de l'occasion pour m'éclipser. C'était stupide de poser la question à Deetz, mais ce qu'il a dit me fait réfléchir. Le PRP : l'unité de récupération et de traitement des corps, également connue sous le nom de service des Affaires mortuaires. Ils ont dû aller chercher les corps de ce matin.

L'idée du PRP s'insinue et fait son chemin dans mon esprit. Les corps pourraient très bien être ici, sur la base. Mais je ne sais pas où se trouve cette unité. Je n'ai jamais eu envie de le savoir et je n'ai pas envie de demander le chemin à qui que ce soit non plus. Pourquoi quelqu'un irait-il les voir ? Mais je quitte les quartiers de la batterie et je fais le tour de Battle Square, jusqu'aux bâtiments du bataillon de logistique de combat, évitant les officiers et les sous-officiers. Ça me prend une bonne demi-heure, à fureter partout, à lire les panneaux à l'extérieur des installations, jusqu'à ce que je le trouve : un long bâtiment bas, rectangulaire, entouré de palmiers. Il est un peu à l'écart du complexe du bataillon de logistique, mais à part cela, il ressemble à toutes les autres structures. J'ai l'impression que quelque chose ne colle pas – s'ils ont évacué les morts de ce matin, des morceaux de corps devraient déborder de partout.

Je reste là, dehors, les yeux fixés sur l'entrée. Une porte en bois toute simple. Une porte devant laquelle je ne devrais pas me tenir, une porte que je ne devrais pas ouvrir, une porte que je ne devrais pas franchir. J'appartiens à une unité d'armes de combat, et je ne suis pas à ma place ici. Ça porte malheur. Mais j'ai fait tout ce chemin, j'ai trouvé ce bâtiment, et je ne suis pas un lâche. Alors, je pousse le battant.

À l'intérieur, l'air est frais, il y a un long couloir rempli de portes fermées, et un marine assis à un bureau qui me fait face. Il a des écouteurs sur les oreilles. Ils sont branchés sur un ordinateur qui passe une sorte de programme de télévision. Sur l'écran, une femme en robe bouffante fait signe à un taxi. D'abord, elle a l'air jolie, mais ensuite un gros plan apparaît sur l'écran et il est évident qu'elle ne l'est pas.

Le marine assis au bureau se retourne et enlève ses écouteurs, levant les yeux vers moi, embarrassé. Je regarde les chevrons sur son col et je vois que c'est un sergent artilleur, mais il paraît beaucoup plus âgé que la plupart des sergents artilleurs. Une moustache blanche soignée lui couvre la lèvre et il a un duvet blanc au-dessus des oreilles, mais tout le reste de sa tête est chauve et brillant. Quand il plisse les paupières pour me regarder, la peau autour de ses yeux se ride. En plus, il est gros. Même sous l'uniforme, je le vois. On dit qu'au PRP, il n'y a que des réservistes, pas de pompes funèbres en service actif au sein du corps des marines, et lui, pas de doute, il a tout l'air d'être un réserviste.

— Je peux faire quelque chose pour vous, caporal ? dit-il.

Dans sa voix perce un léger accent traînant du Sud.

Je reste là à le regarder, la bouche ouverte, et les secondes s'égrènent.

Alors, le visage du vieux sergent artilleur s'adoucit et il se penche en avant :

— Vous avez perdu quelqu'un, mon gars ?

Il me faut un petit moment pour comprendre.

— Non, dis-je. Non, non, non.

Il m'observe, perplexe, haussant les sourcils.

— Je suis artilleur, dis-je.

— OK.

Nous nous regardons.

— On a eu une mission aujourd'hui. La cible était à dix kliks au sud d'ici ?

Je le regarde, espérant qu'il va comprendre. Je me sens oppressé dans ce couloir étroit, encombré par ce bureau, avec ce vieux sergent rondouillard qui pose sur moi un regard interrogateur.

— OK ? dit-il.

— C'était ma première mission de ce genre…

— OK, répète-t-il.

Il se penche en avant, lève les yeux vers moi en plissant les paupières, comme si le fait de mieux me voir allait lui permettre de comprendre ce que je lui raconte.

— Je veux dire, je suis du Nebraska. Je viens d'Ord, dans le Nebraska. Il ne se passe jamais rien à Ord.

Je suis parfaitement conscient que ce que je dis doit paraître idiot.

— Vous allez bien, caporal ?

Le vieux sergent artilleur me dévisage longuement, et attend. N'importe quel sergent dans une unité d'artillerie m'aurait déjà engueulé comme du poisson pourri depuis longtemps. N'importe quel sergent dans une unité d'artillerie m'aurait engueulé comme du poisson pourri au moment même où j'ai franchi la porte et où je suis entré comme une fleur dans un endroit où je n'ai rien à faire. Mais ce sergent-là, peut-être parce que c'est un réserviste, peut-être parce qu'il est âgé, peut-être parce qu'il est rondouillard, se contente de lever les yeux vers moi et il attend que j'arrive à sortir ce que j'ai besoin de dire.

— Je n'ai jamais tué personne avant.

— Moi non plus, dit-il.

— Mais ce matin, oui. Je crois. Je veux dire, on a tiré nos obus.

— OK. Alors, vous êtes venu ici pour quoi faire ?

Je le regarde, paralysé.

— Je me suis dit que, peut-être, vous étiez allés là-bas. Et que vous aviez vu ce qu'on a fait.

Le vieux sergent se cale contre le dossier de son fauteuil et se pince les lèvres.

— Non.

Il prend une profonde inspiration et relâche l'air lentement.

— Nous, nous prenons en charge les victimes américaines. Les Irakiens s'occupent des leurs. Les seules fois où je vois des ennemis morts, c'est quand ils passent par une installation médicale américaine. Comme le centre chirurgical de Falloujah. (Il agite la main dans la direction générale de l'hôpital de la base.) En plus, il y a un détachement du PRP à TQ. C'est probablement eux qui se seraient occupés de tout dans cette zone d'opérations.

— Oh, dis-je. OK.

— Nous, on n'a rien eu de ce genre aujourd'hui.

— OK, dis-je.

— Ça va aller ?

— Oui, oui. Merci, sergent.

Je reste là, à le regarder, pendant un instant. Puis je jette un coup d'œil à toutes les portes fermées dans le couloir, des portes derrière lesquelles il n'y a rien. Sur l'écran de l'ordinateur, derrière le sergent, un groupe de femmes boit des cocktails rosés.

— Vous êtes marié, caporal ?

Le sergent regarde mes mains, mon alliance.

— Oui, dis-je. Ça fait à peu près deux mois maintenant.

— Vous avez quel âge ?

— Dix-neuf ans.

Il hoche la tête, puis reste là sans rien dire, comme s'il réfléchissait à quelque chose de pénible. Juste au moment où je vais prendre congé, il dit :

— Il y a une chose que vous pourriez faire pour moi. Vous voulez bien me rendre un petit service ?

— Bien sûr, sergent.

Il pointe le doigt sur mon alliance.

— Enlevez ça et accrochez-la à votre chaîne, avec vos plaques d'identité militaire. (Il prend entre deux doigts la chaîne qu'il a lui-même autour du cou et sort ses plaques d'identification pour me montrer. Là, près des deux plaquettes de métal portant ses données personnelles, se trouve un anneau en or.) OK ?…

“On doit toujours réunir les effets personnels, dit-il en remettant ses plaques à l'intérieur de sa chemise. Pour moi, la chose la plus pénible, c'est enlever les alliances des doigts.

— Ah, dis-je en reculant d'un pas.

— Vous pouvez faire ça ?

— Oui. Je peux faire ça.

— Merci, dit-il.

— Il faut que j'y aille.

— Oui, bien sûr.

Je fais rapidement demi-tour, j'ouvre la porte et je me retrouve dehors, dans un air chaud comme celui d'un four. Je m'éloigne lentement, le dos bien droit, contrôlant les pas que je fais, et je marche, la main droite recouvrant la gauche, tripotant mon alliance, la faisant tourner autour de mon doigt.

J'ai dit au sergent que je le ferais, alors, tout en marchant, je tire sur l'anneau pour l'ôter de mon doigt. J'ai l'impression que ça peut porter malheur de la mettre avec mes plaques d'identification. Mais je les enlève de mon cou, ouvre le fermoir, fais glisser l'anneau sur la chaîne, reboucle le fermoir et remets la chaîne autour de mon cou. Je sens le métal de l'alliance sur ma poitrine.

Je m'éloigne sans prêter attention où mes pas me mènent, passant sous les palmiers qui bordent la route autour de Battle Square. J'ai faim, et il devrait être l'heure d'aller manger, mais je ne prends pas cette direction. J'emprunte la route qui passe devant le centre chirurgical de Falloujah et je m'arrête.

C'est un bâtiment beige, massif, terne et écrasé sous le soleil éclatant, comme tout le reste. Il y a un fumoir, juste à côté, et deux marines y sont assis, en train de discuter et de tirer sur leur cigarette, envoyant de petites bouffées de fumée dans l'air. J'attends, le regard fixé sur ce bâtiment comme si quelque chose d'incroyable pouvait en émerger.

Rien ne se produit, bien sûr. Mais ici, dans la chaleur, debout devant le centre chirurgical de Falloujah, je me souviens de l'air plus frais du matin, il y a deux jours. On allait à la cantine, toute l'équipe du canon 6, on riait et on plaisantait, et brusquement, le sergent Deetz, qui était en train de hurler quelque chose au sujet des Spartes, faisant remarquer qu'ils étaient gay, s'était arrêté au milieu d'une phrase. Il s'était figé sur place, puis, rectifiant sa position, il s'était redressé de toute sa hauteur et avait murmuré :

— Gaaarde-à-vous !

On s'était tous mis au garde-à-vous, sans savoir pourquoi. Le sergent Deetz avait levé la main droite pour saluer et on avait fait de même. Et puis j'avais vu, au loin, à bonne distance de là, sur la route, quatre marines sortant du centre chirurgical de Falloujah, portant une civière recouverte du drapeau américain. Tout était silencieux et immobile. Tous ceux qui étaient sur cette route, marines et ceux de l'US Navy, s'étaient mis au garde-à-vous.

J'avais à peine pu voir la scène dans la lumière du petit matin. J'avais plissé les yeux en essayant d'apercevoir les contours du corps sous le tissu épais du drapeau. Et puis la civière avait disparu.

Maintenant, debout là, dans la lumière du jour, regardant les deux marines au fumoir, je me demande s'ils étaient de ceux qui portaient le mort. Ils avaient dû en transporter un certain nombre.

Tous les types qui se trouvaient sur cette route tandis que le corps passait étaient restés totalement silencieux, totalement immobiles. Il n'y avait eu aucun bruit, aucun mouvement, à l'exception des pas lents des marines et de la progression régulière du corps. Cela avait été une image de mort appartenant à un autre monde. Mais maintenant, je connais la destination de ce mort : le vieux sergent artilleur, au PRP. Et s'il y avait une alliance, le sergent avait dû l'enlever délicatement des doigts raides et morts. Il avait rassemblé tous les effets personnels et préparé le corps pour le transport. Puis ce corps avait été envoyé à TQ par hélicoptère. Et tandis qu'on le déchargeait de l'appareil, les marines étaient restés silencieux et immobiles, tout comme nous, à Falloujah. Et puis ils l'avaient mis à bord d'un C-130 en direction du Koweït. Au Koweït aussi, ils étaient restés silencieux et immobiles. Et ils avaient dû rester silencieux et immobiles en Allemagne, silencieux et immobiles à la base de l'Air Force, à Dover. Partout où le cercueil était passé, les marines, les marins, les soldats et les aviateurs s'étaient mis au garde-à-vous, tandis que la dépouille de cet homme tombé au combat retournait vers sa famille, où le silence et l'immobilité prendraient fin.

Remerciements

CE livre n'aurait pas pu exister sans le travail d'un nombre important de personnes qui ont donné de leur temps sans compter. Je citerai en premier lieu les personnes qui ont lu chaque nouvelle et m'ont fait part de leurs commentaires et qui ont donc exercé une influence énorme sur la forme de ce livre. Généralement, je confiais mes premières ébauches à Christopher Robinson, puis à Lauren Holmes et Roy Scranton. Dès qu'ils avaient terminé, j'envoyais de nouvelles versions à Patrick Blanchfield et à ma femme, Jessica Alvarez. Et finalement le texte allait à mon incroyable éditrice de Penguin Press, Andrea Walker, qui avait un sens aigu de ce que je voulais accomplir. Ces nouvelles ne vaudraient pas la peine d'être lues sans l'intelligence et la compréhension de toutes ces personnes.

J'ai également reçu des contributions de grande valeur – que ce soit par le biais de l'édition des nouvelles ou de l'assistance pour des détails techniques, ou simplement par le partage d'histoires de guerre – de la part d'Ellah Allfrey, Carmiel Banasky, Vincent Biagi, SJ, Anna Bierhaus, Peter Carey, Kevin Carmody, Bill Cheng, Scott Cheshire, John Davis, Alex Derichemont, Wayne Edmiston, Nathan Englander, Eric Fair, Matt Gallagher, Michael Green, Thomas Griffith, Jonathan Gurfein, Jason Hansman, Josh Hauser, Ryan-Daniel Healy, David Imbert, Mariette Kalinowski, Andrew Kalwitz, Gavin Kovite, Molly Wallace Kovite, Jess lacher, Christopher Lindahl, Matt Mellina, Colum McCann, Patrick McGrath, Perry O'Brien, Evan Pettyjohn, Virginia Ramadan, Adam

Schein, Carl Schillhammer, Jacob Siegel, Jeremy Warneke, Matt Weiss, entre autres.

Je dois beaucoup au programme Master of Fine Arts de Hunter College, qui m'a permis de progresser en tant qu'écrivain. Merci à tous ceux, étudiants et enseignants, que j'ai rencontrés à cette occasion, et à Susan Hertog, dont la Bourse Hertog a constitué une aide matérielle importante pendant que je travaillais sur ce recueil.

Ce livre a bénéficié d'une autre influence majeure, celle de l'atelier d'écriture pour anciens combattants de l'université de New York, créé par Mme l'ambassadrice Jean Kennedy Smith et NYU, et qui m'a offert la possibilité inestimable de rencontrer d'autres écrivains anciens combattants. Merci à toutes les personnes concernées, particulièrement Deborah Landau, Zachary Sussman, Sativa January, Brian Trimboli, Emily Brandt, Craig Moreau, et au Charitable Service Trust pour les anciens combattants américains handicapés.

J'aimerais remercier John Freeman, qui m'a donné, pour la première fois, la possibilité de publier une nouvelle, et Scott Moyers qui a été un de mes premiers supporters dans le monde de l'édition.

Merci à mon agent, Eric Simonoff, et à toute l'équipe de WME – Claudia Ballard, Cathryn Summerhayes, Laura Bonner, entre autres.

Merci à Tom Sleigh, qui m'a guidé dans ma vie d'écrivain depuis notre première rencontre, il y a dix ans, à Darmouth College.

Merci à mes parents et à mes frères – Byrne, Ben, Jon et Dave. Et bien sûr, merci à mes tantes – Mimi, Pixie et la regrettée Boo.

L'écriture de ce recueil a nécessité beaucoup de recherches, j'ai consulté avec profit les livres suivants – la liste n'est pas exhaustive :

Fobbit, de David Abrams ; *L'Ouvert*, de Giorgio Agamben ; les traductions de la poésie d'Ahmed Abdel Muti Hijazi par Omnia Amin et Rick London ; *We Meant Well*, de Peter Van

Buren ; *Joker One*, de Donovan Campbell ; *The Gun*, de C.J. Chivers ; *Boredom by Day, Death by night*, de Seth Conner ; *Blood Stripes*, de David Danelo ; *Breathing the Fire*, de Kimberly Dozier ; *Parlez-moi d'Anne Frank*, de Nathan Englander ; *You Know When the Men Are Gone*, de Siobhan Fallon ; *One Bullet Away*, de Nathaniel Fick ; *La Guerre sans fin*, de Dexter Filkins ; *De bons petits soldats*, de David Finkel, ;*Black Hearts*, de Jim Frederick ; *Kaboom*, de Matt Gallagher ; *Shade It Black*, de Jessica Goodell ; *Au Combat*, de J. Glenn Gray ; *On Killing* et *On Combat*, de Dave Grossman ; *Trauma and Recovery*, de Judith Herman ; *Band of Sisters*, de Kirsten Holmstedt ; *Retour à Matterhorn*, de Karl Marlantes ; *Danseur*, de Colum McCann ; *Trauma*, de Patrick McGrath ; *Odysseus in America* et *Achilles au Vietnam*, de Jonathan Shay ; les essais et la fiction de Roy Scranton, *Hard Lessons* ; le Special Inspector for Iraq Reconstruction Report ; *The Strongest Tribe* et *No True Glory*, de Bing West ; *Love My Rifle More Than You*, de Kayla Williams.

Table

CATALOGUE

Edward Abbey
Désert solitaire
Un fou ordinaire
Le Gang de la Clef à Molette
Le Feu sur la montagne
Le Retour du Gang

Rick Bass
Le Livre de Yaak

Viken Berberian
Das Kapital

Ron Carlson
Le Signal
Cinq ciels

Kathleen Dean Moore
Petit traité de philosophie naturelle

James Dickey
Délivrance

Pete Fromm
Indian Creek
Avant la nuit
Chinook
Comment tout a commencé

Samuel W. Gailey
Deep Winter

John Gierach
Traité du zen et de l'art de la pêche à la mouche
Truites & Cie
Même les truites ont du vague à l'âme
Là-bas, les truites...
Sexe, mort et pêche à la mouche

Roderick Haig-Brown
Le Printemps d'un pêcheur

John Haines
Vingt-cinq ans de solitude

Bruce Holbert
Animaux solitaires

Robert Hunter
Les Combattants de l'Arc-en-Ciel

Craig Johnson
Little Bird
Le Camp des Morts
L'Indien blanc
Enfants de poussière
Dark Horse
Molosses
Tous les démons sont ici

Phil Klay
Fin de mission

Adam Langer
Les Voleurs de Manhattan

Barry Lopez
Rêves arctiques

Bruce Machart
Le Sillage de l'oubli
Des hommes en devenir

William March
Compagnie K

Ayana Mathis
Les Douze Tribus d'Hattie

Howard McCord
L'Homme qui marchait sur la Lune

Larry McMurtry
Et tous mes amis seront des inconnus

John McPhee
Rencontres avec l'Archidruide

Kent Meyers
Twisted Tree

Melinda Moustakis
Alaska

Greg Olear
Totally Killer

Robert Olmstead
Le Voyage de Robey Childs

Doug Peacock
Une guerre dans la tête

Tom Robbins
Comme la grenouille sur son nénuphar
Une bien étrange attraction
Un parfum de jitterbug
Jambes fluettes, etc.

Rob Schultheis
L'Or des fous
Sortilèges de l'Ouest

Terry Southern
Texas Marijuana et autres saveurs

Mark Spragg
De flammes et d'argile

Mark Sundeen
Le Making Of de "Toro"

Glendon Swarthout
Homesman

William G. Tapply
Dérive sanglante
Casco Bay
Dark Tiger

Terry Tempest Williams
Refuge

Alan Tennant
En vol

Jim Tenuto
La Rivière de sang

Trevanian
La Sanction
L'Expert
Shibumi
Incident à Twenty-Mile
The Main

David Vann
Sukkwan Island
Désolations
Impurs
Goat Mountain

Tony Vigorito
Dans un jour ou deux

John D. Voelker
Itinéraire d'un pêcheur à la mouche
Testament d'un pêcheur à la mouche

Lance Weller
Wilderness

William Wharton
Birdy

Benjamin Whitmer
Pike

Stephen Wright
Méditations en vert

Kim Zupan
Les Arpenteurs

Collection **totem**
des livres au format poche

Rick Bass
Les Derniers Grizzlys
Le Livre de Yaak

Larry Brown
Joe

Ron Carlson
Le Signal

Pete Fromm
Indian Creek

Howard Fast
La Dernière Frontière

Craig Johnson
Little Bird
Le Camp des Morts
L'Indien blanc
Enfants de poussière

Dorothy M. Johnson
Contrée indienne

Ross Macdonald
Cible mouvante
Noyade en eau douce
À chacun sa mort
Le Sourire d'ivoire
Trouver une victime
La Côte barbare

Howard McCord
L'Homme qui marchait sur la Lune

Bruce Machart
Le Sillage de l'oubli

Larry McMurtry
Lonesome Dove I
Lonesome Dove II
La Dernière Séance
Texasville

David Morrell
Premier sang

Tim O'Brien
À propos de courage

Doug Peacock
Mes années grizzly

Tom Robbins
Même les cow-girls ont du vague à l'âme
Féroces infirmes retour des pays chauds
B comme Bière
Comme la grenouille sur son nénuphar

Mark Spragg
Là où les rivières se séparent
Une vie inachevée

Glendon Swarthout
Le Tireur

William G. Tapply
Dérive sanglante
Casco Bay

Jim Tenuto
La Rivière de sang

Trevanian
La Sanction
L'Expert

David Vann
Sukkwan Island
Désolations
Dernier jour sur terre

Kurt Vonnegut
Dieu vous bénisse, monsieur Rosewater
Le Petit Déjeuner des champions

Larry Watson
Montana 1948

Lance Weller
Wilderness

Tobias Wolff
Dans le jardin des martyrs nord-américains

Cet ouvrage a été imprimé sur du papier
dont les fibres de bois proviennent
de forêts durablement gérées

IMPRIM'VERT®

CET OUVRAGE A ÉTÉ COMPOSÉ PAR
ATLANT'COMMUNICATION
AU BERNARD (VENDÉE).

ACHEVÉ D'IMPRIMER
PAR L'IMPRIMERIE FLOCH À MAYENNE
EN DÉCEMBRE 2014
POUR LE COMPTE DES ÉDITIONS GALLMEISTER
14, RUE DU REGARD
PARIS 6e

DÉPÔT LÉGAL : JANVIER 2015
1re ÉDITION
N° D'IMPRESSION : 87789
IMPRIMÉ EN FRANCE